只许你一人

完结篇 下

纳兰静语 著

目录 Contents

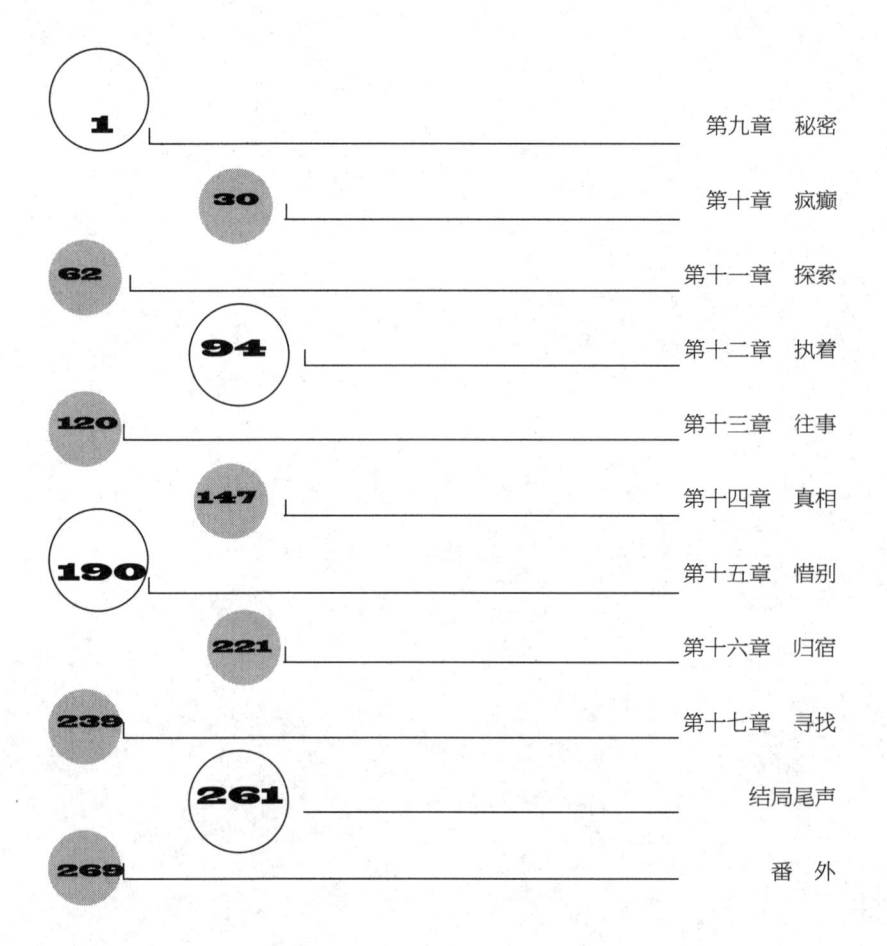

1	第九章　秘密
30	第十章　疯癫
62	第十一章　探索
94	第十二章　执着
120	第十三章　往事
147	第十四章　真相
190	第十五章　惜别
221	第十六章　归宿
239	第十七章　寻找
261	结局尾声
269	番　外

第九章　秘密

　　到疗养院的时候天色已晚，这里的工作人员为他们安排了一顿丰盛又健康的营养晚餐，季莘瑶吃过饭后便在后边的草坪附近散步，看着不少穿着病号服的神情痴呆的病人由家人陪着，坐在各个角落不知在说什么。

　　这家疗养院虽然是顾家的私有财产，但并不是只住了石芳一个病人，听顾南希说，这疗养院最开始的规模并不大，只是一间小疗养所，叫了一些医护人员过来照顾石芳。

　　后来在这二十几年中渐渐扩大，纽约与波士顿这附近的病人家属亦会慕名而来，知道这家疗养院的环境不错，就将家中痴呆的病人送来，这里有老人也有年轻人，但是老人居多，还有一些看起来疯疯癫癫双眼无神的年轻女人。

　　她站在草坪间，看着这副景象，没来由地心下一阵难过。

　　如果修黎看见这一幕，一定会很心疼很难受的吧？他的妈妈在这里关了二十几年，连自己的亲生儿子都见不到，而他这个儿子，也无法与她相见。

　　"季小姐，今天夜里风很大，顾先生正在陪同他父亲去石芳那边，他派人传话过来，让您别吹太久的风。"这时，一位医护人员走过来，客客气气地对她说。

　　"哦，不好意思，我想问一下。"季莘瑶转过身，笑着问："石阿姨她的身体状况怎么样？除了那样疯疯癫癫的之外，其他方面健康吗？"

　　那医护人员知道她是顾远衡的儿媳妇，自然不会隐瞒太多，便答："身体状况还可以，只是很少有人能靠近，只有两位老医生能按时给她检查身体，像我们这些医护人员，大多数在这里工作这么多年了，都没能靠近她两米之内过，所以具体的情况也不是很清楚。"

　　季莘瑶一怔："那她平时吃喝和如厕怎么办？她自己？"

　　"平时我们都是将饭菜送到她病房门口的车上，她饿了就会自己出来找吃的，看见饭菜就自己端进去了。"

　　"这样听起来，她应该还是有些理智的思维吧？"

　　"不，你这样听起来，她似乎很正常，但是不正常的时候她很吓人的，比如我们因为忙碌，晚了一个小时送饭过去，她自己打开房门出来没找到吃的东西，会

乱跑,这种时候,我们常常会在医院前院的垃圾箱那里找到她,她都蹲在那里找垃圾吃……"

季莘瑶皱起眉:"有这么严重?"

"不止呢,她这样让人看起来可怜兮兮的,但要是发起疯来,什么都敢扔什么都敢砸,前几年,有一次一个新来的大夫要给她检查一下身体状况,看看有没有可能治一治她这癔症,结果大家一时疏忽没看到让她跑了出去,她跑到了疗养院的大厨房,拿着两把菜刀出来见人就砍,后来我们好不容易把她制住,她还咬人。"

"这些年啊,我们这里被她砍伤砸伤的人太多了,所以现在没人愿意靠近她,除了医院里那几个在这里工作了二十几年的老医生每星期给她检查之外,其他人都不会靠近她,只正常送饭到她门外,其他的我们也管不了。最多是在她尿裤子拉裤子的时候派个人过去趁她睡着时给她打镇静剂,再把衣服给她换下来。一直这样折腾着,我看她的身体倒是不错,几个男医生都按不住她,身体能不好吗?"

说完,那医护人员便露出暗暗藏着几分嫌弃似的表情,但又不敢表现得太多,之后又笑了笑:"季小姐,那个石芳啊,你可千万别靠近,你怀着孕呢,你要是靠近她,不一定会出什么乱子呢。"

"谢谢提醒,我会注意安全。"莘瑶感谢地点点头。

"哎,要我说啊,这个石芳也真是够可怜的。"

那医护人员摇了摇头,接着说:"这二十一年来,没有一个人过来看过她,前几年我进这家疗养院工作时,听说是一位咱们国内的军官为了她所设的疗养院,当时我还好羡慕,想着这得是多深的感情呀,都疯成了这样了还要这样照顾她,后来工作得久了我才知道,她其实就是被关在这里,一点自由都没有,我都怀疑她是被活活关疯了。这么多年就没人来看过她,不过我听说,二十几年前,她还有一个挺好的姐妹,常常会过来看看她,陪她说话聊天,但是二十一年前,她那个好姐妹也不来了,从此再也没有出现过,之后这石芳就疯得更严重了……"

一听到她口中所说的那个好姐妹,季莘瑶便侧过头,愣愣地看着她,却又不知道该说什么。

那个石芳的好姐妹,就是她的妈妈吧?

她对小时候与妈妈有关的印象很少,最最清晰的场景就是那个穿着红衣服的女人,披头散发地抱着她和修黎走到那座楼的天台……

而在这之前,只有一些隐约的片段,于是她根本不记得自己的妈妈曾经什么时候经常来美国,那时候真的太小了,她记不住。

"要说这石芳啊,她有一点怪癖,她喜欢看电视,特别是喜欢看政治军事新闻,不过我们都不知道她具体看的是什么,我想,她可能还是认得顾远衡的吧,我记得有一次,我给她送饭过去,她正难得安静地坐在病房里看电视,当时电视里正在表彰顾远衡的什么功勋,那时候石芳一个人坐在那里,忽然就哀嚎起来,对了,还有,国内是不是有一个姓季的?她在电视里看见姓季的的时候会去掐自己的腿,我常看见她在看过电视后,自己把自己的腿上掐成了一片青紫色……"

2

"季小姐，季小姐你还在听吗？"那医护人员低低地问。

季莘瑶猛地回过神，发怔地看了她一眼，才笑道："我在听。"

看来这医护人员也是因为这里封闭式的环境而有八卦而无处说，难得见到一个正常点的又不是同事的女人，竟然这么守不住话匣子。

于是她直接沉吟了片刻，便问："你这里，能不能查到二十一年前经常来看她的那个好姐妹的数据，或者照片什么的？"

那医护人员愣了一下，似是没想到季莘瑶将本来关心的话题瞬间转移到了另一个人身上，这才有了警惕心，有些迟疑地看看她，似是后悔刚刚说了太多。

季莘瑶见她这表情，便轻声说道："你别介意，不瞒你说，当年那个经常来看石芳的女人应该就是我妈妈，她已经走了很多年了，我这一次随同顾家人过来看石阿姨，也是偶然才发现石阿姨和我妈妈在二十几年前也许是好姐妹。"

见这医护人员还是有些迟疑，正谨慎地看着自己，季莘瑶微笑："我绝对没有要套你话的意思，如果你不想说，没关系，我无非只是想知道和自己妈妈有关的更多的往事罢了，我不为难你。"

话音方落，她便不好意思地又对那医护人员笑笑。

"其实也没什么……"

这时，那位医护人员开了口，小声嘀咕："只是这么多年，从来都没有人过来特意探望过石芳，更也没人对她曾经的朋友感兴趣，但是季小姐你刚刚忽然这样问，我觉得太突兀，所以一时间不知道该不该说，但如果说那位小姐是你已故的母亲的话，那我很抱歉，提到你的伤心事了。"

莘瑶微笑着摇头。

想了想，那医护人员便伸手指了指身后不远处的疗养院副楼："我也只是刚来这里工作几年的高级护士，有很多事情也不是很清楚，但是我记得，那个楼里有一面墙上，挂着这里所有病人过去的生活照片，我们院长制造了一面回忆墙，让这些病人的家属把旧照片拿过来贴在墙上，三不五时地让这里的病人过去走一走，看一看，那里也有石芳年轻时候的照片，但是很少，只有两张，还是黑白照片，跟她一起合照的年轻女人应该就是季小姐你的妈妈吧？刚刚你说完后，我仔细看了看，发现你跟照片里那位小姐确实有些像呢。"

季莘瑶一听，便转头看向那边的疗养院副楼，不觉竟然有所期待起来。

虽然她和修黎都有母亲的照片，但是并不多，而且他们对母亲的回忆都只能靠照片上那个人才勉强忆起，但若是有更多的照片，或许也是另一番慰藉。

在这么重要的地方，所贴的照片都还有母亲的存在，可见当年石芳和妈妈的关系究竟有多好。

"季小姐，您要不要过去看看？正好我要去副楼那边送东西。"

那医护人员好心地问了一句。

莘瑶点点头，见这医护人员手里果真拿着一些小型的医用器材，似是正要拿回去收起来，她索性伸手接过两样："我帮你一起送过去。"

医护人员看着季莘瑶拿着那两样医用器材，连忙要接过去："这哪行，季小姐您现在怀着的也是顾老先生家里的宝贝，哪能让您拿这么重的东西……"

见她硬生生地抢了回去，然后在前边领着路一边走一边说着这附近这些病人的趣事和无奈事，莘瑶不由得笑着跟着她走。

莘瑶转头看着那些陪着病人在后边散步的病人家属，想起刚刚这人所说的石芳的病情。

这些病人三不五时地好歹还有家属过来陪伴，病情渐渐稳定，而石芳二十几年前就疯了，再又母子分离，二十多年没人来探望，她的疯癫越来越严重恐怕也是因为骨子里的孤寂吧。

两人沿着草坪另一侧的清水池边的小路走，向着副楼走去的路分三条，离那边最近的一条是鹅卵石铺就的小路，在树荫下边，另一边是一些长椅，椅上分散坐着不少病人和病人家属。

以鹅卵石地面围成的水池边种着各种绿色植物，碧水澄清，还有泉眼里的活水涌进，看来顾家当年选的这个地方虽偏僻，却同顾宅一样，是个环境极好的地方。泉水清澈，风景雅致秀美，确实是个适合修身养性之地。

莘瑶沿着小路跟随那位医护人员走到副楼，走进去时，那医护人员对门前走出去的几个护士笑着打了声招呼，因为晚上季莘瑶随顾远衡到来的时候，全院的医生护士都出来迎接，大多数人看见莘瑶后便认得她是顾远衡的儿媳妇，于是也没人问她任何话，便允了那医护人员带她走进去。

找到那面所谓的回忆墙，那位医护人员伸手指了指角落里的两张照片："季小姐，你看，在这里，石芳的这些都是黑白照片，只有一张是彩色的，但是已经泛黄了，不是很清楚。"

"对了，我听说十几年前石芳险些把这回忆墙上的玻璃砸碎，幸好被我们的人及时发动机阻止了，不然这些照片恐怕也都被她毁了。"

作为一家精神病人的医院，这么多头脑不清晰的病人，在这里想留住一些东西，确实很难。

可见这些照片有多珍贵。

她走过去，在那些照片下边看见一行小字。

石芳，196×年生人，祖籍中国Ａ市，其父为中国××军事设备制造厂商，198×年××国内著名军事设备贪污案爆发，其父被牵连，受法律制裁，导致其家道中落。石芳于初高中时期前往美国留学，学习西方绘画，各项成绩优异，于一198×年患间歇性精神病，至今未愈……

于初高中时期前往美国留学，学习西方绘画……

石芳和她妈妈几乎同岁，这样说来，她们两人是在美国学绘画的时候认识的？

季莘瑶抬眼，看着那张模糊的彩色照片里，两个穿着红色衣服梳着最流行的少女头的年轻女孩儿，其中一个是她妈妈不假，那身材面容和她本来有的那些照片里的相差不多，但是石芳看起来竟和妈妈的神情很像。

这两个好姐妹站在一起，从着装到妆容到发型再到身材，竟像孪生姐妹一样，但仔细看看，还是能看得出来两人仅仅是刻意互相贴近形象，其实两人的脸，仔细看来，还是完全不像的。这照片应该是她们两个年轻时，拍照的时候故意弄的姐妹照，同样的造型和妆容，来造出好姐妹密不可分的感觉，与时下的一些女孩子和好朋友之间一样，总是恨不得把自己弄得和对方一样。

她仔细看着石芳的脸，总感觉似乎是在哪里见过，却又想不起来，看着这些照片，脑子里陷入一阵恍惚，有许多东西在脑子里乱转，却怎么也抓不住一个完全的思绪。

"其实这么多年，我们这里新来的所有医生都用尽方法想治好她，但是她不让任何人靠近，渐渐地大家也就放弃了。石芳现在应该有五十岁左右了，就算她温顺下来，肯接受治疗，就算能治好，恐怕也要用个几年甚至十年的时间，到时候……也已经六十多岁了，所以，这里的人都懒得再在她身上下功夫，只是按顾家人当年的要求，照顾好她，不让她乱跑。"

"这些年，她都没有离开过吗？"莘瑶轻声问。

"离开？我不清楚，应该没有离开过吧，反正我来这里工作的这些年，她始终都在这里……"说着，她又小小声地靠近在莘瑶耳边，像是怕别人听见似的说："我跟你说啊，与其说是将她放在这里疗养，我看不如说是将她一个大活人关在这里，一步都不让出去。"

莘瑶蹙眉，却是没有动太多的声色，只是沉默地看了一眼那医护人员，淡淡笑了笑："谢谢你肯告诉我这么多。"

那医护人员见她一脸正经的表情，便顿时红了脸，嗫嚅着小声说："女人嘛，都八卦，我们疗养院的医生和护士之间对这些早都见怪不怪了，大家都心知肚明的东西，其实反正无论石芳身上背负的是什么，或者是因为什么而被关在这里，没有人知道，所以我也无所谓告诉还是不告诉你。"

季莘瑶勾了勾唇，没再说什么。

如果让修黎知道他的亲生母亲在这里过的是这样的生活，被这样活活关了二十几年……

别说是修黎，就算是她，她也会痛，也会恨，也会不甘的吧。

一个好好的女人为什么会疯？事情似乎是发生在同一年，石芳疯了，她妈妈跳楼自杀，石芳一直被关在这里，无法离开，是有人想刻意隐瞒什么？还是不想让谁见到石芳？

回溯二十几年前那一两年间发生的大事，其中有一件就是顾南希曾对她坦言相告的二十几年前的那起军事设备贪污案。

而石芳的父亲是军事设备制造厂的厂商之一，却不幸落马，该不会，这其中还藏着什么天大的阴谋？

天色太晚了，莘瑶一个人回了房间，正在握着手中的项链，在考虑着这些事情之间的联系，忽然听见外边传来越来越近的动静，便起身打开门走了出去。

只见顾远衡身上的衣服湿了一小半，额上亦是红肿了一块，正脸色奇黑无比地走在前边，顾南希随之走在后面，正淡淡地跟身后的几位医护人员交代什么，她一见这景象，不由得愣了一下，快步走过去："爸？这是怎么了？"

"疯子！"顾远衡似是气得不轻，骂出了这两个字后便骤然脱下湿了的外套，转身快步走回这边的人给他安排的房间。

而顾南希却是在莘瑶这边停下，回身对那几个医护人员又交代了几句，直到那些人走了，他才回过身看了一眼季莘瑶："都十点了，怎么还没睡？"

"爸他怎么了？"莘瑶小声问。

顾南希揽过她："进去说。"

两人进了房后，莘瑶便抬手去握他的手臂，刚要开口问什么，却见他眉心隐隐蹙了一下，似乎是被她抓疼了。

她一怔，见顾南希脸上那微蹙眉的表情只是一闪而过，但仍被捕捉到了，索性直接伸手，也不顾他抬手阻拦，直接拽起他衬衫的袖口，这才见他手臂上青了一块，似是被什么东西砸伤所致。

莘瑶顿时便皱起秀眉，二话不说地拽着他，看了一眼他手臂上皮肤表面已经有一块出过血，但已经干涸，他似是特意换了衣服才回来，明显是不想让她担心。

"过来坐下，我去要点碘酒过来。"她把他拽到沙发边上坐下。

"一点小伤，不用。"他反手拉住她，"没事了，只是被木椅的一角砸了一下。"

"怎么砸的？"她疑惑，刚刚顾远衡身上也湿了，额头上也像是被什么砸得通红，再又见顾南希那轻叹的表情，顿时明白了，"你们刚刚去见了石芳？"

顾南希笑了笑，却是沉默地点点头。

季莘瑶蹙眉："怎么连一个五十岁的女人都弄不过？她再疯，只要她手里没有刀具这些东西，按理说你们不应该受伤啊……"

顾南希将她按在身边，温柔地说："没事了，我陪爸过去时，石芳站在阳台那边，我们如果强制靠近，她一时冲动兴许会掉下去，她住在五楼，掉下去估计就没命了，爸就试图慢慢靠近，却被石芳扔过来一碗还没有喝完的汤，砸中了额头。"

"那你怎么受伤了？"莘瑶心疼地抚着他的手臂，瘪起嘴，看着他手臂上青紫的一大块，这心里疼得跟针扎似的。

"爸不信她不认得他，想要靠近，石芳直接抱着椅子狠砸过来，我怕爸被伤到，就伸手替他挡了一下……"

莘瑶不再说话，只是推开他的手，不让他拉住自己，起身打开门，叫门外的人送一些碘酒和伤药过来，须臾走回去，坐到他身边，细心地将他的衣袖挽在手臂上边，左右看了看，见确实只是一块被砸出来的小伤，因为正好被椅子的一块尖角砸中所以皮肤表面破了，但还好，没伤到筋骨。

"她见到爸，反应这么强烈？"莘瑶转身去洗了一条干净的毛巾回来，一边给他擦着手臂上伤口的边缘，一边说。

顾南希虽对这伤不以为意，但见她坚持要处理一下，便也没阻拦，只是认真地点点头，再又轻叹："比我们预想中的要严重许多。"

莘瑶顿了顿，这时传来敲门声，便走过去，开门接过碘酒和伤药，道过谢后，便又走到顾南希身边。

"我先用碘酒消毒，会痛，你忍着点。"莘瑶打开碘酒的盖子，之后小心地为他消毒，虽然这里是疗养院，这些消毒包扎伤口的措施应该很完善，但她知道顾南希应该是不会因为这点小伤去特意找人包扎一下，就只好用自己那点当年在小诊所学来的包扎知识给他简单处理了一下。

"那她究竟是忘记了爸，还是记得爸？所以才会有这么剧烈的反应？扔椅子？这也太过了吧……"莘瑶说着，便抬眼看他。

顾南希微笑着，执了她的手，让她坐下，揽住她的身子将她抱在怀里："你安心在这里休息，不用想太多，今天太晚了，石芳已经打了镇静剂睡下了，明天我们再去探望她时，会注意，你别担心，乖啊。"

乖你妹，他都伤成这样了，还把她当成小孩子来哄……

季莘瑶气得在他身前轻搥了一下。

顾南希抱住她："好了，伤口随便包一下就好，你早些休息，我去看看爸。"

被抱住的季莘瑶，倚在他怀里，还不忘小心地不碰到他胳膊上的伤，在他正欲放开手的同时直接抓住他的胳膊，细细包扎了起来。

季莘瑶的情绪还不错，见顾南希对这伤不以为意，便也不再说什么，只是笑着瞥了他一眼，偏着头："顾南希，我怎么看你穿这一身休闲装比你平日里穿西服还骚包呢？"

"是吗？"顾南希笑吟吟地看着她，看这个一边帮自己包扎好伤口，一边整个人都依偎进自己怀里的微红着脸抵着他肩的女人，他的发丝和眼神都是柔软缠绵的，浸了酒般馥郁绵长。

两颗心已贴得如此近，倚在他怀里看起来早已放下所有束缚与迟疑的季莘瑶，他怎么可以不品尝？

那也太对不起两人那一纸结婚证了……

……

天色其实已经不早，但是因为顾远衡也被砸伤了，所以顾南希要去看看他，莘瑶反正也睡不着，索性跟着他一起过去。

敲过房门，没一会儿，门开了，顾远衡早已经换了一身衣服，但看起来似是仍带着脾气，在瞥见门外的他们时，目光不冷不热地扫了一眼，才道："南希的伤别忘了去包扎。"

"已经包过了，您忘了？莘瑶会包扎。"顾南希笑了笑，也不管顾远衡愿不愿意，便直接走了进去。

莘瑶跟着一起走进去，闻见满房间里都是烟味儿，她停下脚步，同时看见顾南希亦是皱起眉，他回头看了莘瑶一眼，意思是让她先回去。

第九章 秘密

7

她怀着孕,闻见太多烟味儿并不好,便只好不再往里走,只关心地问了一句:"爸,要不我帮您也处理一下吧,您额头上那块伤虽然没破皮,但也该涂些药消肿。"

"不用了,死不了。"顾远衡的声里带着几分叹息,挥了挥手,"我这里烟味儿浓,你回去吧。"

莘瑶便不再多说,客气地笑了笑,便转身走了。

顾南希还留在顾远衡的房间里,也不知道他们父子要聊些什么,她倒也并不是为了留下来听,但是在门关上的那一瞬间,她便听见顾远衡的声音隔着这扇门传来。

"明天让医生给她多打两支镇静剂,我再看看她,以她现在这种疯癫的状况,南希啊,你还是别去了。"

之后他们说了什么,她没有再听见,因为旁边有路过的人,她始终站在门前"偷听"也不太好,便直接转身走开。

隔日,莘瑶又去疗养院风景不错的后园散步,手抚着肚子,想象着这孩子出生后一家三口的幸福情景。

前天晚上她自己回房,休息得还算早,昨天因为顾远衡与顾南希比较忙,她一个人找到这疗养院的泉眼,泉眼在前园的一方水池下,她在整个疗养院都逛了一圈,但是昨天下午在前院,路过一栋较高的看护楼时,一个瓷碗不知道是从几楼摔了下来,直接落在她的脚边,吓得她当时就不敢再在前园走了。

听那碗落地的声音应该是至少从四五层的高度扔下来的,伴随的还有些许尖叫与吵闹,前园离这些病人所住的病房太近,于是今天她放弃了前园,一个人在后园闲逛。

因为怀孕的关系,前几个月她一直在吃叶酸片,现在终于不吃了,但既然在疗养院这地方,找到一些适合自己的营养口服液应该不难,所以想干脆去这疗养院的药房看一看,但是找了半天也找不到。

这时有两个医护人员推着一个披头散发的女人在后园经过,莘瑶便索性走过去,客气地问:"请问,咱们疗养院的药房在哪边?我想去找找看有没有适合孕妇喝的口服液。"

这时坐在轮椅上的披头散发的女人,忽然隔着脸前凌乱的头发,似是抬眼看了她一眼,只是那眼神不似在正常地看人,而是用极恐怖的眼神在盯着一个人。

季莘瑶被她这一眼看得发毛,不禁向后退了一步,不知道这是哪位病人,会不会神志不清,她还是别靠得太近的好。

只是……

她在退开后,又看了看那个女人,那女人头发很凌乱,身上的病号服像是被刚刚扯坏,身上散发着浓重的尿臊味,眼神诡异地盯着人看,但她的眼神让她莫名其妙地有一种怪怪的感觉,只是和她对视了一眼,便匆忙转开视线。

"季小姐,药房在前园的那边,医药主楼那里,一楼就是,分中药和西药区,你如果找不到的话,一会儿我们将她送回去后,就给你带路。"在那身后推着轮椅的其中一个医护人员说。

"不用了，我自己找找看，你们去忙吧……"说着，莘瑶又迟疑地看了一眼这个始终都诡异地隔着凌乱的头发盯着自己的女人，因为看不清她的脸和神态，所以有些不大确定："她这是……"

"她就是石芳，刚刚顾先生又去看她，她又打又咬地不肯让他靠近，都已经连续三天了，死活还是不肯让任何人碰她一下，这不，刚才我们强行给她打了镇静剂，这一会儿她硬撑着就是不肯睡，但是却忽然尿了裤子，把他熏得直接转身走了。"

那医护人员叹了口气："季小姐，虽然她打了镇静剂，但毕竟还没有睡着，你离远一些也好，可千万别靠近她，她这整天不定时发疯，手脚没轻没重的，可别伤到你。"

莘瑶当即直接再次看向石芳，见她因为经常被打镇静剂的关系，似是对那东西有了抗性，但是打过之后，不肯睡下，手脚似乎在抽搐。

她就是修黎的妈妈石芳？

她这两天只听说了她的凄惨，哪像现在这样看起来吓人……

这满身的尿臊味儿她倒是不嫌弃，但却也不是很习惯，虽没有靠近，但却不再恐惧石芳的眼神，仔细地回看着她。

而这石芳只是冷冷盯视着她，没一会儿就闭上眼睛，似乎终于还是坚持不住了。

莘瑶在她被推远之前，缓步跟了上去，在后边仔细看着她坐在轮椅上的状态，她不愿意见顾远衡，会发疯会咬人会砸东西，但是对修黎这个亲生儿子，会不会有一点印象？

于是她快步走过去，跟随在她的轮椅后，谨慎地问："石阿姨，您好，您还记得季修黎吗？您的儿子，亲生儿子，季修黎，哦不，或者应该是顾修黎，他只是在很小的时候被我妈妈单晓欧领养，所以才和我一样姓季。"

本来以为会有什么奇迹，她甚至天真地猜想，一个人哪能这么容易就疯掉，会不会偶尔也是清醒的，只是不愿意面对现实而已？她想石芳在听到她这句话时应该会有所反应。

可是，她一点反应都没有。

因为镇静剂的关系，她安安静静地坐在那里，双手垂放在身体两侧，连手指都安静得没有任何动作。

莘瑶忙快步绕到前边，低下头一看，只见坐在轮椅上的女人头向一旁轻轻歪着，刚刚那诡异凌厉得吓人的眼神也已经没了，头发散乱地遮住了大半张脸，不难看出其现在有些虚弱。

"季小姐，石芳刚刚尿了裤子，我们要趁她睡下时赶快把她的衣服换下来，在这里停久了不方便。"那医护人员看出来她对石芳似乎是有什么话要说，但还是好心地提醒一句。

莘瑶怔了怔，才点点头："不好意思……"

医护人员笑了笑："没事，习惯了，虽然这些年没有什么人来探望她，但是

第九章 秘密

有很多病人家属在看见她的时候很好奇，有时候常会有一些有爱心的人想送她些东西，或者照顾她一下，给她些安慰，但是她都不领情，完全不让人靠近，季小姐，你一看就这么面善，应该也是同情心泛滥了吧？我跟你说，她现在就是打了镇静剂，折腾不起来，她要是清醒着的时候，哪能让我们这样推着她走，早就一个人抓着轮椅四处跑了。"

莘瑶一愣，指指石芳的腿："她整天都坐着轮椅吗？她的腿怎么了？"

"要说啊，她也是自己作的，前几年还能折腾，四处乱跑，这些年……"那医护人员似乎不太好说，犹豫了一下，才悄声说："常年打镇静剂，难免会有些副作用，她的腿有时候会是麻痹状态，无法站起来，有些时候又可以自己走。"

说完，那人便和旁边低声催促着的医护人员一起迅速推着石芳走回前园。

莘瑶没有再跟上去，只是看着她们的背影，再看看石芳低垂着的一动不动的手，心下一片紧揪。

如果修黎看见这一幕会怎么样？会发疯吧？

石芳不是她的母亲，她亦能感同身受地难过，很想将这个身在炼狱中的女人解救出来，而如果修黎在这里，看见自己的亲生母亲竟然沦落至此……

恐怕……

连她都无法淡定，何况如今苦大仇深的修黎。

本来她还打算见过石芳后，把她的一些情况告诉修黎，让他在心里至少得到一些安慰，但现在看来，还是不说的好。

近几日顾南希都异常忙碌，虽然也会常抽空过来陪她，但是因为石芳那边的事情，还有他难得回美国，国内顾氏的人常会与他开视频会议，似是有什么新的方案在等着他下定论，另一边，苏特助的电话也偶尔打来，自然忙得不开身，但是让季莘瑶想不通的是，他常会在晚上她睡下后，悄悄起身，离开房间。

转眼已经在疗养院这边住了有一个星期了，石芳不是她想看见就能见到的，那一次在后园见到纯粹只是巧合，还无法说上话，这边的空气与环境适合修身养性，她又喜欢散步，所以顾南希对她倒是很放心。

这一晚，莘瑶刚跟国内的小暖打过电话，顾南希便回来了，神色间有着难掩的疲惫，但却似是不想让她担心，脸上带着一如既往的笑容。

她直接迎上去："怎么样了？我听说爸已经能接近石阿姨了？"

顾南希笑了笑，抬手抚了一下她的发丝："虽是能靠近，但是石芳对我和爸很回避，她很害怕……"

"能不能别再让疗养院的人给她打镇静剂了？再这样打下去，她人就废了。"莘瑶当然明白，所谓的可以靠近，也都是借着护士给石芳打了针的原因。

她忽然很痛恨顾远衡。

好歹石芳也曾经是他的女人，不管年轻时的爱有多肤浅，时隔二十几年已经淡忘了多少，但她毕竟给他生过一个儿子，也毕竟有过美好的过去，怎么她现在到了这种地步，顾远衡都不管她被打镇静剂的？

他难道连一点心疼的感觉都没有吗？还是说，顾远衡的心是铁做的！

看出她的表情是替修黎而心疼和担心，顾南希很是理解地将她纳入怀里："我已经让医生减少了每日给她打针的剂量，一点点减少，直至再也不打。让他们用其他方式克制住石芳的疯癫，你放心吧，爷爷这一次让爸过来看她，目的其实只是想笼络住修黎的心，如果石芳有个三长两短，反而会起到反作用，爸一辈子都是冷硬的性子，其实他心里也不舒服，事情我都交代了下去，别太担心，嗯？"

莘瑶点点头："其实我也知道，这么多年没人来看石芳，用正常人的思维都能明白，这里的医护人员对她的疯癫大多都麻木了，不会可怜她同情她，只会把她当成累赘，在她发疯的时候不选择健康的方式，只打针让她安静下来就是了，如果不是我们现在过来了，难道她就是这样一辈子每天打镇静剂，直到死在这里为止……"

她心里难受，说不出来为什么这么难受，也许因为石芳和自己妈妈曾经是很好的姐妹的关系，让她自然而然地把石芳也当成一个亲切的阿姨，可她却是现在这样的……

"不会了，爷爷为了笼住修黎的心，让他不要心存对顾家的怨念，所以这次才让爸来看石芳。如果状况好一些，我们可以直接将她接回国，在G市找一个方便的地方让她住下，再派人好好照顾，但以她现在这种情况，恐怕这计划要被搁浅，毕竟她现在的情况就算是我们看了都不忍，何况是修黎，若是他看见，必然只会更恨。"

莘瑶听得出他这话里的意思，摆明了上一次祠堂的事情，虽然爷爷故意隐瞒，顾南希也并不揭穿，但是他们爷孙已经将前因后果猜想出了大概，所以顾老爷子才会忽然让他们远赴美国……

如果能将石芳接走，那当然是好的，放在G市，放在身边照顾，一定比在这里被人每天打镇静剂要好太多……

"小瑶，小黎，妈妈今天晚上统一给你们过一次生日好不好？"

"好！"

"好！"

两个胖乎乎的可爱的小孩子异口同声地回答。

"乖，妈妈给你们买了生日蛋糕，小黎，过来，跟妈妈一起把蜡烛插上，小瑶，你去叫门前小卖部的阿姨送几瓶白梨味的汽水进来！我明天给她送钱去。"

"妈妈，为什么今天晚上我要和弟弟一起过生日呢？"

"因为妈妈以后没办法一起陪着你们一个一个生日地过了，小瑶要记得，以后无论如何，一定要保护弟弟，不要让他受欺负，你也一样，你们要好好生活，快快乐乐地长大，不要恨妈妈，好不好？"

"妈妈你在说什么呀？"

第九章 秘密

11

年轻的女人微笑着将小小的季莘瑶抱在怀里,贴在她的耳边说:"小瑶,妈妈把小黎交给你了,你要快点懂事,要和他一起长大,替妈妈照顾他,欠你们的,妈妈来世再还。"

"嘿嘿,妈妈,小黎跑出去啦,你看他把蜡烛弄得满地都是!羞羞!羞羞!"小小的季莘瑶完全听不懂似的被锁在女人怀里,笑哈哈地抬起小手去戳自己的小脸蛋儿:"小黎好淘气,妈妈以后有苹果不给他吃,只给小瑶吃嘛,看他会不会哭,嘿嘿!"

这时小小的季修黎从门外跑了回来,手里抓着两瓶门外小卖部阿姨送来的汽水不服地鼓着脸说:"小瑶不知羞!妈妈,我是去帮姐姐拿汽水!"

"呃……"小小的季莘瑶傻住了。

年轻的女人抱着小瑶,笑得满脸宠溺:"你们两个呀,要一直这样互敬互爱下去,一辈子都不许伤害对方,还有,小瑶,等你们长大后,无论知道了什么,一定要替妈妈告诉修黎,不要恨妈妈……"

吃过了蛋糕,别别扭扭的总是喜欢吵架的小瑶和小黎在一个小床上睡,小瑶拧动着身子不要和他睡在一起,要去找妈妈,三岁的小黎却是听妈妈的话,用力地抱着她:"姐姐不要乱动,妈妈说让咱们两个一起睡,以后都要在一起!"

"谁要跟你在一起,臭小黎你总是抢我的好吃的……"

"我以后不抢了嘛……姐姐……"

"哼!"

……

画面跳转,那一日乌云密布,Y市最高的二十多层的大楼上,身着红衣的年轻女子抱着两个孩子走上了天台。

楼下围成一圈的人议论纷纷,忙着报警,红衣女人将两个小小的孩子放下,她脖子上闪闪发亮的水晶项链在没有阳光的天色下仍然好看得十分吸引人的眼球。

女人将小黎紧紧抱在怀里,许久,才放开他小小的身子,然后在裙子的口袋里拿出一张写满了字的纸,叠好,放在小小的季莘瑶的衣服上:"小瑶乖,如果有警察或者记者阿姨问你话,你就把这封信交给他们,知道了吗?"

"哦,妈妈你要干啥呀?"小小的季莘瑶傻乎乎地笑问:"这里好高呀,小瑶害怕……"

"乖,会有人抱你们下去的……"年轻女人慈眉善目的,很清瘦很漂亮,化着时下最浓的红唇妆,几乎看不出本来的面貌,在小瑶和小黎的印象里,妈妈就是这样的妆容,喜欢红色的衣服,身上淡淡的香皂的味道,她的声音很甜……

只是眼前艳丽的女人没有长大后他们看着遗留下来的照片时的那种感觉,只给人一种恍惚的相似感,以为时光与太年幼时的回忆与未来还是有变化的。

他们深信不疑眼前温柔的女子就是他们的妈妈,因为她也有一双细致温柔的手,因为她最近常会带他们去游乐场,就算没有钱,也会带他们在游乐场下的草坪让他们和其他孩子一起快乐地玩耍,会给他们买两毛钱一只的气球……

多好的妈妈。

可是那个年轻的女人，就这样站在天台的那一边，在楼下众人议论纷纷之时，在两个孩子坐在后边傻乎乎地还在研究晚上的苹果谁来吃的时候，那一道绯红的身影，就那样纵然而下……

"噫？妈妈去哪里了？"小黎转过头，奇怪地问了一句。

小瑶也转过头，呆呆地说："好像是掉下去了也……"

"啊？"

"从这里掉下去，妈妈会不会死呀……"小瑶忽然站起身，急忙忙地迈着小短腿走过去，还没靠近危险的边缘，就被迟来的警察冲上前抱开，几个警察冲上楼，将小瑶和小黎抱在怀里，急急地问他们经过，小黎被这阵势吓得不敢开口说话，平日里胆子大一些的小瑶举着手里的信说："叔叔，妈妈是不是掉下去啦？妈妈说看见警察叔叔要把这个给你……"

之后小瑶和小黎被安全抱到了楼下，楼下满地的血，血溅得老远，四周有被吓到的路人的尖叫声与匆匆赶来的更多警车的声音，警察看过小瑶手里的信后，对旁边的人说："这位小姐的遗书上说，这两个孩子是即将上任的季副的孩子，你去叫人通知一下季家，让他们过来看一下尸体，把这两个孩子抱走，别吓到他们。"

可是这时，小瑶和小黎趁人不注意，两个淘气孩子已经从警察的身边跑开了，两团小身影走到那一片血泊边上，呆呆地看着那个血肉模糊分不清是人还是什么的尸体……

"姐姐，妈妈是死了吗？"小黎有些害怕地问。

小瑶那时有点傻，抬手挠了挠脑袋："妈妈好像是死了……"

两个孩子完全不懂眼前的状况，直到最后季秋杭赶来，看见遗书后，才脸色难看地安排人将事情平息，将两个被警察再次抱离现场的孩子带走。

那时候，小瑶和小黎被带走以后，才终于明白发生了什么事，两个孩子拼命地哭，却怎么也没法将妈妈哭回来……

……

季莘瑶突然睁开眼，因为这一夜所梦到的过往而再也睡不着，起身时，发现顾南希没有在身边，看了一眼时间，见才是凌晨两点多，他最近常夜里趁她睡着后就又出去，也不知道究竟在忙些什么。

她知道他是有什么事情不想让她知道，也不想让她担心，也知道他不会刻意隐瞒自己什么不好的事，便也没有打算太多地过问。

因为相信，也因为他值得她相信。

只是，这一夜的梦让她睡不着了，虽不算噩梦，只是一些过往，一些她以为不记得的过往，却在这一场梦里开始变得清晰起来。

那封信的内容，她其实是长大后的某一年，在季秋杭与何漫妮吵架的时候才听见他们说到的，当年妈妈死的时候留下的那封遗书，提到她和修黎是季秋杭的孩子，他必须将他们带回季家让他们衣食无忧地长大，如果他做不到，那么一些她在

第九章 秘密

死之前就已经安排好的朋友就会在媒体面前将他的某些过去和丑事抖出来。

如果不是妈妈当年留下这封遗书来威胁，恐怕季秋杭是连她这个女儿也不愿认的。

这就是季莘瑶这些年始终对季秋杭没有任何感情的原因。

长夜漫漫，实在是睡不着了，她干脆换了衣服，起身走出去，夜里的疗养院里很安静，没有平时那些神志不清的病人和来来往往的家属与护士。

美国这边的空气其实也没有别人传言的那么好，但是都市的空气与环境确实比中国的个别地方干净许多，而这农庄附近的疗养院的空气，在夜里更是清新得让人舍不得离去。

她一个人走到前园，去了有泉眼的水池那边，坐在水池边上，低头看着水中倒映的月光。

忽然的，那边的人工石堆成的假山后边传来一阵奇怪的动静，莘瑶一愣，这医院的前园因为不想弄得太亮打扰病人的睡眠，所以没有放太多地灯，很是幽暗，她借着旁边很远处的很昏暗的灯光看向假山那边，眯起眼，站起身，探头朝那边望了望。

这都凌晨两点多了，应该不会有什么人会像她这样晚上睡不着而跑出来散步吧？

何况如果不是这么晚了，她都不敢跑来前园这里坐下。

那边的动静还是隐隐约约地传来，似乎有什么卡在石头缝里的声音，莘瑶皱了皱眉，壮着胆子举起手机，打开手机上手电筒的功能，用光照着那边的假山，想到这里封闭式的环境应该不会有什么小偷坏人潜进来，便干脆走了过去。

绕到假山后边，一看见那里的人，当时就吓了她一跳。

只见一个披头散发的女人坐在轮椅上，双手抓着轮椅两边，似乎是想离开，但是轮椅的轮子却卡在假山后地面的石头缝里，她一个人弄不出来。

季莘瑶刚走过去，那披头散发的女人就比她先发出一声惊叫："啊……！"

莘瑶先是被半夜忽然出现在这里的披头散发的女人吓住了，愣了半天，脸色惨白一片，但待她看清了坐在轮椅上的人后，顿时又上上下下地看了她几眼，因为头发的遮挡，她看不清这人的脸，但是看她这样子，和她的轮椅，季莘瑶当即惊问："石阿姨？"

石芳坐在轮椅上，仿佛没有听见莘瑶的声音，只是一味地低着头，着急忙慌地要转动轮椅，估计是因为现在长年坐轮椅的关系，转动轮椅已经和走路一样都是她的本能，石芳又似乎是被半夜出现在这里的季莘瑶给吓住了，特别是害怕季莘瑶手里正闪着光的东西，完全都不敢看，只是嘴里呼哧呼哧重重地喘着，用力地去转动轮椅，但是因为卡住了，半天没法动弹，急得一直低头呼呼直叫。

莘瑶见她这状况，本是想伸手去帮她，但是刚伸出手，就想到医护人员的警告，不由得低头看了一眼自己的肚子，再看看石芳那神志不清的样子，犹豫了一下，暂时没有靠近，只是先试探地以不会吓到她的声音轻声问："石阿姨，这么晚了，你怎么会在这里啊？"

石芳低着头，一直呼哧呼哧地继续跟着轮椅作战，似乎是急得要命，坐在轮椅上握着拳头用力去砸轮椅的扶手。

"啊……啊啊……啊……"

见她一直低叫着狠砸着扶手，手背都红了，莘瑶想到她是修黎的亲生母亲，心口一疼，忙走上前握住她的手："别这样，石阿姨，你别急，我帮你，我帮你把轮椅推开，你别怕我，我不会伤害你，不要怕，好不好？"

她心里还是有些担心石芳的举动的，在去握住她手的时候，也已经做好了及时抽身退开的准备，至少，她不能让自己肚子里的孩子遭遇到任何危险。

出乎意料的是，石芳居然真的没有用力推开她，或者是举着拳头要来打自己，只是石芳似乎有些怕她，害怕她的碰触，而且她的手很凉，身上的衣服似乎被医护人员换过了，没有尿臊味，还算干净，只是一直在发着颤，更因为莘瑶握着她的手，而害怕和不习惯地想要抗拒。

见她没有暴力的举动，莘瑶心下一动，便小心地更靠近她，俯下身，温柔地用哄孩子一样的语气说："石阿姨，我是修黎的姐姐，是你的好姐妹单晓欧的女儿，我是季莘瑶，你认得我吗？我小的时候，你一定抱过我的对吗？别怕，不要怕我。"

石芳浑身越发地颤抖，身上越来越凉，在凌乱的头发下，大大地张着嘴，像濒死的鱼在努力呼吸一样的动作。

莘瑶见她如此，便关心地问："石阿姨，你怎么了？不舒服？我去叫医生过来！"

说着，她就要转身走开，去叫疗养院这里值班的医生，但是她刚一转身，却突然感觉自己的手被那双冰凉的手反握住，而且是很用力的很紧的力度，她一愣，回头见石芳颤抖着，张着嘴，口齿不清地说："冷……冷……"

冷？

莘瑶怔了一下，忙回握住她的手，觉得她的手真的很凉，这边的天气很暖和，就算夜凉如水，也不至于到冷的地步，也许石芳是因为常年打镇静剂，身体受到一定影响的关系？

不由得，莘瑶便安慰地拍着她："石阿姨，这么晚了，你为什么出来啊？是饿了，还是想要找洗手间？洗手间在楼里不是有吗？你怎么出来了？或者，你是饿了？"

石芳只是颤抖，双眼呈着神志不清似的一片朦胧，只是一直盯着她看，眼里的情绪有些奇怪，握着自己的手，也是紧紧的，紧得不太正常。

季莘瑶虽说怕石芳神志不清，这样靠近她，很难保证会不会受到伤害，可见她抖成了一样，轮椅又卡在这里，便心疼得没办法独自走开，索性俯下身去，要扶她起来："来，我扶你起来，然后我再把轮椅搬开，不然你坐在上边，我搬不动。"

石芳难得像是听懂了她的话，低头看看身下的轮椅，再又抬头，隔着凌乱的头发看看她，在季莘瑶用力地要将她扶起来时，乖乖地站起身，像个孩子一样，

第九章 秘密

15

傻乎乎地退到莘瑶身后，歪着头，双眼发直地盯着莘瑶的动作。

莘瑶微笑，将轮椅的那边轮子从石头缝里抬了出来，放在另一边较平整的地面上，但是因为这里也铺着鹅卵石，所以用轮椅走起来不方便，但见石芳虽然站了起来，但是刚刚走到她身后时的姿势很别扭，好像脚下没有什么力气，莘瑶也知道不能让她这样走着回去。

于是，莘瑶温柔地笑着说："石阿姨，你坐下，我推你回去。"

石芳不动，愣愣地歪头瞅着她。

"石阿姨？"莘瑶很有耐心地笑看着她，一手握住她的手，另一手放在她的另一条手臂上，轻轻地握住，用很轻的声音说："你不是冷了吗？我送你回房间，好吗？"

而就在这时，有值夜班的医护人员因为看见了这边手机的电筒晃过的光，走过来了两个人，他们走到这边时，季莘瑶还在对着愣愣地看着自己，却不说一句话的石芳微笑着，在哄着她，而当那两个医护人员过来，石芳便忽然傻兮兮地咧开嘴对莘瑶笑。

见她对自己笑，莘瑶很高兴地抓着她的手："你认得我是不是？我和我妈妈长得有一些像，你一定认得我，对不对？"

而就在这时，那两个医护人员靠近："季小姐？你怎么在这里？"

季莘瑶一愣，转头看了一眼那两个医护人员，那两人似是怕石芳伤到她，忙快步上前直接把石芳扯远。

莘瑶本来是与她相握的手里一空，顿时有些惊愕地看着眼前被拽着跟跄了几步，顿时满眼委屈害怕地被那两个人拽到轮椅上坐下的石芳，见石芳低下头去，不哭不闹却像是很害怕的样子，莘瑶顿时皱起眉，忍不住道："你们以后轻点拽她！她是病人，而且都已经五十岁了！哪受得了你们这么大力的拉扯！"

那两个医护人员似乎没想到季莘瑶会忽然很愤怒地说这些，顿时愣了一下，互相对视了一眼，因为季莘瑶是顾老先生儿媳妇的关系，也算这里的半个主人，便也不敢对她说什么难听的话，但脸色也有些不耐，低声说："季小姐，石芳平时出手伤人习惯了，我们也是怕她伤到你，所以才在拉她的时候有些着急，没有要硬拽着她的意思……"

季莘瑶又不是瞎子，当然看得出来刚才这两个人拽着石芳坐下去的时候那不耐烦又嫌弃的眼神，哪里单纯只是为了怕伤害到她？

她抿了抿唇，接着冷声说："我看你们两个也都是二三十岁的人了，自己的妈妈也应该五十岁左右了吧？如果你们的妈妈生病，暂时头脑不清醒，被送来这种地方，整天过着人不人鬼不鬼的生活，别人这样生拉硬拽着你们的妈妈，当成物品一样就这么不顾她疼不疼，你们会是什么感受？"

那两个医护人员顿时唏嘘不已地低下头，小声说："季小姐……石芳是个特例……我们疗养院的人好多都被她打过，难免对她有气，但是平时该照顾的时候也会照顾呀……"

季莘瑶皱起眉，低头看着缩坐在轮椅上低着头耷拉着肩膀的石芳，正要再走过去，这时身后忽然传来一道低缓温柔的声音。

"莘瑶，这么晚了，你怎么跑出来了？"

顾南希走过来，似是刚刚从波士顿的市区开车赶回来，外套还没有换下，直接走了过来。

莘瑶停了一停，那两个医护人员便趁机推着石芳转身沿着另一条路走了，她看着石芳坐在轮椅上的样子，想着她对很多人都打骂，但是对一些医护人员似乎怕得很，应该是被这些人用什么方式吓住过。

心里更是难受极了。

顾南希走来，见莘瑶站在这里发愣，再又瞥见远处已经被推得很远的石芳，当即似是明白了什么。

前园的假山这里十分的安静，只有旁边水池泉眼处传来隐隐约约的水声。

季莘瑶回头看他，问："石芳只是不让爸靠近吗？"

顾南希沉默了一下，半晌道："据我所看到的，她确实对爸很抗拒，我靠近她还不至于砸东西，但只要爸一靠近，就拼了命地扔东西。"

季莘瑶愕然看着他，不明白向来睿智果断的顾南希如何竟会对这件事这么棘手，但见顾南希并无什么忧色地看着自己，她便干脆说道："刚刚在这里遇见石芳，她没对我怎么样，只是，似乎很怕我，可是我有握到她的手，她像个孩子一样站在我身后，没有伤害我。"

说完后，季莘瑶便默然，半晌揉了揉鼻子，知道自己半夜这样跑出来，还靠近石芳，顾南希一定会数落自己几句，她已经做好被数落的准备了，但是等了半天，也不见他说自己几句。

她抬头，在月色下看着顾南希清俊疏朗的面容，见他只是带着几分莫可奈何的笑，在她抬起头来疑惑地看向他的同时，他伸手，在她脸颊上掐了一把："你也知道我会说你？"

"我睡不着，就出来走走，没想到会遇见她，我本来也没敢靠近，也很防备，不过，她真的没有打我。"莘瑶认真地说。

见她这一脸忏悔和认真，顾南希看了一眼两人身后的假山，再又转眸看她，眼神里浮起淡淡的笑意："既然你知道自己不对，我也不需要再说你什么，以后小心一些，就算你想见石芳，也尽量让我在你身边，这样无论发生任何状况，好歹有我在，不要贸然一个人行动，听到没有？"

"知道啦，顾总牌的老妈子，我都说了不是故意的，只是巧合……"

凌晨两点多，在这种地方遇见，应该也可以算是"巧合"吧……

"南希，我明天可以去看看她吗？"在两人往回走的时候，季莘瑶轻问。

顾南希转身，双手拉着她的手，目光落在她诚挚的双眼里，再又微微垂下，看着她的肚子，似是在考虑什么。

"我保证，如果你能陪我去，也可以，你如果没时间，就叫疗养院的其他人

第九章 秘密

陪我过去,我一定在石芳平静的时候靠近她,如果她发疯,我会跑得远远的,绝对不会让她伤害到咱们的孩子!"

莘瑶顿时像小学生一样,将两手从他手中抽出,举过头顶,笑眯眯地说。

顾南希先是沉默地看了她一会儿,在她不确定他究竟会不会同意的时候,他才终于温柔地一笑,抬手按下她举起的手,握在温暖的掌心:"既然你这么想接近她,我明天安排看看,但是你要记住自己说过的话,一旦她发疯,马上给我退到安全距离去。"

"嗯!"莘瑶用力点头。

然而她却没看到顾南希在转过身去时,本来的笑容上一闪而过的苦涩……

翌日,季莘瑶才知道因为雨霏最近没在公司,由林副总接手,海外顾氏股票下滑,顾南希为了不让她担心,而每天抽空开车去公司,扶持林副总的工作,另外与公司内许多的老下属和董事沟通。

当天顾南希有一场董事会要开,没法留下来陪她,便在确定石芳今天的情绪还算稳定时,叫了几个医护人员陪着她过去。

那时候石芳被推到了前园的水池边,有两个医护人员正陪在她身边,不知道在说些什么,也不知道有没有给石芳打过镇静剂,这时又有个护士手里端着盘子,盘子上边放着一菜一汤和主食,看起来似乎是要给石芳送饭过去。

看来顾南希在昨夜她说过一些经过后,在离开前有交代过,在各方面为石芳改善,今天看起来就舒服多了。

莘瑶干脆从那个医护人员手里接过盘子:"我送过去吧。"

那医护人员愣了一下:"可是顾先生说……"

"没关系,我觉得石芳应该是认得我,她不会对我怎么样的,如果她真要有什么暴力的动作,我一定尽快躲开。"

"那好……"

接着,季莘瑶便端着那盘子,走过去,在那两个回过头来看自己的医护人员面前点点头,又笑了笑。

那两个医护人员也点点头,然后安静地退开了一些。

莘瑶端着盘子走过去,将之轻轻地放在水池边的大理石台上。

"石阿姨,你今天怎么样?身体有没有不舒服的地方?我来看你了。"她弯下身,单手托着肚子,笑眯眯地说。

石芳仿佛没有听见,没有什么反应,只是双眼发直地看着前方的某一点。

季莘瑶见旁边有医护人员特意放下的垫子,便就着那垫子,坐在大理石台上,端起碗,用勺子在汤里边搅了搅,然后轻声说:"石阿姨,先喝两口汤润润胃再吃东西吧,来。"

说着,她就将勺子递到石芳嘴边:"张嘴呀,我喂你。"

石芳的眼睛缓缓地转了过来,仍然是呆滞的,她呆呆地看着季莘瑶好半天,直到莘瑶小心地将勺子贴到她嘴边，她才缓缓张开了嘴。

见她对自己竟然一点都不排斥，而且乖成了这样，莘瑶开心极了，这样是不是代表，石芳的病情会有所好转？

她一定是听见了自己说过修黎，她一定是对自己亲生的儿子有所记忆，所以才会对她不这么排斥，如果能把石芳接回去，让修黎照顾她，陪在她身边，假以时日，她的疯病一定会好。

喂她喝了两口汤，但是嘴似乎很僵硬，喝一半流出一半，弄得胸前的衣服上不少，莘瑶忙伸手用一旁的手帕帮她擦了擦，动作小心而轻柔，就像是在照顾自己的妈妈。

石芳依旧是头发凌乱，莘瑶伸出手，也许是存着几分故意，在为她擦干净嘴的时候，小心地以指头将她脸前的头发向一旁拨开了一些，难得的是石芳没有抗拒，却是眼神一直盯着她，不知道在想什么。

她的头发很干净，毕竟在疗养院里，平日再怎么样无法自理，也有医护人员收拾她的卫生，没有在外边流浪的那种神经病人那样油油的头发，而是干净而柔软，不知怎么的，当莘瑶将手抚上去时，手指碰到石芳的脸上，她自己心里也总觉得像是有一块柔软的地方被触到。

是因为太想妈妈了吗？

所以在面对修黎的妈妈时，她才会有这种情绪……

特别是，当她发现眼前年已五十的石芳的脸虽然比照片上多了许多岁月的痕迹，但看起来也就是四十岁出头的样子，皱纹没有多少，只是皮肤老化得严重，眼窝深陷，瘦骨嶙峋，但是，她的脸……

为什么，季莘瑶有一种错觉，总觉得这个石芳才更像单老手中照片里的那个单晓欧，石芳与单晓欧很形似，加上妆容常又化得很像，所以不仔细看，总觉得十分形似，而眼前的这个石芳，虽然老了，不复年轻时照片中的光彩，但是她的脸，让季莘瑶有一种眼前的这一位才是自己妈妈的错觉……

因为季莘瑶把石芳脸前的头发撩开了一些，盯着她的脸，愣神了好半天，石芳也没有抗拒或者是任何暴力的举动。

这时在不远处站着，守在那里的几个医护人员都在一脸惊愕地看着这边。

"你们看见了没有？石疯子居然让人碰她，居然让人去碰她脸上的头发，我记得她平时就算是被打了镇静剂，在咱们把她给送回床上睡觉的时候，她也死活不让我们碰她的头发，她把头发当宝贝一样，谁都不让碰，她居然没有拒绝季小姐……"

"是啊，我也才在这里工作没两年，一直都没机会看看这个石疯子到底长得什么样，我听说以前看过她样子的人也很少，石疯子平时睡觉的时候也不踏实，咱们进去趁她睡下时给她打针，她都睁开眼睛瞪着咱们，谁都不敢去碰她，不然她就咬人，真是的，这个疯子，难道她认得季小姐？"

"你们不觉得奇怪吗？这些年，任何人靠近她，她都又打又砍又寻死的，这

第九章 秘密

季小姐无论是喂她吃东西，还是碰她的头发，她都乖乖地不动，这季小姐是不是会催眠术什么的呀？石疯子居然有这么乖的一天？我以为她只有打了镇静剂的时候没了力气，才会安静下来呢……"

"嘘，小声点，季小姐能听见……"

那几个医护人员的对话，季莘瑶确实隐约地听见了，她心下最开始只是觉得石芳应该是因为自己和修黎的关系，所以潜意识里对自己不排斥，但是听这些人的话，再又看看石芳的脸，她怎么想怎么觉得不太对。

于是，她拿起盘子里的碗，又将菜放在米饭里，夹在一起，喂到她嘴边："那，把饭吃了，吃过后，再继续喝汤，免得噎着。"

石芳乖乖地张口，只是嚼起来有些费劲，于是莘瑶一边喂她吃两口饭，一边喂她喝一口汤，直到一整碗饭都见了底，她再喂汤时，石芳转开头去，死活就是不吃了。

真像个……孩子呢……

莘瑶笑弯了眼睛，总觉得眼前的女人越来越有亲切感，于是伸出手，轻轻握住她的手："石阿姨，你能说话吗？"

石芳呆滞地看着她，不言不语。

季莘瑶记得有医护人员说过，石芳是会说话的，而且……在看电视的时候似乎还会有一些特别的情绪，但是那些情绪过于疯癫，她为免这样平静的气氛被打乱，便避开顾远衡和季秋杭的话题，只是握着她的手，温柔地说："阿姨，你想不想修黎？如果你的病能好一些的话，我可以让你跟修黎通电话，如果你康复得不错的话，我一定求南希，让他想办法把你接回国，让修黎陪在你身边，这样对你的病情一定有帮助，你也一定很想见他，是不是？毕竟他是您的亲生儿子嘛。"

"哦对了。"莘瑶忽然笑笑："忘记告诉你，我是南希的妻子，石阿姨你说，这个世界，有些时候是不是真的太小了……"

而就在这时，石芳的眼神忽然变得可怕。

"结果我后来才知道，修黎竟然是顾家的孩子，我们两个从姐弟一下子变成了叔嫂，说实话，这种关系都要尴尬死了。"季莘瑶单手托着下巴，眼里尽是笑意："石阿姨，我不知道你对顾家会不会很憎恨，但是看在他们现在这么努力地想要留住修黎的分上，您就原谅他们吧，因为，毕竟现在我也算是顾家的一分子啊……"

石芳的手很冰凉，当莘瑶再次握住她的手时，石芳的本来有些诡异而可怕的眼神渐渐淡了许多。

莘瑶抬起眼，没有太在意她的眼神，对于一个神志不清的人来说，脑子里恐怕会有太多被迫害的幻想，也许她刚刚提到顾这个字，让石芳有了反应，但是还好，她的抚触能让石芳平静下来。

于是莘瑶紧握着她的手，又小心地在她的手心里轻轻地按摩，笑着说："石阿姨，其实我很希望你能早一点清醒过来，无论是因为修黎还是因为自己，因为你是修黎的妈妈，所以你现在的样子我很心疼，另一方面，我很希望你能在清醒过来后，跟我讲一讲，我妈妈的事情……"

说到这里，季莘瑶眼里忽然染上几分盼望："我很好奇，我妈妈是一个什么样的女人，还有，我想知道她的身世，她和单和平的关系。"

有那么一刹那，她感觉到自己手里的那只手似乎是颤了一下，猛地抬起头注视着眼前石芳的神情，却见石芳的眼色很呆滞，嘴唇亦在剧烈地颤抖，似乎是刚刚吃过了东西，因为身体反应问题，而要吐出来一样。

眼见她这状况，莘瑶忙转头看向那边依旧在窃窃私语的几个医护人员："她好像是要吐！"

那几个医护人员赶忙要过来，莘瑶本来不放心，但知道自己坐在这里有些碍事，便忙站起身就要站到一边去，刚要走开，却发现自己的手被石芳反握住，她猛地转过头，看向石芳的脸，因为头发长期这样挡在脸前，发根几乎已经定了型，所以只是这么一会儿，头发就又遮下来一部分，虽然只是一小部分，但这些头发却像是她的防护罩一样，让她觉得安心。

但是季莘瑶的手却被石芳握得死紧，紧紧抓着她的手，甚至看起来像是怕自己抓不住一样，狠狠地竟然快把指甲嵌进她手背上。

"石阿姨？"

莘瑶惊讶地看看她，却见她刚刚嘴上的颤抖渐渐蔓延至全身，手却仍是死死抓着自己，于是停下脚步，低下头："石阿姨，你是不是想说什么？你怎么了？"

"季小姐，石芳这是要癫狂的前兆，你快站远一些，千万别被她伤到。"

一个医护人员伸手就要将石芳的手拉回去，一边拉着一边急急地说。

季莘瑶没见过这样状况的病人，但见石芳这状况，她一时间有些不知所措，可是怎么看，她这都不像是要疯狂的前兆，便犹豫了一下，在被医护人员扯开后，没有走开，只是有些担心地低下头看了看。

这时，那医护人员直接伸手轻轻推了推她："季小姐，你快站到那边去，她这样，也不知道是要尿了还是要怎么样，顾先生交代过，让我们陪着你，虽然同意让你在这里接触石芳，但是只要石芳有任何问题，马上让我们拉你离开，季小姐，请别让我们为难。"

"可是她这样明明是很难受！"季莘瑶皱眉。

"是很难受，她经常这样，忽然间就抖起来，没人敢靠近她，今天这都算不错了！"

"可……"

"凶手……"忽然，石芳嘴里含含糊糊地冒出这几个字："都是凶手……"

那几个医护人员当即脸色变了，同样惊愕地看向石芳，季莘瑶觉得不对，直接推开眼前挡住自己的那个人，转而回到石芳面前，低下身看她，见石芳双眼瞪得很圆，血丝一片，双手颤抖着举起来，似是要来抓住自己，莘瑶本能地将手递了过去，让她抓住。

石芳一抓住她，眼神便一柔，忽然痴痴地笑了。

第九章　秘密

21

"石阿姨，你刚刚在说什么？什么凶手？"莘瑶俯下身，虽然手上被她抓得很疼，但还是忍了，只是耐心而谨慎地看着她的眼神："你想说什么？告诉我！石阿姨！"

"季小姐，你这样是不行的！顾先生交代过，您不能贸然……"医护人员赶忙要拉开她。

"别碰我！我知道她不会伤害我！"季莘瑶突然转头，面无表情地看了一眼那急忙要拉开自己的医护人员，在那两个人被自己的表情吓住不敢再动的时候，便转回头来，目光温柔地看着眼前的石芳，见石芳虽然紧抓着自己，却是渐渐低下头，不去看那两个医护人员。

季莘瑶当时就懂了，犹豫着看了一眼那两个医护人员，说："她平时被你们打了太多镇静剂，现在身体状况太差，很容易受冷，现在估计是冷了，送她回去吧，我陪她在房间里坐一坐。"

"可是，顾先生说过……"

"所有后果我自己承担。"季莘瑶的语气坚定。

因为她始终都觉得石芳的举动非常诡异，为什么她要遮住脸，为什么她不让顾远衡靠近，为什么她对别人疯癫，却对自己能平静下来？甚至可以乖乖地听她的话？

这其中一定有什么原因，生活从来都不缺少戏剧化，一个被关在这里二十几年的女人，身上究竟有多少的无奈，季莘瑶不是看不出来，石芳她有话要说。

无论这是她的错觉还是什么，至少这是一个机会，她不能说错过就错过。

那几个医护人员仍在犹豫，季莘瑶蹙眉，冷冷看着她们："有什么好犹豫的？我是她最好的姐妹的女儿，又是她儿子的姐姐，相当于她的干女儿，我想她一定是对我有印象，才会在我面前这么平平静静的，难道你们不希望你们口中的'石疯子'早点清醒过来减轻你们的负担吗？既然她肯安静地面对我，怎么就不能给我一个陪她说说话的机会？"

几个医护人员似乎觉得她说得很对，但却又无法确定该不该这样，其中一个年龄较长的人说："这样吧，季小姐，我们先把石芳送回去，然后我先找主任问问看，如果她认为让你陪着石芳在房间里不会出问题的话，我们也就不管了，您千万别为难我们，我们也是听领导的话行事啊……"

这疗养院里的领导也不知道是哪方面的人，是真心想要石芳清醒过来，还是把石芳关在这里的主谋之一。

一切皆有可能，虽然她相信顾南希，但她不相信顾远衡和顾老爷子，何况二十几年前的时候，顾南希也才几岁而已，他能知道什么，而石芳对自己又这么平静，刚刚那几句话明显是想透露什么，以她这个媒体人的直觉来看，石芳一定是想告诉自己什么，却碍于有别人在场。

也许，她根本就没有疯！

这样的想法把季莘瑶都吓了一跳，再又仔细看看石芳，见她抱着自己的手在胸前，傻笑着，抱着她的手时，像是抱着一个刚出生的小娃娃一样，满眼的疼爱和痴傻。

于是，季莘瑶缓缓地蹲下身去，仔细地看着她的神情，温柔地小声说："我一定会想办法让你回国的，你放心。"

说罢，莘瑶又紧紧反握住石芳的手，用只有她能听到的声音说："相信我。"

石芳没有反应，仿佛没有听见一样，一味地抱着她的手，像是在疼爱一个刚出生的小孩子。

莘瑶心下一疼，深深看着她。

没一会儿，那几个医护人员就把石芳送了回去，莘瑶想要过去看看，却被她们挡住。

"季小姐，我们刚刚打过主任的电话，主任说石芳每天这个时间都会出现癫狂状态，您现在怀着五个月的身孕，实在不能冒这个险，我们能理解您对她这个精神病人的好奇心，但是为了您的安全，就算是得罪，我们也不能让你现在靠近她。"她们说。

季莘瑶拢眉："什么不能让我现在靠近她？那我什么时候能再见她？我跟南希随同爸一起来探望石阿姨，本来他们来美国就是以公干为由，再过不了两三天就要离开了，你们让我什么时候见？"

"这……"那医护人员犹豫了一下："要不这样吧，季小姐，我们给她打一支镇静剂……"

"又是镇静剂！你们不把她当人看吗！"季莘瑶赫然怒斥了起来："她是人，不是动物，不是你们想让她安静下来打一针就行了！看看她都被你们折磨成了什么样子！你们还是不是人！有没有人性！"

"季、季小姐，你别生气，我们也是……为了你好啊，你毕竟怀着孩子呢，你一定要理智一些，为了孩子，也不能这样贸然靠近她，本来她现在就要发疯了，这万一要是出什么事……"

"我去看看她。"

季莘瑶又不是傻子，不是看不出来这些医护人员从刚刚的犹豫到打电话过后的坚决，这其中一定是有什么事情。

到底他们在隐瞒着什么，她一定要查清楚！

这是修黎的妈妈，她不可能放着不管！

于是她二话不说，直接推开挡在眼前的那两个人，快步走上楼。

"季小姐，季小姐！"

"季小姐你不能过去……"

"放开我！"季莘瑶用力甩开她们伸过来的手，在她们又挡在自己面前时，停下脚步，冷着脸看着她们眼中那丝胆怯："这座疗养院是顾家名下的产业，现在顾先生去了，顾南希也不在这里，我好歹也是这里的半个主人，是你们主任的话重要，还是我的话重要？"

第九章　秘密

23

"可是，主任也是为了您好啊……"

"是吗？"季莘瑶冷笑，推开她，直接走向了石芳房间的门。

"季小……"

"算了，去跟主任说一声吧。"

另一个医护人员无奈地拉住旁边的人，让她别这样得罪顾家的儿媳妇。

那两个医护人员才罢休，却还是有些担心地站在门外。

季莘瑶刚一走进去，就看见一个护士和一个男医生将正在奋力挣扎的石芳按在床上，男医生手里是一根细细的针管，正在准备注射。

季莘瑶认得那是镇静剂，顿时怒火冲天地走上前，一把夺过那医生手里的针管，重重地扔进一旁的垃圾桶里："你们这是干什么？她都什么样了，还给她打镇静剂！"

"季小姐……我们给她打镇静剂，也是避免她再发疯，伤到她自己……"

"少跟我说这些冠冕堂皇的理由！顾南希没有告诉你们，以后别再给她打这东西了吗？"季莘瑶怒问。

"这……"那男医生顿了顿，无奈地说："顾先生是交代过，但是主任那边说石芳的病情不容乐观，最近又有发疯的前兆，现在季小姐您住在这里，我们怕她发疯乱跑，打伤了您或者出什么事，所以才……"

又是主任？

这些人连顾南希的话都敢不听，表面上答应，私下却背着他继续这样给石芳打镇静剂，这是什么意思？

顾远衡似乎也不清楚这其中的状况，那么这间属于顾家的疗养院，到底是谁说了算？

什么主任？这家疗养院的主任她见过，是个近六十岁的老医生……

难道……

季莘瑶心下一颤，难道是顾老爷子让他们这样对待石芳的？

那男医生见她站在那里不动，便使了个眼色，让旁边的护士继续按住一直唔唔痛苦叫着，拼命挣扎的石芳，见他这意思是还要打针，季莘瑶突然一把直接摘下他脸上的口罩，眼前的年轻男人，一看就是个刚毕业的医科大学生，连点经验都没有，就会听主任的话行事。

她咬牙："你这算什么医生！治不好病就只会打镇静剂吗？要是一时控制也就罢了，她都被控制了二十几年了，你这种岁数的医生也已经内心麻木到了这种地步吗？"

那男医生当场愣住，被季莘瑶骂得脸上微微一红，有些尴尬地站在那里。

"你们出去！别再打针了！我在这里看着她。"季莘瑶皱眉，直接冷声命令。

"可是季小姐……"

"别再可是，也别再叫我，出去！"季莘瑶转头，示意他们马上走。

"石芳要是发起疯来，你……"

"我说过，发生任何事情我自己承担！我都不怕，你们怕什么？"季莘瑶瞪了他一眼。

那男医生一时语塞，只好拿回她手上的口罩，收拾了一下东西，和那个不敢说话的小护士一起走了出去。

见他们走了却不关门，季莘瑶回过身，走出门外，冷冷地看了一眼站在门外似乎是打算偷听的那几个医护人员，那几个人被她一瞪，忙转身走开了。

季莘瑶随之将房门重重关上，回身看了一眼蜷缩在床上颤抖的石芳，当即蹙起眉，快步走过去，俯下身靠近床边，伸手去碰她："石阿姨，别怕，是我……"

石芳像是被吓住了，一直颤抖个不停，不肯睁开眼睛，凌乱的头发把她本来虽苍老但却仍然精致的面容映得十分扭曲。

莘瑶心下一阵难受，伸手轻轻抱住她："别怕，别怕……"

哄了她好半天，直到怀里的石芳渐渐安静下来，睁着眼睛傻傻地看着自己，季莘瑶才朝她微微一笑，抬起手，将她脸前的头发向一旁轻轻撩起，温柔地说："石阿姨，您一定是偶尔清醒的吧？是不是被这些人吓怕了？还是这些人用什么方式对你？你告诉我，我一定会帮你。"

石芳只是呆呆地看着她，一句话都不说，但是双眼却始终盯着她的脸。

眼前这个虽然与自己有几分相像，但面容枯槁，身形骨瘦如柴的女人竟像个孩子一样缩在她怀里，颤抖得像是在寻求依靠，季莘瑶忍不住伸手紧紧抱着她，她没有尿裤子，也没有吐出来，身上还是早上换过的干净的衣服，因为有护士给她洗过澡，身上还是香皂的味道，头发上也是淡淡的洗发水的味道，而这间病房里满是消毒水的刺鼻味儿，但是也很干净。

她抱着石芳，像是对着一个孩子一样，轻轻地拍哄着："好了，不怕，不怕了啊。"

"瑶……"忽然，石芳试图张了张嘴，傻乎乎地轻轻叫着她："瑶瑶……"

那一刹那，季莘瑶的眼泪就险些飙了出来，低头看着竟然能叫出自己名字的石芳："石阿姨，你已经认出我了是吗？你记得我的名字了，是不是？"

而石芳却仿佛没有听见她的话，只是一味地轻轻叫着："瑶瑶……"

"瑶瑶……"

她不停的重复，然后自己一个人在那儿傻笑着，在季莘瑶站起身来时，石芳顺手抱着床头的枕头，紧紧抱在怀里，将脸贴在上边，傻兮兮地轻拍着怀里的枕头，轻轻地摇晃着，像是在哄着一个将睡未睡的孩子："瑶瑶……"

"石阿姨，瑶瑶在这里，我长大了，我不是那个你曾经抱过的襁褓中的小婴儿，我是长大后的瑶瑶，你的好姐妹单晓欧的女儿，我知道你没有完全疯，你一定还记得什么，你没有忘记我，你别这样好吗，转过来，转过来我们说说话！"

莘瑶伸手要将她手里的枕头拿走，结果石芳却不干，尖叫了一声伸手就要推开她，莘瑶眼疾手快地向后退了一步，惊愕地看着那抱着枕头一直叫着自己的名字，像是怕别人去抢她孩子一样的石芳。

季莘瑶试图靠近，却见石芳仿佛浑身都充满了防备一样，像是一只在爱护孩

第九章 秘密

25

子的母兽,周遭都是危险的气息,莘瑶虽然很关心她,但不是没有理智的,站在床边没有再靠近,只是静静地观察着她,再又想起了什么,犹豫了一下,在口袋里翻了翻,将从早上因为打算见她就携带在身上的那条白水晶项链拿了出来。

这条水晶项链是当年巴西总统夫人送进中国的,是顶级的白水晶,在这病房里不算太明亮但也不算暗的光照下被映得十分璀璨光华。

她握着那条水晶项链,犹豫了一下,走上前,将之轻轻送到石芳面前:"您认识这个吗?"

石芳的眼神瞬间被她手中亮晶晶的东西吸引,猛地转过眼来,因为有枕头挡住,莘瑶看不清她的表情,正要俯下身去近距离地看一眼,结果忽然门外传来急的脚步声,她一顿,来不及去看石芳的反应,便猛地将那条水晶项链收了回来,放回口袋里。

就在这时,病房的门被人重重推开,顾远衡走进来,冷漠而严肃地看着季莘瑶:"谁让你跑来这里?你怀着孩子不能贸然接触她,你不知道吗?"

看顾远衡这态度,应该是刚刚那个所谓的主任联络到了他,但是顾远衡的神情似是真的怕她在石芳这里有什么危险,而不像是知道什么内幕一样,心下就更是狐疑起来。

莘瑶不动声色,没有再去看那边紧抱着枕头缩在床角的石芳,只是笑了笑:"爸,您也知道我和修黎关系好,不管血缘关系怎么样,在我的思想里,修黎就是我的亲弟弟,而石阿姨是他的妈妈,就像我的妈妈一样,所以我一时没忍住,想来看看她,陪陪她……"

"你怀着孕,不能冒这种险,别忘了你怀的可是我们顾家的孩子,这要是有个三长两短,你季莘瑶负担得起?"顾远衡冷眼看着她,语气冷冰冰的完全是伤人的态度。

莘瑶顿时隐隐蹙起眉:"爸,我以为您早该接受我了,我怀的是顾家的孩子又怎么样?我是您的儿媳妇,虽然作为晚辈说这些话不应该,但是您作为长辈,是不是在说话的时候应该留些情面?"

"你……"

"这眼前您欠了二十几年的债还没解决呢,您就不能顺便给您的孙子积些阴德吗?口孽堪比杀人,爸,请您以后说话注意些!"

季莘瑶现在火大得很,他顾远衡就算是顾南希的爸爸,但是他这种为人,有什么资格在她面前说三道四,她肯为顾家生孩子也是因为顾南希,跟他顾远衡没有半毛钱关系,他居然用这种语气说她。

顾远衡似是气急,正要说些什么。

忽然,床上传来一声尖叫,季莘瑶吓了一跳,猛地转过头,只见石芳抓起手边的杯子就狠狠朝顾远衡的头上砸了下去:"啊啊啊啊啊……"嘴里还伴着刺耳的尖叫。

顾远衡低咒了一声,及时躲开,那玻璃杯就骤然砸到他身后的墙上,顿时一阵碎裂声起，因为这房子里能砸的东西全被她砸过了，现在这里的人也不在这里放什么容易被她抓起来砸人的东西，那只玻璃杯也只是刚刚那个护士进来让她吃药，后来走的时候匆忙才忘在这里的。

季莘瑶惊愕地看着眼前的突发状况，还没反应过来，就见石芳忽然从床上跳下来，一边尖叫着一边举着枕头用力砸向顾远衡，顾远衡脸色难看，伸手就要制住她，季莘瑶忙上前将石芳拉开："石阿姨！"

这时有医护人员进来，忙要帮着一起将石芳拉开，见这么多人，顾远衡便没再动她，但却因为一时不注意，竟然被石芳咬了一口，而众人发现时已经来不及。

"石阿姨！"莘瑶低叫了一声，忙要将她拉起来，顾远衡却已经用力地将她甩开。

砰……的一声，石芳直接整个人被大力甩得撞到身后的柜子上，后背撞在柜子一角，顿时轻哼一声，整个人软软地倒了下去。

"快，快把人扶起来！"

众人一见不妙，忙上前七手八脚地将石芳扶了起来，但是那个柜子的角很尖，在石芳刚被扶起来的刹那，便有血从她背后直接流了下来，落在地上。

触目惊心的血迹吓住了季莘瑶，她不敢置信地看着眼前的状况，再又猛地转头看着皱眉正捂着手臂上的齿痕的顾远衡："爸！她曾经是你的女人！他是你小儿子顾修黎的妈妈！"

"曾经是曾经，现在也不过是一个疯子！"

顾远衡拧起眉，见那柜角边的血，似是也后悔自己的力气太大，但被自己的儿媳妇这样说，也放不下脸来，便冷着脸，毫无表情地直接转身走了出去。

季莘瑶从来都不相信，一个男人竟然可以绝情成这样。

那些所谓的不爱了，就是真的不爱了，于是，这个女人的死活，都和他再无干系了是吗？

她恨恨地握紧双拳，猛地转身快步走到床边，见石芳昏死了过去，整个人被放着俯卧在病床上，后背的衣服被揭开，颈后连着脊椎的地方被刺破，这里算是人很脆弱的地方，稍不注意直接就能撞到没命！

她忙拉住一个护士问："医生呢？不是说平时都有一些老医生过来看她吗？她怎么样？有没有事？快叫医生过来！"

"季小姐，石芳平日里经常受些伤，不是她自己伤到自己就是被别人甩开时伤到的，昏迷也是常见的，你放心，她没伤到要害，就是摔得重了些，所以才昏了，明天早上就能醒，不用叫医生……"

那医护人员轻声说。

季莘瑶当时就觉得自己脑子里有一根弦在嘣嘣嘣地炸响，直接就断了，她猛地抓住那医护人员的袖子："我让你马上叫医生过来！什么叫经常受伤！就算是经常受伤，她出了这么多血，你们连医生都不叫，到底有没有医德！"

"季小姐，这房子里细菌太多，你不适合长期在这里，还是回去休息吧。"

那医护人员比之前那几个小姑娘淡定多了，眼神很是镇定，直接给其他的几个人使了眼色，让他们送她出去。

"你们……"

见她们好几个人，一脸客气地将她推了出去，又客客气气地说让她回去休息，说现在这里有她们在，石芳不会有任何危险云云。

直到眼前的病房门被重重地关上，季莘瑶才惊诧地瞪着那扇门。

十几分钟后，季莘瑶想再进去看看，却又一次被那几个医护人员"客气"地请了出来。

最后她没办法，她再怎样着急也不能在这里发火惹出什么乱子，她在病房外边转悠了许久，见那些人还不出来，也不知道石芳怎么样了，心下焦急，站在这里，走廊里阴暗得更是让她心里发闷。

最终没办法，她干脆转身快步走了出去，缓步走在遍地鹅卵石的小路上，想了想，心里很不是滋味，她不能随便接触石芳，顾远衡也没有心思一直和一个疯子纠缠，而顾南希最近又太忙……

她不禁坐在水池边，看了看手机，终究还是没有办法，至少，现在这种状况，她绝对不能告诉修黎，所以她只好一个人静坐了许久，直到下午，她才又拿起手机，因为实在太担心石芳的事情，所以只好给顾南希打去电话。

电话响了四五声，那边便接起，听起来他似乎在忙，那边传来纸页翻动的声音，和钢笔在纸上刷刷而过的声音。

季莘瑶顿了顿，觉得自己似乎是打扰到了他的工作，便有些不好意思开口。

"莘瑶？"她这边不说话，顾南希温和的声音便传了过来："你怎么了？怎么不说话？不开心？"

"南希，我想把石阿姨接走，现在就接走。"

她虽然觉得自己似乎是打扰到他的工作，但既然这个电话打过去了，她还是简单地说完才好。

电话彼端的人似乎是沉默了片刻，半晌，道："现在？你平时不是这么冲动的脾气，是不是发生什么事了，嗯？"

莘瑶知道他看不见自己，但还是摇着头，对着电话说："没有，只是这里的人对石芳都太冷漠，我的妈妈已经死了，修黎的妈妈就等于是我的妈妈，我想照顾她，南希，我从来没有对你提过什么要求，只是关于石阿姨，你能不能帮我，让我把她带走？"

那边传来笔锋停顿的声音。

季莘瑶其实知道，这间疗养院是顾老爷子所设，这些人也一定大多数是顾老爷子的人，别看顾南希现在权大势大，但是顾老爷子虽然锋芒不露，却是狡猾精明得很，恐怕这种地方，根本连顾南希也无法做主。

但是她想试一试，因为在整个顾家，她除了跟自己的丈夫说这些，她实在不好找其他人。

只是，她也知道这样，或许是自己在为难他。

"莘瑶，你该知道以石芳现在的状况，如果被接回国，被修黎看见，会是什么后果，连你都已经心疼到这种地步，何况是修黎？这样做，并不理智。"

顾南希那边似乎是合上了手中的档案，耐心地与她说了起来。

莘瑶心下难受，低下头，看着自己的脚尖，想到刚刚石芳摔在桌边后就晕过去时的样子，想到那桌边满地的血，和那些医护人员淡定地完全不管她的死活，只是简单处理的样子。

"暂时不让修黎看见她也行，我们先给她转到G市好一些的疗养院，我经常去照顾她，陪陪她，等她的精神状况好些了，再让修黎见她，这样又方便我见到石阿姨，也有助于她的病情啊。"

莘瑶是央求的语气，她真的平时从来都没有这样求过顾南希什么，就算曾经小暖家的老房子要拆迁，她也只是去顾氏找他理论，说各种建议。

而现在，就是因为她知道在这里也许顾南希不能完全做主，可能会让他为难，但她知道，虽然这件事情真的很难办，但也只有他能做得到。

是的，只有顾南希能做得到。

那边顾南希似是在考虑什么，过了一会儿，才轻声问："你确定要这样做？"

这时候莘瑶已经想到，如果石芳被接回去，就算修黎被刻意隐瞒着，但是何婕珍一定会知道，到时候何婕珍的感受恐怕会很受伤，而顾南希当然会心疼自己的母亲。

这下，季莘瑶忽然说不出话，只是握着电话，觉得自己或许不该这样为难他。

这件事情本来就是顾老爷子在二十几年前就插手了，纵使顾南希后来者居上，但是短期内也翻不过顾老爷子曾经一手遮天的天。

她没再说什么，也没有回答是否确定要这样做，只是一边紧握着电话，另一边的手插进口袋里，紧握住那里的水晶项链。

不知过了多久，电话那边才传来他柔和的声音："我试试。"

季莘瑶当即心下一阵情绪如潮涌，这一刻，她相信，生命里总有一个异常璀璨的梦，有一种名叫无怨无悔的感动。

"顾南希，谢谢你！"

莘瑶握着电话，眼中已蓄满了感动的泪水，听着电话那边传来淡笑的声音，已经能想象得到，他这时微微勾起的唇和温柔的表情。

顾南希在她的生命中，不仅仅是独一无二的阳光，更是源源不断的希望。

顾南希轻笑："疗养院那边目前我无法干涉太多，关于石芳的事，我会尽量为你争取，无论你现在因为什么不开心，马上把不开心的事情放下，以后有什么事情都要像现在这样，马上对我说，让我来帮你解决，听到了吗？"

季莘瑶感动得无以复加，明明知道这事情使他很为难，可他偏偏又能为她做到这一步，她除了乖乖答应，已经不知此时该做出什么样的反应，只是低低地"嗯"了一声。

第九章 秘密

第十章　疯癫

当晚，顾南希回来时，季莘瑶正一个人站在阳台上，朝着石芳房间窗口的方向一直望着。

直到身后的落地窗那里传来很轻微的响动，接着便是熟悉的怀抱自她身后将她揽住，莘瑶没有回头，只是就势向后一靠，更紧地贴进顾南希的怀里，她的目光仍然望着石芳房间的窗口，嘴里喃喃地说："不知为什么，我总有一种奇怪的感觉。"

"什么感觉？"顾南希淡笑着，俯下身来，在她脸颊边轻轻一吻，笑着贴在她耳边温柔地问，"听说怀孕五个月后，肚子里的孩子已经会动了，是不是感觉到孩子在踢你了？"

一听他这样说，本来就一直感觉肚子怪怪的季莘瑶当即惊愕地低下头，将手放在肚子上，接着脸上一喜："真的哎，我刚刚就觉得肚子里边像是有什么在动，但是刚刚一直在专注地想事情，根本没往这方面想，他真的在动！南希，他真的在动哎……"

莘瑶第一次当妈妈，怪紧张的，这瞬间感觉到宝宝似乎在踢自己，当即便转过脸去笑看着他："南希，我感觉到他了……"

顾南希亦是眼中有所期待，将手温柔地轻放在她的肚子上，试着感觉了一下，随后笑着说："别动，我来听听。"

当他俯下身来时，季莘瑶顿时笑得满脸幸福，直到他将耳朵轻轻贴在她的肚子上，静静地听着肚子里的动静，她更是脸上一片红光，笑得直接咧开了嘴。

顾南希嘴角染笑，一边听，一边挑动眉宇，瞥了一眼正笑得满面红光的莘瑶："这孩子，才五个月，就这么不老实，再过几个月不是要拼命折腾你了。"

"孩子爱动是好事呀，这代表他健康！"季莘瑶嘿嘿笑着。

顾南希却是挑眉道："你前次砸破了头，被送进医院时医生特意给你做了 B 超，我也是来美国之前，回顾宅时爷爷才神神秘秘地笑着把 B 超的单子给我看，你确实怀的是双胞胎，只是爷爷没有问孩子是男是女，就匆匆叫人给你缝针了。"

"啊？真的是两个呀？"季莘瑶惊诧，怪不得那几天看何婕珍和老爷子的表情都怪怪的呢，像是他们知道了什么好事一样，但因为她在受伤，又不好意思笑出来似的。

顾南希微笑，手轻抚着她的肚子："兴许是那两个淘气的小东西正在你肚子里打架，所以动静才这么大，可谁知他们的妈妈也这么迟钝，都没感觉到他们的动静。"

季莘瑶脸颊上染了一片红，伸手去推他："我哪有，我是最近肚子里就有点反应，我第一次当妈妈，哪里知道是不是吃错了东西在闹肚子，所以也没说，现在才知道居然是宝宝在动！"

顾南希只是笑，莘瑶不乐意了，伸手去推他："叫你笑话我，叫你笑话我！去，不让你听了！"

而顾南希却是笑着抱住她，继续贴着她的肚子，最后低下头来，温柔地在她高高隆起的肚子上印下一吻，温柔地说："要乖，妈妈怀你们已经很辛苦，绝对不可以让妈妈不舒服，不然等你们出生后，爸爸可要挨个打屁股。"

季莘瑶一下子就笑得不行，顾南希起身，将她轻轻纳入怀里，认真地说："老婆，以后无论发生什么，都不要再对我说谢谢二字，若真要谢，或许反倒是我该谢谢你，谢谢你让我拥有这样平静踏实而幸福的生活，虽说女人生子是天经地义，但是女人怀孕生子也是生命中的一次冒险，若非为爱，又怎会甘愿用自己的生命去孕育我们的孩子？若非为爱，十个月后孩子呱呱坠地，你这个妈妈又怎么会那样伟大又那么甘愿平凡？"

"所以，从此都不要再对我说谢谢。"顾南希倾身，吻着她的鼻尖，"我们是夫妻，我绝对不会让你独自承受太多的委屈和不快，所以，相信我，无论何时何地，都要相信我。"

季莘瑶点头，将头靠在他怀里，用力地环抱住他的腰将他紧紧回抱住。

她能感觉得到，顾南希对她越来越疼爱，越来越包容，当然，顾远衡今天说的那些话虽然让她多少有些受伤，但不至于在顾南希面前表现出太多，可他却似乎是看出了什么，虽没有一直问她，但却趁着晚上，趁着莘瑶的精神还算不错，听她说在疗养院闷了几天很无聊时，便索性开车带她到附近的几个农庄走走。

这里是波士顿远郊，离市区有两三个小时车程的距离，而这附近的农庄之间的街道上竟然会有不少人来人往的行人，一问之下才知道，原来这附近有三四个农庄，虽不至于像城市里那样繁华，但是这些农庄的人加起来也不少，这里每天晚上都会有一个小夜市，会有西方人的烧烤小摊和卖的衣物与杂物，另外还有许多与中国一些城市很相像的小型娱乐项目。

农庄这里跟不上大城市的时尚，但却自成一派，季莘瑶一看到夜市就兴奋了，顾南希见她想逛这里，便干脆将车停靠在附近人较少的路边，之后牵着她的手陪她去逛逛。

还记得两人第一次逛夜市的时候，是在雨霏那一次回国前，莘瑶想给雨霏买各种各样的小礼物，而拉着他四处走。

第十章 疯癫

31

而他们第二次逛夜市，居然还跑来了美国，但却并不是在繁华的大都市，而是在美国远郊偏僻的农庄之间。

可是这种感觉反倒让人很踏实很欣慰，季莘瑶干脆将手挎在他的手臂里，一边挤进人群一边朝四周看看。

顾南希不忘替她在拥挤的人群里腾出空间，免得她这么大的肚子被人挤到，而就在两人绕过一片西方式的烧烤摊时，季莘瑶忽然瞥见那边地面上摆放着横七竖八的各种各样的小东西。

那些都是平时在国内很少能见到的小玩意儿，其实看起来材质也不过就是美国本土的一些很便宜的礼品，但是对季莘瑶这种自认为比较"土鳖"的人来说，这些小礼品就足够吸引她的眼球，她瞥见旁边的牌子上边写着5美元六十个圈，虽然感觉比国内贵了一些，但还是转头笑眯眯地拽着顾南希的胳膊："老公，给我5块钱。"

顾南希本来是在看旁边的其他东西，听见她的话后，才转回头来看看她，再又瞥了一眼她身后的那块牌子，和满地的小东西。

这是国内常见的那种扔圈圈套环的游戏，被扔出去的圈圈套住的东西就可以归投圈者所有，只是他似乎没想到季莘瑶会对这种小游戏感兴趣。

以前在国内，两人好歹逛过一次夜市，那时候也路过过这样的摊位，也不见她有什么兴趣，看来她还真是把这次来美国当成旅游了，换了个地方，就对什么都感兴趣。

顾南希轻笑，将钱包直接给了她。

季莘瑶在他的钱包里翻了半天，才勉强找到一张小数额的美元，让老板找了零后，便拿着六十个圈圈，站在黄色的分界线边，仔细看着正中间的一只看起来像是象牙，但其实是仿象牙的东西刻出来的一枚二十厘米大小的南瓜面具。

但是连续扔出去几个圈圈，也没有套住那个南瓜面具，季莘瑶恨得咬牙，手里还有五十几个圈圈，干脆直接满地乱扔，套住哪个就拿哪个，她总不至于笨到花了5美元差不多30块人民币，结果空手而归吧，那也太丢人了！

但是扔了半天，三十多个圈圈就这么扔光了，居然还是一个都没套上，只有几个险险地挂在一些小东西上，但是这样根本不算是套住了东西，还是无法拿走。

就在这时，顾南希走到她身边，虽然没有发出声音，莘瑶因为觉得自己有点丢人，所以比较注意他的表情。

果然，他在笑！

莘瑶嘴角抽了抽，看着他那沉默地笑着的样子："你笑话我啊？"

顾南希敛了敛笑容，嘴角却仍是上翘："没有没有。"

季莘瑶不服，直接把手里剩下的二十几个圈圈往他手里一塞："要不你来，我看看顾总你有多厉害，他这玩意儿肯定是有什么猫腻儿，要不我怎么三十几个圈圈都套不住一个！这竹圈肯定有问题！"

"竹圈有问题，你这手法更有问题。"始终淡然微笑的顾南希一边轻声说，一边接过她手里的那一堆剩下的竹圈，然后挑动眉宇，轻问："你喜欢那个南瓜面具？"

莘瑶虽然默认地点头，但还是不信他能套上，她又不是真笨到连投些竹圈都投不准的地步，只是这些竹圈遇到一点风就会改变方向，非常轻，根本不好控制，比起国内那些竹圈更难控制。

她撇着嘴说："你不用套上太多，只要把那个南瓜面具给我套上来就好了……"

她话音还未落，顾南希手中的一只竹圈就已经在他一甩手间飞了出去，稳稳地套在那个南瓜面具上。

季莘瑶的话音顿时哽在嗓子眼儿里，惊愕得瞪大眼睛，再又看看顾南希手里的竹圈。

他怎么这么轻易一下子就套上了？

"还要哪个？"顾南希随口问了一句。

莘瑶随便伸手指了指几个不太好套的距离较远的小东西，结果她所指到的地方，他手中的竹圈也随之飞了出去，每一个圈圈都套住了她想要的东西。

这回不仅是季莘瑶不得不服，连旁边本来习惯看好戏的老板也大跌眼镜，忙不迭地起身把那些套上的小东西拿起来放进袋子里，给他们送过来，然后在原位放一些更大更难套的东西。

这些东西都拿回去就已经够重的了，而顾南希手里仍还剩下近二十个竹圈，她嘴角抽了抽，靠近在他身边小声问："你该不会是托吧？"

顾南希轻笑："你认为呢？"

季莘瑶嘴角继续狠狠抽了抽："我看你就是个托，哪有你这样的……"虽是这样说，但她还是开心地从袋子里挑了挑，然后说："这么多东西全部拿走也不现实，太重了，我看这老板也挺老实，不像咱们国内的一些小商贩，遇见你这样的客人就直接喊着收摊，甚至不给东西，我看我就拿这一个南瓜面具走吧。"

"随你。"顾南希放下手中剩余的那些竹圈，眼中满是宠溺的笑。

夜市边上有这附近农庄之间的一片人工湖，环境还算不错，莘瑶拿着那枚南瓜面具爱不释手，时不时地就放在自己脸前，再又时不时地放在顾南希面前。

"现在离万圣节还很久，你打算拿这东西回国？"顾南希轻笑。

季莘瑶一笑，举着手里的面具怪声怪气地说："南瓜南瓜，南希南希，顾南瓜！"

顾南希顿时黑了半张脸。

而季莘瑶却是捧着南瓜面具在湖边照来照去。

这时，顾南希的手机响了，他看了一眼来电显示，在季莘瑶回头看向他时，轻声说："应该是公司的事。"

之后，他接起电话，沉静的目光望着眼前映着月色的人工湖，将湖边拿着南瓜面具就很开心地在手中翻来覆去的季莘瑶深深地纳入眼底。

电话那边不知是谁说了什么，顾南希眸色未变，声音却是带着几分严肃："不是让你们这两天别贸然签这份合同？林副总是怎么交代给你们的？E&R 公司的资金报告掺了百分之四十的水，到时这合作案出了资金流动走失的问题你们谁负责得起？"

之后，他拧眉，看起来似是有些不悦，声音也降低了几分温度："让 E&R 公司的人在公司等等，我马上过去。"

"雨霏暂时无法继续接管公司，林副总接任是由我筛选决定，你们不甘心不服气直接来对我说，我若再看见任何人为了一己私利而拿顾氏的业绩与信誉口碑开玩笑，别让我用最无情的方式让你们从顾氏卷铺盖滚蛋！"

"少废话，等我到公司再跟我解释！"

见向来心平气和的顾南希竟然似乎是因为顾氏的什么事而动了肝火，难得听见他的语气这么生冷且不给对方留半分情面，莘瑶忙走过去，伸手搂住他的手臂，安抚似的贴在他身边，小声问："怎么了？顾氏出了什么问题？"

顾南希放下电话，眉目间的冷凝因为她而温软了许多："没什么，公司高管之间的一些内部矛盾。"

末了，他看了一眼时间，眼里顿时带了几分抱歉："我现在要赶去公司，上车，我先送你回疗养院。"

"南希，我陪你去公司吧，我不困，回疗养院也没什么事，不知道你今天会在公司忙到多晚，我去陪着你行吗？"莘瑶在他正要回绝之时笑着说："我如果困了，就在你公司里睡下嘛，你的办公室应该也不缺休息室，我想去陪陪你。"

见她竟带上了一副撒娇的意味，顾南希拿她莫可奈何，终于无奈一笑，以下巴指了指他们车的方向："上车。"

顾南希一路开车到了波士顿市区的顾氏海外总部，刚将车开进停车场，公司的电话就打了进来，他一边接电话一边用眼神示意莘瑶跟在他后边走别乱跑，莘瑶安静地点头，没有插言，随在他身后，两人走进电梯。

没一会儿，电梯到达十八楼，随着"叮……"的一声，门刚一打开，门外就站了三五个顾氏海外总部的高管和高级技术人员，他们一看见顾南希，便一脸谨慎恭敬的朝他点头："顾总。"

顾南希眉目间尽是冷静与严肃："E&R 的人在哪？"

"还在休息室。"

"让他们来会议室。"

一边说，他一边走出去，接过旁边的临时助理送上来的合同，一边走进前方的会议室，似乎是因为事情太过紧急，顾南希一时无暇注意季莘瑶，但季莘瑶又不是小孩子要让他时时担心，她一边跟旁边看向自己的人客气地笑着打着招呼，一边跟随在人群后面，注意着顾南希的表情。

见他这表情，应该不是遇上了什么难题，而是被下属惹出了什么乱子而不得不亲自赶来解决，她便一句话都没有说，直接跟着他们一起进了前边的会议室。

34

所谓的 E&R 公司，是美国本土排名前十的软件开发企业，海外顾氏近期所需的新项目的软件与其有冲突，且对方公司近几个月出现资金问题，其中更出现了信任危机，林副总遵从顾南希的指示，拒绝此次与 E&R 公司的合作，结果一批人不服新上任的林副总的决定，有些老的企业高管直接擅自与 E&R 谈了合同，结果险些惹出乱子。

怪不得向来喜怒不形于色的顾南希会发这么大的火，这些老高管这样做确实是以个人利益为由而置公司的信誉与业绩于不顾，还敢在他还身在美国的时候起内讧……

这种情况，也确实只有他出现才能以最快的速度解决。

"顾总，这是 E&R 临时出的合同条例，其中百分之七十的受益权在咱们海外顾氏这一方，这对咱们是百利而无一害呀！"

"是啊顾总，您说林副总是听了您的意思，才这么果断拒绝 E&R 公司的合作邀请，但是 E&R 毕竟是咱们的老合作方了，在对方公司出现危机时，咱们就算不施以援手，也不该落井下石呀，咱们和他们的这一次合作也可以挽救他们公司这一次危机，所以这其中的利益，您看……"

几个资格老一些的高管依旧紧紧跟随在顾南希身边，不停地劝说，顾南希却是只字不言，冷静地看着手中的合同，最后眉心一结，转头冷冷看了一眼那不停唠唠叨叨的高管，对方才乖乖地闭上嘴。

没一会儿，林副总与 E&R 公司的几位高管一同走进会议室，因为这是公司的事情，季莘瑶虽在媒体界算是小有所成，但是隔行如隔山，她对这种涉及资金太大的公司之间的合作项目不是很懂，便只坐在角落靠窗的沙发上，静静地盯着顾南希的身影。

如同她在旁人口中所听说，工作中的顾南希，确实是很严肃，且面容冷峻，处事漠然冷静，言谈举止绅士风度尽显，却又是那样的自然而然。完全无啰唆的话语却是字字切到要点，虽是句句官方口气，却也不给对方留半分机会，而 E&R 高管的那几位言谈中的投机取巧，在顾南希这里却完全没什么用。

只见顾南希安静地注视着 E&R 公司的人对海外顾氏出尔反尔而表达不满时的表情，虽然这事情是海外顾氏的其他高管惹出的乱子，但毕竟他才是这里真正的主人，所以，E&R 公司的人除了据理力争地理论，也找不到其他办法，毕竟，虽然顾南希回中国五六年，但他曾经在美国业界所留下的影响依旧众人皆知。

如此重要的场合，谈话内容都略显严肃和沉重，虽顾南希在严肃中时不时也会有一两句话稍显幽默缓解气氛，但莘瑶对这一些懂得并不是很多，她又不是万能的全才，怎么可能一听就懂，于是坐在那边的沙发上，渐渐地便有了困意。

不知大概过了多久，季莘瑶睡着睡着，便突然觉得屁股下一滑，猛地醒了过来，却在醒了的同时才发现自己竟然还睡在会议室的沙发上，只是身上不知何时被盖上了一件外套。

而她因为很少这样坐在沙发上睡着，所以不是很习惯，睡觉时本能地抻了一

第十章 疯癫

下身体，结果从沙发上滑了下去，整个人就坐在了沙发下的地毯上。

然后，她愣了愣，察觉到那边传来的视线，猛地转过头去，只见会议室里的众人都目瞪口呆地看着自己。

季莘瑶僵了僵，尴尬地嘿嘿一笑，表情自然地站起身来，拍了拍屁股，将身上一并滑下去的属于顾南希的外套放在沙发上，清了清嗓子："嘿嘿……顾总讲得好……"

她在外人面前还是习惯叫他顾总，只是顾总两个字因为不习惯，所以显得别扭，但在座的所有人都知道顾南希在国内的身份。

隐约看见有几个高管嘴角抽搐，季莘瑶便继续觍着脸往那儿一坐，不顾众人各异的目光，继续坐等她老公开完会。

这时顾南希淡淡地笑了笑，合上手中的合同，轻声道："大家见笑了，我太太又调皮了。"

众人顿时用一脸"原来顾太太是这种调皮性格的女人"的恍然大悟的表情来调整了气氛。

顾南希接着笑道："她啊，就是太崇拜我，一时想引起大家注意。"

众人连连点头："顾总您有一个这么单纯直白的太太也是有福啊，女人还是简单点好，我可是深有感触……"

"对对对，女人还是可爱一点好，没有那么多花花肠子，这样也确实招人疼。"

顾南希但笑不语。

而"单纯可爱直白简单"的季莘瑶却是眼皮狠狠一抽。

虽然海外顾氏这边有专人休息室，但顾南希却是尽快解决了眼前的事情，待叫人送走 E&R 的工作人员后，便直接牵着他"单纯可爱"的老婆一路开车回了疗养院。

当晚季莘瑶都一直在心里过意不去，竟然在他开这么严肃的会议时不小心闹了一场乌龙，结果人家顾总却是完全不以为然。

要将石芳接走的这件事，并不如季莘瑶本来所想象的那样顺利，但是顾南希始终都在告诉她别担心。

其实要接走石芳不是不能办到，只是要怎么办，才能使引起的波动变得更小，才能让远在中国的顾老爷子不会开口阻止。

而这一切，顾远衡却是完全不知道的。

因为顾远衡与顾南希出国公干的时间仅有二十天，二十天一到，他们必须回国，一天都耽误不得，毕竟这些事并不自由，时间限定等因素都有一个规划。

在回国的前一天，顾远衡仍没能找到机会和石芳好好谈一谈，而石芳自从几天前撞到桌角昏迷再度醒来后，对顾远衡更是避之犹恐不及，包括那些平时能偶尔近到她身边的医护人员也被她拒绝在房门之外。

只有季莘瑶能靠近她，这事让众人颇感好奇，连顾南希都发现石芳只有在面对莘瑶的时候才会那么平静。

疗养院的人一次一次以石芳目前的状况不能贸然离开这里为由，往国内打电话，也不知究竟是通知了谁，竟导致顾南希这边本来做好的计划一次一次被打断。

而不能顺利将石芳接走，这其中的阻碍越来越多，顾南希虽不动声色，但季莘瑶能感觉到他身上似是被施加了不少的压力。

这究竟是因为什么？

石芳为什么不能离开这里？

"石阿姨，你今天怎么样？"

因为明天就要离开美国了，莘瑶虽仍未放弃要带石芳离开的打算，但眼看着日子越来越近，但是进展看起来却并不大，所以这天刚过了中午，她便在疗养院的食堂借了厨房一用，亲自做了两道拿手好菜和蛋花汤来给她喝。

一边喂着石芳喝着汤，季莘瑶一边笑着说："有没有觉得这些味道和你平时在这里吃的东西不太一样？这是我亲手做的，怎么样？味道是不是还可以？"

"石阿姨，你一定想不到，当年被你亲手抱过的最好的姐妹的女儿，现在已经长大成人，还能做得一手好菜。不仅仅是我这样，修黎也是一样的，虽然这么多年，我们两个在外边相依为命，好在修黎给了我太多鼓励，其实石阿姨，如果没有修黎给我的支持和信念，也许您这一生都看不到我了……"

说到这里，她忽然低低地一笑："您神志不清，所以有许多话我都可以和您聊。您知道吗，我妈妈跳楼自杀后，我和修黎两个被接进季家，可是季家给我们的生活完全不是两个孩子能承受的，我到现在都不明白，是什么会让我妈妈那样绝情地跳楼，是什么逼得她连生命都不珍惜，就这样舍弃，又是什么让她能在两个孩子面前那么残忍地自杀。"

"石阿姨，如果你能清醒过来，能不能告诉我？当年究竟发生了什么事情？为什么你会被关在美国？又为什么我妈妈会走到这一地步？你们两个本来朝气蓬勃的姐妹，为什么几年间就沦落至此？"

石芳的目光动了动，那双呆滞的眼中一闪而过的微光，季莘瑶看见了。

于是莘瑶一边继续喂她吃着东西，一边轻声说："是有什么难言之隐吗？就算是面对我，您也无法放得下心，也无法告诉我的难言之隐，是吗？"

石芳不说话，季莘瑶叹了叹，耐心地喂她吃了不少东西后，才起身收拾了一下碗，然后看了一眼时间，低声说："明天我就回国了，本来想接你一起离开，但是我不知道这其中究竟是什么原因，想接你走都这么困难，我以为石阿姨你在偶尔清醒的时候可以告诉我这一切，至少如果我能顺利接你离开，无论是对你的病还是你日后的生活都会有很大的改变，可是……石阿姨……您再继续这样下去，恐怕我和南希都无能为力……"

说罢，她便起身："我先走了，您好好休息，明天离开之前，我会再来看您。"

话落季莘瑶便直接走向房门。

而就在这时，身后突然传来一阵响动，季莘瑶本来不以为意，直接打开房门，

第十章 疯癫

可是身后的响动却越来越大，直到终于引起她的注意，猛地转过身去，只见本来坐在轮椅上的石芳正努力用双脚踢着桌子，不停地踢。

季莘瑶愣了一下，忙关上门，快步走回去，按住她一直用力踢桌子的腿："石阿姨？怎么了？"

石芳双眼睁大，眼中竟有泪，一看见季莘瑶走了回来，便张了张嘴，却是半天说不出一个字。

"别怕，别急，你想说什么？慢点说！这里只有我一个人，只有瑶瑶一个人，无论发生什么事，我都会帮你，好不好？石阿姨，别怕！"

"凶手……"石芳硬生生地挤出这两个字，眼泪就开始不停地往下掉，双眼一直盯着莘瑶的脸，渐渐歪起头来，深深地看着她："他们是凶手……瑶瑶……你不能……"

"什么？什么凶手？我不能什么？"季莘瑶惊心地看着她，忙伸手握住她的手："石阿姨，你想说什么？谁是凶手？是不是有人要害你？是不是有人故意把你关在这里？"

石芳点点头，后来又用力点头："他们才是……凶手……他们才是……"

"您说的是谁？"季莘瑶谨慎地看着她："石阿姨，说名字。"

"他……他们……"石芳浑身颤抖着，忽然指着窗外的方向。

季莘瑶一愣，忙站起身，看向窗外，这里不是一楼，窗外不可能有什么，只有楼对面的另一座楼的窗前似乎刚刚走过一道身影，但是等她看过去的时候，那身影正好一闪而过，她没能看清。

"他们……都是……"石芳像是被关了太久，语言功能已经丧失了太多，说话很费力，却是在努力表达什么："瑶瑶……瑶瑶……"

莘瑶回过身，走回到她身边，安抚地轻拍着她："我在这里，我在这里，你慢慢说。"

"离开……离开他们……"石芳的嘴有些抽搐，呆滞的眼神中却似是有着什么光亮，忽然紧紧抓住她的手，紧得指甲都掐进她的手背里："离开他……不要孩子……不要孩子……"

季莘瑶虽然听不懂她这断断续续的话的意思，但隐约还是连贯地想了想，石芳的意思是想让她远离什么人，她口中的"他们"究竟是谁？

"他们……他们……"石芳颤抖着握着她的手："他们……"

就在这时，病房的门忽然被人推开，一个医护人员手里拿着平日要给石芳打的营养素，这东西不是镇静剂，季莘瑶也检查过，确实是营养素，一看见那医护人员走进来，莘瑶脸上的表情便恢复为本来平静的面色，石芳亦是不再说话，只是用力地扣着她的手，仿佛害怕她真的就这样离开一样。

而就在这时，季莘瑶忽然觉得肚子上一阵阵抽痛，当即便蹙起眉，将手放在肚子上，脸上溢出一阵冷汗。

那边的医护人员还没有发现她的异样，只是去拉着石芳的手，嘴里说着："过来，乖点，这是营养素，给你打完这个我就出去。"

石芳不动，只是双手依旧紧抓着莘瑶的手："瑶瑶……"

莘瑶想笑一下，却没察觉到自己的脸上已经溢出了一些汗，刚要开口说什么，却疼得不得不抽回手，用力捂住肚子，紧咬着下唇。

"季小姐？你这是怎么了？"已经给石芳打上营养素的医护人员一看见季莘瑶的脸色和举动，当即大惊，也不等季莘瑶回话就连忙说："你别动！我去叫人！"

季莘瑶吃力地点点头，感激地看着那医护人员，对方是个二十岁出头的小姑娘，在疗养院久了，很少见到出什么问题的孕妇，难免有些惊慌，却还是尽量镇定着快步走出去叫人。

没一会儿便有两个护士进来扶着季莘瑶出去，石芳在房间里变得很安静，就在莘瑶被扶到门前时，一道人影快步走了过来："莘瑶？"

一见是不知在哪里得到消息，这么快就赶来这座楼的顾南希，季莘瑶勉强朝他笑笑。

一眼就看得出来她这是肚子疼，顾南希二话不说，直接上前将她拦腰抱起，在离开之前脚步却是停顿了一下，眼角的余光瞥了一眼屋内正朝他们的方向看来的石芳，须臾便直接头也不回地抱着莘瑶快步离去。

十五分钟后——

在确定肚子忽然剧烈疼痛是因为近日没有睡好，总是惦记着心事而影响了内分泌，导致不规律宫缩才引发的剧烈疼痛，疗养院的几个医生建议莘瑶回国后躺在床上静养，不要有太多心事云云，确定没什么大碍后，莘瑶才吐了一口气。

看着顾南希送走了医生，季莘瑶坐靠在床边，低下头，看着自己的肚子，将手放在上边有规律地轻轻抚摩。

没一会儿，顾南希走回到床边，给她削了一只苹果，递给她时，眼中是几分暖意："看得出来你这几天一直惦记着石芳的事，晚上根本就睡不着，都只是在装睡的，是不是？"

季莘瑶有些尴尬地撇了撇嘴："我只是有很多事情想不通，事情都积压在心里，所以这两天失眠了。"

顾南希无奈地轻叹，伸手将她额前的碎发向上拨了拨："明天我们回国时，会一并接石芳离开，你不必再想这些事情，我说过，交给我，无论什么事情你都不要想，让我来想，嗯？"

莘瑶眼前一亮："可以顺利接走吗？能顺利吗？"

顾南希轻笑，在她头上抚了抚："帮你把人安全接走就是，哪来那么多问题？这孩子还没出生，你就替孩子扮演十万个为什么了？"

"我的意思其实是……"

他将她身上的被子向上提了提："好了，不用解释，吃苹果！"

他微微挑动好看的眉宇，眉眼间尽是纵容和心疼。

莘瑶一笑，没有再继续不停地嘟囔。

第十章 疯癫

翌日。

因为他们所订的回国的这一班飞机只剩下两个头等舱的位置，于是顾南希将石芳安排在头等舱，特意吩咐空姐多多照顾这个病人，有任何情况及时过去通知他。

再又因为顾远衡与一道前来的其他干部一同在头等舱，所以顾南希直接携着莘瑶在经济舱较为靠前的位置坐下，免得她晕机。

飞行十几个小时，终于到达G市时，刚刚下了飞机，莘瑶虽是有些疲惫，但是她昨天有注意休息，所以现在的状态还不错，见石芳一直安静地坐在轮椅上，眼神呆滞，并不说话，便时不时地靠过去，笑着跟她讲近几年她听来的G市的一些趣闻。

而石芳仍然眼神很呆滞，只要顾远衡不靠近她，她就一直是这样发呆，有时候让人感觉她仿佛不存在一样，而只要顾远衡一靠近她，就像刚刚在飞机上时，石芳的尖叫吓着了飞机上一大半的乘客，幸而莘瑶和顾南希过去及时安抚，不然不一定会闹出什么事来。

其实当时顾远衡无非也只是过去看看她，可还没靠近，石芳的反应就这么大。

所以这一会儿，顾远衡因为气愤，而早就走到前方十几米开外，似是刚刚在飞机上因为石芳而折损了不少面子，不愿意理人。

就在这时，前边传来顾远衡略有些不满的声音："南希，人是你坚持接回国的，到时候出了任何乱子，别让你爸我替你出头！"

"还有，修黎和老爷子那边，你自己看着办，关于石芳回国的事，我没法给他们一个完整的解释，这事情你小子自己去处理，G市大型的疗养院无非就是那么几家，而私人疗养院无数，如果在这方面有什么需要找人或是帮忙的，直接找你吴叔叔，他在医院较有名望，在市内各大疗养院也有不少朋友，这件事情你可以找他。"

说罢，顾远衡便将手中的帽子直接扣到头上，头也不回地走出了机场大厅，再没有回头看石芳一眼。

而顾南希却显然并没打算因为这件事情而去找那位所谓的吴叔叔，因为石芳回国的事情比较隐蔽，暂时要瞒着修黎，所以莘瑶说想找环境好一些的地方，就算像波士顿的远郊那样偏僻但安全的地方也好，顾南希一听便笑了，他当即给一个朋友打去电话，不到半个小时，就有一辆疗养院的车过来接他们。

他们给石芳所安排的疗养院，是一座靠近市郊，环境清幽的私人疗养院，这家疗养院的院长是顾南希的一位朋友，年纪三十四五岁，为人忠厚，而且嘴很严，在顾南希大概解释了一些情况后，那位院长便明白了大概，先叫人将石芳送到检查室全面检查一次身体，之后再另做安排。

而他们等了一下午，给石芳全面检查身体后得出的结论是，石芳的身体很健康，头部也没有受过伤，只有四肢因为常年打镇静剂而不太灵活，但是慢慢调养可以恢复，语言功能没有完全丧失，只是长年不说话，加之神经有些衰弱，所以说话比较费力。但是脑部没有查出任何病症，而她的这种疯癫和不清醒，在医学上只能暂时向癔症和失心疯的方向推论，但却没有确切的证据。

石芳的脑子没有受过伤，也没有任何能检查得出来的病症，那么当年她究竟是为什么而疯了？又是为什么被关在美国二十几年？

　　难道说是因为母子分离？但若她没有疯，也就不会被送去美国，更不会母子分离，所以可以排除这个可能性，但若是说其他的可能性，偏偏却让人想不出来能是什么样的原因。

　　这家疗养院的院长说尽快查出石芳真正的病因，让他们放心，在他这里除非必要的时候，否则不会给她随便打镇静剂，每一顿饭他都会亲自检验，这才让季莘瑶放心。

　　回顾宅的路上，季莘瑶疲惫得连一句话都不愿意说，顾南希耐心地给她系好安全带，又揉了揉她的头发，才专注地开车向顾宅的方向走。

　　傍晚，终于赶回顾宅，下车时，还没进门，便突然撞见刚刚从里边走出来，手中拿着一些工作的文件，面容冷漠的修黎，刚走出来，一看见季莘瑶，便直接停下脚步。

　　看见修黎，莘瑶先是愣了一下，见他一身规整帅气的西装，没有他平日所穿的那样休闲，看起来整个人成熟了许多，她不由得一笑，上上下下地打量着他这身衣服："臭小子，你这是要去上班还是干什么？"

　　而她在下车之前正跟顾南希说话，之后脸上就一直洋溢着自然而然的笑容，她的这种太过自然而幸福的笑容在修黎的眼前丝毫不需要掩饰，可她的这种笑，幸福得让修黎握着文档的手微微收紧。

　　"工作已经定下来了？"见他不答，莘瑶依旧笑着问。

　　"嗯，修黎的领悟力不错，暂时还没有经过公务员考试，但爷爷想让他先锻炼锻炼，就都没按正常规章走，他在国土局那边先做个调研员，也是领导班子的一员，只是目前权力小点儿，过段时间就能提拔上去。"

　　虽然修黎没说什么，但是莘瑶听见顾南希的解释，再转头看看修黎的表情，知道他这急着出门，应该是有什么正事要做。

　　"修黎以前没接触过政治这方面，他领悟力强这我倒是知道，没想到刚接触就能在国土局这么重要的地方做调研员，看来，我们修黎日后的前途可真就是一片康庄大道呀！"

　　莘瑶是故意拿话逗他，好久没看见修黎对自己笑了，曾经那个阳光简单的大男孩儿，那个喜欢抱着她吃她豆腐说她是御姐的脸萝莉的心，总是说她老了会嫁不出去干脆他们两人就这么过一辈子的修黎，已经很久没有对自己笑过了。

　　"你们局长找你过去？"顾南希随口问了一句。

　　修黎的目光从季莘瑶身上移开，淡淡看了一眼笑意平和温润的顾南希，略点了下头，算是默认。

　　见他这是要去忙，莘瑶便也不想打扰他做事，随后说："南希，你也出国二十几天了，顾氏那边应该也有不少事，你不用管我，我在顾宅休息，如果想回日暮里的话我打车回去就好了，我看最近这边的路上有不少出租车路过呢……"

第十章　疯癫

而顾南希却阻止了她要一个人走进去的步伐，示意她给修黎让路，这时莘瑶才突然反应过来，两人正好挡在顾宅大门里的小套门这边，挡住了修黎的去路，她很听话地向后退了一步，抬眼看着修黎，却见他的目光在他们两人始终相握的手上匆匆而过。

而就在这时，顾南希忽然轻轻拍了拍莘瑶的手："等等，我对修黎说几句话。"说罢，他便直接转身走到套门外，修黎没什么表情，没再看季莘瑶，缓步跟着顾南希走了出去。

他们兄弟二人也不知是在聊些什么，莘瑶低头随意地翻了翻手机，看见几条小暖的短信，一边回复着，一边时不时抬起头来，看向那边并肩而站的两个男人。

顾南希惯常的清雅卓然，就那么随便地往那儿一站，在一片山水之色下，便仿佛能融入到这清卓的景色里，低调且仍万分引人瞩目，他的背影颀长，挺拔而高瘦，在这春末近夏的一片绿色山水中，仿佛遗世而独立，一举一动都透着淡然自若却又如仙如神般的俊雅。

而修黎，亦是毫不逊色，只是比起顾南希稍显沉闷了些，他们两人的身高几乎相同，只是修黎因为前些年的生活不如顾南希那样的始终优越，好歹跟着她一起过了几年苦日子，虽不曾有过怨言，但是因为十几岁时的偶然暴晒，他的皮肤比顾南希稍黑一点，但却将他衬得成熟了许多。

两个看似相像的兄弟，却是迥然不同的遭遇与命运，很多时候，莘瑶能理解修黎现在的沉默寡言，他终究还没有把顾家这里当成是他的家。

一个是自己深爱的丈夫，一个是自己曾经相依为命当作生命支点的生命中最重要的眼，季莘瑶的目光忍不住在他们两人身后流连。

似乎是注意到了莘瑶的目光，顾南希在不知是对修黎说了些什么后，便看了莘瑶一眼，莘瑶顿时咧开嘴朝他嘿嘿一笑，摆了摆手示意他不用管自己，让他们继续。

而当她的目光再度转到修黎身上时，她突然瞥见修黎的衣袖下的手背竟有些红肿，看起来不像仅仅手背上肿了一小块，反倒像是从手臂上一直延伸下来的大片的红肿。

她当即暗暗蹙了蹙眉，不自觉地便走过去。

"张局长的为人你应该知道，我看你们之前也已经接触不下三四次，多多少少也能了解，这一次你……"顾南希正在告诉修黎一些什么，而莘瑶忽然走过来，一把拽起修黎的胳膊，她这举动使得顾南希的声音停住，看了她一眼。

而莘瑶直接握在修黎这边的手腕上，而且握着时的力度不轻，修黎的身体也跟着震动了一下，似乎是很痛，却是忍着不让他们发现，直接便面无表情地要收回手。

莘瑶却是不放手，在两人这微微的挣动间，顾南希瞥见修黎手背上的红肿，亦是眉宇微拢："你这手怎么回事？"

修黎将手背向下，不让莘瑶和他去看，眼神亦是有几分不耐："季莘瑶，放手！"

"手上的伤哪来的？"季莘瑶瞪着他："伤成这样想瞒着我？"

说着，她直接用力按住他的胳膊，借着修黎因为自己怀孕而不敢大力甩开自己的机会，直接撸起他的衣袖，刚一看见他手臂上肿了一片的皮肤，她便浑身起了一层鸡皮疙瘩，这皮开肉绽的，怎么伤成了这样……

她嘴唇发颤，抬眼看向修黎皱起眉的表情："怎么回事？这伤不像是刚有的？谁打的你？还是你和什么人打架了？你不是会出去和别人打架的人！那是谁打的？说！"

"季莘瑶，这里是顾家，你不需要避嫌了吗？"这时顾宅的院子里传来脚步声，修黎直接也不再管她，用力一甩便转身要走。

莘瑶被他这样大力一甩，顾南希顺手扶住她将她抱在怀里，避免她摔倒，就在这时，顾老爷子笑眯眯地从里边走了出来。

季莘瑶刚要去拽住修黎，老爷子就已经出现在众人眼前。

"哟，这是怎么回事？贼丫头去美国转悠了一次，回来后还不愿意进顾家大门了？老头子我在屋子里等了半天也不见你们两个进来，还得亲自出来迎接啊！"

"爷爷。"

莘瑶回过神，转身对老爷子笑了笑，同时听见身后的车声，再又回头时，便看见修黎已经发动引擎，宝石蓝色的越野车顿时如离弦的箭般头也不回地离去。

"怎么了？这孩子，脸色这么差？"

顾老爷子走上前，看了看季莘瑶，直到走到她和顾南希眼前，才低声以只有他们两个能听清的声音问："我听说，你们把石芳接回国了？"

老爷子的语气不像质问，但问得并不温柔，开口便要确定这件事。

莘瑶刚要回答，顾南希却是捏了捏她的手，示意她别说话，然后他风平浪静地笑道："爷爷，您也知道，石芳是莘瑶的妈妈在世时的好友，莘瑶见到石芳就亲切得怎么都不舍得离开，您孙子我为了把这孙媳妇儿给您安安稳稳地带回来，只能多捎带回一个了，正好，石芳被接回来，也方便我们在国内照顾她。"

顾南希这话含义颇深，老爷子又挑不出毛病来，再怎么不满，最多也只会斥一句他们不经过他的同意就接了人，或者斥他们太莽撞而已，但顾老爷子什么都没说，只是笑了笑，再又看了看季莘瑶的脸色："怎么？我看这贼丫头心情不太好啊。"

修黎手臂上伤成那样，刚刚才从顾家离开，老爷子这么仔细的人不可能没有看见，可老爷子却表现得这么自然，这其中肯定有问题，这让她这一时半会儿怎么舒心得起来？

似是看出季莘瑶那勉强扯出的笑意里带着的疑问，顾老爷子双手握着拐杖，笑看着她："贼丫头，你对爷爷有意见？"

"没有，爷爷，我只是旅途劳顿，可能是太累了，一时提不起精神来……"

多一事不如少一事，这才刚回来，还不清楚具体发生了什么，莘瑶觉得还是尽量小而化之比较好。

而顾老爷子却是不以为然地笑笑，转身拄着拐杖往回走，一边走一边说："走吧，先进去，累也不累在这一时了，贼丫头你回来时有没有给老头子我捎带些好茶来？来，去书房给我弄一杯尝尝！"

第十章 疯癫

43

走回顾家主宅时，顾老爷子就像个老小孩儿一样，一刻不停下，直接让莘瑶跟着他上去。

顾南希在莘瑶上楼之前，给了她一记安定的眼神，让她不要担心，从容应对，莘瑶点点头，安静地跟着老爷子上了楼。

进了书房后，老爷子便往那儿一坐，就像曾经罚她站军姿时那样的神态，季莘瑶也猜不准老爷子在想什么，只好从包里拿出顺路买回来的雨前龙井，给他泡了一杯，轻手轻脚地便要放在他眼前的桌上。

"是不是有很多问题想问爷爷？"忽然，老爷子睁开眼，瞥了她一眼。

季莘瑶正握在茶杯上的手微微一顿，抬眼看向老爷子那双炯亮得仿佛能侦视一切的双眼，犹豫了一下，才摇头："没有，爷爷，喝茶吧。"

老爷子笑了笑，接过茶杯，放在手中，杯盖在杯壁边缘轻划，视线时不时地扫过她的神情，半天只啜了一口，便放下茶杯："贼丫头，每个人身上都有他该承担的责任，与许多不为外人知道的秘密，老头子我活到八十几岁了，这种年纪除了对儿孙绕膝有所期待之外，其他都是无欲无求，而我这么大的岁数，在过去总会有一些不想让人知道的事，以贼丫头你这么聪明，应该会不懂。"

"爷爷，我懂。"

季莘瑶垂下眼睑，其实她本来也没打算向老爷子问什么，只是没想到他会主动跟自己说这些。

见她懂事，顾老爷子欣慰地点点头："懂就好，既然这样，我话也不多说了，去休息吧。"

莘瑶转身离开时，忽然又停下脚步，犹豫了一下，回头看了一眼独自饮茶的老爷子，想了想，便问："修黎的伤……"

顾老爷子淡然地喝着茶，直到喝了小半杯，才盖上杯盖，侧睇看她一眼："我打的。"

季莘瑶握在门框上的手骤然收紧，不敢置信地看着他。

老爷子站起身，拄着拐杖缓步走了过来，直到在莘瑶身旁两三米处停下，双手覆在拐杖上，老神在在地看着她，就朝她那么一笑："丫头啊，咱们明人不说暗话，祠堂倒塌那天的种种，爷爷是不想让远衡和小珍知道，但是前因后果，爷爷心里比谁都有数。"

"我是想要他这个孙儿能留在顾家，留在我身边，陪我颐养天年，百年之后为我送终，但是错了就是错了。"顾老爷子神情严肃："我会在表面上替他遮掩一切事实，大事化小，小事化了，但是该罚的必须要罚。修黎这小子很聪明，他不是在报复，如果他想让老头子我死，绝对不会用这样迂回的方式，他是用这种方式提醒顾家上下所有人，让我们在幸福安乐之时亦忘不掉被抗拒在顾家门外的那个女人！"

季莘瑶惊愕地看着老爷子，说不出话。

而顾老爷子却是挑着苍老的眉端，淡笑道："修黎在用他的方式逼我们想起石芳,当然这小子也做到了,若非他以祠堂倒塌惹得顾家人心惶惶地小乱了几天,恐怕老头子我这辈子都不会让远衡去美国再见那个女人!"

"但是贼丫头你该知道,鱼与熊掌,向来不可兼得!想要顾家上下平平静静,石芳就永远不能进顾家大门!就算我承认修黎这个孙子,但是只要小珍还在一天,只要老头子我还在一天,石芳就绝对不会姓顾!孩子啊,爷爷我八十几岁了,看事情比你们这些孩子透彻,我只想让你们所有人都好好的,而修黎,我当然也希望他能好好的,我在你们出国后,打了他一顿,就用这根拐杖!"

说着,顾老爷子举起手中的拐杖:"你还有什么想问的?"

季莘瑶一想到修黎手臂上那明显当初被打到皮开肉绽,现在刚刚愈合,却仍显红肿的伤势,可面对老爷子,她一句指责的话都说不出来。

她心疼修黎,因为那是她当了二十几年的弟弟,打在他身上疼在她心上,而老爷子这样的做法却又并非是错的,她又能说什么?

在她摇了摇头,正要离开时,顾老爷子忽然低声问:"贼丫头,修黎这孩子对你的感情,你确定只是姐弟之情?"

莘瑶心头一顿,猛地看向老爷子,见他正盯着自己:"当然!爷爷,该不会当初温晴说过的那些话,您真的放在心上了吧?"

见她目光坦然,老爷子点点头,摆了摆手示意她可以出去了:"没有,我也就是问问,快去休息吧。"

晚上7点多,顾宅门外传来一阵车声,之后修黎走进门,只看了一眼在座的众人,随口打了声招呼,便头也不回地上了楼。

莘瑶开口问:"修黎,晚饭吃了没有,不坐下吃些饭吗?"

"不了,我吃过了。"说话间,他人已从楼梯的拐角消失。

温晴突然将碗放在桌上,发出不小的一阵声响,抬头看了看楼梯拐角的方向,忽然回头说:"爷爷,我去看看他吧。"

她这一句话,顿时引起了莘瑶的注意,莘瑶不动声色地看着温晴,该不会她真的是转移了目标,看上修黎了?

这可不行!修黎娶谁也不能娶温晴这一种,如果温晴真的有这意思,老爷子再又念着旧情,真的撮合一下,那修黎岂不是在顾家会直接被逼死?

不由得,莘瑶同时放下碗,笑着说:"爷爷,我看修黎应该是心情不太好,好歹我做他姐姐这么多年,我上去看看他,问问他是不是工作上出了什么棘手的事。"

温晴当即把眼神一横:"季莘瑶,你什么意思?"

莘瑶笑着看她一眼:"修黎这么多年都是我弟弟,我看他情绪不好,去看看他,有什么错?温晴你这反应也太不一般了吧?"

"呵,是吗?"温晴忽地冷笑,转头看向脸上没什么表情的老爷子:"爷爷,我说得没错吧?季莘瑶很早以前就知道自己身边的这个人不是亲弟弟,却还是跟他每天在一起生活,日久生情也不为过吧?如果不是后来遇上南希了,我看她就想跟

45

自己这个没血缘的弟弟这么一直过下去,现在修黎在顾家,两个人又同在一个屋檐下了,她季莘瑶怕我一直惦念着想当顾家的儿媳妇打她弟弟的主意,这会儿捂着不让人碰不让人接近呢。"

老爷子皱了皱眉,冷眼看了温晴一眼,却没说她,又看了莘瑶一眼,才叹了口气:"你们两个啊,打从莘瑶进了家门,温晴你就没消停过,每次吃饭都要说那么几句话,让爷爷我不痛快!"

"我说的是事实,女人嘛,都有私心的,有了南希这样好的老公,还是不满足,曾经一直跟在身边的弟弟的心她也不想就这么放过,就算不能在一起呀,也得把人家的心吊着,让人家的心一直在她身上,这不,修黎才不过就是没跟她说什么话,也没怎么理她,她就急成这样了!"

温晴撇着嘴,特意瞟了一眼顾南希。

顾南希看也不看她一眼,也不回答,在温晴屡次刁难下,若是他次次出头,反倒会让温晴无休无止地继续这样下去,当然莘瑶知道顾南希的意思,便故做深沉地叹了口气:"哎。"

她这一口气,也不知是叹的什么意思,温晴当即冷眼瞥着她,似在暗暗想着季莘瑶的态度,众人也都看了莘瑶一眼,却见季莘瑶只是一脸无奈地在笑。

显然,她是不愿意多说什么,不愿意与温晴针锋相对。

何婕珍这两天回了老家去参加一个远亲的婚宴,这会儿便没人在桌上出声打圆场,但莘瑶叹的这一口气,却使温晴本来想好的许多话都硬生生地憋住,她一直在等莘瑶回击,奈何莘瑶不稀罕跟她斗,直接低下头盛了些饭,对众人说:"我去给修黎送些晚饭上去。"

说着,她便又对顾南希投了一记视线,顾南希笑了笑:"去吧,修黎从小在你身边,对你亲近一些很正常,在这个家里,也只有你才能让他慢慢融入进来了。老婆,你这可是肩负大任。"

季莘瑶一笑,抬眸看了一眼老爷子,见老爷子也因为顾南希这话而露出一丝释怀的笑意来,她便对在座的每一位点点头,端着盛好的饭菜上了楼。

修黎的房间在三楼,向阳的方向,她只有那一次修黎刚同意住进顾家时进来陪佣人一起打理过他的房间,之后便没有再去过。

在他房门外敲了敲门,里边先是没人回应,在她又敲了几下时,房门才自里向外地打开,修黎似是刚洗过澡,下身只围了一条浴巾,站在门前,在打开门的瞬间一脸不耐烦地看了过来,似是正要斥一句什么,结果一看见是莘瑶,到了嘴边的怒斥当即咽了回去,却是皱着眉,看了看她,再看了看她手里端着的饭菜。

"我吃过了。"也不等她开口,他就没什么表情地说了一句,随手就要关门。

"你晚上要是真吃过了,我季莘瑶三个字倒着写!"莘瑶直接抬脚挡住门,不让他关上,在他瞪向自己时,一脚踹开门,在他眼前大步走进了房间,将手中的饭菜往桌上一放,环顾了一下四周,再又看了一眼他手臂上的伤:"伤才刚开始愈合就这么洗澡,你不怕感染啊?"

修黎不说话，只是瞟了她一眼，半响才道："没事，已经好了，饭菜放在这里吧，我一会儿吃，你走吧。"

见他这一脸不愿意留自己的样子，季莘瑶顿时肃起脸色："怎么？前几天我在美国你给我打的那通电话，我还没问你究竟是什么意思，后来我发的短信你也不回，是不是就因为你现在姓顾了，你小子就真以为自己变了？跟我玩什么深沉？你姐我回来后跟你笑哈哈的，结果你给我摆臭脸！你还真是翅膀硬了哈？"

季莘瑶走过去，伸手就在他胸前用力戳了戳："臭小子，你跟我装什么？我告诉你，你别跟我摆出这一套，你是我弟弟，就永远是我弟弟，不管你现在姓什么，只要不超出姐弟感情，咱们就怎么都好说！我承认，前段时间因为你刚回顾家，我怕因为关系太尴尬所以故意疏远你一些，你就因为这些记恨我，现在来报复你姐了是不是？"

"说话啊，说话呀！"季莘瑶瞪着他，见他不言不语只是低头看着自己，更是将手指在他胸前用力戳着："我告诉你，不管你是季修黎还是顾修黎，话总要说清楚，上一次你在电话里……"

突然，修黎抬起手，一把握住她的手腕，将她整个人直接拽进怀里。

季莘瑶一惊，还没反应过来，人已经撞到他赤裸的胸前，猛地抬起眼，就见修黎眼中是一片深暗的墨色。

恰在此时，微敞的房门被人推开，顾南希的身影出现在门前。

紧跟在顾南希身后走进来的是温晴。

两人一看见莘瑶和上半身赤裸的修黎几乎半抱在一起的姿势，顾南希先是清俊的眉宇微微一动，还没有说话，随着他快步走进来的温晴便直接尖叫着开了口。

"啊！你们两个在干什么！"

莘瑶面色一白，忙抬眼瞪了修黎一眼，修黎亦是在他们走进门的同时，握在她手腕上的手骤然一松，迅速放开她，旋身拿起一件衬衫穿在身上。

"幸好王妈平时照顾花的花房就在这对面的楼梯上，我叫南希陪我去看看我的那些四叶草，路过修黎房间他就顺便进来看一眼，没想到你季莘瑶已经恬不知耻到了这种地步，门都不关，就在这里跟别的男人衣衫不整卿卿我我的……"

温晴一脸的鄙夷和冷笑："季莘瑶，你真是够不要脸的呀！"

莘瑶当即拧眉，怎么可能温晴就这么凑巧地求着顾南希陪她去花房，明显是故意让他路过这里。

但是要说修黎是与温晴同谋要挑拨他们这事她打死都不信，见修黎背过身去穿上衬衫时那一脸不耐的表情，就看得出来他对温晴没有一丝好感，甚至，十分的厌恶。

"我只是在看修黎手上的伤，他刚洗过澡。"季莘瑶就这么坦然地解释了一句，这一句解释不是说给故意找事的温晴听，而是说给顾南希听。

"哈！都险些被捉奸在床了，你还能这么不要脸地狡辩！刚才看你在楼下吃饭的时候就一直心绪不宁的，其实就是想上来跟你过去的弟弟亲亲抱抱，以诉去美

第十章 疯癫

47

国这近一个月来的思念之情吧！"温晴一脸的气势汹汹，丝毫不肯放过这件事一样伸手去拉扯顾南希的袖子："南希，你别听她这样坦然地狡辩，其实她本来就是这么一个人，我早就看出来了，她跟修黎之间没有大家想的那么干净，哪里是什么姐弟啊，分明就是地下姘头！"

"说够了没有？"修黎突然转身，冷眼瞥了一眼喋喋不休的温晴："自己是什么货色自己不清楚？上个星期天趁我喝醉回来后，穿着季莘瑶的衣服跑来我房间试图爬上我的床，你自己不要脸别把别人牵扯进去！我警告你，再敢胡来，我对你绝对不会客气！"

修黎面无表情地冷然指着脸色突然一滞的温晴："顾家其他人对你有旧情，我对你可没有，别逼我动你。"

说罢，修黎便拿了条裤子转身进了浴室。

温晴的脸色还没缓和过来，顾南希的表情始终看不出什么喜怒，但是从莘瑶的角度能看得出来，他并没有怀疑自己，只是开始诧异了一下，之后再又因修黎刚刚说的那件事而看着温晴。

温晴白着脸，咬紧了唇瓣，赶忙解释着："南希，你别听他乱说，我……我那天只是想试一下他对季莘瑶的感情究竟是不是真的姐弟之情，所以趁着你们没在家，去了你们卧室，找了一件季莘瑶的衣服来穿，那天修黎喝醉了，我就穿着那件衣服去照顾他，我没有跟他怎么样！我只是想试一试……"

"试出的结果就是……"

温晴忽然指向皱起眉的莘瑶。

"她和修黎果然不干不净！你知道吗，南希，那天修黎抱着我一直叫我莘瑶，还要吻我！如果不是我推开他，说不定会发生什么样的事情呢，我……我……我真的没有想和他怎么样，我只是想用这种方式戳穿他们……"

突然，身后传来重重的一声浴室门被关上的声响，只见修黎已经换下了浴巾，穿好了衣裤，出来后便一脸厌恶地扫了一眼仍在空口解释的温晴，连话都懒得再说一句，便头也不回地直接走出了他自己的房间。

"修黎。"莘瑶正要叫住他，但温晴这边却越说越过分，她不由得看着温晴那张像是停不下来的嘴，有那么一刹那真恨不得把这女人的嘴给撕了！

在修黎走出门后，温晴本来更是气焰嚣张地想要继续说什么，但见顾南希正皱眉看着自己，当即便放软了声音，小声嘟囔了一句："我去跟修黎说清楚！"

说着，便转身快步走了出去。

看着温晴头也不回地快步走出房间，见她的脸色仍有些灰白，明显是被揭穿了什么而自己觉得难堪，一想到自己的某一件衣服被温晴穿过，当即便觉得一阵恶心，有一种冲动想回去把所有衣服找出来看看究竟是哪一件被穿过，直接拿出去烧掉！

而这时，眼前一道颀长的身形走了过来。

"温晴闹着说她的四叶草都枯了，叫我陪她上来看看，我正好顺便打算过来看看修黎，就陪她走了一趟。"不等莘瑶解释，顾南希便先开了口，他的语气自然，带了一丝不希望她误会什么的温和感，和温晴预想中所预料他们两人之间出现的误会相比，顾南希显然完全没有计较刚刚莘瑶被修黎拉进怀里的事。

也对，修黎对自己的在乎和那些好，睿智如顾南希，恐怕早就已经看出来了，何况他们两人也没什么过分的举动，顾南希如果因为这些凭空而来的事而误会或者吃醋，那反倒不像他了。

季莘瑶本来被温晴堵得很不舒服的心情顿时豁达了许多，咧嘴一笑。

"傻笑什么？"顾南希莫可奈何地看着她，再又看见桌上没有动过的饭菜："他没有吃？"

"嗯，我来的时候修黎刚刚洗过澡出来，以前我和他同住在一个屋檐下，虽然不住一个房间，但是他洗澡出来只围着一条浴巾的样子我早就看习惯了，所以也没觉得有什么不对，直接把饭给他送进来了，只是没想到会被温晴撞见，真怕她又借机到爷爷面前说些什么，爷爷的性格有些时候挺古板的，如果让他误会了什么，恐怕对谁都不好。"

莘瑶叹了口气，低下头径自想着刚刚修黎说的那件事。

温晴穿着她的衣服过来，趁着修黎喝醉"照顾他"，明显就是目的不纯，如果不是穿着她的衣服，修黎就算是喝醉了恐怕也不会让温晴靠近他，看来温晴已经开始打算广泛撒网，顾南希这边温晴找不到空子钻，就试图爬上修黎的床怀个孩子来奠定自己在顾家的地位了。

否则温晴也不会转身跑出去跟着修黎走，要去试图解释什么。

顾家对她来说真的就这样重要么，重要到连矜持和脸面都不要了，只为了换得一个顾家主人的地位。

显然的，顾南希也看出了温晴的意思，两人心照不宣地对视了一眼，顾南希走过去，半环住她的肩，温柔地低声说："修黎只是一时疏于防范，相信这次以后他都不会再给温晴一点钻空子的机会，老婆，你别太担心了，嗯？"

莘瑶一笑："其实我是担心修黎的伤，他胳膊上的伤根本就没好好处理过，就这么熬了一个星期才开始愈合，现在还在肿着，我怕留下什么后遗症，可他不让我看，也不让我帮他上点什么药……"

这时，房门又被人大力推开，温晴气喘吁吁地跑回来，瞪着季莘瑶，再又看了一眼因为她的去而复返而淡淡地转过脸的顾南希。

"南希！你真是有种啊！自己的老婆跟自己的弟弟叔嫂乱伦，你管都不管！刚才都抱在一起了你还没点反应，是不是要他们躺到一张床上真的做了什么，你才能确定这个贱人有多不甘寂寞有多浪荡吗？"

说着，温晴便一脸气愤地快步走到床边，拿起床上的那支修黎用了几年的手机，手指用力地按着那手机，在上边翻了翻，然后将手机递了过来："你看！"

温晴明显是没追上修黎，或者是被修黎说了些什么而气得快炸了，所以才跑回来不甘心地又来挑事。

第十章 疯癫

49

而这部修黎用了好几年的手机屏幕上，正是一张被放大的照片。

照片里的季莘瑶看起来才二十岁出头，头发的长短只齐肩，发尾微卷，穿着一件夏天的很清凉的睡衣，躺在床上睡得正香，而修黎也在这张照片里，他侧躺在季莘瑶身边，一脸搞怪似的将睡着的季莘瑶搂进怀里，然后用手机将两个人拍了下来。

照片里的莘瑶睡着，修黎却是明显故意凑上去照的这张照片，这照片对于一个跟姐姐胡闹调皮的弟弟来说很正常，但是对现在他们的关系来说，特别是在温晴这里，确实是一张"床照"类型的证据。

莘瑶不知道这照片是修黎什么时候照的，但是看这头发的长度，应该是在自己上大二的那一年，算起来，已经不少年了，这部手机也是那时候她送给修黎的第一个超过一千块钱的生日礼物，他当时还说过她怎么能这么浪费，随便买一个能随时通电话的就好了，但是他很喜欢，于是用了这么多年都还没有换过。

她惊愕于这张自己不知道的照片的存在。

看了一眼那照片，顾南希的脸色先是顿了顿，之后便突然变得严肃起来。

见顾南希神情严肃，温晴当即便扬眉笑了："南希，这样的女人，你真的确定她能和你在一起安安稳稳地过一辈子吗？我倒是建议等她肚子里的孩子生下来后马上就去做个 DNA 检测，我看百分之八十不是你……"

"温晴，如果在修黎那里受到挫折，在顾家已经彻底找不到自信，于是事事都找莘瑶的麻烦，我看你在顾家的日子确实不会太久了。"

顾南希的声音很淡，神情严肃，却只是针对温晴的这一番疯言疯语，而他说的话，却又仿佛是一个即将形成的事实。

温晴本来就气得恨不能找到所有能利用的证据的急切的模样，这一会儿瞬间便像是被浇了一盆冷水。

她惊愕地看着顾南希，张了张嘴，却是说不出话。

好半天，她仿佛才找到自己的声音："南希，你的眼睛瞎了吗？我对你真心真意这么多年，始终都敌不过这么一个水性杨花的季莘瑶是不是！"

"水性杨花？这个词用在我身上有点大材小用啊，这种令人'景仰'的形容词，本该放在温小姐你身上才是！"季莘瑶冷笑着回了她一句。

"你们的感情绝对不会走得太远的！我发誓！"温晴咬牙，眼睛当即便又红了，"抢来的幸福绝对不会走得长远！"

"够了，温晴。"顾南希紧皱着眉头，"已经快一年了，你还想闹到什么时候？"

"闹到你们离婚为止！"温晴忽然深吸一口气，重重地说出这句话，之后，便转身快步走开。

看着温晴那笃定着什么似的模样，季莘瑶彻底无语了，转头看向顾南希，却见他皱着的眉头还未松开，她这才转头再看向温晴，见温晴是拿着那支手机走了出去。

她一愣："温晴该不会是想让爷爷看那照片？"

见她紧张了起来，顾南希伸手将她环住，温和地说："如果她想让爷爷知道，她穿着你的衣服勾引过修黎这件事,她当然会无所顾忌地将照片拿给爷爷看,顺便挑拨。但这种事情,你认为她敢让爷爷知道么?如果她用这照片在爷爷面前把修黎最后的底线都戳穿了,修黎不会放过她,会比我们所有人都先一步地毁了她。"

不知从何时开始,顾南希对修黎的了解似乎比自己还要多。

季莘瑶犹豫地看着顾南希,他的柔和与安慰的眼神让她安心别怕,往往他所算定的事情确实都不会有什么出入,季莘瑶也明白,温晴也许只是想把那张照片复制到哪个计算机上去,要留下证据,但是今天也许不会拿出来,因为如果她复制出来了,他们还能找到机会将其删除,如果修黎知道这张几年前他对自己恶作剧似的亲昵的照片会引来这种后果,他一定会第一个删除。

"她迟早会为自己的幼稚愚蠢埋单。"顾南希没有再针对温晴的事多说什么,只是摇了摇头,淡淡地说了最后一句,语气里有几分叹息。

说话间,他将季莘瑶用力抱紧,似是因为季莘瑶屡次在家里这样因为温晴而受到的委屈而感到抱歉和心疼。

"季瑶,我们结婚的原因和结婚时所发生的状况,注定这段婚姻之路会有短暂的不太平,经历过这一切的种种,你有没有后悔过?"

顾南希这番话说得中肯,亦是两人结婚这么久以来,他第一次拓开话题让她切实地感受到他内心深处的在乎,而这样的顾南希却是让季莘瑶不太习惯。

她有些惊讶地抬头看看他,却见他正温柔地笑看着自己,顿时,她几不可闻地叹了口气,接着一脸大义凛然地靠在他怀里:"哎,谁叫我就这么轻轻松松地嫁给你了呢你说,这世道有几个男人娶媳妇像你娶得这么轻松的,就一纸结婚证就完事了!"

顾南希也不禁一笑:"怎么?上一次婚礼上因为我迟到,发生的那些误会,某个新娘自己跑了,现在想要我好好补偿了?我还以为你连婚礼都不想办了。"

季莘瑶笑着靠在他怀里,不再说什么,有很多时候,女人不该时时都不停地说话,更有许多无关原则的事情,她可以让自己做一个小女人,来让自己的老公去决定。

"等我们的孩子出生后,就让咱们自己的孩子做花童,季莘瑶一定会是一个漂亮又幸福的新娘。"顾南希笑着将她抱紧,"还有,别再离开了,莘瑶。"

季莘瑶静静地趴在他怀里,点点头,同时听着他的心跳。

门外这时传来王妈的声音:"单老来了。"

一听到单老二字,季莘瑶的面色一滞,当即蹙起了眉:"他来干什么?"

而王妈说完那话就走了,顾南希的身影在身前,仿佛无论何时都能给她全然的安慰与支持,他的目光温润,没因为单老的到来而变化脸色,仅是隐隐挑动好看的眉宇。

"看来,单家是打算来摊牌了。"他说。

"摊牌?"

季莘瑶怔了一下,还没反应过来,顾南希便搂过她,在她额上吻了吻:"无论发生什么,我都在你身边,该面对的总要面对,我们下去吧。"

第十章 疯癫

51

莘瑶明白他的意思，感激地看了他一眼，再又点点头。

看来单老是打算过来认亲了，本来自己不想跟单家有什么瓜葛，但若是真有这一层的血缘关系，单老若是执意想认，那她也没办法，有些必然是事实的事情，恐怕也控制不住。

待二人下了楼时，便看见单老走了进来，正笑呵呵地跟顾老爷子寒暄着。

当莘瑶走下楼，单老的视线便转了过来："莘瑶从美国回来了，也不去看看你外公我？"

他这一句半笑不笑的话，使得屋内的众人皆是面色一惊，顾老爷子先是看看单老的表情，再又转头看看莘瑶的表情，虽然莘瑶没有笑，但是能看得出来，单老的这句所谓的外公，却是真的。

"外公？"顾远衡随之开口："单老的意思是？"

"怎么，这孩子还没跟你们说吗？"

单老在王妈和几个佣人送茶过来的同时，坐在沙发上，笑呵呵地说。

"莘瑶的母亲就是占中你当年在部队所听说过的，我那位离了婚的原配所生的小女儿，当年我犯浑，结果不小心把自己未出世的女儿赶出了家门，这么多年一直在找，终于找到了，不过倒是先找到的莘瑶这孩子，她和她妈妈很像，当初在顾家时，我一眼就认了出来，可惜这孩子性子倔，始终不肯认我，哈哈，倒是随了我的几分硬脾气。"

顾老爷子只是客气地笑了一下，再又看向走过来的莘瑶，眼神由正常的看变成了审视，随即便不再言语。

顾远衡也是有几分诧异："这么说来，季秋杭也算是单老你的女婿？"

如果莘瑶的母亲是单老的女儿，那当年季秋杭怎么可能会因为何家的关系而娶了何漫妮？

单家岂不是更能助他姓季的平步青云？

就在众人都狐疑之时，季莘瑶走近："单老，这里毕竟是顾家，关于您口中的这些陈年旧事，算是你我的私事，何需这么兴师动众？"

单家的家大业大，谁都知道，好歹单和平当年在国内的地位，没人敢小觑，如今自然也是一句话顶得上万重山之重。

为了认个外孙女，特意这么兴师动众，倒是让她觉得很不舒服。

见季莘瑶的脸色并不是很好，单老只沉吟了半晌，没有接她的话，只是笑笑看着她身旁的顾南希："南希啊，看来你单爷爷我当年说得还是准，你到头来也是我单和平的孙女婿，就算是外孙女婿，也是一样的哈。"

顾南希听着，嘴角是淡淡的笑容："呵呵，单老如此兴师动众，我还以为是发生了什么事，没想到只是为了认莘瑶这个外孙女，不过有些旧事都已经是几十年前的了，单老何须握着过往的那些不放，何况莘瑶或许也不能适应您这位外公的存在和……您的这一种方式。"

顾南希这话说得客气，其实在莘瑶和单晓欧这一方面，单和平想认莘瑶这个

52

外孙女，他们大可以不需要如此客气，但是顾南希是谁，什么样的场合不是他三两句话便能稳得住的？

就算眼前的单和平来势汹汹，但面对声望甚高又出了几代将军的顾家，终究也是无法太强势。

这时修黎从门外走进来，看了一眼客厅内的状况，再又瞟见季莘瑶的神情，当即蹙了蹙眉，走了过去："怎么了？"

单老听见修黎的声音，回头看了他一眼，当即仿佛想起了什么似的，笑了笑才道："莘瑶和修黎这孩子的一些事情我倒是也知道了一些，最近顺着莘瑶这一层的关系，我也知道了不少往事。"

说到这里，单老的视线定定地看着季莘瑶："孩子，这个外公你暂时可以不认，我知道这二十几年单家没有给过你应得的疼爱，加之……单紫的一些关系……"说这话时，单老的眼神扫了一眼顾南希，似是又觉得这事情现在不该提，便顿了顿，继续道："你父亲是季秋杭，不过季家那对夫妻我多少有点了解，二十几年前曾因为个别事情打过一些交道。"

说到个别事情时，单老的目光若有若无地将顾远衡和顾老爷子一同看了进去，后见两人闻风不动，仿佛置身事外一般只是在听他说和莘瑶之间关系的种种。

单老嘴角有几分诡异的笑："想必顾老和远衡也知道，季秋杭当年结婚的时候，我还给他季家赠了两份大礼，谁知道二十几年后，他季秋杭还给我这么大的一份礼！我的女儿和外孙女在季家名不正言不顺，且我的女儿从二十一年前开始便销声匿迹，我很好奇，他季秋杭是怎么做到的？"

这一会儿，单老的话所剖示的含义很简单，他要弄清楚单晓欧当年被季秋杭始乱终弃的原因，要弄清楚她的女儿究竟在哪里。

又或者是，他已经猜到单晓欧死了，只是当年的事情被季家一手操控，在二十几年后，单老在各方面想要着手去查，线索都一时无处可寻。

没有人说话，季莘瑶亦在径自考虑着要怎么告诉单老那些事情，如果单老知道当年的那些事，会不会又出什么乱子，她现在的生活好不容易这么平静，她不想再闹出任何是非来，但是妈妈当年的冤屈和季家所带给她们母女间的痛苦，难道又该就这样算了？

顾南希的手拍在了莘瑶的肩头，他的脸上是温柔和关切的笑容，莘瑶本来有些纠结的心情因为他这无声的安慰与鼓励而平静了许多，虽然自己不想搅乱生活的平静，但是妈妈当年的委屈既然有人肯替她讨回，她当然要对妈妈公平一些，单老因为几十年前犯的浑而欠了单晓欧这个女儿太多，如果他能在她死后替她做些什么，也许妈妈地下有知，也会瞑目了。

就在莘瑶正打算开口让单老借一步说话时，修黎便已经开了口："单晓欧二十一年前就死了，单老现在想追溯这一切，不觉得太晚了？"

他这一句话，引得单老当即脸色一颤，猛地站起身，回身看向修黎。

莘瑶险些到了嗓子眼儿的话这会儿被她急急吞了回去。

第十章 疯癫

在她仍犹豫不决不知该不该说的时候，修黎难得地替自己做了一次决定。

她转头，看向修黎，而修黎只是淡淡地看着神情有些激动的单老："至于死因，单老应该去季家查，而非顾家，莘瑶从小在季家受到的委屈，从季秋杭到季程程，那所谓的一家三口给莘瑶的童年带来的创伤和孤独又有谁知道？你来问莘瑶这些，等于让她在你面前自己揭开伤疤给你看，要是单老你对这个外孙女是真的心疼，不如给她点时间和空间让她平平静静地过现在的生活！想知道真相，去找季家，看看他们当年都做了什么好事！"

单老的表情有些骇人，眉头紧皱，静静看着神情寡淡的修黎，似是在考虑他这话中的真实性。

是的，没错，季莘瑶不喜欢揭开过去的伤疤，她只想珍惜现在这种平静而温馨的生活，不想被任何人打破，可是对于妈妈当年的事情，连她都不清楚究竟发生了什么，所以，也许让单老自己去查，也是更事半功倍的。

不过单老似乎只猜到单晓欧应该已经不在世了，却没想到二十一年前就已经死了，更又因为修黎的这番话而有些激动，突然转过脸，看着季莘瑶。

而莘瑶淡淡的神情却仿佛印证了什么，让单老的表情顿时肃然得有些可怕。

"季家？"他眯起眼，当即转身换了副笑脸，对始终没怎么说话的顾老爷子笑笑："看来我这认外孙女的路还是有些崎岖啊，今日倒是叨扰了，改天占中你出来，咱们两个老的多喝几杯。"

"好说，好说。"顾老爷子亦是笑着站起身。

单老点点头，满腹心事，再又深深看了一眼沉默的不愿多说的季莘瑶，想了想，看向顾南希："当初单萦是我的心头肉，现在莘瑶和单萦就是我的手心手背，都一样是肉，南希啊，我的一个孙女已经因为你而终身不愿再嫁了，至于莘瑶，你可得好好待她。"

单老这一转变倒是令人始料未及的，但他这样突然的转变不知是好事还是坏事，莘瑶仍旧不说话，她显然没有认亲的这个打算。

顾南希唇线一弯，若有若无地淡笑："莘瑶是我的妻子，我对她好是应该的，至于单萦，无非是些陈年旧事，单老没事时多宽慰宽慰她让她早日走出来才好。"

顾南希的声音温润如玉，始终握着莘瑶的手，给她面对眼前这一切的力量。

莘瑶感受得到他给自己的鼓励，便抬眼，看了一眼单老，对单老客气地点点头："慢走。"

一开口就是逐客令，单老倒也没有恼怒，只是看了看她，叹了口气，转身便走了。

待单老离开后，修黎坐到离莘瑶所站的位置较近的沙发上，转头看了她一眼："不想认你可以不认，单家的水不是一般的深，谁知道单和平现在心里想的是什么。"

修黎这话说得没错，现在莘瑶是顾家的儿媳妇，显然单老有意与顾家联姻，结果顾家似乎并不接受，而如今莘瑶已经是顾家的儿媳妇，单老又这么急着主动地过来，确实没人知道他究竟打的什么主意。

顾老爷子显然就是因为这一点，而始终没说什么，直到单老走了，才若有所思地看着季莘瑶。

"莘瑶的身世她自己无法控制,都说世事如棋,无论我们站在哪一个角度,如若不自控,总会变成别人手中的棋子,就算她如今和单家有这一层关系,但以莘瑶的性子,她在这其中必然不会有任何影响,莘瑶不是随波逐流的人,她的内心没有谁可以轻易动摇,想必她的性格,爷爷和爸,你们都已经很清楚了。"

顾南希说这番话时,明显是知道顾老爷子和顾远衡此刻的想法,他的语气很淡,却似在叙述一件再平常不过的事。

而他的这番话让本来若有所思的老爷子和顾远衡的眉头都舒展了许多,老爷子点点头:"真没想到莘瑶这孩子竟然是单老的外孙女。"

他接着又摇了摇头:"这世界还真是小啊,不过也确实,莘瑶这孩子的性子我也知道,一个在当初刚进顾家就受了莫大委屈,却仍然挺直了腰杆不卑不亢的孩子,头脑必然是清醒的。"

顾老爷子这话里有话。

他在提醒莘瑶要一直清醒下去,别因为与单家的关系而忘了本来的自我。

莘瑶微笑:"爷爷,莘瑶不会让您失望。"

"好,好孩子。"

听她这样说,顾老爷子欣慰地笑着点点头:"爷爷对你从来都没有失望过,至于单老对季家想怎么做,如果波及到咱们顾家,你放心,有任何问题,都有爷爷在这里给你撑着!"

莘瑶咧嘴一笑,顾南希亦同时低头笑看着她,墨色的黑眸里带着温柔的关切。

第十章 疯癫

从顾家出来的时候已经晚上近九点,临回家前老爷子还叮嘱莘瑶别因为这些事情而多想,安心养胎就是,还叫王妈给她炖了些好喝的汤带回去。

坐在车上,莘瑶腿上抱着保温桶,本来还在担心顾家会因为这些事而对自己有所偏见,毕竟她在知道自己的身世后,对顾家有所隐瞒,幸好老爷子通情达理,还有顾南希为自己说话,她反倒受到老爷子更多的心疼的关切,她抱着保温桶,嘴里哼哼轻唱着什么,嘴角那勾着的笑意一晚上都没有放下来过。

甚至回到家也轻轻哼着,待顾南希从浴室里洗了澡走进卧室,便只见莘瑶正坐在床上,靠在床头,看看手中的公务员考试类的补习书,时而点头时而摇头的,嘴里还念念有词。

顾南希似是被她这种笑容感染,好笑地从床的另一边上了床,伸手将她揽进怀里,摸了摸她的头:"怎么乐成这样?"

莘瑶将手中的书递到他手里,笑着往他怀里用力地钻了几下,将头在他胸前像小猫一样蹭了蹭,找了一个舒服的姿势和位置就那么靠着,抬眼看着他近在咫尺的脸,一脸满足地说:"你猜呢?"

顾南希扬眉淡笑,将她更紧地抱在怀里,低下头贴在她耳边学着她的语气悄声说:"你猜我猜不猜得着?"

55

季莘瑶眼皮狠狠一抽，伸手就做势要去捶他，结果却被他抱了个满怀。

他俯首便亲了下来，莘瑶不依地在他怀里拧了拧身子："别，让我拿个东西。"

待他微微松开了一些，莘瑶直接转身拿起床头柜上的一份杂志，翻了一下，然后递给他："刚刚我看公务员的这个书之前，看见了这份琴姐最近来这里收拾屋子时顺手放在这里的杂志，你看这个。"

她指着杂志里边图片上穿着亲子装的一家三口，爸爸穿着和老婆孩子一样的衣服，牵着刚学会走路的孩子在草地上奔跑，孩子的妈妈笑眯眯地跟在后边，手里拿着宝宝的玩具和吹泡泡的东西。

按经历来说，这样的杂志莘瑶不是没有看过，不过这样的照片她曾经都是一眼就扫过，根本不会停留的，此刻她特意指着上边的孩子说："南希你看，这小孩子长得像爸爸多一点还是像妈妈多一点？"

顾南希挑眉，看着杂志上的一家三口，笑道："这是个女孩儿，看起来像妈妈多一些，怎么？你也喜欢女儿？"

"没有，我喜欢儿子，生两个又高又帅的儿子以后保护他老妈我，多幸福呀！"莘瑶嘿嘿笑。

顾南希却是勾唇："我看女孩儿不错，都说女孩儿和爸爸亲，想想以后孩子出生后，每天跟在我后边，爸爸爸爸地叫，多幸福。"

莘瑶噘嘴："可我觉得儿子稳重些两个小姑娘太吵吵闹闹啦！长大后抢衣服都抢不过来！"

见她这一副表情，顾南希笑着拍了拍她的头："傻瓜，儿子女儿都好，不都是我们的宝贝？"

"嗯！"

莘瑶嘿嘿一笑，伸手环住他的脖子："南希，我们也去买亲子装好不好，现在宝宝已经五个多月了，我们现在准备出多多的亲子装，以后带他们一起出去玩。你这个周末有时间吗？我们去买吧？"

顾南希认真地盯着杂志上的照片看了一会儿，然后笑着说："亲子装都是三件？我们应该是四件。"

"应该有四件的吧，做亲子装的厂家怎么可能把有双胞胎的家庭忽略掉呢？只是咱们以前没有宝宝，没有注意过这些，你这周末有没有时间？我们一起去买？"

莘瑶瑶眨着眼睛，满脸的期待。

"时间是有，就是怕你累，才刚从美国回来，想让你多休息休息，何况你现在这么大的肚子，本来打算这些东西叫琴姐或者其他人去买，免得你撑不住。"

顾南希说着的时候，手轻轻地在她的肚子上按揉，他一定是在那种孕期知识书上看过的，说女人怀孕超过三个月后就可以偶尔给肚子里的孩子轻轻按摩，看他这手法似乎有些生疏，但却是十分的小心翼翼。

"不累，医生说过，多走动对生孩子的时候有帮助，何况不是有你在吗？"

"那好，这个星期天，我陪你出去逛一天，嗯？"

56

顾南希笑着将她揉进怀里:"快看看这个心急的准妈妈,以后孩子出生了,可怎么得了。"

莘瑶乐呵呵地举着那份杂志:"你看这套亲子装怎么样?这下边有其他颜色的示例图,蓝粉相间的,这里,还有黄色的,红色的,黑白横纹的,还有这个小熊装,哈哈,南希你看哪个好看?"

顾南希故意若有所思地皱着眉头盯着杂志思考了一会儿,指指上边:"要是只有三件,没有四件的话,那我和孩子穿小熊的,你自己找块布缝一件差不多的一起穿出去。"

莘瑶本来是转手拿起床头柜上的玻璃杯,刚要喝一口水,幸好还没有喝,不然就直接喷了,她一怒,卷起杂志就在他肩上敲了一下:"顾南希,哪有你这样的!"

顾南希笑着重新将她捞到怀里,在她唇边一吻:"傻丫头,哪一件都好看,你和孩子喜欢什么样的,我就穿什么样的,嗯?"他的声音轻轻柔柔的,在莘瑶动情地抬起眼看向他时,他笑着直接封住她的唇,深深地吻了起来。

他的手顺势捉住她的手,握在掌心,吻着她的力度很轻柔,没有太用力,但是很用心,很深情。

莘瑶主动响应着他的吻,双臂紧紧圈住他的脖颈,心头是无限的幸福。

辗转亲吻间,顾南希的身体渐渐发热,亲吻的力度渐渐加重,将她抱得更紧了一些,转头将脸深深埋进她的肩头,呼吸着她身上同样好闻的味道。

莘瑶能感觉得到,他想继续,但是却没有,她转过眼看着他。

过了好一会儿,顾南希身上的热度渐渐消退,这才抬起头来,依旧将她抱在怀里,手覆上她隆起的肚子:"才从美国回来,你需要休息,孕期缺乏休息太过劳累对大人和孩子都不好,我再忍一忍。"

季莘瑶扑哧一笑,却因为他这样的隐忍和关怀而心里很暖,用力回抱住他,将脸贴在他的颈窝:"老公,有你真好。"

顾南希轻笑,没有说话,温柔地抚了抚她的头,莘瑶确实已经很累了,就这样靠在他怀里闭上眼睛,没一会儿便睡着了。

顾南希一直静静拥着他,知道她睡着了,正要将她轻轻放平躺在床上,刚微微地动了一动,手机便响了。

他伸手在手机只响了一声后便将之调成了静音,低头小心地看看她,见她睡得正香,便也没有放开她,拿起手机看了一眼,便直接放在耳边,轻声开口:"喂。"

电话里不知是说到了什么,顾南希本来淡笑的表情微微敛住,眉头渐渐皱起。

"好,我知道了。"

最近几天莘瑶一直都在日暮里休息,因为刚怀孕的时候就一直喝中药调养,所以现在胎位很正,胎气也很稳,琴姐时常在顾南希上班后,拽着她在小区里来回转悠着多走走。

本来每个星期五都是琴姐大扫除的日子,但是这星期五,琴姐家里忽然有些

第十章 疯癫

57

急事，不得不请了一个星期的假，莘瑶见屋子里有些角落确实需要好好打扫打扫，便干脆拿起平时琴姐拿来的那些东西，开始重新干起了家务。

本来多运动对孕妇来说就是好事，她弄了热水，先是楼上楼下地扫地，擦桌子，各种收拾，最后又把每一个房间的门窗都擦了擦，将二楼的擦好后，已经是下午。

莘瑶满头大汗地一路擦了楼梯的扶手下楼，一楼的门还没有擦，她就跑到沙发上坐了一会儿，喝了些水吃了些水果，再一鼓作气地起身，开始逐个去擦一楼的每一扇门。

擦到中间时，是楼梯下的那间她自从住进来后就从来没有进去过的小房间，这个房间莘瑶自从结婚那一晚顾南希说过她不能随便进的时候，她虽然好奇，但也曾注意过这房间是锁着的，于是就更加好奇，但自从上一次他说过，这房间与单萦没有任何关系后，她这悬在心头的疑问和疙瘩也就没有了。

她走到那门边，想了想，嘴角露出一丝笑容，拿起抹布便轻轻地擦了下去。

谁知，在门把手那里的缝隙上刚刚擦了一下时，发现里边有一块不太好擦的地方，便用力擦了擦，结果门的把手就这样轻轻一转，门开了。

季莘瑶愣了一下，呆呆地握着抹布，站在门前，看着微微敞开了一条缝的黑暗的小房间。

就在她狐疑地想着这门怎么没有锁的时候，忽然屋子里的座机电话响了起来，她回过神，放下抹布赶快走过去拿起电话，电话是琴姐打来的。

"喂，少夫人，我昨天晚上跟你请假的时候，走得匆忙，我记得前几天我打扫过楼梯下的那个小房间，备用钥匙在我这里，但是我忘记锁门了，我记得顾总说过，那房间里的东西很重要的，但是因为我平时也不识字，所以他准许我偶尔进去打扫，但是我忘了锁门了，少夫人，你记得帮我锁上门，不然我怕会被骂的。"

莘瑶愣了好一会儿才说："你放心，南希不会随便骂人的，行，我知道了，我帮你锁上。"

"谢谢少夫人！"琴姐笑着："那我先挂电话了，我家这边的老人病得很严重，马上要手术。"

"好，你也别再操劳，注意身体。"

莘瑶轻声说完，便放下电话。

她坐在沙发上发了许久的呆，才转过头，看向楼梯下那个微敞着门的小房间。

虽然说答应过不会随便进那个小房间，但是他们已经是共患难的夫妻，不是当初刚结婚时那个认识才几天互相很陌生的有名无实的夫妻，既然与单萦无关，那为什么她不能看？

琴姐说自己不识字，所以顾南希允许琴姐进去打扫，难道里边是什么数据或者很重要的东西？

强大的好奇心让季莘瑶站起身走过去，站在门前看着微敞的房门犹豫了好一会儿，一直在做着心理斗争，究竟要不要进去看，如果真的看到什么不该看的，又该怎么办？

明知不应该，可还是鬼使神差地将手放在门把手上，将门轻轻一推，日暮里的房间格局，每一个小房间灯的开关都在右手边，莘瑶抬起手摸索了一下，就在墙边找到开关，打开灯时，放眼一看，眼前是个六七平米大小的小暗间，两边都摆着书柜，书柜中间只能站得下一个人，而这两边的书柜和旁边的计算机桌上摆满了文件档案和数据，有一些已经落了灰，看起来有些陈旧，像是被琴姐擦过几次，所以在档案袋的上边有些擦过的痕迹。

莘瑶将本来又拿进来的抹布挂在门把手上，然后走进去，抬头看了看两边的书柜，见许多都是很厚很厚的卷宗，有点类似一些特殊的机密档案，但是她知道，这里不可以放机密档案，毕竟的有些事情都是国家的，而不是顾南希私人的。

那这些，又是什么？

又为什么不能让人看见？

季莘瑶走到最里面，其实就这样闯进顾南希并未同意她接触的空间，她心里还是有些忐忑的，总觉得自己做得并不对，可现下看看这一切，她心下更是觉得不安。

总觉得顾南希的世界虽然有她，但她的世界里却没有完完全全的他，一种对自己最亲密的人的好奇，驱使着她伸手拿起书柜上的一本卷宗。

一九八×年申城军事设备制造厂贪污案。

卷宗上的这一行记录的是小字，封面的尾下有顾南希的落款，这落款不是名字，而似乎像是一个标记，意思是这本资料已经是他看过的。

莘瑶顿了顿，这是二十几年前的那起著名的贪污案。

事情已经过了二十几年，早已经过了追溯期，但是现在稍微接触一些政治军事的人都知道二十几年前的这一起著名的贪污案，听说这案子没有真正侦破，始终没查到幕后真正的操控者是谁，最后上边为了敷衍，而抓走了一位姓石的制造厂负责人，在其家里找到一些贪污受贿的证据，而将其以法律的方式严惩。

这个姓石的负责人季莘瑶知道，就是石芳的父亲。

石芳，顾家，单晓欧，季家，这其中究竟有什么联系？

莘瑶借着这小屋子里还算明亮的灯光，直接翻开卷宗，认真地逐行翻看。

不过这间屋子里的数据这么多，也许这一本不能看得完全，她看了一眼时间，才是下午，便干脆转身坐在计算机桌旁，一瞥见桌上的计算机，她一顿，忽然觉得这台计算机有些眼熟，似乎是上次顾南希放在书房的那一台。

她随手打开，这台计算机的密码她知道，进去后，果然再度在硬盘里找到上次那些有关二十几年前巴西送进中国的那几样水晶首饰的图片，那时候里边只有一些模拟照片，现在却有了原版。

看了一会儿后，莘瑶放下手中的卷宗，起身便要去拿其他的翻看一下，结果忽然，她在一叠档案里发现了一个眼熟的牛皮纸档案袋。

她眼神一颤，这个档案袋……

不是当初她还在丰娱媒体公司上班的时候，她有一天上班，偶然在办公桌上发现的吗？

第十章 疯癫

59

直接将之从中抽了出来,在里边翻看了一下,拿出一叠照片。

果然,都是她母亲当年跳楼自杀后那些惨不忍睹的照片。

当初顾南希将这档案袋拿走,告诉她,一切有他,让她别再看这些东西。

那他把这些照片留在这里干什么?

还和这些与二十几年前那起贪污案有关的卷宗放在一起?

就在莘瑶拿着这些照片发呆时,手机忽然响了,她忙转身出去接起电话:"喂?……南希?"

"莘瑶,最近因为刚回国,忙了几天,连续几天回家都很晚,今天终于把积攒的要处理的事情都清空了,我现在开车回去,你有什么要吃的?我顺路买一些?"

顾南希温柔带笑的声音在电话里传来。

季莘瑶手里还握着那些照片,胳膊下还夹着那只档案袋,电话里顾南希的声音温柔而带着满满的耐心,仿佛如果她说她想吃天上的月亮,他都能想方设法地给她弄来。

她顿了顿,拿着电话的手微微收紧,张了张嘴,才看了一眼时间:"你现在就回来?这才下午三点。"

"忙了好几天,今天难得清空了堆积的工作,想早点回去陪你。"顾南希笑着说。

莘瑶看了一眼手中的东西,犹豫了一下:"不用了,你才回来,工作的事情那么多,不用一直想着陪我。"

似是听出她的一些不对,顾南希仍平稳地开着车子,随口问道:"莘瑶?你是不是身体不舒服?"

顾南希温和的声音中带着关怀,隔着电话说出的疑问让季莘瑶心头一热,她其实只是想尽快把这一切事情搞清楚,但是她相信顾南希隐瞒她一定是有原因的,她可以理解,而她现在只想搞清楚这一切的始末。

但如果他现在回来,这房间也许就只能锁上了。

可那般睿智又洞察力强大如顾南希,如果自己忽然抗拒他早点回家,他又怎么可能不会多心?

莘瑶曲起手指,放在嘴边咬了一下,才说:"没有,就是不想耽误你工作。"

"想吃桃子还是香蕉?我看你前几个月吃苹果快要吃腻了,买些其他的回去,嗯?"顾南希不疑有它,笑着轻声问。

"随便,什么都行。"

"那好,你乖乖在家,等我回去陪你。"

"好,慢些开车,注意安全。"

挂断电话后,莘瑶便匆匆回到小房间,将手中的照片放回档案袋里,再又将档案袋放回到书柜上,关上计算机,将屋子中的一切恢复到原位。

因为刚刚顾南希打电话过来的时候,她听见在电话那边他附近传来一些响声,有点像是在日暮里附近那条街的一处建筑工地的打桩声,恐怕他也已经快回来了。

收拾好一切后,她才迅速关上门,却是看着手下的门把手,不知道要不要锁上。

60

就这样锁上的话，她恐怕再也没有机会随便进去，如果不锁，顾南希发现了又该怎么办？琴姐已经打电话回来托她帮忙锁一下，如果她不锁，害得琴姐真被说的话，反倒是她自己自私了。

想了许久，季莘瑶微微眯起眸子，在犹豫中还是选择别给琴姐添麻烦，轻轻锁上了门。

就在这时，那边的门边传来钥匙开门的声音，莘瑶快步走回到沙发边，找了半天却找不到抹布，顾南希走进门，见她在沙发边来来回回地转着，随手慢慢地关上门，笑问："在找什么？"

"呃，我在擦屋子，找点东西。"

莘瑶忘记自己是不是把抹布忘在那间小屋子里了，在暗骂自己马虎的同时又不能露出太多马脚，便随意笑了一下："没事，找不到我再拿其他的。"

说着，她走进浴室再去找其他的抹布出来。

"怎么今天是你收拾？琴姐没帮你？"见她这里里外外忙活的样子，顾南希将手中的水果拿进厨房，洗了一些再切好，装盘拿出来放在茶几上。

感觉到他走来，在身后温柔地抱住自己，又抬手接过她手中的抹布，将她踮起脚都不太容易擦得到的地方擦了一遍，然后继续拿着抹布擦其他地方。

真是个……居家旅行必备的好男人……

季莘瑶不由得感慨了一下才说："琴姐家里的一个老人病重，急需手术，她回去陪护了，今天的大扫除就由我来，反正我现在多运动运动也是好的。"

"运动也换一个其他的方式，洗衣服或者是逛街散步随你，这种打扫的家务有太多灰尘，不适合你现在做。"顾南希一边帮她擦了擦其他的门，一边再检查了一下其他地方，确定干净了，才将抹布还给她。

莘瑶接过抹布，草草地"哦"了一声，就转身回了浴室。

"洗完后就来吃水果，刚买回来的，还很新鲜，别又不舍得吃，都放坏了，听话。"

顾南希的声音很柔和，莘瑶却也只是轻轻"嗯"了一声，便关上浴室的门，小声说："我身上都是灰，先洗个澡。"

平日里顾南希下班回家后，莘瑶都是第一个笑着迎上来又是接衣服又是喊着做好了饭叫他快点吃，今天她什么都没做，不过也是因为他今天回来得早一些，希望他不会多想什么。

莘瑶拧开浴室的花洒，温热的水从头顶淋下，她闭上眼睛，脑子里全是那些母亲自杀后的新闻照片。

听见浴室里传来的水声，顾南希便拿起沙发上的报纸，看了一眼之后似是想起了什么，再转头看了一眼楼梯下那个小房间的门。

想起上次似乎是把计算机放在了里面还没有拿出来，他便放下报纸，走过去，打开门，轻轻一推便进去了，正要随手拿起桌上的计算机，忽然眼角的余光瞥见里边那一侧的门把手上的一块抹布。

他一顿，伸手将那块抹布拿了下来，握在手里，这抹布，还是湿的。

61

第十一章 探索

莘瑶洗了澡出来后，见顾南希坐在沙发上看报纸，他的衬衫领口随意地解开了两个扣子，头发也不似平日在省市级重要会议上时弄得那么规规矩矩，只是那么柔软而微微蓬松着的，看起来像是被洗过几千几百回那样的干净。

她一边擦着头发一边过去，俯下身拿起一块他剥好皮又切好的猕猴桃放进嘴里，结果酸得直接眯起眼睛，打了个颤。

"啊，怎么这么酸！"

见她酸成了这样，顾南希不免放下报纸，好笑地看着她："你前几个月一直在四处找酸的东西吃，我这特意在一堆熟透的猕猴桃里找比较酸的买回来，结果你倒被酸到了？"

"那我现在不是已经过了好吃酸的阶段了嘛……"季莘瑶嘴角抽搐了一下，再又吃了一块，放在嘴里含糊道："不过也还好，不是特别酸，是我说得夸张了……"

确实很好吃的。

洗过澡后，莘瑶刚刚有些烦乱的心情便顺了许多，也不去乱想什么，直接一屁股坐到他身边，凑到他脸前去，眨着眼看着他："老公，你这周末休息几天？"

顾南希笑着伸出手臂将她揽至怀里，俯首在她头上吻了吻，目光比以往更温柔，注视着她的眼睛："答应过周末陪你去买亲子装，我就不会食言，放心吧。"

"不是，这个星期六……"莘瑶眨了眨眼："我也是险些就把现在的时间忘记了，每天不用上班，日子都被我过得不知今夕是何夕了。"

说着，她伸手圈住他的脖颈，轻声说："这个星期六，是我妈妈的忌日，我要回Y市一趟，她的墓地被藏得很隐蔽，但是我和修黎都知道那里，我得去祭拜一下，如果你有时间，就陪我去看看我妈，如果你没时间，我就自己回去，行吗？"

顾南希不知是想到了什么，静静地看了她一会儿，才道："忌日？这星期六是几号？"

"我是按农历算的，农历三月十九……"

说完后，莘瑶便抿唇："你如果没有时间也没关系，我只是怕你不放心我一个人回Y市，所以才想和你商量一下，其实Y市那边我的那些朋友你也知道，何况你不是把那套小房子买下来了吗？我回去住也可以，也就是回去住个两三天……"

"我陪你。"顾南希将她按在怀里："傻丫头，这种事情我怎么可能不陪你？前几天清明的时候我们在美国，我还在想会不会耽误你去扫墓，既然是忌日，我这个做女婿的，不去像话么？"

莘瑶顿时笑了，用力抱着他的脖子，在他脸上用力亲了一口："老公你最好了！"

这时莘瑶看见桌上放着她之前忘记放在哪里的抹布，她愣了一下，从他怀里出来，伸手拿过："这抹布……你在哪里找到的？"

顾南希淡淡看了她一眼，眼神看不出喜怒，只是静静注视她一眼，才轻声说："那边，地上。"

他用下巴随意指了指小房间门外的地面，便没再看她。

莘瑶回头看了一眼那边，想着也许真的是在她离开那个小房间的时候，把本来挂在门边的抹布带了出来，掉在地上，因为在楼梯下边比较暗的地方所以没有注意到。

但顾南希的神色没有什么异样，她这本来有点做贼心虚的心才算是放下了许多。

顾南希看着她的唇角，心下一动，低头就这样直接吻了下去。

这一吻，先是轻柔的，在得到她的响应时，便渐渐有些用力，渐渐地失了温柔，灵活的舌直接撬开她的齿关，在她还以为只是轻轻亲一下的刹那便俘住她的舌，执意与她唇舌纠缠。

莘瑶的反应慢了半拍，她本来只是轻轻响应了一下，以为只是一个安抚式的吻，却没想到竟渐渐有燎原的趋势，他忽然搂紧自己，动作没来由地加重了几分，虽然被他今天有些莫名粗鲁的动作弄得微微有些疼，但并没有推开他，也没有抗议，相反地直接紧紧勾住他的脖子，让两人更好地贴紧，更好地亲吻。

感受到她的乖顺和主动，顾南希的唇舌间的力道渐渐放轻，眼神静静地锁着她，不知是想在她的眼中看出些什么，但是她能感觉得到，他抱着自己的力度愈加地紧致，仿佛要将她直接揉进骨血里一般。

她的主动让他仿佛受到了鼓舞，虽放轻了力度不再弄疼她，却仍是更加地热烈，那热情几乎要将两人淹没。

"唔……南希……"莘瑶被吻得有些喘不过气，唇上也已是一片艳丽的殷红色彩，她红着脸，在他怀里动了动，在他放开自己的同时抬起头来在他的下巴上吻了吻，轻声说："你怎么了？"

怎么她还好好的，可这一会儿却感觉他忽然间有了很重的心事。

搂着她的力度总像是不愿放手，害怕她消失一般，连眼神都是这样地盯着自己，盯得她有些无所适从。

然而过了一会儿，发现他没了声音，抱着她的力度虽然依然很紧，但是也不再似刚刚那样太重，莘瑶悄悄起身，这才发现，顾南希竟然就这样贴在她身上，一

边抱着她，一边睡着了……

究竟是有多累？

他最近在顾氏肯定很忙吧？

每天都回来得那么晚，今天好不容易早一些回来，却还记着给她买些水果，现在才来得及休息。

莘瑶不禁温柔地轻轻一笑，轻轻地扶着他起身，但是如果这样扶着他回卧室又会吵醒他，客厅里的沙发虽然不是特别大，但是是真皮的，沙发也很柔软很舒服，也够他一个人躺下了，她便悄悄走下沙发，转身回到卧室抱出被子过来，轻轻地为他盖上。

第二天便是星期六，莘瑶夜里睡下后，心里惦记着回Y市扫墓的事情，再加上白天在那个小房间看过那些照片，难免在睡着时下意识地仍会回想到。

也不知是睡了多久，黑暗中的季莘瑶一直在噩梦中徘徊，整个人都泛着浓烈的不安，嘴唇发颤，不停地低唤着："不是，不……"

"莘瑶，莘瑶？"顾南希回到床边，见她似是被噩梦吓成了这样，便轻轻唤着她，伸手在她侧身而睡的背上轻轻地拍着："是不是又做噩梦了？"

"不要……南希……南希……"

"我在，我在这，我在这。"他的手有一下没一下地在她背后安抚地轻拍着。

似是听到了他的声音，季莘瑶这才慢慢地平静下来，却依旧没有醒，身体本能地在他躺到自己身边时往他怀里靠了靠，头向他怀里钻去，嘴里不停哼哼唧唧地说着些什么，手紧抓着他胸前的衣料，像是一松开手他就会消失一样。

她的手更又顺势环上他的脖子，紧紧地圈住，圈抱着他的力度让顾南希有些难受，但他却没有挣开，只是一脸好笑地看着她在睡着后如此不安，却又如此依赖自己的姿势，俯下头在她鼻尖温柔地吻了吻。

过了好一会儿，顾南希才勉强从她嘴里哼哼唧唧的声音里听出了大概。

季莘瑶靠在他的怀里说："南希，你不要走，别走……"

她的嘴里一直重复着这一句话，甚至更加搂紧了他的脖子，一边说，一边用力地往他的怀里钻。

顾南希愣了好一会儿，低下头看着她，目光柔和，将她轻轻地抱住，最后也只能以这样的方式紧紧拥抱着她，轻声在她耳边安抚和保证说："嗯，不走，我们都不走，我永远在你和宝宝身边，乖，别怕……"

也不知道仍在噩梦中挣扎的莘瑶是否听见，不过她因为贴在耳边温柔的声音和掌下的轻抚而渐渐终于彻底平复下来，接着便再一次在她的轻拍和安抚下昏昏睡去。

而黑暗中的顾南希却是一遍一遍地轻拍她的背，始终安抚着她在梦中的情绪，睁着眼睛，久久没有睡去。

当莘瑶醒来时天已经很亮了，她本来定的闹钟是凌晨3点，因为她想要赶一大清早的飞机飞回Y市去扫墓，这样不到8点的时候就能赶到妈妈的墓地了，可一看时间，都已经凌晨5点多了，已经是正春的天气，凌晨五点外边已经大亮，而今天的天气看起来也似乎很好，一大清早阳光就十分充足，只是天的另一边却又有些发暗。

被阳光照得透亮的房间里，莘瑶觉得有些刺眼，抬手放在眼前挡了一会儿，转过头时，才发现顾南希不知何时已经离开，旁边的那半张床上冰冷得没有一丝温度。

转头看着身旁冰冷的位置半天，莘瑶才回过神，伸手轻轻抚过他离开前曾睡过的地方。

她记得昨晚的梦，梦里的顾南希浑身是血，她抓不到他，摸不到他，尖叫着追上他的脚步，却怎样都无法触到他的脸，他越走越远，越走越远。

都说孕妇的情绪多变，偶尔会做一些奇怪的噩梦扰乱心绪，可这个梦境太真实，真实又可怕得让她到现在仍觉得心有余悸。

又愣神了好一会儿，她才赶忙爬起身，急匆匆地跑出卧室，顾南希答应过她，今天会陪她回Y市，怎么这么早人就不见了？

内心的慌乱和莫名的不安让她直接冲了出去，结果也不见顾南希的身影，她正要直接穿上衣服出门，结果刚跑到门口，门便自外向里地打开。

顾南希早已穿戴齐整，身着稍显肃穆的黑色衬衣与黑色棉质长裤，利落的短发干净而蓬松，自然而帅气，只是一眼，便顿时让人觉得心安。

"醒了？"见莘瑶站在门前，顾南希慢慢地关上门，将手中刚刚买回来的早餐递给她："你昨晚一直在做噩梦，睡得不安稳，几个小时前才勉强安然入睡，3点的时候我没有叫你，我给航空公司打过电话，因为机场那边下了雨，我们昨晚订的那班飞机晚点了一个小时，还没有起飞，你现在吃些早餐，洗一洗再收拾一下，我们开车直接去机场，找人安排VIP通道过安检，还能赶得上。"

心头莫名悬起的大石终于落下，莘瑶顿时便展开笑脸，接过早餐，拎到餐桌旁一盒一盒地拿了出来。

见她那一会儿愁眉莫展一会儿笑的模样，顾南希走过去："刚刚我进门时，你那是什么表情？急得像天要塌了一样。"

"没什么，昨晚做了些噩梦，还没从梦里缓过来。"季莘瑶撇了一下嘴，在心里暗骂自己幼稚。

顾南希挑动好看的眉宇，轻笑："什么噩梦？关于我的？"

一想到梦里的场景，季莘瑶就一阵难受，便转头瞪了他一眼："一个梦你也问，什么时候这么八婆了，快吃早餐，吃完我们回Y市，早去早回，免得耽误你工作。"

顾南希也只是笑，不再多说。

而事实正如顾南希所说，日暮里这边还是艳阳高照，G市机场那里却是不知何时下起了大雨，因为清晨公路上车辆不多也并不拥堵，所以一路加快速度顺畅地在飞机起飞之前到达机场，找工作人员迅速过了安检后上了飞机，莘瑶这颗心才算是落下。

第十一章 探索

65

到了 Y 市的时候，是早上 8 点多，虽然只比预计的晚了一点，但怎么都不算是清晨，始终也还是晚了一些，不过晚一些也好，至少在墓地能避开一些人。

早上 9 点，Y 市小雨淅沥，莘瑶手里抱着一捧白菊，身穿白色宽松长衫与黑色外套，顾南希在一旁替她拿着一些扫墓用的东西，另一手举着伞，稳稳地举在两人头顶。

两人缓步走进 Y 市西郊的墓园，这个地方，季莘瑶只有每年这一天才有机会来这一次，因为这里太偏僻也太隐蔽，除了特定的时候，没有人能随便进来。

见顾南希安静地陪在自己身边，走进墓园时，莘瑶微笑着转头看着他："南希，看着这墓园，你是不是觉得其实季秋杭对我妈妈也没有绝情到太残忍的地步？"

顾南希不语，只是将伞换到另一只手上，随手揽过她，将她轻轻按在怀里。

莘瑶继续笑着，抬眼看看四周："你知道这个墓园是什么地方吗？这个地方，是 Y 市第一和第二监狱的一些比较特别的死刑犯被枪毙后所安葬的地方，看起来是挺规整的，可是他把我妈妈和这些还算有些家底的罪犯放在一起，只为了不引起旁人的注意。"

"这里平时没人敢来，除了这些死者的家人偶尔过来，但是这里也很荒凉，有几个人愿意给一个死刑犯常年扫墓的？所以这里平时只有墓地外收发室的那两个老大爷来打扫一下。"

"而我，每年的这个时候，都会和修黎一起过来为我妈扫扫墓。"莘瑶轻笑了一下："可是今年，修黎应该是不会再来了，她的亲生母亲还在世，等着他去孝敬，而我妈这个已经亡故了二十几年的人……"

话刚说到这里，季莘瑶的脚步便骤然停下，目光怔怔地望着站在单晓欧墓碑前笔挺的身影。

顾南希的脚步亦同时停下，他们两人皆淡淡地看着那道身影。

那人感觉到不远处的两道目光，缓缓转过头来，静静地望着他们。

莘瑶暗自咬了咬唇，顾南希放下揽在她肩上的手，却是同时握住她的手，牵着她走过去："单老。"

单老点点头，颇欣慰地看着顾南希，之后，目光再转向沉默地抱着一捧白菊并不说话的季莘瑶："孩子，苦了你了。"

季莘瑶仍是不说话，只是顿了顿，便将手中的花轻轻地放在墓碑前，无视单老的目光，径自缓缓鞠躬，顾南希一同对单晓欧的墓碑鞠躬表达了敬意和缅怀之意，轻轻拉着莘瑶的手，始终在鼓励着她。

其实对于单家，季莘瑶并不是在逃避，她只是对于母亲曾经所遭遇的一切，和自己所遭遇的一切很麻木了，而母亲和她一样，从小都没有真正接触过单家，两代陌生，何苦又因为这一层血缘关系而强迫认亲。

但单老竟然能找到这里，可见单老对这个女儿也算是真的有心，此时此刻季莘瑶说不出什么，只是向后退了一步，靠在顾南希身边："我们走吧。"

"我去了季家，听说季程程已经被关了几个月都还没能回去，季秋杭与何漫妮开口求我，求我帮忙把他们的女儿救出来。"单老忽然开口。

季莘瑶脚步一顿，突然抬头，转眼与同样淡淡挑眉的顾南希对视了一眼。

顾南希捏了捏她的手，示意她别担心，之后看向静静站在那里的单和平："单老，季家的事您打算插手？"

"不。"单和平看了一眼顾南希，缓步走了过来："他们对我的女儿单晓欧究竟做过什么，我只查出个大概，但是我女儿当年自杀的经过和原因，恐怕我还是要经过莘瑶这孩子的嘴里才能清楚，而季家还不知道单晓欧就是我的女儿，仍凭着多年的关系求我帮这个忙。"

说着，单和平又看向季莘瑶，想了想，才认真地说："孩子，你不愿意认我，没关系，这样，你来告诉我，这个忙，我应不应该帮？"

"帮不帮都是单老您的选择，和我又有什么关系？"莘瑶冷淡道。

单老似是因为她这仍旧不冷不热的态度而不悦，但却也只是轻叹："你真当我是老了？看不出来，能隔开季家的眼睛把季程程这个宝贝女儿弄进局子里，又没人能托关系把人保出来，是经过南希的手？南希的为人我知道，如果不是季程程这丫头犯了什么让他动怒的大错，他绝不会这样对季程程，好歹顾季两家还带着几分亲戚的情面不是？"

"孩子，你实话告诉我，你和季家之间，到底怎么回事？季秋杭既然是你的父亲，我去到季家时，他为何对你只字未提？而当我提到你时，何漫妮那避开话题的态度又是为什么？"单老眯起眼，忽然略有些严肃地看着她："我昨天去监狱见过一个人，那个人叫徐立民。"

一听到这三个字，季莘瑶就浑身不舒服，她皱起眉，冷眼看了一眼单老。

单老也只是淡笑："如果我猜得没错，这位姓徐的背后也是季家。徐立民下个月将被处以注射死刑，但是有关他的消息被封锁得很严密。"

单老又笑了笑："看得出来，南希为了不让你在怀孕时影响到情绪，已经把这个姓徐的混账从你的生命里彻底排除了，一点音讯都没打算让你再接触，他现在的确把你保护得很好，可是莘瑶，你不愿认我，也该让我这个外公，知道当年季秋杭是如何负了我的女儿，季家如何欺凌我的外孙，季程程又是怎么活生生地把你逼走的？"

季莘瑶没想到徐立民竟然不知不觉中已经归案了，转头惊愕地看向顾南希，虽然他没有表态，只是温柔地对自己笑，又抬手将她身上的外套拢了拢，但她知道，单老说得没错，顾南希现在将她保护得太好，他在一点一点让她淡忘那一切，更是让那些伤害过她的人在她不知道的时候就已彻底消失，也免得她会过多地回想。

而单老能说出这些话，明显就是单老已经动用了特别的管道查到了很多事情，他只是在她这里求证罢了。

"关于季程程的事，如果单老您想帮助季家，那您请便，这个国家本就没有太多公道可言，您权力大，想放一个人出来就能放一个人出来。季家能求到您也是他们的福气，我不过问，我这辈子也从未妄想过她真会恶有恶报，别人家大业大有

第十一章 探索

人护着有人求着，现在您老也来征求我的意见，我还能说什么？"

对于季程程，莘瑶是不愿意多提的，被处置也好，被放出来也罢，顾南希为她做过，她就满足了，但是如果单老非要在这其中插手，她可不希望自己的丈夫无端地与单老对抗上，她不想给他惹麻烦。

无论顾南希怎么想，她都不想给他再添麻烦。

"你以为我是真想救那个臭丫头出来？"单老皱眉："莘瑶，你这是跟我揣着明白装糊涂啊？"

单老此刻的语气有些激动："单晓欧毕竟是我的女儿，我现在问你这些，还能害你不成？你这丫头……"

"您当然不会害我，虎毒不食子，纵使您曾经有害我的心思现在也该没了，我有什么好怕的？单晓欧当年选择一生都不见你这个父亲，我又何必跟您攀什么亲戚？单老，人要自重啊！"

"你！"单老气得不轻。

"单老，我们出去聊聊？"顾南希适时地开口，声音淡淡的，却是成功压制住了单老的肝火："莘瑶奔波了一早上才赶到，让她先多陪陪亡母。"

单老拧眉，却是没再说什么，转身跟顾南希走了。

顾南希走之前轻轻拍了拍莘瑶的肩，是温柔的安慰，莘瑶会意，努力朝他展开一丝笑来。

待他们走出墓园，季莘瑶才深深地吐了一口气，静默地站了一会儿，缓了缓心情后，俯下身。

几年来都习惯了在忌日的这一天过来打扫一下，她正要把单晓欧的墓碑前整理干净，却突然发现这里似乎是已经被人打理过，而且墓碑前不知何时竟多了一样东西，且一看就知道，这一定不是单老留下的。

那是一捧开得正鲜的白色的百合花，且在这风雨中，在墓碑前正并列立着两根熄灭的燃烧了一半的白色蜡烛，在蜡烛的下边，有一角没有完全烧干净的纸角。

而那纸又不像是平日正常的那种纸钱，看起来又像是写了东西，季莘瑶目色一沉，伸手拈起那一角碎纸，这纸因为没有被烧干净，只留下两三厘米大小，而又因被雨淋过，就这么粘在墓碑前的台子上，上边隐约有着的一些字迹已经模糊，只能看得出来，这张纸上本来是写满了字，像是一封信，模糊间仍可看清那仅有的一两个字的娟秀的字体。

只是这两个字比较复杂，又被雨水打湿，十分模糊，看不清究竟是什么字，可这样的字，和这类似祭文一样的信纸，应该只有女人能用。

还有这百合花，这点过的两根白色蜡烛。

她妈妈的墓地这么多年都只有她和修黎过来打扫，而季秋杭只有十几年前来过两次，之后再也没来过，因为嫌弃这里太偏远，更因为何漫妮不高兴他来给单晓欧扫墓。

所以，虽然每年她和修黎来的时候都刻意避开清晨，免得看到不想看见的人，但其实他们心里都明白,季秋杭不会来,这些年,他应该是还从来都没有来过。

所以刚刚看见有人站在这里时季莘瑶会有几分惊讶,也会多少因此而有些动容,但是以单老的为人,绝对不会送已故的女儿这么一束如此贴心的百合花,而且单老的字她见过,单老的字是一种二十年前流行的那种很工整的连笔字,透着军人的一种气质,而这蜡烛,这纸角的字,更不可能是单老所为。

这更不会是修黎留下的,因为修黎的字不是这样。

也就是说,除了这些她所能想到的人之外,还有别人曾来过,而且,是个女人。

季莘瑶捏着手中的那一角纸,低头看着地上的蜡烛和百合花,缓缓站起身,向四周看了看,这墓园里平日根本没有什么人,但巧合的是,在远处的一座墓碑前,有一个一身黑衣,举着伞坐在轮椅上,背对着她的人,似乎正在那墓碑前缅怀什么。

刚刚也一直没注意到这墓园的其他墓碑前还有其他人,莘瑶再又向外看了一眼,心想,那人恐怕是已经走了吧?

她叹了口气,低下头,正要重新蹲下身子,却是突然顿了顿,目光直盯着地上的两道轮椅行过的痕迹。

因为这墓园虽整齐,但并不奢华,所以在墓碑之前的地面都是很普通的黄泥地面,这雨下得也并不大,只要是两个小时之内走过的人,或者其他什么东西行过的痕迹,都会留下一些。

也许单老不会注意到这些痕迹,可莘瑶却突然眯着眼,盯着脚下轮椅划过的痕迹,这轮椅像是在这里停留许久,痕迹比旁边的都要深一些。

她骤然抬起眼,看向那边仍旧在远处墓碑前静静地背对着自己的黑色身影,心头没来由地一颤,心也突然悬到了嗓子眼儿。

她将手中那一角纸攥在手心,举着伞,一步一步走向那个人,每走一步,她仿佛都能感觉到有什么东西在离自己越来越近,有什么要破茧而出一般地向自己而来。

直到她走近,那个坐在轮椅上举着黑色雨伞的身影仿佛都没有听见身后的脚步和她停下时的声音,仍旧一动不动地静坐在那里,并不回头。

季莘瑶盯着眼前被伞遮住的身影,但仍能看出那人身形消瘦,黑色的衣服下露出的半截胳膊比一般男女都要白上许多,那是一种不健康的白,但这种白她很眼熟,再又看看这人身下的轮椅……

季莘瑶深吸一口气,一步一步绕到那人身前,直到看见那人的脸时,她才仿佛有什么东西瞬间被哽到了心口。

"石阿姨?"季莘瑶不可思议地看着坐在轮椅上静默的女人。

石芳缓缓抬起头来,目光不复以往的呆滞无神,而是凝视了她许久,才叹笑了一下:"到底还是被你发现了。"

莘瑶有些不明白,转头再看看单晓欧那边的墓碑,再又看看石芳眼前的这个墓碑,这墓碑上刻的名字她没有听说过,但是石芳应该是坐在这里许久了,她不禁盯着石芳那与正常人无异的眼神:"你?"

第十一章 探索

石芳看看她："很惊讶？"

"没有。"莘瑶摇了一下头："早在美国的时候我就隐约猜出来你是装疯，但又找不到证据，但是你没有伤害过我，我一直相信你一定是记得什么，所以才坚持把你接回国，只是没想到……石阿姨，你竟然会来这里？"

"今天是她的忌日，我既然被你这孩子接回了国，又怎么可能不想办法逃离疗养院那些人的视线，过来陪陪她。"

石芳没有提及单晓欧的名字，只是说"她"，但莘瑶明白她的意思。

"只是没想到，我在她死后的第二十一年才赶回来看她一眼，写了祭文给她，正烧着，同时陪她说说话，就看见不该出现的人出现在这里。"

说到那个不该出现的人时，石芳的眼神微微泛着冷，嘴角亦翘着几分冷笑。

对于眼前的石芳忽然变得如此正常，虽然莘瑶本来就隐约猜想到，但是现在面对这事实，仍是有些震惊，特别是看见石芳眼中那丝淡淡的冷意和嘲讽一般的笑意，更是不敢置信地一直看着她。

"你说的是单和平？"莘瑶轻声问。

石芳眉目一顿，忽然深深看了她一眼："你这孩子，倒是比我想象中还要淡定。"

季莘瑶默然，抬头看了一眼墓园之外，看不见顾南希和单老的身影。

"石阿姨在美国这么久，应该算是被囚禁的吧？在美国那边，你这些年实在没法逃出来，而回了国之后，我和南希都只是想让那些人照顾好你，别让你乱跑，但没有让人监视你，所以你多少还是有了一些自由。"

莘瑶轻声说。

石芳笑了，她静静地坐在轮椅上，歪头看着莘瑶，又似是深深地打量着眼前的季莘瑶，许久，才道："瑶瑶，单和平想要认你？"

没想到石芳居然连自己和单老的关系都这么清楚，莘瑶心头暗暗一惊，总觉得有些不可思议，这个石芳装疯的时候有一套，现在如此的正常平静，却又看起来这样精明，似乎一切都在她的掌控中似的。

莘瑶微微眯起眼，却是没说什么，只是抿着唇，之后岔开话题："石阿姨是来等我的，还是只想来陪陪我妈妈？"

当她说出妈妈二字时，不知怎么的，石芳的眼神似是微动，等莘瑶再仔细去看她的眼神时，石芳已经又是一副笑脸。

"我来看看她，如果等你，想让你这么早就知道这些，我完全不需要奔波到Y市这个肮脏的城市……"石芳的声音淡淡的，"你这孩子总是抽空去看我，我若想让你知道，何苦等到现在。"

"那石阿姨，现在我知道了，您不怕我说出去？"

"说出去？"石芳冷笑，"你能说给谁呀？说给你丈夫顾南希？还是说给什么人？说我没有疯？让他们再继续将我关到美国去，真的被活活逼疯么？"

"他们？"莘瑶以媒体工作者本能的敏锐和抓住重点的习惯，当即微眯着眼，仔细观察着石芳的表情。

而石芳却是笑呵呵地看着她:"瑶瑶,你在观察我?想在我身上看出什么来?"

季莘瑶沉吟了一下便如实道:"我想知道您现在在想些什么,或者,您现在想要做什么?"

"不止吧?你这丫头,看起来很简单,实际自己心里早就有定数,如果没有万全的准备,你此刻也说不出来这样的话。"石芳举起伞,正色地看着季莘瑶平静的脸。"你想从我这里知道,二十几年前,究竟发生了什么?你想知道她当年跳楼自杀的原因,你想知道季秋杭究竟是因为什么而负了你的母亲,你想知道我是不是回来报仇的!"

季莘瑶依然平静,只是平静中带着笑:"石阿姨,被人一眼看透的感觉,真的很不好。"

"我看不透你,还有谁能看得透你?你可是我身……"石芳笑着说了一句,却是话刚说了一半,在季莘瑶疑惑地皱起眉时,便突然停下了话风,而是迟疑地看了看季莘瑶的脸。

莘瑶不明白石芳这话是什么意思,话又只说了一半就似乎不想说了,她观察了她一会儿,才说:"石阿姨,人家都说好姐妹在一起时间久了,都是有姐妹相的,就是看起来有很多相似的地方,您看起来,就和我照片里的妈妈很像,似乎……和我也有些像……"

虽然石芳老了,瘦得皮包骨一样,有些脱了相,但仍能看得出来一些相似之处。

石芳不说话,不知怎么的,她看起来似乎是很不开心,而且,有些不悦,她侧过头,冷冷地看着这墓地周围的一切,冷淡地说:"季秋杭只把她葬在这种地方?这些年,他可有来看过她一眼?"

莘瑶迟疑了一下:"只有十几年前来过一两次,之后再也没来过。"

"二十几年,只来过一两次?"石芳的神情愈加地发冷。

莘瑶见她这么为自己的妈妈打抱不平,虽然心中对这个石阿姨存着太多疑虑,但心里还是感动于她们的姐妹情深,便由衷道:"现在计较这些又有什么用?我妈妈早该对季秋杭死心了不是吗?既然因他而绝望到自杀,又何苦还计较他这些年是否来过?"

石芳一听,转头看了她一眼:"你这丫头对感情这方面的事,倒是豁达,只是不知道真让你遇见什么难以启口或者是无能为力的事,还能不能这么豁达。"

"石阿姨是话里有话么?"季莘瑶注视着她。

石芳蹙了蹙眉:"如果你不想你地下有知的母亲对你失望的话,瑶瑶,离开顾家吧。"

季莘瑶本来带着笑的脸色微微一僵,视线的温度也降了几分,谨慎地看着眼前仿佛好心规劝自己的女人:"什么?"

石芳抬眼:"你真想知道二十几年前的恩怨?如果你知道了,我可以很清楚地告诉你,你会直接为自己怀上顾家人的骨肉,嫁进了顾家而感到羞耻和恶心!"

莘瑶的脸渐渐发白,向后退了一步,突然瞥见外边的单老似乎是打算向里边

第十一章 探索

71

走来,她顿了顿,也不问石芳这话的意思,只是低声说:"抱歉,今天是我妈妈的忌日,我先去陪陪她,石阿姨,您回 G 市的时候注意安全,我先失陪了。"

说罢,她便也不再等石芳说有关顾家的任何事,便急匆匆地快步走向墓园的门前。

在顾南希和单老走进来时,因为莘瑶的脚步有些急,在他们走进来的瞬间她也行至墓园的门口,只是因为这黄泥的土地淋了雨后又粘又不好走,她脚下顿时一个踉跄直接向前扑倒。

顾南希适时地一把扶住她:"小心。"

他更在扶住莘瑶后,就势将她往怀里一带,温声说:"怎么走得这么急?有没有又扭伤脚?"

莘瑶轻轻摇了一下头:"没有,我没事,南希,我们走吧。"

他们如果再同时进去,没多久恐怕就都会注意到那个一直静坐在角落墓碑前的石芳。

莘瑶心里没来由地害怕,忽然间只想离石芳远一点。

"你手怎么这么凉?"顾南希搂过她,碰到她的手,当即握在手里,关切地看着她:"是不是刚刚自己没有好好打伞,淋到雨了?可别着凉了,来,把这个先披上。"

说着,顾南希便脱下自己的外套,不容分说地罩在莘瑶的背后,再又以温暖的手心抚过她的脸:"真的着凉了?"

"没有。"莘瑶还是想离开:"不早了,我们离开这里。"

"这孩子脸色不大好,估计是被风吹着了,你们两个一早赶飞机过来,是打车过来的?我听说这附近很难拦到出租车,上我的车吧。"单老在一旁说了一句,便转身走向那边的一辆军绿色吉普。

本来莘瑶还在犹豫,顾南希却是贴近她耳边缓声低语:"这里确实不好打车,你和孩子要紧,别在这种时候置气,先上车再说,嗯?"

莘瑶点点头,见顾南希将外套脱下来穿在她身上,他身上只有一件衬衫,也不忍心让他着凉,便听话地跟他一起去了单老的车上,坐到车上时,才注意到这车前有一位司机。

"去酒店,先让这丫头换一身干爽的衣服。"单老对司机说了一声后,便坐在前边,回头看了一眼正低下头双手交握在一起的莘瑶,见顾南希握着她的手,将她身上的衣服拢得严实,笑着说:"肯上车了,算不算是又跨出了一步?"

季莘瑶抬头,看了单老一眼:"我们到了市区就下车。"

在单老当即不悦地眯起眼时,顾南希将正哆嗦着的莘瑶搂在怀里,平静地说:"到市区也好,我先送她去医院看看,如果真的着凉了,也好在感冒发烧之前控制住。"

单老皱眉:"你这丫头这么固执?就算我打算带你回季家,让季家上下看清楚,你季莘瑶是我单和平的外孙女,你也不打算去?"

季莘瑶眉头一挑："单老的意思是，现在想回头替你自己那无缘得见的女儿和外孙女正名？您不觉得一切都晚了吗？何漫妮再怎么样，也是他季秋杭结婚二十几年的合法妻子，圈里圈外的都认识，您带我去了又能怎么样？"

"我自然有我的目的，也当然不会亏待你这孩子。"单老正色说。

季莘瑶却是笑了："不必了。"

她转头："南希，我们一会儿在市区，找一家酒店就下车吧，我想换一件干爽的衣服，咱们就别麻烦单老送得太远了，好不好？"

顾南希满眼宠溺地看着她，在她头上轻轻揉了揉："怎样都好，我是怕你着凉。"

"没事，去酒店洗个热水澡，再换一身衣服就好了。"

莘瑶笑着说着，两人的对话亲密无间，将单老完全排斥在自己的世界之外。

单老见状，虽是有气，却也没说什么，只是又看了她一会儿，才咽着气，叫司机找到合适的酒店再停车。

到了市区西边的一家酒店门前时，军绿色吉普车停下，两人下车后，单老也跟着下了车。

顾南希表面上对单老较为客气地说了几句后，便直接扶着莘瑶进了酒店，两人并未在意单老随之进来的举动，只叫工作人员开了间房间，之后两人便进了房。

莘瑶其实不是特别冷，只是 Y 市的春天比 G 市的确要凉上许多，再加上身上有淋到一些雨，顾南希担心她着凉，便直接让她先进浴室洗个热水澡。

待莘瑶洗过热水澡，身上暖暖地出来，换好衣服时，有酒店的工作人员过来敲门。

顾南希前去开门，门外站着的是酒店的客房服务，客房服务很是礼貌地对他们点点头："对不起，打扰二位了，单老先生在本酒店定了竹字包房，请二位下楼一同就餐。"

顾南希淡看了一眼眼前的客房服务，道了声谢后，关上门。

季莘瑶已经穿戴好，走过来说："单老这纠缠的手段倒还是执着，我还在想他一起进酒店来是干什么，原来打的是这个算盘。"

顾南希却是沉吟了片刻，轻声道："应该还请了别人。"

莘瑶一听："那当不是说，他是打算真的做什么了？"

顾南希不语，走到落地窗边，若有所思地看了看外边的停车场。

莘瑶想了想："要不，我们去看看吧，单老这样做，明摆着是权大势大，如果不去，最后为难的倒是我们。"

"你若不想，我可以处理。"顾南希转过身来，温和地说。

"没事，正好现在也快到中午了，有人请客，干吗要拒绝？"

莘瑶其实并不想跟单老接触得太多，也隐约能猜得到单老宴请的其他人会是谁，但现在她也不想去猜，无论是谁都好，既然这下马威都已经到了，她就不能只考虑自己的感受，而任性胡来地让顾南希遭受到任何非议。

待两人收拾妥当，在客房服务的引领下，乘坐专用电梯到达竹字包房所在的

第十一章 探索

楼层，而就在竹字包房的门被工作人员恭敬地打开时，季莘瑶的脚步当即便顿住。

只见单老坐在东边的位置上，而季秋杭与何漫妮皆是一身便装，似是也才刚刚赶到，正客气地与单老寒暄着。

"我们这正准备去公安局那边看看程程，谁知道就接到单老您的电话了，这忽然在这里宴请这么一大桌，看来是还有其他人要来？"季秋杭正好说到这一句。

而包房的门刚一打开，在座的三个人便向这边看了过来，一看见门前所站的季莘瑶与顾南希，季秋杭的神色顿时冷凝住，何漫妮亦是脸上的笑意直接褪下，掩住惊讶之色，略有些迟疑地望着他们。

"呵呵，你们季家人该是这家酒店的常客，我就知道你们对这里的规矩了若指掌，这不，刚问我是不是还有其他人要来，咱们的顾总和莘瑶就到了。"单老笑呵呵地指了指这边，示意顾南希和莘瑶过来坐。

莘瑶有片刻的怔愣，但也只是一瞬间，在顾南希风轻云淡地微笑之时，也随之露出笑脸，之后便随同自己的丈夫走进去，在单老的另一边落座。

"单老特意宴请，结果倒是巧了，没想到刚来Y市的第一天，就遇见漫妮姨和姨夫。"顾南希笑得有礼有度，眉眼间更是让人看不透的一种淡泊之色。

近几个月季家为了把季程程救出来，一直煞费苦心地四处走关系，结果没想到顾南希将这里里外外层层环环的关系早就搞定，如密不透风的墙一般让他们无从下手，几个月来顾南希又对他们两人避而不见，从未给他们如此坐下攀谈的机会，今天倒也真的是个机会，单老既然知道季程程被关，也知道徐立民的事，那也就是说单老此时在装傻。

他特意摆宴，当然也不会是给季家向顾南希再度求情的机会，反倒……

季莘瑶面无表情地瞥了一眼脸色不怎么好看的季秋杭，心想，自己不打算去季家，单老就请他们过来，看来这亲，单老是认定了。

"哟，我倒是忘了，你们顾季两家还算是半个亲戚，对对对，记得上一次是什么时候来着？秋杭你可是带着一家，跟我一同去的顾家。"单老忽然笑着说，再又指指莘瑶那边："但是你们二位有一点绝对想不到。"

季秋杭暗暗皱眉，看了一眼神色淡漠的莘瑶，似是对她这个女儿如今的种种态度十分的不满，却又似乎是因为想起了她今天回Y市的原因，而神情略有些诡异的沉默。

何漫妮却是沉得住气，没有说什么，在单老说这话时，便将目光转向单老，笑道："哦？单老是说什么事情让我们夫妻二人想都想不到？"

"单晓欧。"忽然，单老淡淡地说出这三个字。

当即，本是刚刚摘下帽子放在桌上的季秋杭面色一僵，何漫妮亦是眼神微变，愣然看着单老。

"是我的女儿……"单老挑眉，在看见季秋杭与何漫妮两人瞬间大变了脸色时，继续似笑非笑道："想必秋杭你早年也听说过我曾在部队里办的一些浑事，当年我妻子离开时所怀的孩子，就是单晓欧，我找了晓欧这么多年，也一直无缘得见，终于,我找到了晓欧的女儿。"

说着,单老的目光转向季莘瑶:"莘瑶啊,这声外公,你还是不打算叫吗?"

在季家人面前,季莘瑶不知如何开口,顾南希似是了解她现在的处境,便笑道:"单老,传言您年轻时便特立独行,如今一看,果然不假,这认个外孙女,都要这么大费周章。"

他这话并未替莘瑶排斥单老外孙女的这一身份。

顾南希必然是知道,当年单晓欧在那场感情里败退,有很大一部分原因也许就是因为单晓欧只是一个身份不明的女人,而何漫妮的背后不仅仅有姐姐所嫁的顾家,还有家大业大的何家。

而此刻,季莘瑶的身份,和单晓欧的身份,活活地扇了季秋杭跟何漫妮一个大大的耳光。

果然,季秋杭的脸色始终僵硬,何漫妮皱起了眉头,犹豫了许久才勉强笑道:"单老莫非是在开玩笑吧?也许此单晓欧非彼单晓欧,单老您的女儿,哪会如此屈就甘心给别人做小呢?"

单老当即似冷非冷地瞟了一眼何漫妮:"做小?"

见单老那表情明显是已经将当年的事情查出了一个大概,何漫妮便也不再回嘴,闭上嘴,悄悄地在桌下拽了拽季秋杭的袖子,示意他说点什么。

季秋杭看了一眼单老,再看了一眼季莘瑶:"单老是如何认定,莘瑶就是您的外孙女?不过,如果这其中真有这一层关系,那看来以后我对单老您可是要改口了!"

"哎?改什么口?莘瑶的 DNA 我已经查验过了,还有晓欧的照片我也有,她和晓欧年轻的时候长得很像,难道你这个做父亲的真的看不出来吗?"说着,单老又冷笑,"至于改口嘛,我看还是算了,毕竟我女儿很不幸地给你季秋杭做了'小'!你若是改口,恐怕贵夫人也会不干吧!"

那一个"小"字,被单老咬得略有些重,季秋杭当即面色紧了紧,回头看了一眼板着脸不说话的何漫妮。

眼下这处境,明显是得罪了单老,本来还打算开口请他帮忙处理一下程程的事,结果现在倒成了他们两人自身难保。

何漫妮虽然不说话,眼神却是时不时地看向季莘瑶,似是怎么都想不到,当年那个单晓欧会是单和平的女儿。

季莘瑶忽然抬眼:"漫妮阿姨这是什么表情?您是在暗暗憎恨自己当年没有把我活活弄死,让单老找到我这个所谓的外孙女,害得你这位真正的'小'此时抬不起头来,还是在怪我妈当年跳楼的时候没有把我一起抱下去?"

同时,单老手中正在喝水的杯子被重重地放在桌上,单老淡淡看着何漫妮:"看来季夫人在莘瑶住在季家的这些年,对她并不是很好啊……"

何漫妮本来也是去拿杯子想要喝点水压压惊的手当即一顿,手中的杯子险些翻了,她忙扶住杯子,诧异地看了一眼单老,随即便换了笑脸:"单老说的这是哪

第十一章 探索

里话，莘瑶这孩子啊，就是小时候不懂事，太淘气了，我作为长辈的，有时候在她太淘气的时候打了她几下，但是现下的父母，对自己的亲生孩子哪能下得了手去打呢，其实也不过是教训一下，没有真的下过狠手，可能莘瑶就对这些记恨了吧，毕竟我不是她的亲妈妈，她可能心中对我有所排斥，所以，哎，您也知道，现在后妈哪有那么好当的，现在的孩子心思可都独着呢……"

"是吗？那季程程是为什么被关起来？徐立民这个名不见经传的小人物，又是怎么惹到了顾家了？轮到要注射死刑的地步？"

单老仿佛是真的在问一个问题，而非在逼问，他的眼神依旧带着几分笑，却是笑得有些冷。

"这……"何漫妮不确定单老究竟知道了多少，忽然不知道要怎么解释，眼神暗了暗。

季秋杭这时开了口："漫妮毕竟只是个女人，单老现在如果有什么想要怪罪的，全都算在我头上吧，对于晓欧，我……"

"啊！"忽然，何漫妮手中本来扶稳的杯子忽然就这么翻了，杯里的热水全洒在了何漫妮手背上，成功地打断了季秋杭要说的话。

季秋杭回头看了她一眼，眼中有几分不满，何漫妮却是趁着单老看不见她这边被季秋杭挡住的脸时，偷偷对他瞪了一眼，眼神有些发狠，季秋杭当即皱起了眉，随手拿过餐巾纸递给她。

单老虽然看不见这一幕，但季莘瑶和顾南希却是看见了，顾南希若有若无地弯了弯唇："姨夫，也许站在我妈的角度，有些话我不该说，你们老一辈之间的爱恨纠葛前尘往事，以莘瑶的性子，其实她不计较，不过今天既然在这里见过了，我想，我也该表明一下态度。"

一听见顾南希终于开口，何漫妮当即便忍着手上的剧痛，急急地看向他，似乎无论现在他们二人面临怎样的处境，最担心的终究还是季程程这个女儿所要面临的遭遇。

季秋杭也忍不住看了顾南希一眼。

看看，这一家三口的感情多深啊，同样是女儿，他季秋杭偏偏就可以像小时候那样，抱着季程程哄着季程程，却把她季莘瑶当成一个小女佣一样无视。

如今依旧是这样。

既然如此，她还能有什么对季家人可说的？

"首先，程程在莘瑶十七岁那年主谋所犯下的事，因为莘瑶孤立无援，秦慕琰又被其不愿惹事的父母支开到美国，修黎被你们强行压制，于是将那件事情隐瞒了多年，或许这件事情姨夫你曾经不知道，但是你现在知道了，而你的态度却与漫妮姨一样，虽说我们之间有这道亲戚关系，不过，莘瑶现在是我的妻子，我有权利有义务为她当年与数月前曾发生过的那件事而起诉季家，但我没有。"

顾南希目光淡薄，沉静地看着面色有些发灰的何漫妮："程程目前在公安部门接受教育，其之后会受到怎样的处罚，只会按法律的规程来走，是轻是重就看她自己犯过的罪孽是深是重，当年的程程可以以未成年的理由来轻判，那么数月之前她背着你们向徐立民的账号中所汇的三百万，与其私下往来的信件与内容，都可确定她的主谋之罪，且莘瑶那时已经怀孕，其罪更重，我想二位应该十分懂得法律，四面求情没人肯出面相助的原因，你们可自己仔细考虑过？"

说到这里，顾南希随手给莘瑶夹了一些菜放进她碗里，对她温和地笑笑，示意她吃东西，不必听他说这些。

莘瑶恬静地看着他，再又看向那边沉默地听着顾南希说话的单老，没有开口，只是接过筷子，默默地低头吃东西。

"另外。"

见莘瑶低下头默默地吃东西，顾南希才将视线重新移回到何漫妮身上："漫妮姨，纵使您此刻对我这个亲外甥寒了心，那您可曾想过，程程是否对我这个表哥的妻子和孩子有那么一丝一毫的恻隐之心？"

"程程她只是……"何漫妮想要开口辩解。

顾南希却是沉静地望着她："她只是年幼无知，还是心智不正常？"说话间，顾南希眸中的笑意已经渐渐变冷，"季程程如今已经二十四岁，她早已成年，也早已在暗中接手你们季家私下的一些小企业的营销策划，她的思想是否成熟，恐怕已经不需要漫妮姨你再来替她辩解了！"

"她毕竟是你的表妹，你不看僧面看佛面，看在程程从小都被你妈疼爱着，程程从小也很黏你，就看在这些亲情，你就不能放过她吗？更何况，莘瑶这不是没事吗？"

说到这里，何漫妮忽然看向单老："再说，现在单老也在这里，说实话，莘瑶会和单老有关系这一点我跟秋杭真是没想到，但是说实话，如果我对小时候的莘瑶真的做过什么，她怎么现在还能这么健健康康地活着？她十七岁时离家出走，但她从四岁到十七岁的教育与学习环境，季家都有提供给她，没有亏待过她一分，否则她后来也没什么机会上大学！更不可能当什么小总编小主编的！"

"莘瑶，你试想想，我当年的确对你冷淡，也许不像一个亲妈妈那样地足够热情，但你现在已经是个成年人了，我想你应该能理解我一个女人的心情，我没有伤害过你！"何漫妮忽然瞪向莘瑶："你的身上一道我留下的伤都没有，现在你只空口说的一些白话，又有谁能证明？"

骤然，竹字包房的门被人推开，久日未见的秦慕琰与本不该出现在这里的修黎正站在门前。

一看见他们两个，季莘瑶本来是刚咽了一口菜，突然呛了一下，连连咳嗽。

顾南希似是也没想到他们两个会来，见莘瑶咳成了这样，递过餐巾纸，同时拍着她的背："喝些水，来。"

看见门前的两人，何漫妮到了嘴边的辩解当即便咽了回去，惊诧地看着他们，再看看季莘瑶："好啊你，你这丫头现在居然联合从小就在你身边跟你玩得好的人出来作伪证？"

第十一章 探索

77

"我们来的目的您老还没搞清楚呢,谁稀罕给你作什么伪证?何阿姨当我这么闲,有这闲心来做证人?"秦慕琰淡淡地扫了一眼何漫妮,然后与修黎互相对看了一眼,"今天是莘瑶母亲的忌日,我正好有事回了秦家一趟,就顺便去了墓园,巧合在路上遇见了修黎,又在墓园遇见了单老。"

修黎亦是冷笑着接着开口:"更巧的是,单老托我们帮他们找几件东西,现在这东西找到了。"

说着,修黎走进来,将手中的一叠档案袋放在桌上。

秦慕琰没有进来,只是双臂环胸,一脸吊儿郎当的模样靠在门边,似笑非笑地睨了一眼因为咳嗽而满脸通红的季莘瑶:"看见我不用这么激动,再说你现在激动也晚了,再过不久,连我都要叫你嫂子了。"

季莘瑶握着筷子的手一紧,当即狠狠地瞪了一眼秦慕琰,却是嗓子难受,又咳嗽了两声。

结果秦慕琰却笑得欢。

之后她没注意到秦慕琰跟顾南希两人很有默契地对视了一眼,只是咳了半天,才转头看向桌上的那份档案袋,哑声说:"这是什么啊?"

修黎站在桌边,打开档案袋,从中拿出很厚的一叠 A4 纸,看起来有点像是病历资料和医院的一些证明。

"也没什么,不过是单老问我们你十七岁之前在季家所遭受过的待遇,我和秦慕琰巧合地都是见证人,我们知道你每一次病重住院,每一次因为身上的皮肉伤而住过的医院和一些季家私人的诊所,只有我们知道这些医院的名字和诊所的位置,我们这一上午用了几个小时的时间把季莘瑶当年因为各种被冻出来的毛病和受的重伤而留下的医疗记录都找了出来,很不幸的是……"修黎笑笑,看了一眼何漫妮僵白的脸色:"这些都还在。"

季莘瑶没想到他们会把这些东西找出来,有些发愣,更对自己曾经隐藏了太久的过去即将被翻出来而有些恐惧。

顾南希知道她在季家受过太多不好的待遇,但却因为那时候并未互相走进对方的世界而从未真正面对过她的这一切,眼看着那厚厚的一叠东西,莘瑶明显感觉得到,他握在自己手上的手,在一点一点收紧。

季秋杭不说话,显然有些东西他也不是十分了解,只是迟疑地看了一眼何漫妮。

单老没什么表情,伸过手:"拿来,我看看。"

修黎冷笑,将那叠东西向前一抛,之后便转身走了:"我跟单家没关系,跟你们季家也没关系,这场合不适合我,先走了。"

"哎……"莘瑶忙要起身。

结果秦慕琰亦是挑眉,没有看他们,只看着季秋杭与何漫妮:"两位,慢慢玩。"

说罢,便抬手在修黎肩上拍了拍,两个男人一副哥俩好的架势搭着肩膀出了门。

莘瑶完全不理解这两人怎么笑得比她还开心,好像这二十几年来她的一切都终于守得云开，最开心的不是她自己，而是他们一样。

这时单老忽然将手中的一张A4纸扔在桌上："五岁，高烧感染肺炎！十天未就医！送到医院的时候险些直接烧成了傻子？"

季莘瑶本来要起身的动作被单老这怒气冲天的一句话拉了回来，迟疑地看了一眼单老。

何漫妮当即嘴唇一颤，解释道："那时候，我们没有发现……"

"七岁，左手腕骨骨折！十一岁，锥体骨折……"单老不可思议的扫视着面色平静的季莘瑶，再又看向何漫妮，重重地将手中的资料摔在桌上："一个未成年的孩子，身上多处重度擦伤，这里还有她当时被打过的一些伤痕的照片，是医院里一些医生在检查时不得已拍下来，保存至今的，季夫人，你还有什么话说？"

季莘瑶低下头，感觉到顾南希的手放开她的手，轻轻转向她的手腕，轻轻地握住她小时候曾经骨折过的地方，力度虽是很用力，但却没有弄疼她。

她仿佛能从这样的触觉传递中感觉得到他此时无声胜有声的安抚与心疼，她在桌下悄悄抬起另一只手，覆在他的手上，轻轻地以只有他能听见的声音说："南希，都过去了，我没事了，那时候小，伤都愈合得很快，现在我有你，我一切都好，你别这样……"

顾南希仿佛没有听见，他只是静静地坐在她身边，目光直视着何漫妮，仿佛在看一个怪物，一个他叫了多年阿姨的怪物。

"我怎么都不知道？"季秋杭转头，同样不可思议地看着何漫妮，"你不是说过，莘瑶小时候太淘气，你看不住她，实在受不了，才偶尔打了她几下当作教训？怪不得每一次我回家，看见的都是这孩子躲在一旁或者躲在房间里不敢靠近，怪不得程程直到现在都对莘瑶的怨恨这么深，你是怎么当妈的？怎么教育女儿的？你不是说程程是小时候被莘瑶欺负，所以现在才记恨着吗？"

何漫妮脸色煞白，更又因为自己的丈夫忽然这样一问，当即有些孤立无援，她恶狠狠地瞪了一眼季秋杭，小声说："现在都什么时候了，你还追究这些！你不想程程出来了吗！"

"你……"季秋杭看着她，却是咬牙切齿，"我回家再跟你算账！"

何漫妮面子上挂不住，只能冷着脸开口："医院的这些证明都有夸大的嫌疑，我还是那句老话，莘瑶现在活得好好的，哪里都没有什么病，骨骼也都发育正常，我看她现在出落得也挺标致，没有任何受过伤的痕迹，单老你又何苦只相信这些在医学上过于夸大的东西，您难道不知道，现在的医院比什么地方都黑，人一点小病被送进去都能被查出个大病来，其实无非就是想骗钱……"

"够了！跟我回去！"季秋杭似是都已听不下去她这些解释，突然站起身，面色冷峻地瞪着她："走！"

"季秋杭，你跟谁这么大声呢你？"何漫妮突然站起身撒起了泼。

"你还嫌不够丢脸？这些解释连我都不信，你当单老和南希是傻子？没看他们连话都不说，听你一个人在这里演猴戏？跟我走，马上走！"

第十一章 探索

79

说着，季秋杭仿佛一刻也待不下去，转身便快步向外走。

"季秋杭！"

何漫妮咒骂着追了出去："季秋杭，你……"

无视他们落荒而逃的身影，单老始终只是坐在位置上，眯起眼，冷冷地看着关上的包房的门。

顾南希缓缓拾起桌上那些病历与医疗证明，泛黄的纸页上仿佛写满了季莘瑶过去十三年在季家所受过的每一道伤，他握住她手腕上的手力度渐渐加重，视线始终只是盯着那上边的一字一句和医院的盖章。

包房中的气氛闷得可怕，这是一个曾经在权力之巅的老人与如今在商界手握强权的顾南希同样因为愤怒而沉默所导致的冰冷。

莘瑶伸手，将顾南希手中的那些资料拿开，转而拉住他的手："南希，别看了，别看了好吗，都过去了，真的，全都过去了！"

顾南希不说话，她能感觉得到他的自责，可他又有什么可自责的呢，那时候他们根本都不认识。

曾经顾南希说，若有神灯可许愿，他想回到二十年前。

那时候，是她妈妈跳楼的那一年。

也就是说，他想在那个时候就出现在她的身边？

一想到这里，莘瑶便心间一暖，用力去抓住他的手："南希，有些经历都是人生赐予我们的，如果没有小时候的那些经历，也许就没有现在在你身边的这只小刺猬，我也不会拥有你的疼爱和关切，因为现在，所以我过去的一切都是值得的，别在意这些好吗？"

顾南希不说话，只是沉默地回握住她的手，转过脸来，深深看着她，因为她的笑，他唇角微弯，对她温柔地微笑。

"这件事情不必你们顾家出手，南希，你也不必出手。"单老忽然开口。

在他们看向单老时，单老捏着手中的一张病历单，沉声道："让我为自己的女儿和外孙女做些什么，即便莘瑶仍然不想认我，但这事，我会让季家知道什么叫得不偿失！"

莘瑶不说话，看向单老，许久，才说："单老，我想我应该把自己的立场说一下。"

见莘瑶主动对他开口，单老看着她，耐心地听她说下去。

季莘瑶将桌上的那些病历单一一收好，放回档案袋里，然后随手弃之一旁，之后淡淡地说："无论小时候我遭受过什么样的待遇，我说了，过去就是过去了，我和季家之间的恩怨仅限于季秋杭没有做到父亲的本分，与季程程这两次主谋对我造成的伤害，其他的我都可以当作过眼烟云。单老，人抱着仇恨活着太累了，我的心里没有仇恨，我只怨自己生得不好，有这样的一个父亲，但是现在我却活得很感恩，无论你现在想要做什么，我希望您能考虑一下我的感受，不要把事情弄得太大，也不要让我平静的生活受到一点影响。"

"其实这些事情我知道，南希早就隐隐查到一些，但是他懂我，他知道我不想再因为这些所谓的过去而难过或者影响心情，所以他没有继续查，他知道我想的是什么，于是他给我温馨，给我平静，给我幸福，对我来说，眼前的幸福才是最主要的，如果我想要报复，南希早已先一步去做了，但我不想，对于季程程也许我其实也是有些恨的，但是她现在已经得到了报应，我也就不想再听说有关她的任何事情，包括季家，现在小时候的事情都已经被揭穿了，何漫妮定然不会好过，我承认这很大快人心，但我不想受到影响，所以，麻烦您，考虑清楚后才做。"

单老当即认真看着她："孩子，你这是不忍心？"

季莘瑶弯唇一笑："我可没有这么圣母，伤害过我的人我当然也希望她们下地狱，但是我更珍惜现在的平静，所以，无论您想怎么做，请千万绕开我这一层，当我自私也好，逃避也罢，我只是不想让有些人的血，脏了我自己的路。"

单老点点头："行，我知道了，你这孩子果然还是有些主见，性子也是倔强得很，不过我能理解，放心，你外公我做事情不为自己的孩子考虑，还能为谁考虑？"

莘瑶并未因为他这句话动容，只是忽然将手放在肚子上，假装肚子疼："南希，我肚子疼。"

顾南希当即扶住她，见她脸色并没有不好，便似是一眼便知她的目的，低头莫可奈何地笑看了她一眼，须臾转头对单老道："莘瑶不舒服，我送她去看看医生，单老，您慢用。"

单老点点头，没再说什么。

就在二人出门后，季莘瑶忽然反握住顾南希的手，双眼放光地看着他："季程程还在公安局？"

顾南希将她落在颊边的头发向她耳后轻拢："嗯。"

季莘瑶忽然勾起嘴角："南希，让我去见见她。"

Y市公安局。

季程程身上穿着的是Y市特殊监狱的号码服，虽不至于是粗布衣裳，但这种普普通通的布料穿在她季大小姐身上，确实让看惯了她锦衣玉食的人在视觉上便觉得不适应。

而顾南希似是并不打算让莘瑶与季程程太近地接触，但是莘瑶想要去看看她，顾南希便也没阻拦，索性陪着她一起进去，走进探视间。

"谁来了？是我爸妈吗？"季程程从隔壁被人带过来，手上戴着手铐，整个人消瘦了许多，平日里染得好看的头发此时像枯草一样随意扎成一团，双眼无神，嘴里念叨着，"是不是我爸妈过来救我了，我终于可以出去了是不是，是不是他们……"

送她过来的那两个女狱警似乎懒得跟她解释，只皱着眉头让她快点走，推了她一把。

季程程当即一脸不满地回头瞪向她们："别推我！等我爸妈把我带出去后，看我怎么收拾你们！"

"在这里你还敢嚣张？"女狱警一脸厌恶地看着她："快点走，这话你从进来后就一直在说，等你那有能耐的爸妈把你救出去后再说也不晚，季大小姐！"

"你们……"

"痛快点！"

季程程骤然被那两人从门外推了进来，她满脸怨愤地低咒了一声，猛地转过头向这边看来，一见到季莘瑶，本来消瘦憔悴的脸上瞬间布满了寒霜："季莘瑶？你这个贱人！怎么是你！"

"不许骂人！"那两个女狱警把她往前一推："快点过去，你以为顾总他们愿意等你？"

季程程的目光当即转向顾南希，眼神有愤恨痛苦恐惧再又转为哀求，忙扑了过来，但却被限制在桌子的另一边，她扑在桌上，双眼放光地看着他："南希哥，南希哥，我可是你表妹，我是你的亲表妹！你真的为了这个女人，连我们之间的这点亲情都不顾了吗？顾南希，你好自私！你太自私了！"

季程程尖声叫骂着："你为了自己的老婆，连自己的表妹都出卖！顾南希！你还有没有人性！"

"人性？你跟我谈人性？"面对季程程的尖叫与咒骂，顾南希以对方已无可救药的眼神冷漠地凝视着她，"在你十六岁那年，不顾你与莘瑶同父异母的亲情，联合那些黑社会的人把她抓进废弃仓库时，你怎么不跟我谈人性？几个月前莘瑶初初怀孕，你汇款三百万给徐立民放话要让他毁掉莘瑶终身幸福时你怎么不跟我谈人性？"

"自私？这世上若是你这唯我独尊的被宠坏了的季程程能说自己自私，就没人能说自己第二，在这里被教育了几个月，还是没有反省。"

顾南希沉静的目光淡淡地看着她："你从来都没有意识到自己的错误，一味地怨怪别人不肯原谅你？程程，你的骄傲自大，你自以为是的家庭背景，才是真正毁了你的源头。"

季程程傲然地仰起头，冷笑："顾南希，你是来教育我的？"她当即抬起戴着手铐的手，指着季莘瑶，"这个贱女人！从小就在我爸面前卖乖，想跟我抢我爸的宠爱！"

她转头，瞪着季莘瑶："季莘瑶，你从小就斗不过我，抢不过我！你现在霸占着一个顾南希，指望他来替你争取什么？我告诉你，我爸妈很快就会把我救出去！到时候不会是徐立民那个败类，我会叫一群男人把你轮奸了！我让你一辈子抬不起头来！反正你就和你妈一样的下贱，一样的会抢男人！"

季程程越说越激动，伸手就要去抓季莘瑶的衣服，顾南希不动声色地以眼神示意她身后的女警，那两个女警便突然上前一把将季程程按坐了下去："你老实点！探视时间还剩下十分钟！你若是再骂人，或者再大吼大叫，我们直接取消你现在的

82

被探视权！"

季程程一听，却是用力地甩了一下她们："你们难道还要一直站在旁边偷听吗？我还没被完全剥夺政治权利呢，我还没有正式开庭受审呢，凭什么听我讲话？"

那两个女警依旧牢牢按住她。

季程程甩不开，便突然像疯了一样地瞪着季莘瑶："季莘瑶，是你把我害到这么惨的地步，你别高兴得太早！我现在还没有死，我还有出去的希望！就算我死了，我做鬼也不会放过你！还有温晴，温晴也不会放过你！"

季莘瑶抬眼看着那两个面色冷峻的女警："先放开她吧，我和她说些话，麻烦你们了。"

那两个女警犹豫了一下，犹豫地看了顾南希一眼，见顾南希沉默地点了一下头，示意她们先出去，那两人才又暗暗警告地看了像疯狗一样的季程程两眼，才转身走了。

那两个人一走，季程程便要扑起来，似是要直接来抓季莘瑶的脸，顾南希刚欲抬手，季莘瑶便镇定地说道："你现在再在我身上弄出一道伤，就足够你多判一年，而且你本来就已经很难出来了，还想把自己更逼到绝路是不是？"

季程程的手僵在半空，大有不甘心的架势，咬牙切齿地看着她："你以为我怕你？"

"是，你不怕我，从小你就不怕我。从小你就知道自己的母亲是个什么货色，知道你自己的母亲抢了单晓欧的男人，再又逼死单晓欧，借着何家的背景上位，你早就明白自己才是那个所谓的贱人的女儿，不要脸的小三的孩子，所以……你季程程是真的不怕我？你怕我的存在影响你和季秋杭的父女关系，你怕我在季秋杭面前被疼爱着慢慢地他会想起我母亲的种种，你和你妈妈其实都怕我，所以才这么容不下我的存在！"

"你胡说！放屁！"季程程叫骂。

莘瑶冷笑着看着她，轻轻靠在桌边，依旧镇静地看着眼前抓狂了一般的季程程："程程，你狐假虎威得够久了，我季莘瑶虽然心中没有仇恨，但是你在我心里，也是一个足可以下地狱的人物！别把自己看得太重要，也别把你爸妈看成了神，人外有人，天外有天，他们如果这一次有本事把你救出去，就不会一直拖到现在！"

季程程手握着拳头，双眼像见鬼了一样地瞪着她。

莘瑶勾唇："我们在季家一起生活了十三年，别以为我不了解你的性子。你这人，越害怕，越会撒野，其实你现在心里怕得要死，你很想跪下来求我和南希放了你，但是你从小的自尊和你引以为傲的季家的家世都不允许你低下头来，所以，你在等着我季莘瑶犯傻心软，你以为我季莘瑶会在顾南希面前假扮圣母，因为你的摇尾乞怜而开口让他放了你。"

"季程程，我也要告诉你。"季莘瑶趴在桌上，一点点靠近她，在她耳边不远处以顾南希同样能听见的声音说，"善恶终有报！不是不报，时候未到！"

季程程骤然抬起手便要扇她一耳光，莘瑶早就一直注意着她的动作，直接抬

第十一章 探索

83

手按住她的手,她从来不需要在顾南希面前假装弱势,也不需要假装仁慈,反手便往季程程脸上狠狠扇了下去。

耳光声刚一响起,季程程便尖叫着,疯了一样地要跟她撕扯起来,季莘瑶虽然力气没有她大,但好歹她身上有手铐的限制,便轻而易举地将她的手按住,抬眼看进季程程泛滥着汹涌漫天的仇恨的视线里:"这一耳光,是把我在季家那十几年来在你身上所受到的欺压与耻辱一并还回来!已经很便宜你了!别给脸不要脸!"

忽然地,季程程浑身的气势降了下来,转移视线,看向静默旁观的顾南希,眼里渐渐泛起了泪水:"南希哥,你真的相信她的话?你有没有想过,我干吗会这么恨她,其实小时候我身体不好,你也知道的,我哪有力气欺负她啊,我是因为从小都被她欺压着,所以才记恨在心,找机会想要报复她!其实季莘瑶这个女人才是真正的蛇蝎心肠,你别被她骗了!"

季程程转过脸来,以几乎是喷出唾沫星子一样的口气谩骂:"虚伪!季莘瑶!你骗得了南希哥一时,你骗不了他一辈子!"

季莘瑶气极反笑,突然松开了她,转过脸,看向顾南希,而他只是沉静地坐在一旁,显然,他完全不会因为季程程这垂死挣扎一般的几句胡乱说的话而对自己有任何猜疑。

他的自始至终的信任让她无话可说,却终究还是忍不住,轻声开口问:"南希,你信她么?"

顾南希温柔地笑笑:"我信你。"

莘瑶当即便笑得眉眼弯弯,季程程却是深吸一口气,骤然冷笑:"南希哥,你一定会相信我的,早晚都会相信我的,其实你也不是那么狠心的对不对?否则你怎么会放过了温晴?你明知道那件事情温晴也有参与,但是你放过了她,其实你也只是给季莘瑶看一看而已,你一定会放了我的,我小时候那么黏着你,我一直都叫你南希哥哥,你怎么可能因为季莘瑶这个贱人而不顾我们表兄妹的感情呢,是不是……"

说到这里,季程程忽然眯起眼,冷冷地看向季莘瑶:"季莘瑶!我们看谁笑到最后!早晚有一天你哭都来不及!"

季程程说这话时,表情太过狠辣,让季莘瑶不得不转过头深深看着她的表情。

顾南希却是皱起了眉:"温晴虽不是主谋,加之爷爷将她关在房间里让她思过了多日,如果她仍旧像你一样没有从根本上反省,你放心,她早晚都会跟你在这里好姐妹重逢!"

季程程不说话,只是冷漠地一直看着季莘瑶。

季莘瑶知道季程程虽然心狠,但从未在她眼里看见过这样浓烈的杀意,更是仔细地看着她的表情,不由得说:"季程程,别让自己走到就算后悔也晚了的那一天!我这是看在同父异母的这一层特殊的感情上,真心地提醒你!"

季程程仍旧不说话,只是低头沉默,在探视时间到了之后,那两个女警走进来要将她带走时,季程程忽然回头,阴森的表情直勾勾地盯着季莘瑶,忽然地,季程程冷冷一笑，转身在那两个女警的推搡下，头也不回地走了。

和顾南希一起离开Y市公安局时，莘瑶的心才微微放了下来，人在走投无路时，确实会有季程程那样阴狠的表情，也许只是她想多了，人都被关在这里了，还能怎么样？

于是她不禁忽然感慨："季程程跟何漫妮，都是撒谎高手，我真是不得不佩服，脸皮比长城的城墙都要厚了，什么样的辩词都能说出来，把屎盆子反扣到别人头上，俨然已经是她们母女的强项。"

顾南希看着她，眼神似笑非笑，半晌道："所有人对她们的信任都已经被消耗殆尽，即便她们继续唱戏，你我当看戏一样围观又何妨。"

季莘瑶翻翻白眼："谁爱看她们唱戏呀，我过去都看了十三年了，其实如果不是她们母女这戏唱得太好，季秋杭也不会对我小时候的很多事情都不知道，不过他也确实糊涂，如果他对我这个女儿真的有过一点关心，他也早就发现这一切了，现在说什么都没用，他们一家三口倒也真是绝配。"

顾南希笑了笑，忽然一伸手，将她拉至怀里，莘瑶一惊，抬手在他胸前一拍："你干什么？这可是公安局大门口，这人来人往的！"

莘瑶嚷完，才注意到旁边一座临街的楼上不知是谁家的花盆从窗台上掉了下来，正砸到她身后刚刚站过的位置上。

她面色一白，抬眼看着顾南希，却见他只是轻笑着在她肩上安抚似的拍了拍。

"人常常在高处行走，看见的东西变得更复杂，心思也就更清明。"顾南希话中若有深意，听得季莘瑶心中一动，随即在他肩上拍了拍："敢情你是在说我在低处行走惯了，常常犯糊涂是不是？"

顾南希微微笑了笑，将她更深地揽至怀里："没有，我老婆一向清醒明智，知道什么时候该心慈手软，更知道什么时候绝不低头。"

季莘瑶怔了半晌，才忽然靠在他怀里，以渐渐浓重的鼻音说："南希，谢谢你始终信任我。"

"这是爱的最基本一题。"他轻轻拍了拍她的肩，怀中温暖如初，馨香满腹。

在Y市逗留了一日后，星期天的下午他们才坐飞机回G市，回到日暮里时天色已暗，本来约定好的星期天一起去买亲子装的事便也只能暂时耽搁下来。

不过顾南希许诺，下个星期天再陪她去。

于是一个星期后的星期天的上午，莘瑶穿戴好后便打算出门，本来应该是坐顾南希的车去的，结果刚出门便见顾南希从小区外边走回来，没有开车。

"车呢？"她问。

"苏特助把我的车开去年检，商业街离这边不是很远，我开你的车去。"顾南希进屋拿了她那辆白色君威车的钥匙，便又走了出来。

待车开出小区的车库时，莘瑶随手翻着包里的东西，正在开车的顾南希忽然若有所思道："上一次在Y市程程说过的话你记住没有？最近出门最好注意一些，

第十一章 探索

85

她那边虽然出不来，但凭季家的人脉，想进去探视还是容易的，她很可能会找人伺机报复。"

"不能吧？"

"注意一些也是好的，我在你身边多安插一些人。"顾南希温和地说，"现在是非常时期，小心方能驶得万年船。"

莘瑶点点头，随手从包里翻出杂志来，没有去打扰正在开车的他，而是一个人静静地翻看着杂志图上的那几件亲子装，再又转头看看顾南希的肤色，在考虑要买哪个颜色的合适。

见莘瑶时不时抬起头来看向自己，再又时不时地低头看着手中的杂志，顾南希的手稳稳地握着方向盘，侧首看了看她，笑笑，在车驶出小区附近人流渐多的车道时，渐渐将车加快了速度。

莘瑶却是一边翻着杂志一边在嘴里嘀咕着："我看这个小青蛙的亲子装还不错，男女都能穿，到时候我们生下来两个宝宝的话，不管是男宝宝还是女宝宝，穿起来都能好看。"

顾南希轻笑："随你，待会儿如果在店里看见的亲子装都喜欢的话，就多买几套。"

"那哪行啊，孩子的身体长得太快了，我们先买他们一岁之前穿的，明天再买其他的，不然这图案也都过时得太快了。"

莘瑶一边说着，一边合上手中的杂志，转头看着顾南希，忽然转过身，将头就这样侧靠在椅背上，双眼一直盯着正在开车的他。

虽然两人之间稍微有些距离，但仍能感觉得到他呼吸淡雅，因为她这样的注视而微微弯起的唇线更显得卓尔迷人。

"南希……"

"嗯。"

"南希……"

"嗯。"

"南希……"

顾南希笑起来，侧头看她："别淘气，我在开车。"

"我又没有打扰你，我就是叫叫你……"莘瑶一脸满足地看着他，笑弯了眉眼，转念忽然想起上个星期在Y市那家酒店的包房，那时候秦慕琰说的话，不禁当即便转移了注意力，问："雨霏的孩子还有两三个月就出生了吧？她还是不愿意跟秦慕琰结婚吗？"

顾南希修长的手指轻握着方向盘，在路过一处转弯时稳稳地转动，须臾他淡淡道："雨霏的性子太倔强，也太要强，她看得出来秦慕琰当初承认孩子时许下的婚约只是一时气极，更知道秦慕琰的心不在她身上，她不想就这样结婚，宁可一个人带着孩子过。"

"可雨霏这样，就算是要强，她也该考虑一下孩子啊，如果孩子没有爸爸，那该多可怜，就算生下来后在顾家不愁吃穿，但是缺少父爱，那是多富足的生活都弥补不了的。"莘瑶感叹。

"现在的情况是，事情被爷爷知道了，以爷爷顽固保守的思想，雨霏嫁给秦慕琰就是顺理成章的事情，但如果这婚结不成，爷爷第一个会把雨霏赶出家门，虽然我能保证让雨霏不至于颠沛流离，但是以她那倔强的性子，若是真被赶出去，恐怕连我都不会见，这是我最不想见到的结果。"

顾南希似是对这件事情很无奈，若有若无地轻叹。

"都已经到这一地步了，雨霏为什么不肯嫁？"莘瑶疑惑，"明明雨霏那么喜欢秦慕琰，虽然那一晚是因为秦慕琰喝醉了，她只是贪心了一次，想要留一个难忘的回忆，她自己没想到会这么轻易地就怀孕，但是已经怀上了，她如果说打掉就打掉那才是没人性，也许这对秦慕琰不公平，可是既然他有担当同意结婚，为什么雨霏还要拒绝？"

"因为秦慕琰不爱她。"顾南希平静地说。

莘瑶撇嘴："我和你结婚的时候互相还算是陌生人呢，结婚的时候那么相爱，就能保证婚后一辈子幸福吗？雨霏那么优秀，日久生情也不为过，何况秦慕琰只是气她的隐瞒，气她就这样断了他的后路，但是他对雨霏如果一点感情都没有的话，绝对不会贸然决定结婚。"

"秦慕琰是有担当，但以我对他的了解……"顾南希眉心一结，眼中似是有几分犹疑："他只是打算负责，但是若他真的和雨霏结婚，很难保证他会不会报复。"

"报复？怎么报复？"莘瑶惊骇。

顾南希微微摇头，没有再说下去，半晌，才道："秦慕琰平时的性格确实吊儿郎当仿佛对任何事都漫不经心，你不了解他，他这人一旦被触及底线，可是比任何人都可怕。"

莘瑶忽然想起那日秦慕琰笑称日后可能会以嫂子相称之时，他神色间那抹冷嘲与玩味，当即周身一冷。

今天是星期天，路上车流繁多，白色君威在顾南希的驾驶下稳速在Ｇ市的主干大道上行驶，莘瑶握着手中的杂志，径自想着秦慕琰对雨霏的态度，忽然很担心雨霏真的会遭到报复，忍不住想要掏出手机给雨霏打个电话，看看她目前的状况和心情。

就在这时，车子里隐约传来一阵奇怪的焦煳味，莘瑶因为怀孕，所以对气味格外敏感，不由得环顾四周，犹疑的问："南希，你有没有闻到什么味道？"

顾南希没说话，但却显然是已经察觉到了，他似乎是想要伺机将车先停在路边，不过这条主干道的这个位置不允许随便停车，而且这里车流较多，随便停车很危险，他便侧眸看了一眼脚下，声音低沉而带着几分冷意："最近有没有什么人靠近过这辆车？"

莘瑶一愣，见顾南希的表情似是怀疑这车有问题，便道："昨天中午我开车

第十一章 探索

和小暖去吃饭时，当时觉得刹车不是特别好用，就顺便送到附近的维修行，吃过饭后我就去取车，之后就开车回来了。"

"这还算是新车，怎么会忽然刹车不好用？"

顾南希面色微冷，目光直视着前方，似乎是注意着什么。

"我也不清楚，但是我后来有注意到，好像是刹车片那里出了问题，难道是有人动过手脚？"

一想到这里，莘瑶当即便惊骇地低下头看向他脚下："南希！快停车！冒烟了！"

"停不下来。"顾南希蹙眉，低低地说了一声后，似是不想吓到她，再又转头看向她，平静地说："安全带系牢，别乱动！现在只是刹车出了问题，到了前边我找个地方先停下。"

莘瑶点头，检查了一下安全带，却是忽然瞟见前方驶来两辆装满了金属货物的大货车，那车的速度越靠近越有加速的意思，且直朝他们的方向过来，她低呼一声："小心！"

顾南希早已发现那两辆货车有问题，必须加速掉头，但现在刹车失灵，加速同样危险，莘瑶现在怀孕，贸然跳车也行不通。

莘瑶似乎是想到了什么，忽然回头看向身后，见身后的车流迅速，似乎没有发现他们这一边的状况，如果他们就这样掉头过去，恐怕……

然而就在千钧一发的刹那间，顾南希忽然低喝一声："莘瑶，坐稳！"

季莘瑶将背紧靠在座椅上，见顾南希迅速掉转车头，现在能以这样的速度避开那两辆加速过来的大货车已经是险中奇迹，若非车技高超绝不可能，但就算顾南希的车技再好，面临此时两面夹击加刹车失灵在这种快车道上的情况下，唯有将车开到路边的围栏处，但这也是绝对的冒险，而这样却比被那两辆货车撞上能多出一线生机。

"南希！"

"别动！"

一阵车轮迅速划过地面的声音刺耳地响起，接着白色君威便向左掉头越过路中间的黄线直向左边的围栏撞去，却是忽然，一辆小型货车半路杀了出来，在莘瑶尖叫声响起的刹那，一阵震耳欲聋的碰撞声响起，白色君威车如电影中慢镜头所放映的一般突然在左边车道上侧翻，莘瑶闭上眼等着剧痛来袭……

却是就在那一刹那间，眼前一道黑影挡在她身前，在她以为自己会直接被车内的碎片戳得肠穿肚烂的瞬间，身体被一片熟悉的温暖包围，接着整个身体被人牢牢地护住。

翻车时剧烈的颤动仍是让季莘瑶受到一丝震颤，但身体隐隐的酸痛在这种惨烈性的车祸中根本不值一提，她以为是脱了险，却感觉车子里隐隐起了火星，她听不见外边一阵凌乱的声音，只是勉强睁开眼，感觉自己被人牢牢抱在怀里，身后是柔软的皮制车椅，她抚着腰，勉强抬起头来，在一阵烟雾弥漫中闻见浓重的血腥气。

"南希……"她虚弱地低唤了一声，惊疑地吃力地转过头，只觉得那阵血腥气更重，拧起眉，试图扶起身上的人，却是提不起多少力气，只能勉强开口："你怎么样……"

"我没事……"熟悉的温和的声音就贴在她耳边，却比平时低弱了许多，但他的手仍有力地抱紧了她："莘瑶，别怕……"

"南希，你是不是受伤了？我闻见血的味道……"莘瑶挣扎着想要从他身下爬出来，却感觉自己每动一下，他的身体都狠狠地颤动一分，她便不敢再动，只是将手勉强地抬了起来，想要摸摸他。

"小伤，别怕，闭上眼睛，别看……"

他在她耳边轻轻地说着，微凉的唇从她耳畔温柔地吻过："听话，别睁眼，车里碎屑太多。"

"可是……我们怎么出去……"莘瑶这一次没有听话，还是努力地睁开眼睛，从他怀里钻出头来，刚一钻出来，便突然看见顾南希身上淡蓝色的针织衫的肩头已全被血染透，她颤着眼，抬眼看见车顶凹陷下来的大片角落竟都刺进他的背里，怪不得她一动他就会发颤，两人被车中狭小的空间挤在一起，他抱着她，替她挡住了凹陷下来的那些致命的金属一角，而她一动，那些只会在他的伤口里更深地陷进去。

"南……南希……"她惊骇得连尖叫都忘了，只是惊恐地瞪着他背上的血和那一片凹陷下来的地方，再又见他额头上亦被鲜血染红，吓得哭了出来："南希！南希你不要吓我！"

见她吓哭，顾南希咬牙抬起手，撑住身体，免得压伤她的肚子，再又顺手去试图打开已经变形的车门："别哭，别怕，莘瑶，冷静下来，把车门打开，这车虽然不至于爆炸，但是汽油燃烧起来会让我们两个在救援赶到之前都没命，听话，打开车门……"

莘瑶流着泪，却是拼命点头，知道现在怎么哭都没有用，这肯定是一起被别人设计好的谋杀，就算是有人围观叫救援的人过来也需要时间，她抬起手擦了一下眼泪，不敢看他身上不停流出的血和他脸上的血，只是盯着他的眼睛，伸手去拉过他的手，和他一起去努力打开已经变形的车门，一边用力一边嘴里不停的说着："南希，你不会有事的，不会的……"

"乖……"顾南希似是力气已完全耗光，满是鲜血的手渐渐垂落在她身侧，手指却是抓住她的衣服，像是在给她力量。

车门变形，就这样根本没办法打开，莘瑶随手抓起包里的一本平时随身携带的英文词典，用力砸向玻璃，之后外边似乎传来什么人的声音，还有警车靠近的声音，车里汽油的味道越来越大，耳边似是有火星落在汽油上，烧起了一片，她低唤着身上已经不再有任何动静的人："南希，别睡，你别睡……"

他似是能听见她的声音，贴在她肩头的手指若有若无地动了动，他在用尽全力让她放心。

莘瑶含着泪，咬着牙拼命用词典把窗口砸开得更大，然后伸出手去，想让外

边的人知道里边的他们还活着，希望能有人上前来帮忙。

"车里的人还活着！"

外边果然有人看见她伸出去的在挥动的手臂，当即便传来一声大喊，之后便似乎有几辆车停了下来，有些好心的司机过来。

"车里的人活着，还没死，我们帮忙把人先救出来吧，不然再拖延下去人估计就没命了！"

"好多血啊……"

"先别管那么多，看这人在挥手，快帮帮他们……"

"好！"

"小心点，这车上边塌陷下去了……别没救成人反害了人家……"

莘瑶流着泪，这车里的空间容不得她动一下，她此时动一下只会让顾南希背后的伤更加深一分，她只能用力地挥着胳膊希望外边的好心人能知道他们还活着，不要放弃他们，求他们救命……

还好，这个世界不是真的完全冷漠，看见车里还有活人，还会有人伸出手来相救。

莘瑶哭着用另一只手握着顾南希染血的衣服，在他耳边说："南希，千万不要睡，你看，他们在救我们，你不要睡好不好……和我说说话……南希……说说话，我求你……"

然而身上的人，此时连手指都不再动一下，莘瑶无声地哭泣，那一只手仍不停地在车窗外挥动，眼泪和着他流下来的血落在地上，却无法熄灭地上渐渐燃起的火光。

终于，有人在外边撬开了车门，有人的手伸进来，在外边喊着："里边的人怎么样？都活着吗？"

莘瑶哑声向外低喊："活着，都活着，求求你们救救我们，我老公受伤了！很重的伤！"

"好，别急，我们帮你们！"

在一群人的救援下，接着救援队也及时赶到，莘瑶的手因为伸了出去，所以是第一个先被拽出去的，众人一见她是孕妇，却见她身上的血并不是她的，她似乎毫发无伤，便更是惊讶地看着她，而她却是转身趴在车边哀求："快把我老公救出来！快救救他！"

救援队的人一听，更是迅速地把车上凹陷的地方扳过来一些，成功将里边浑身是血的人救了出来。

顾南希刚一被拉出来，莘瑶便扑了过去，抱住他满是血的冰冷的身体便哭着低唤："南希！南希！你醒醒——"

"怎么样了？救护车到没到？"

旁边救援队的人也蹲了下来，仔细看了看，眼神一愣，不由得低喃："我的老天，这不是顾南希顾总吗？我认得他！"

接着，那救援队的负责人便忙起身，大喝："快，救人要紧，先抬上车！"

"南希，南希！"莘瑶不敢大力地摇晃他，顾南希背后的血正汩汩不断地向外涌，转眼间她所跪坐的地面四周便已是血泊一片，怀里向来温暖的人此时身体冰凉异常，没有任何动静，她含着泪不停地唤着他："快醒醒！别睡！你别睡啊！"

眼泪落在他染血的脸上，顾南希紧闭的眼微微动了动，睫毛隐隐地一颤，终于缓缓将眼睛开一条很细小的缝，看着脸上全是血与泪的莘瑶哭得一脸惨相，似是想要笑一笑给她一些安慰，却是全无力气，嘴唇隐隐动了动。

"南希！"见他睁开眼，嘴唇在嚅动，莘瑶忙低下头去，将耳朵贴在他嘴边："你在说什么？"

"别……哭……"微弱的声音在她耳边以低浅呼气的方式响起，接着他似是要抬起手拂去她脸上的泪，却是手刚刚抬起一些，便又无力地落下，在莘瑶低叫了一声的瞬间，双眼重新闭上。

"南希——"

那几个救援队的人已经将车里整理好，冲过来就要把人抬上车，这时救护车也赶到了，莘瑶紧抱着顾南希浑身不停地发颤，抬眼求助地看向众人："救他，救救他，求求你们，快救救他……"

救护车停在一旁，几个从车上赶下来的人有序地冲了过来，低下身检查了一下，其中一个男医生严肃地说："他情况很危险！快！马上送医院！"

几个医护人员将担架取了过来，莘瑶虽然不想放开他，但也不敢任性，只是双眼不舍地看着被医生抬进车里的顾南希，顾不上满身的血，急忙忙地就要跟上去。

"小姐，你这么大的肚子？有没有哪里不舒服？快，上车，我们给你检查一下！"

那几个医生回头，见莘瑶似乎也是伤者，但浑身是血却似乎没什么不舒服的地方，却还是停下来仔细看了看她，眼中有几分吃惊与担忧。

"我没事，我什么伤都没有，都是我老公护在我身上帮我挡住了所有致命的伤，你们别管我，先救他！他不能死！他不能有事！"莘瑶哭着拉住医生的胳膊："求求你们，一定救活他！你们一定要救他！他不能死，不能死！"

那几个医生一听，便直接迅速上了车，其他几个护士也扶着莘瑶坐进车里帮她清理身上的血和散落在身上的汽油。

两分钟后，救护车以极快的速度在马路上飞驰，一位护士在旁边拿着本子说："季小姐，半个小时后会有交警队的人去医院，你确定以你的身体状况能应付得了吗？就算没有受伤，身体也一定受到剧烈撞动，我劝你还是检查一下的好。"

莘瑶双眼一直盯着正在被紧急救护的顾南希，抬手擦去眼泪，无声地点点头："只要他没事，我怎么都行，你们让我检查就检查。"

"您放心，我们谁都不会怠慢！只是……"旁边的一位医生迟疑了一下："以目前的状况来看，他伤得太重，您要作好心理准备……"

莘瑶以手捂住嘴，转开眼去，双眼望向车外迅速闪过的树木，眼泪流进手心，

第十一章 探索

却不敢哭出声来。

"你是孕妇，别太激动，我们……尽力……"那医生又补充了一句。

季莘瑶不敢开口胡乱地央求，免得打扰到他们，让他们分了神，所以她的求与不求都是没有区别的，即使她不央求他们也确实会尽力，只是这一句尽力，还是让她整颗心都纠结在了一起。

不出十分钟，救护车到达医院，莘瑶被扶着下了车，之后眼睁睁地看着没有一点动静的顾南希被抬了进去，她深呼吸了一口气，告诉自己不能倒下去，便匆匆地在那两个护士的搀扶下走了进去。

医院紧急安排抢救，莘瑶插不上手，在那几个小护士的劝慰下，终于答应去换一身衣服和检查身体。

待检查过身体，确定她是真的一点伤都没有，胎气也没有受到影响，在几个医生祝福的表情下头也不回地走向抢救室的门外。

之后有几个交警队的人过来，莘瑶勉强打起精神，在等待抢救结果的时候和那几个交警详细说了当时车祸发生时的情况，就在做笔录时，不远处的电梯门打开，顾老爷子携了一家人急急地走了过来，一看见莘瑶穿着病号服脸色苍白地站在抢救室门前，便快步走来："怎么回事！南希呢？南希怎么样了？"

"莘瑶，南希在里面？"

何婕珍亦是快步走了过来，满眼担心地问。

顾远衡拧眉道："我刚要去顾氏就听说这么大的事，怎么样了？"

温晴和修黎都在，只是一时间被涌进来的人群冲在了后边，莘瑶勉强撑起精神，在应付过交警之后，一看见顾家人，心里便忍不住泛酸，在老爷子跟何婕珍走过来的刹那，双腿一软便要跪下去："对不起，爷爷，爸，妈，是我连累了南希，对不起……"

"你这孩子，跪什么跪啊，现在都什么时候了，哪是追究连累不连累的问题的时候！南希怎么样了？你倒是说啊！"何婕珍手快地拉起她："啊？他怎么样了？"

"进去多久了？"老爷子看着抢救室紧密的门，皱着眉问。

莘瑶想要冷静，可是此时此刻她真的冷静不下来，双手颤颤地被何婕珍握住，流着泪说："已经一个多小时了，还没有出来……"

顾老爷子一听，当即蹙起了眉，何婕珍更是眼眶一红，却是握紧了莘瑶的手，低头看看她的肚子："没事，别怕，咱们南希吉人自有天相，你怎么样？我听说车祸很严重？你没事吧？"

莘瑶哭着摇头："妈，我没事，是南希护住了我，不然他不能伤得这么重，对不起，都是我非要去买什么亲子装，是我害了他！"

"灾难发生都是始料未及，谁能算得到啊？怎么可能是你害的？别哭了，傻孩子，别胡乱自责，你现在的身体不能这样一直哭，知道吗？南希不会有事的，我自己的儿子我清楚，他没那么脆弱，他一定会坚持过来的，别哭……听话……他如果知道你现在哭成这样，也会心疼的……"何婕珍心疼地伸手擦了擦莘瑶脸上的泪水："妈知道你现在在担心什么，别怕，啊……有我们陪着你……"

顾远衡和顾老爷子转身和旁边交警队的人在沟通，将事情的大概问清楚了，这边莘瑶第一次露出这样无助害怕的表情，让人不忍再问她什么，何婕珍抱着她，轻拍着她的肩，双眼却始终盯着抢救室门上的灯，眼里同样带着深深的担忧。

修黎走过来，将手轻轻放在莘瑶的肩上，虽然没有说话，却已算沉默的安慰，之后似乎又赶来许多人，但莘瑶已经无法再去注意，在听见急救室门开的刹那，她便匆匆转回头，见有护士走出来，忙上前按住她的手："怎么样了？我老公怎么样了？"

"病人失血过多，刚刚已经准备了不少 B 型血，但是血库的 B 型血不够，现在急缺……"

那护士严肃地说了一句，便环顾了四周一眼："这么多人？谁是 B 型血？能不能先帮下忙？要是不够我们再让血库想办法！"

"我！"

"我是！"

"我是……我来……"

莘瑶听不清周围的声音，她自己是 A 型，想要开口输血，却知道自己根本帮不上，心头一急，刚想说什么，却是突然双腿软了下去，同时眼前发黑。

第十一章 探索

第十二章　执着

　　眼皮异常的沉重，终于在一片混沌中睁开眼时，便看见修黎正靠在床边假寐。
　　莘瑶怔了怔，以为自己之前是做了一场惨绝人寰的噩梦，可仔细定睛朝四周看去，见这是一间单人病房，便忙坐起身，匆匆地便要下床。
　　"干什么去？"脚还没有碰到地面，被她轻轻的响动惊醒的修黎就一把按住她的胳膊："你别乱动，医生说你之前虽然身体没什么状况，但血压忽然升高，要好好静养！"
　　"我去看南希！"
　　"现在是你和你肚子里的孩子重要，你不管孩子了吗？你昨天血压蹭高到二百二，不要命了吗你？你现在可是孕妇！"修黎皱着眉，"快躺下！"
　　"我要去看南希！别拦着我！"莘瑶用力推开他的手，"南希怎么样了？我得去看看他！其他人呢？爷爷在哪里？爸和妈人呢？他们都在哪？南希在哪？"
　　忽然，莘瑶仿佛清醒了过来，突然转过脸，怔怔地看着修黎紧蹙的眉："南希在哪儿？"
　　修黎淡淡地看着她："现在，是不是除了他之外，你谁都可以不管，谁都可以不在乎了？"
　　莘瑶用力摇头："不是，修黎，现在不是讨论这些的时候，你告诉我，南希是不是没事了？他在哪里？在哪个病房？我要去看看他！"
　　见她完全听不进去任何话，修黎终是叹了口气，随手脱下外套罩在她身上："你睡了一天，昨天下午在抢救室外晕倒一直到现在，他还没有脱离危险，正在加护病房观察，其实以你现在的状况，还是在这里休息最好，那边有顾家人在照顾，你何苦再去看着他难受？"
　　莘瑶不说话，却是固执地要穿鞋子，修黎没再说什么，俯下身替她穿好鞋，之后扶她起身："走吧。"
　　乘坐电梯到了十二楼的重症加护区，莘瑶的头还是有些疼，自己也想不到自己会忽然间血压就飙升得超过二百，幸亏当时在医院，否则恐怕后果不堪设想，可是当时顾南希在车中被救出来时浑身是血满背是伤的情景仍然在眼前，她的血压没有吓到爆已经算是幸运了……

在病房门外，单萦正坐在旁边，似乎是想要进去，却找不到机会，看见莘瑶走过来，便抬起头来转过眼来看她，那眼神仿佛在怨怪季莘瑶什么，带着愤恨，不甘，和伤心。

莘瑶不说话，只看了她一眼，便将视线转开，走进加护病房。

一看见身上插着各种管子的顾南希，和他头上缠着的已渗出血来的纱布，平时那般温暖和煦的他此时一动不动地安静地躺在那里，莘瑶心下一紧，快步抢上前，一步便跨到床边，手指一碰到顾南希，心中便轰然一声。

他体肤冰凉，摸起来仿佛一点温度都没有，对她的碰触也毫无所觉。

季莘瑶这一吓后便是眼前再度一黑，她忙紧咬住嘴唇，唇上的疼痛让她有了几分清醒，这时才听见身后有人在叫她。

"莘瑶啊，你怎么跑来了？医生不是让你多休息吗？"何婕珍走过来，轻轻握住她的胳膊："孩子，别担心，医生已经全力抢救了，只是南希伤得太重，肩部几乎完全被刺穿，虽然没有伤及要害，但也很危险，头部也受到重创，从昨天抢救结束后他还要度过四十八小时的危险期，现在才刚过一天，还有一天的观察时间，如果这一天南希坚持过来了，他就不会离开我们，别担心，现在怎么担心都没有用，重要的是你，别再让顾家雪上加霜，一定要保住身子……"

莘瑶转头看了一眼何婕珍，再又看了一眼病床上深度昏迷的顾南希，深吸了一口气，才哑声道："妈，我没事，爷爷和爸呢？"

"远衡去了交警队那边查这次车祸的案子，当时那两辆大车出现得突然，还有已经有人检查过，那辆车刹车系统失灵，有可能是人为造成的，现在正在调查。老爷子年纪大了，昨儿一宿没睡，先陪着南希度过了半宿，又去看看你，今天上午才就近在附近的一家酒店休息，估计再过一会儿就会又过来了。"

何婕珍拍了拍她的肩："幸亏修黎也过来了，不然昨晚那种情况，妈这边也分不开身，一边要守着南希，一边还牵挂着你，修黎这孩子还是真的心疼你的，一直不眠不休地照顾了你一整夜，让我省了不少的心。"

莘瑶抿唇，转头望了修黎一眼，他没有说话，只是对何婕珍面无表情地点点头，再又看了看季莘瑶，之后沉默无声地走了出去。

"妈，你也一夜没睡，去休息吧，这里我陪着南希，你放心，我就是在这里陪着她，累不着的，有什么事我都会叫医生和护士，您快去休息，不然您身体受不了的！"莘瑶轻轻推搡着何婕珍："您现在五十岁左右的年纪，最不能熬夜辛苦了，太容易得病，快去休息。"

何婕珍知道拗不过她，便没有再说什么，只是拍了拍她的手，说那她有事一定要叫医生过来，之后在莘瑶的百般保证下，才离开。

之后莘瑶便坐在床边，双眼有些发怔地看着床上一动不动的顾南希。

伸出手再去小心地碰了碰他的手，见他的手背上也同样有一块不小的擦伤，光是手背这里看起来就有些惊心，却也知道这一块也不及他身上伤的万分之一。

第十二章 执着

莘瑶就这样站在床边，站得久了，才发现自己竟然手足无措到不知道应不应该碰他。

终于，鼓起些许勇气重新抚上他的手，将他的两根还算完好的没有蹭伤的手指握在手心里，小心翼翼地端着，抬眼，看着他在深度昏迷中仿佛毫无知觉的模样，心底疼得早已狠纠了起来。

"南希！"

她忍不住唤了他一声，不管他听不听得见，只是嘴不受控制地很想唤一唤他，生怕他坚持不过这最后的二十四小时，生怕他会离开她。

那样那样好的顾南希，怎么可以说离开就离开呢……

莘瑶探过头，小心地再次唤着他："南希，南希……一定要坚持过来，为了我，为了我们的宝宝，为了顾家，你一定要醒过来……"

说着，她小心地将自己的肚子靠近，将他的手指轻轻贴在她的肚子上："南希，你摸摸，我们的孩子在你的保护下一点伤都没有受到，可是，可是他们也不能没有爸爸……"

仿佛父子的感应一般，肚子里的两个小东西竟然在这时候仿佛踢了她的肚皮几下，季莘瑶觉得肚子一疼的时候，却是掉下了眼泪，抬眼看着顾南希，见他安静的紧闭的双眼未动，睫毛却似在隐隐地颤动，仿佛他在昏睡的意识中被她唤醒。

莘瑶一看，连忙放开他的手指，抬手擦了一下眼泪，俯下身仔细看着他的睫毛，上上下下地看着他身上插着的一些管子，再又看着他在氧气罩下苍白的毫无血色的脸，伸出手，将手轻轻放在他的脸上，指下所触的皮肤冰凉，凉得让她心里发空。

"南希，前天晚上你还指着杂志上的亲子装说要多买几件，等宝宝出生后，你就常常抽空陪着我和孩子穿着这些亲子装出门散心，南希，你不能说话不算话，你不能抛下我们，听到没有？"

莘瑶再度轻轻握上他没有受伤的手指，小心地，轻轻地，嘴中仿佛停不下来一样，又仿佛没有意识一般地不停地低喃，目光紧盯着他干净的指甲，吸了吸鼻子，将他的手指紧攥在手心。

这时有一位医生走进来，一看见季莘瑶，便皱起了眉头："你是谁？这里是加护病房，没有经过医生的允许不能随便进来，也不能随便碰触病人不知道吗？顾夫人呢？"

莘瑶吸了一下鼻子，转过脸，红着眼看着那在白色口罩下仍然能看出表情严肃的医生："我是顾南希的妻子，顾夫人是我婆婆，我让她去休息了，我想在这里陪陪他。"

那医生一听，视线才平和了下来："怪不得，从昨晚到现在，除了顾家人之外，顾夫人就没让其他人进来过，外边那个女人等了十几个小时顾夫人都没让她进来，我还以为你是什么人，既然是顾太太，那刚刚是我唐突了，只是……"

莘瑶看懂他的眼神，便直接开口："我姓季，医生你有什么盼咐直接说，没关系。"

医生点点头："季小姐，虽然您是顾总的近亲，但这里毕竟是加护病房，建议您多穿一件消过毒的衣服再进来,因为按正常规矩走,这里平时进来探病的亲属只允许探望一个小时,因为顾夫人之前坚持在远处看着他陪着他,所以我们才允许她在隔间休息,您如果想要陪着顾总,最好换了衣服,身上都消消毒,陪他一个小时后就去隔间休息,他现在不能长时间接触有机会滋生细菌的任何人与物。"

莘瑶虽不舍,但还是点点头,加护病房的规矩她没有太研究过,所以多少有些不懂,听了医生的话后就配合地去换衣服消毒,等她再回来时,见刚刚本来已经没再坐在门外的单萦正站在透明的玻璃窗前向着病房里面看。

她脚步一顿,想起刚刚医生说过的话,单萦已经在这里待了十几个小时?

于是她走过去,将刚刚顺便下楼去买的一盒粥递了过去,单萦转过头来,没什么表情地看着她,再又看看她递来的粥,板着声音问:"你什么意思?"

"你因为担心不吃东西可以,但我怀着孕,为了南希,我也要让自己补充营养,所以刚刚顺便买了些吃的,不过既然你在这里,我听说你等了十几个小时,应该没有吃饭吧?那,你先吃吧,我再去买一些。"

莘瑶很平静,此刻没有因为单萦这样站在这里巴巴地看着自己的丈夫而有多少厌恶感,也许是因为经历过这样惊天动地的生死之险,与死神擦肩而过,还有顾南希毫不犹豫地护住自己的这一幕,让她完全坚信自己的丈夫的心与自己是紧紧相依的,她完全不需要因为单萦的不放手而有任何不舒服,因为她知道,她的丈夫不会背叛自己,她的丈夫只是因为太好太优秀,所以过去的这个人放不下他,而这对季莘瑶已经没有任何影响了。

单萦没有接,只是淡漠地看了她一眼:"你倒是心情还不错?还能吃得进去东西?南希跟你这个女人在一起之后已经受过多少次伤?你是不把他害到没命不肯罢休是吧?季莘瑶,你难道是代你那个死去的妈妈来报复顾家的?"

单萦的话让季莘瑶微微一怔,莘瑶现在一心只系着顾南希的安危,其他的一概没有心思去想,她只是犹疑地看着单萦眼中那抹不满,须臾道:"单萦,你爷爷应该跟你谈过我们之间的关系了吧?"

单萦骄傲地仰起下巴,却是没有说话,只是冷冷地看着她。

那眼神的意思仿佛是在说,她是孙女,她姓单,是真正的单家人,而她季莘瑶就算是单老的外孙女,不姓单,只是一外人罢了,那完全不在乎的眼神让季莘瑶更是对与单家认亲的这件事在心里打上一个大大的叉。

莘瑶点点头,只是微微勾了勾唇:"你放心,我不会争什么,我习惯自己本来孤苦无依的身世了,不需要为自己镀金。"

说罢,她便拿着手中的东西,转身要走。

"我不怕你争,纵使你是单晓欧的女儿,纵使你是爷爷的外孙女,你想拿回你应得的一切,我绝不会阻拦,我更不会抗拒你这个忽然出现的姐妹,只是季莘瑶,我始终没有想到是你。"单萦忽然开口。

莘瑶回头,看了她一眼:"单小姐果然大度,如果没有之前这种种一切,也许我们能成为很好的朋友。"

第十二章 执着

单萦冷笑:"朋友就算了,不过,南希现在都已经被你连累到这种程度,季莘瑶,你是否愿意认爷爷这个外公是你自己的事情,我可以不干涉,但是你必须离开顾南希,你必须放手!否则早晚有一天你会害死他,就算现在他能保住一命,你们以后也绝对不会幸福!我没有骗你!放了顾南希,行吗?"

季莘瑶瞥了她一眼,淡淡地说:"就算我肯放手,你认为我丈夫会放手吗?他会允许自己的老婆孩子离开他么?单小姐,该放手的是你,多说无益,单小姐,你请自重吧。"

单萦正要说什么,这时旁边顾老爷子从电梯那边走了过来,她当即沉默,回头看了一眼老爷子,礼貌地对他老人家笑笑。

顾老爷子只客气地点点头,便拄着拐杖快步走到莘瑶那边:"怎么样了?南希还没有醒?"

莘瑶轻叹着点头:"还没醒,现在医生正在里边为他做全面检查,过一会儿我才能再进去,爷爷,您休息好了吗?我听说您一晚上没睡?"

"我没事,年纪大了,本来睡得就少,这心里一直记挂着医院这边,根本就睡不着,就躺了一会儿吃些东西就又过来了,你这孩子也别太担心,自己的身体要紧,南希可是拼了命地护住你和咱们顾家的宝贝,这孩子可不能有事,千万不能让南希白受伤啊……"老爷子已经平静了下来,中肯地说。

莘瑶微微笑了一下,只当是笑给老爷子看让他好放心,其实心里苦得要死,担心得要命:"嗯。"

那两个医生出来,对莘瑶点点头,允许她进去后,老爷子因为没有换衣服,所以被阻拦,不过老爷子心态好,他摆了摆手:"没事,我在窗外看看就行,我进去也帮不上忙,现在南希最需要的是莘瑶你这丫头,多陪他说说话,啊……"

等到莘瑶走进去后,见顾南希头上本来已经被血染红了的纱布都被换成了新的,整个病房里充斥着浓重的药味和冰冷的医用机器的温度,她走到床边,始终盯着顾南希的脸,只希望他醒来时刚一睁开眼睛就能看见自己。

这时,之前那位医生又进来,看见莘瑶担心的眼神,便说:"顾总的状况比我们预想的要好,如果今天的危险期他可以平安度过,不出意外的话,他就可以转到普通病房,我们时刻观察他的身体恢复状况,估计不出两天,他就能醒过来了,现在他是肯定不会醒的,季小姐您在这里站一会儿,就进里边去休息,毕竟你是孕妇。"

莘瑶一听,只好勉强笑笑,一步三回头地看着病床上安静的顾南希,走进了加护病房里边特殊的隔间去吃东西。

为了南希,她不能缺少营养,她要让他们的孩子健健康康的,这样才不会让他失望。

加之听过刚刚医生说的那些话,她也终于稍微放心了一些,吃过东西后,时不时地出去看他一眼,之后便靠在隔间的小床上睡着。

一天过后,顾南希终于平安度过了危险期,但医生建议先不要移动他的身体,再多观察一天,明天再换病房,但是这里已经可以多几个人进来探视了。

自从他脱离了危险后,莘瑶就搬了个椅子一直坐在床边,除了靠在这里睡觉,其他时候都是一直盯着他看,只等他快些醒过来。

看着顾南希沉睡时的样子,走进病房的顾老爷子的眉头始终就没有放开过:"这起事故明显是人为的,远衡还在查,等南希醒过来后,我也得去交警队看看当时的路况录像,到底是谁吃了熊心豹子胆,敢对我们顾家的人下手!"

"爸,您也别太气,事情总会查清楚的,您老人家身体要紧。"何婕珍在一旁劝慰。

顾老爷子没说什么,只是眯起眼,看了看一直坐在床边的莘瑶,眼神一软:"贼丫头,你都坐在这里一天了,不累吗?"

"爷爷,我不累。"

莘瑶勾了勾唇,伸手拿起一杯温开水,用棉签沾了些水后轻轻点在顾南希苍白的唇上,动作耐心而小心。

顾老爷子似是欣慰地点点头,再又转念一想:"事发时的车子是莘瑶的车,恐怕这不是商业谋杀,南希这两年习惯开那辆路虎,这许多人都知道,只是很不巧,那天南希的车被苏特助送去年检,他开莘瑶的车带着她一起去商业街,中途发生这样的事情,我看……这事情的起因八成在莘瑶身上……"

季莘瑶握着棉签的手一僵,这两天她在陪着顾南希时,也有想到这些,只是一直未能确定,听老爷子这样笃定地一说,更是确定了心里的想法,她转过头,看向老爷子:"等南希醒后,我就去交警队,配合他们查案。"

"不用,有事情他们会过来问,你就别跟着奔波了,现在不确定对方的矛头是不是真的指向你,就算是指向你,也有可能是对方掐住了南希的弱点,莘瑶啊,你现在可是南希最大的弱点,商业纷争什么样的报复都有可能,你先别多心,爷爷我也只是猜测,没有别的意思,啊。"

其实老爷子有多心疼自己的孙子,谁都清楚,这一会儿大家都不说话,看着老爷子那表情里的心疼,都沉默了下来。

其实莘瑶心里想到一个人,但又不能确定,这种时候她不能添乱,于是没多说,却是忽然,她的视线一转,看见站在门前的温晴。

她当即心下起了疑,但见温晴的表情是真的很无辜,望着顾南希时的神色也满是疲惫和担忧,莘瑶顿了顿,打消了心里的犹疑,可还是总觉得哪里不太对。

"小晴啊,这里现在不需要你,你去外边,请单小姐回去吧,单老因为人在Y市,暂时赶不过来,已经打电话慰问过了,单家的心意咱们也收到了,让单小姐走吧。"何婕珍看了一眼温晴,温和地开口说道。

温晴没有说话,只是咬了咬唇,再又担忧地看看床上的顾南希,却似乎不敢贸然上前,便乖乖地点头,转身走了出去。

"莘瑶,你和南希上个星期去Y市,是去见了谁?"这时,顾老爷子忽然犹

第十二章 执着

疑地开口，语气也有些凝重。

莘瑶一顿，正要开口，这时，始终深度昏迷没有一点动静的顾南希仿佛动了动。

她一愣，低下头看着一直被自己握在手中的他的手指，只见他的手指果然微微动了两下，她一喜，骤然俯下身去："南希，你是不是醒了？能不能听见我说话？南希？"

一听见莘瑶的话，顾老爷子跟何婕珍亦是上前几步，低下头来仔细看着床上的顾南希。

然而顾南希的手指只是动了动，便没了动静，莘瑶本来带着喜色的神情顿时敛了下来，有些失落地看着顾南希安静的深度昏迷的苍白的脸，将他的手指握紧。

"我去叫医生。"

何婕珍说了一句，便转身快步走出病房，顾老爷子亦是有些许感叹地站在一边。

没一会儿温晴就又走了进来："爷爷，你和莘瑶应该都累了，要不，我来照顾南希吧。"

一听见温晴这话，季莘瑶当即便十分排斥地抬起脸，看了温晴一眼，不待老爷子开口，便直接一口回绝："不必了，我不累，妻子照顾丈夫天经地义，别说我不累，就算是苦了累了，也不需要温小姐你来受累。"

"你……"温晴顿时就横起了眉毛，小声地嘀咕了一句："季莘瑶，你别不识好歹，我只是想帮忙照顾南希而已。"

莘瑶可不敢劳驾她温大小姐帮这个忙，却是不动声色地睨着她："温小姐平日十指不沾阳春水，从小都是被人照顾的命，我可不敢劳你的驾，何况，南希这边我也确实不愿意分开身，所以……"

她转眼看向若有所思的老爷子："爷爷，请您容许我这一次的私心，南希本是危在旦夕，才刚刚度过危险期，我实在不想离开他。"

顾老爷子点点头："我当然理解。"之后他看向温晴，"小晴啊，你确实不太会照顾人，还是回去摆弄你的那些花花草草吧，这边不缺人照顾，对了，单小姐走了吗？"

温晴有些不情愿，却还是努了努嘴，小声说："走了，我说是爷爷您劝她回去休息，她就像明白了什么似的，没再说什么，直接离开了。"

顾老爷子嗯了一声："走了就好，不然单小姐一直等在外边，等单老知道后赶来时，不一定又会出什么乱子，还好单小姐不至于把咱们顾家逼得太紧，虽然固执了些，但也算是通情达理了。"

莘瑶说不清自己现在是听不得这些还是怎么，但单萦在人家面前是通情达理美丽大方的单小姐，在她面前却是冷漠高傲把感情当游戏的太骄傲的惨烈的失败者，她不想再去想这些，便也没有插言。

直到温晴出去后，老爷子才再次走过来，站在床边，低头看着莘瑶："你们上次在Y市，究竟见过什么人？把情况都给我说一说。"

莘瑶知道隐瞒不得，就如实地把前前后后的事都说了一下，只将在墓园见过石芳的事隐去，没有说出来。

因为她知道，这次的事故是针对自己，石芳也许对顾家是有什么误会，才会在那天说出那些莫名其妙的话，但是石芳不会伤害她。

老爷子听后，便皱起了眉，似是想到了什么，更又仔细看了看季莘瑶的表情："你说的是真的？"

见莘瑶点头后，顾老爷子才眯起眼："看来这事，和季家脱不了关系，只是我怎么想也想不到，手足至亲相残竟也能到这么毫不留情的地步。"

莘瑶轻笑："爷爷，现在一切还只是猜测，如果真的像我们所想的那样，恐怕现在他们也已经知道受伤的是南希了，这会儿应该比我们更慌乱呢。"

"也对，这样，孩子，事情交给我们去查，你安心陪着南希，南希什么时候醒了，一定要通知我。"

顾老爷子说完后，便拿出他常用的那支显示的号码很大的老年人手机，拨通了一个电话，转身向外走。

季莘瑶起身去送老爷子，直到老爷子进了电梯，她正要回房，才瞥见那边温晴并没有离开，又见修黎正站在走廊尽头的吸烟通道抽烟，温晴正站在他旁边，嘀咕嘀咕的也不知道在说些什么。

只是看修黎那表情很烦躁。

莘瑶皱了皱眉，修黎什么时候起抽烟抽得这么频繁？

不由得快步走过去，靠近后，才听见温晴在那边说："季莘瑶刚一昏倒你就把她给抱起来了，当时爷爷可都看见了！要不是南希那时候还在抢救，爷爷没有心思去考虑你们姐弟之间的关系，你以为现在你们还能这么轻松吗？"

"还有，顾修黎，上次那张照片就是我偷的又怎么样？你能拿我怎么样？别以为姓顾就能踩到我头上，从始至终你就是个杂种！你比我还不如！别整天把自己装得那么高傲鬼神难近一样！我温晴愿意跟你合作是你上辈子修来的福气！别跟我摆出一副正大光明的样子，你以为我不知道上一次祠堂的事情是你做的？都是一样的人，你躲着我做什么？"

修黎当即掐了烟，面无表情地看了温晴一眼，仿佛对她故意的嘲讽和刺激没有任何反应："说完了？说完了就滚。"

"顾修黎！"温晴愤然地转身正要叫住他。

这时季莘瑶已经走过去："修黎。"

修黎一看见她，便直接向她走过来，对温晴懒得再看一眼，那边温晴瞪大了眼，当即咬了唇："顾修黎！咱们走着瞧！"

直到温晴一路小跑地顺着安全通道下了楼，莘瑶才严肃地问："怎么回事，温晴找你做什么？"

修黎刚刚已把已经掐熄的烟蒂扔在一旁，因为莘瑶是孕妇，所以他也没再拿出第二根烟，只是双手插在裤袋，一副懒得回答的样子，但莘瑶已经瞪着他，明显是不问出来不罢休，他才不冷不热道："温晴让我配合她演几场戏，把你和顾南希

第十二章 执着

挑拨开,让爷爷不再接受你,再让我们两个远走高飞,成全我的一厢情愿。"

季莘瑶皱起眉:"你答应了?"

"季莘瑶,好歹我们也在一起生活了二十几年,你所认识的季修黎,有这么混蛋么?"他瞥了他一眼,冷笑了一声,绕过她,头也不回地走开。

修黎能说出这话,莘瑶就知道他其实始终没变,他还是当初那个满腔正义的阳光俊朗的季修黎,就算现在有再多的心事,他对自己也不会改变。

说不欣慰是假的,莘瑶回头看着修黎的背影,微微弯起了唇。

然而修黎刚走了几步,便又停下,回头看了她一眼,走回来,因为他一米八几的身高,所以近距离说话时要微微俯下身来,贴在她耳边低语:"这次的事情的确是季程程搞的鬼,温晴虽然没有参与,但她完全知情,你小心防范一些,季程程现在是发了狠,想要直接让你消失,或者让你走投无路,她现在被关得快要绝望了,什么事情都做得出来,你一定要小心。"

"你放心,有了这一次的教训,我会小心的,我只是没想到程程在里边还能联络到人脉,那天南希说过,程程虽然没法出来,但是以季家的地位,想疏通一些人进去探视还是比较容易的,我就是疏忽了这一点。"莘瑶说。

修黎见她自己已经明白,便不再说什么,抬手在她肩上拍了拍:"我也去交警队那边看看,回来告诉你情况。"

"好。"

当晚顾南希仍是没有醒来,医生进来检查过,因为他之前失血过多,需要恢复的时间,肩上的伤已经受到控制,头上虽然受到重创,但还好没有伤及大脑,也没有留下瘀血的血块,所以最晚明天早上就能醒。

听到医生这样说后,莘瑶这一整夜便都不打算睡觉了,始终守在床边,用毛巾沾着温热的水给顾南希擦脸擦手,平日里顾南希虽然没有什么乱七八糟的洁癖,但他素来都很干净,她不想他醒来的时候有任何不适。

半夜11点多,医院的走廊里也已经安静了许多,只有几个值班的护士偶尔来回走动查房,夜渐渐安静,莘瑶终于困倦得有些支持不住,索性靠在床边,半眯着眼睛看着顾南希沉静的睡颜,渐渐地睡了过去。

她是被一阵轻微的响动惊醒的,因为她就趴在床边,所以床上有一点点动静她便马上察觉到,突然睁开眼,便见顾南希不知什么时候醒了,似是正要起身,结果却因为起身时微微带动了被子,将她惊醒。

"南希?你醒了?"这病房里现在只开了一盏昏黄的小灯,朦胧中见顾南希俊朗的眉眼都一如当初一般在自己眼前,她有些混沌地发蒙的以为是在做梦,下意识地开口。

结果病床上正挣扎着要起身的男人忍不住看了她一眼,眼神里竟带着几分鄙视,再又好笑地瞥瞥她,轻声说:"不然?我还能是鬼?"

一听见他的声音,虽然虚弱,但他的确是醒了,莘瑶掐了一下手臂,之后眼泪一下子就下来了，不知是疼的还是激动的，她刷地站起身："你别动，我去叫医生，他们说过，你醒来后马上就要叫他们！"

然而顾南希却像是有什么难言之隐一样地蹙了一下眉："先别叫医生。"

"怎么了？你是不是哪里不舒服？是背上的伤疼，还是头疼？"莘瑶刚迈出的步子便收了回去，回身俯到床边，小心地盯着他上上下下地看："南希，你哪里不舒服？告诉我呀！"

"别这么紧张，我都醒了，还能有什么事？"见她紧张兮兮的表情，顾南希勾唇一笑，唇色虽苍白，却温柔依旧。

"那……那我去给你弄些吃的吧？你睡了这么久，一直吃不进东西，打了几天的葡萄糖，身体吃不消，我、我出去看看有没有夜里卖的流食，你现在估计只能吃流食，不然胃一时间受不了……"说着，莘瑶便急急地转身要去拿起外套。

然而手腕却被他温热的手轻轻扣住，他现在似乎没什么力气，仅仅是扣住她的手，却没有用力，莘瑶便停下身来："还想吃其他的什么吗？我一起去买。"

"都这么晚了，哪还有饭店开着？"顾南希叹笑："别折腾了，我现在吃不进去东西。"

"那也得吃啊！要不，我去叫医生？"莘瑶第一次面对这样虚弱苍白的顾南希，一时间有些手足无措。

这可比他那次犯胃病睡的一晚严重多了，那时候只是吊了一晚的水就没事了，可他现在可是刚从死神的手里逃出来，她现在就觉得像做梦一样，双脚都在发飘。

顾南希却是抬手，放在嘴边轻轻咳了一下："那个……莘瑶。"

"嗯？"

"先扶我去一下洗手间……"

季莘瑶先是愣了一下，接着便笑了出来，敢情顾南希也有不好意思的时候啊。

笑归笑，但他躺了这么久，醒来后第一件事就是解决生理问题是很正常的事情，莘瑶小心地扶他下床，因为他刚刚醒，几天来也没有吃过东西，身体很虚弱，完全没什么力气，只能靠着她扶着，但又似乎因为她怀孕，他不想把所有重量都靠在她身上，勉强地自己撑着在走，莘瑶便伸手扶着他的腰："这间病房里单独的洗手间冲水的东西坏掉了，我扶你去外边的洗手间，也很干净，而且没有多远，就隔了四十几米。"

顾南希点头，在莘瑶的搀扶下走出去，之后顾南希本来是打算自己进去，毕竟是男洗手间，但莘瑶怕他进去后万一摔倒她听不见，于是便趁着晚上这洗手间里也没什么人，更又仔细观察了一下，确定里边没人后，干脆直接扶着他走了进去。

这是季莘瑶活了这小半辈子后，第一次进男洗手间，顾南希有些哭笑不得，却也没阻拦她。

没多久后两人回到病房，回来时有值班的护士看见他们，莘瑶顺便让那护士帮忙去叫值班的医生，两人回病房后不出一分钟，值班的医生便来了。

"顾先生。"那医生一进来，便一脸恭敬地走上前，扶着顾南希坐在床边，

第十二章 执着

为他综合检查了一下，之后取下听诊器："已经没什么大事了，只是背后的伤确实不轻，要仔细养一段时间，愈合之前千万不要碰水。"

顾南希客气地点点头："辛苦了，多亏你们救了我这一命。"

"顾总您言重了，这是我们应该做的，能接您在医院治疗，也是我们医院的福分。"

顾南希淡淡勾了勾唇，那医生知道他是刚刚醒，没有什么力气一直说这些客套话，便很懂分寸地又点了点头，对季莘瑶仔细交代了一些这两天的注意事项后就走了出去。

直到那医生走了，莘瑶才赶忙绕到顾南希身边，伸手就拉住他的手："医生说你没什么大事了，你可终于没事了，我都快被你吓死了！"

莘瑶这话说得委屈，语气里还带了几分隐忍得后怕似的哭腔，顾南希安慰地看着她，轻轻地回握住她的手："好了，我都已经没什么事了，可别再哭了，再哭我又该心疼了，嗯？"

"顾南希，你下次不准再这样了，你要是真的出了什么事，就算你护住我和孩子，让我一个人偷生，这样我活着都不如死了！你怎么忍心？"

"傻瓜，什么死了活的？我才刚醒，你这是咒我呢？"

顾南希墨色的黑眸里满是温柔的光亮。

"你满身是血的样子真的要把我吓死了！你还笑！"见他居然笑，莘瑶忍不住在他身上轻轻打了一下："我都担心成什么样了，你居然还能笑得出来！"

结果她这轻轻一打，顾南希便伸手闪躲了一下，挡住她的手再又直接握住："医生不是说了吗？现在已经没事了，你怎么样，当时伤到没有？"

他的目光落在她的肚子上，见她似乎安然无恙，问话时的语气便也轻柔许多。

"我没事，我吃得好睡得好，就是怕你有事！醒了就好，南希，以后你别这样吓我了，我真的经不住你这样吓……"莘瑶心里还是觉得不踏实，那时候顾南希身上的伤真的太严重，严重到她在心里就清楚他能被救回来的几率只有三成不到，但是他现在就这样活生生地坐在她面前微笑，她现在也说不清自己是一种什么样的心情，只是想一直盯着他看，一直盯，一直盯……

顾南希失笑，抬手覆在她眼上，一脸好笑道："别看了，再看下去身上就出窟窿了。"

话虽这样说，他的另一只手却是依旧紧握她的手，以轻松淡然的语气一边安抚一边轻哄。

莘瑶拉下他的手："你真的不饿吗？"

"不饿，虽然现在胃里没有多少东西，但也没什么胃口，明天再说。"说时，顾南希将她轻轻揽至身边，让她坐在床边，将她抱在怀里，以手轻抚着她的肩，渐渐下滑到她的肚子，贴在她的耳边轻声说："我在黑暗里前行，听见你的声音，感觉到手边你肚子里的动静，莘瑶，你和孩子的力量太大，在无尽的黑暗中给了我光明和回来的方向，你记着，无论以后发生任何事，即便是我先走，你也要好好活着，不许再提死这个字,听到没有?"

莘瑶将头贴在他身上,闻着他身上淡淡的药香,将手轻轻圈住他的脖子:"那你也要保证陪着我一起活很久很久……除非老了,否则,我可不干。"

顾南希叹笑,手在她肩上轻拍:"傻瓜。"

之后顾南希因为是刚刚醒过来,体质还太过虚弱,莘瑶见他没什么力气,就扶着他重新躺下,许诺自己也会去休息后,顾南希便似是终于撑不住,双眼渐渐闭上,在虚弱疲惫中睡去。

而莘瑶却没有离开。

经过这一场生死考验一般的凶险,几天来的深切的担心和害怕,若有所失一般的痛楚始终包围着她,现在看着安然沉睡的顾南希,她趴在病床边,忍不住一直看着他。

翌日,莘瑶捧着医院里为顾南希特制的营养餐一勺一勺地喂着他,他清俊淡雅的脸上没有什么血色,但却带着淡淡的笑意,见她喂得认真,他便也很配合地一口一口地吃。

莘瑶在喂他吃东西的时候,澄澈的眼里是太多的期待与光亮,总是希望他多吃一些,早一天养好身体。

难得能照顾他一回,这对莘瑶来说是全新的体会,而顾南希这个病人又十分听话,两个人俨然都很享受这样的场景。

直到病房的门被敲响,之后顾老爷子走进来:"我刚刚过来时,听医生说南希已经醒了?怎么样了?"

说着,老爷子就急急忙忙地走过来,打量着脸色虽苍白,但却是带着笑容的顾南希,当即松了一口气:"你这臭小子,可算是醒了,你要是敢有个什么三长两短,还想让我白发人送你这黑发人不成吗?"

"爷爷,您就放心吧,我哪儿敢先走啊?我要是先走了,等您百年后到了下边不是得翻了天?整天拿着拐杖追着我跑?"顾南希打趣地轻笑。

"哼,算你小子识相,知道你爷爷我的脾气!"老爷子横着脖子,瞟了一眼莘瑶手里的东西:"莘瑶,你这给他吃的是什么?要是在外边买来的东西就先别让南希吃了,刚醒过来,身体需要补,外边做的东西放的味精太多,对身体不好!"

"爷爷,这是医院特意做的营养餐,我看了一下,很干净,营养也很丰富,怕南希饿着,就趁着热直接让他吃了些。"莘瑶指了指手中的餐盒。

"那还可以,我来的时候看见小珍让王妈准备了不少补血的汤汤水水,估计一会儿就拿过来了,南希这次是失血过多,一定得好好补补血,可别留下什么病根。"老爷子一边念叨着一边走到床边,沉吟了一下,便对莘瑶说:"贼丫头,让爷爷跟南希说会儿话。"

莘瑶知道老爷子是想问顾南希车祸的事情,恐怕是真的与季家有关系,老爷子不想自己夹在中间有什么不舒服的地方,才想避开她。

第十二章 执着

105

她便没说什么,将手中的餐盒放下,拍了拍手:"那,爷爷,我先出去,有什么事情你们叫我。"

"去吧,我就是和南希聊聊,用不了多久,我可不敢打扰你们小两口劫后重生时这如胶似漆的光景。"顾老爷子笑笑。

莘瑶红了一下脸,偷偷瞥了一眼顾南希,见他嘴角带笑,显然是心情还不错,她便麻利地收拾了一下东西,直接走出了病房。

结果莘瑶刚走出去,便瞥见那边有一道身影正走向这边,定睛一看,只见是秦慕琰正在接电话,他一边接电话一边向病房这边走,看神色应该是正在对着电话说公司的什么事,表情带着几分严肃,刚一走过来,他的视线不经意地那么一转,便瞟见了季莘瑶。

当即,秦慕琰握着电话的手一僵,顿了一顿,之后转身不知是又对着电话说了些什么,便放下手机,朝她走了过来。

"他醒了?"他过来看了一眼她手里吃了一半的营养餐,随口问了一句。

自从上一次雨霏孩子的事情曝光后,他和她就没有再这样近距离地说过话,就算上星期在Y市秦慕琰和修黎出现过一次,但他似乎却也根本没有要与自己有交流的打算,便直接走了。

几个月不见,季莘瑶忽然发现自己不知道应该再怎么面对他。

曾经的秦慕琰是喜欢自己,从小就逗弄自己,但是两个人的关系却像好哥们一样不用避太多的嫌,可现在,莘瑶却不知道怎么与这个从小一起长大的秦慕琰说话,不知道要用什么样的态度,或是什么样的语气。

见她有点犹豫的表情,秦慕琰便仿佛一眼便看透了她,当即嗤笑,伸手便在她额头上一弹:"想什么呢?傻了?"

"秦慕琰……"莘瑶回过神来,忙抬手揉了一下被他弹得生疼的额头,不由得嗔怪地瞪他一眼:"疼死了!"

秦慕琰双臂环胸,一脸的笑:"得,我也不用问了,看你这轻松的表情也知道顾南希是醒了,我那天过来的时候他还在抢救室,正赶上你昏了过去被修黎抱去另一边急救,我在医院只待了两个小时,之后我因为公司有事,就先走了,怎么,你看见我很惊讶?"

"是很惊讶。"季莘瑶如实地点点头,然后随口嘀咕了一句,"我以为你小子这辈子都不打算见我了。"

秦慕琰嗤笑:"不至于!不过,在雨霏的事情发生后,我要是再想死皮赖脸地追你,就真他妈是个王八蛋了。"

说这话时,他嘴角闪过一抹苦涩,之后便又痞痞地翘起,低头看着她,看了她很久,才低声说:"小红脸蛋儿,你眼睛肿成了这样,这几天都没有睡好吧?"

莘瑶笑了一下:"没有,只是这几天一直都很担心,睡着的时候可能下意识地哭了几次,所以眼睛才有些肿。"

秦慕琰勾了勾唇,忽然展开双臂将她抱住,莘瑶浑身一僵,正要退出去,却听他说：

"他把你保护得很好，你现在也是深爱着他，这个拥抱，算是最后一次，傻丫头，以后再有任何委屈，都有顾南希在你身边，而我，可能没法再陪你了。"说着，他将她抱紧，俯首将下巴搁在她的头上，静静地贴着，却没有其他动作。

莘瑶是应该推开他的，可心里却忽然想起那日顾南希说过的事，心头一动，便抬起头正要开口，结果她刚一抬起头，眼角的余光便瞥见角落里一道熟悉的身影。

她面色一滞，当即伸手用力推开秦慕琰，转头便朝那边低叫了一声："雨霏！"

秦慕琰一听，顿时转过头瞥了一眼那边的方向，只见顾雨霏挺着大肚子，一个人站在电梯门口，莘瑶因为怀孕已经小小地丰润了一圈，但顾雨霏却更显消瘦，只有肚子是圆滚滚的，看起来单薄至极。

他顿时拧眉，似是没料到会在这里看见她。

而雨霏也只是淡淡地看了他们一眼，将手中的水果放下，轻轻地说了一句："我是来看我哥的，水果你们帮我送进去吧。"

说罢，她便直接转身走进了电梯。

"雨霏！"莘瑶叫了一声，忙要追过去，快步跑到电梯边上，可电梯门却已经关闭，她抬手不停地按着向下的箭头，心下一片烦乱，生怕雨霏是误会了什么，再又转过头，见秦慕琰无动于衷地站在那边，甚至没有什么表情，当即火了起来，朝着他大叫："你还傻站着干什么？还不快追啊！"

然而秦慕琰却是单手插着裤袋，缓步走了过来："追什么？"

"追雨霏啊！她没几个月就要生了，你放心她一个人走？"季莘瑶不敢置信地看着他，这还是她认识的那个放荡不羁的对每一个女性同胞都能扮演成一个完美情人的秦慕琰吗？

他什么时候变得这么冷漠？他怎么可以这么冷漠？

"她有能力一个人过来，就有能力一个人走。"秦慕琰嗤笑了一声。

莘瑶气极，咬了咬牙，在电梯门再打开的时候，一个人大步走了进去，见她非要去追，秦慕琰便皱了皱眉，这才跟着走进去，而莘瑶却是一句话不说，直接按了数字一。

到了一楼后，她便单手托着肚子，以尽可能快的速度向外跑。

"季莘瑶！你跑什么！你忘记你是孕妇了？"秦慕琰追过来拉她："行了别追了，别她还没出事你倒先摔着了！"

莘瑶抬眼看见雨霏在对面的路边上了一辆出租车，忙要追过去，却奈何被秦慕琰拉住，她骤然用力甩开他，转过眼便瞪着他大吼："秦慕琰！你到底把雨霏当什么？她误会了你连对她解释一句都懒得吗？你们马上就要结婚，她怀的可是你的孩子！你居然不管她！"

"解释有用吗？她喜欢误会就让她误会去！我宁愿你季莘瑶是真的跟我有什么，那样当初就让她死了心！也就不会走到今天这地步！"他冷言嘲讽道。

"你……"莘瑶骤然抬起手就要给他一耳光，却是刚要扇下去，便停住了。

第十二章 执着

107

他没有躲，只是冷眼看着她。

她有什么资格打他？让雨霏误会的另一个责任人是她，秦慕琰始终认为这一切是雨霏的一厢情愿和自找的，他如果永远是这样的态度，那雨霏和他结婚后就真的有幸福可言吗？

以秦慕琰这种脾气，她现在都怀疑到时候在婚礼上他根本就不会出现！

莘瑶缓缓放下手，只是难受地转开头去，看着雨霏的车消失在车流之中。

"顾雨霏没有你想象的那么坚强，秦慕琰，你到底对她小时候经历过的事情了解多少？你认识她的时候她就是顾南希刚刚带到美国去的妹妹，在顾南希的栽培下接手顾氏，是在商场上常常与你作对或是共同抗敌的女强人，你根本没有看见过她的脆弱。"

她望着车流，喃喃地说着。

"你以为每一个争强好胜的女人都是钢铁一样的心吗？这样的女人，外表有多坚强，内在就有多脆弱，她只是和我一样，在外边给自己包上了一层坚硬的外壳，我知道你有气，我知道你不甘愿，可为什么你不能停下来仔细去看看雨霏，她那么漂亮，那么骄傲，那么优秀，又那么爱你……"

"如果你真的一点都不喜欢她，你不会主动提出结婚，你只是心里有气而已，可是秦慕琰，你千万不要报复错了方向，别等到有一天失去了才知道后悔。"

而这时秦慕琰的手机响起，他只漠然地看了一眼季莘瑶，便接起电话，他蹙了蹙眉："我现在就过去。"

之后他放下电话，淡淡地说："新投资的公司那边有事，我先过去。"说罢，他便走向路边的那辆红色法拉利，坐了进去。

莘瑶干着急也没用，只是瞪着秦慕琰的车子，转而拿起手机就打算给雨霏打去电话，结果刚拿起手机，便忽然瞥见路边停来一辆车。

从车上走下来的两个人让她目光一紧。

季秋杭跟何漫妮？

他们两个这时候跑来这里干什么？

他们下车时，季秋杭先行一步，之后转身去拉着何漫妮下车，何漫妮一边跨过路边的一道浅浅的积水，一边打着电话，两个人时不时对着电话说着什么，再时不时交头接耳。

季莘瑶淡淡看了他们一眼，趁他们还没发现自己时，便缓步走到医院正门前停放的一辆救护车后边，隔着车窗向那边看去。

只见何漫妮打电话时的态度有些焦灼，季秋杭这时走到前边，见到一位女护士出来，便不知去问了那女护士什么，女护士向身后的医院指了指，嘴里似乎是在说哪个方向和楼层。

再看季秋杭手里还有何漫妮手里拎着的那些像是专门用来探望住院病人的水果与礼品，莘瑶面色一沉。

接着，她便绕过那辆车，转而绕到医院的侧面快步走了回去。

108

回到顾南希所在的楼层后，见季秋杭他们还没上来，她便直接一路走回病房，轻轻推开门，见顾南希正靠坐在病床边，手背上挂着吊针，面色虽依旧血色极浅，但看起来精神已经好了许多。顾老爷子正一脸肃穆地坐在病床边，似是正在和顾南希说到什么很严谨的事情，表情是莘瑶从未见过的肃然和认真。

见这场景，莘瑶在门前顿了顿。

见莘瑶回来了，顾南希便看向她，似是看出她的欲言又止，便温和地笑笑："怎么了？"

顾老爷子亦是转头看看莘瑶："贼丫头啊，刚刚我听见外边谁在叫雨霏，是雨霏过来了？"

季莘瑶一时间不知该怎么解释刚才的事情，只好先说："季秋杭跟何漫妮来了。"

几乎是同时，顾老爷子脸上的笑色顿消，与依旧只是在淡笑的顾南希对视了一眼。

"说曹操曹操就到。"顾南希从容道："看来是打算先来探探口风的。"

顾老爷子点点头："肇事者已经有一个落网，还有另一个在逃，但就是这一个人的口供就足以让季家身败名裂，恐怕他们是想趁还没定案，要扳回几成余地。"

顾南希没再说什么，因为这时莘瑶已经走进门，接着眨眼的功夫，季秋杭便携着穿着难得十分朴素的何漫妮走了进来。

诚然，顾南希果然是继承了顾老爷子的腹黑，老爷子一见他们进来，本来脸上淡漠严肃的表情便换作了老态龙钟的笑脸，仿佛什么都不知道一样，笑呵呵道："哟，秋杭怎么来了？"

那两人将手中的水果和礼品放在旁边，然后何漫妮在后边搓了搓手，本来是想说话，但又似乎觉得自己先开口不太好，便抬眼给季秋杭使了个眼色。

季秋杭不由得笑着说："听说南希几日前车祸重伤，南希这孩子好歹是我和漫妮的外甥，打从听到消息后就一直很担心，这才抽出空连夜从Y市飞过来看看他，还好，看来南希已经没什么大事了。"

见顾南希还算安然无恙没有性命之忧，季秋杭显然是暗暗地松了一口气，像是终于抓到了一丝生机一般，一直对着老爷子笑着，再又仔细看了看不动声色的只是微微勾起唇线的顾南希："南希啊，这是你漫妮姨在路上特意给你买的补品，还有这几样水果，都是你爱吃的。还真别说，你漫妮姨啊对你比自己的女儿都上心，平时我们再宠程程，她有时候都记不住程程爱吃哪几样水果，但今天我们在水果店的时候，她把你小时候爱吃的那几样水果几乎都能倒背如流了……"

顾南希笑笑，却笑得很是朦胧，莘瑶一直没有说话，只是在一旁安静地削着苹果，顾南希以眼神示意她来床边坐下，她才拿着手中的苹果和水果刀走过去，坐在病床边，一边与顾南希相视浅浅一笑，一边听着身后那边季家夫妇的说辞。

"是啊，都说外甥比侄儿亲，这话还真是不假。"顾老爷子笑着站起身，挂着拐杖站在床边："得，既然你们两口子难得过来看看南希，老头子我也不在这里

第十二章 执着

109

碍眼了，我出去走走，你们聊。"

说罢，老爷子便老神在在地走向病房门口，季秋杭嘴里说着"哪里话，哪里话，都是自己人"，却没有上前拦着。

直到顾老爷子走了，何漫妮才终于走上前，看了一眼顾南希，又看了一眼坐在床边显然是十分碍了她的眼的季莘瑶，那眼神像是想让顾南希把莘瑶也请出去。

结果顾南希却是一副没看懂的样子，只是笑笑地看了一眼何漫妮："漫妮姨的眼睛不舒服？"

何漫妮当即便有些尴尬地抬手拨弄了一下头发："那个……南希啊，你妈妈最近怎么样？"

"我妈？"顾南希似笑非笑，好看的眉宇微挑："她状态不错，这会儿应该和王妈两人逛菜场去了。"

"哦，她状态好就好，我还担心她因为你的事情而上火，而急出什么病来。"何漫妮顿时就笑了，语气也轻松了许多。

顾南希接着便笑得一脸无辜："我妈这人你又不是不知道，心太大，再值得上火的事情她也能想得开，何况她平生从未做过亏心事，我还好好活着，她还有什么需要上火的事情？倒是漫妮姨看起来脸色不佳，该是已经有几日没睡好了？"

顾南希这番"无辜"淡然的话语倒是让季莘瑶突地忍不住笑了一下，因为她是背对着季何二人，所以只是笑了一下，便忙将手放在嘴边，抬眼看了一眼顾南希，却见他依旧从容自若似笑非笑地正瞥着他们。

也不知道他们是不是没有听出顾南希这话里的暗讽之意，季秋杭呵呵笑了笑，转移了话题："南希现在看起来精神不错。"

何漫妮也随之附和："是啊，无论发生什么事情，一定要等身体养好再说！"

"只是小伤而已，没想到会劳烦漫妮姨和姨夫又千里迢迢地过来探望。"顾南希说着便抬手轻轻按了按莘瑶依旧在削苹果的手，转过眼柔和地对她轻声说："手不累么？苹果带着皮吃营养才最多，小笨蛋。"

季莘瑶嘴角抽了抽，小声道："我不是怕你几天没吃东西，消化功能没完全恢复嘛。"

顾南希却只是笑，很是云淡风轻地接过她手中削了大半的苹果，没再让她削下去，之后他又仿佛笑得很开心似的看着那边的季秋杭："姨夫最近不忙？"

见顾南希显然也是没打算将话题转到他们想要的地方，季秋杭犹豫了一下，何漫妮便走上前，笑呵呵地说："南希啊，我这次来 G 市，一呢是想来看看你，二呢……是有些事想跟你打听打听，就是关于你这次车祸的案子，那个肇事者的父亲我们认识，不过你放心，我们不是过来给他们求情，其实这件事幕后的主使者是这两年追过我们程程的公司一个董事家的儿子，那小子年少气盛，脾气大了些，也许是为程程抱不平，所以负气地做了些出格的事情，但是你一定要相信漫妮姨，这件事情绝对和我们程程没有一点关系！那小子现在出了事，估计心里也是记恨着程程，也许会在招供的时候把程程连累进来，不过我相信南希你一定知道，咱们程程可是你的亲表妹,她就算再不懂事,也只是和莘瑶姐妹间的一些小纠葛,绝对不会伤人性命的,何况这一次伤的还是南希你……"

说到这里,何漫妮又剥了一只香蕉过来递给莘瑶:"你看,莘瑶这孩子最近也憔悴了不少,别只顾着照顾南希而忽略自己的身体,你现在可是要当妈妈的人了,多吃些水果。"

季莘瑶看了一眼何漫妮脸上那浓浓的笑意,不动声色地接过香蕉,道了声谢,便没再与她答话。

"莘瑶啊,你小时候漫妮阿姨我因为年轻而没有做到一个慈爱的后妈,但是这么多年都过去了,你看,我好歹在名义上也算是你半个妈妈,秋杭也是你的亲爸爸,都这么多年了,你就给阿姨一个面子,别再气了,这样,等南希伤好出院后,我亲自请你回季家,我来照顾你孕期的饮食,保证做一个慈爱的准外婆,你看怎么样?孩子,总要给阿姨一个赎罪的机会是不是?你们年轻人都容易犯错,当年阿姨我也年轻啊,现在后悔也晚了,只能尽力弥补,阿姨知道你不是一直记恨着这些的孩子,对不对?"

说着,何漫妮便伸手要去握住莘瑶的手臂,季莘瑶面无表情地一躲,何漫妮盯着她的眼神就一变,像是在极力隐忍着,眼神又像是在暗暗警告莘瑶别在这种场面上不识抬举。

她的目光当然是躲着顾南希的,但莘瑶可不惯着她。

莘瑶躲开后,便轻笑:"漫妮阿姨今天这举动倒是有些奇怪了,平日里也不见你们夫妇二人对我们的事情这么上心,今天这是怎么了?难不成,做贼心虚?"

顾南希始终不动声色,在莘瑶说出这话后,更又仿佛不满似的低斥了一句:"莘瑶,哪能这么说?"

顾南希这口气明摆着没有真气,季莘瑶当即会意,突然便故意地红了一下脸,低声委屈地小小嘟囔了一句,便不再插话地坐到顾南希所在床的另一边,像个受气的小媳妇一样不吱声了。

只有这样,才能让何漫妮继续演下去,莘瑶倒是也想听听这个虚伪的女人的底线到底在哪里,如果不是她刚刚居然将话题扯到自己身上,自己这一会儿都懒得开口打断她。

演戏归演戏,现在是说这次的案子,不是说那些陈年旧事的时候,她季莘瑶可没心思永远嚼这烂舌根。

见莘瑶完全不给面子,但顾南希却还算给面子,何漫妮似是犹豫起了什么,看看笑得心情还算不错的顾南希,再又看看低头嘟囔着的莘瑶,想了想,转头暗暗地瞪了一眼季秋杭。

季秋杭似是叹了口气,走过来:"南希啊,既然都是一家人,我也跟你明人不说暗话了,这次的案子,你打算怎么办?这事情和程程真的没关系,其实我们也不确定那肇事者会不会供出程程,但是因为这之前的一些因果,我们怕程程在被关起来教育的时候又遭雪上加霜,所以想过来看看情况,你看,程程这孩子,你多少

第十二章 执着

111

也了解，千万别因为那肇事者的一面之词就真的把程程算在内啊。"

"姨夫这是担心得过了，如果程程是清白的，咱们顾家自然不会那么苛刻地对待'自己人'，你们又何须这么远地跑来，倒是折煞了我这小辈，别只站着说话，快坐下，坐。"顾南希满脸的和煦，抬手示意季秋杭坐下。

季秋杭点头示意，坐下时，想了想又说："可是程程的事情……"

然而就在这时，顾南希忽然抬手轻按住额头，一脸痛苦苍白地说："头疼……"

莘瑶一惊，忙倾身过去，见他脸色确实很白，顿时吓得轻问："南希？"说着，她便起身："我去叫医生！"

顾南希没有阻拦她，莘瑶便跑到了病房门外，心下一边焦急，病房内的何漫妮跟季秋杭本来要开口求情，见这情形，一时间也开不了口，只能靠近看看他："怎么样？南希啊，疼得很厉害吗？"

然而顾南希却是紧皱着眉头，靠坐在床边，单手抚着额，像是疼得说不出话。

这下，季秋杭暗暗拢起了眉，看了一眼何漫妮，她亦是有些担心地看着顾南希，像是怕他真的留下什么病，到时候恐怕顾家更不会放过。

这时医生被莘瑶叫了进来，一看见病房里这么多人，医生顿时便冷声说："病人昨晚才刚刚醒过来，你们要探视的是不是也该注意点，病人需要安静休息，麻烦不相关的人出去吧，想探视就过几天再来！"

何漫妮正要开口说些什么，季秋杭却是拉住她，给她使了个眼色，之后两人一起走到了门口，离开之前，犹豫地看看已经被医生扶着躺下的顾南希，转而又看了看一脸担心地站在床边，脸上的焦急不像是做假的季莘瑶，像是有些看不懂眼下的状况究竟到了什么地步。

直到他们走了，顾南希紧皱的眉头才松开，但看起来脸色确实很白，很是憔悴，莘瑶本来也是觉得他这头疼的时间也太巧了，也有些怀疑，但又怕他是真的哪里疼，所以她的担心并没有掺一丝的假，这会儿见顾南希平静地躺着，只是疲惫地睁开眼，对她温柔平和地笑笑，她便瞬间了然，不由得也破涕为笑，嗔怪地瞪他一眼："你吓死我了！"

那医生检查了一会儿，说顾南希只是刚刚醒过来，不能说太久的话，应该多多休息，一定要减少这些闲杂人等的探视，尽量让他多睡觉，等等的一切注意事项，再又拔掉了他手背上的针，之后便走了。

"刚刚是真的很疼吗？"莘瑶坐在床边，伸手小心地抚上他头上的纱布，却不敢用力，只轻轻地抚上去。

顾南希抬手将她的手握住，轻轻拉下，贴在身前，轻笑着说："如果连你都不能骗过，他们又怎么会这么轻易地暂时先离开？一直这样打扰我老婆单独陪我说话的机会？"

莘瑶当然明白，便也只好嘀咕了一句："南希，虽然对季家我没有什么太大的恨意，但是针对这次的事情……你对他们太客气了！"

顾南希笑而不语，捏了捏她的手："你忘记我是谁了？"

莘瑶当即明白，无论眼前是多少的大风大浪，这种泰山崩而色不改的气度是顾南希习以为常的一种秉性，如若事事都放在脸上，反而容易中了别人的圈套，而自己又如何去给别人下套？

她不由得一笑："好啦，我知道，是我过于担心了。"

顾南希很是温和地笑着说："季家这一次的目的很明显，他们是来探咱们的底子，若是现在就被他们知道咱们已经查清楚这场车祸的始末了，他们恐怕会兵行险招，既然如此，不如先让他们心安几天，不知道我们已经进行到哪一步了，才是对我们自己的方便，否则如若这一次季家为了保全程程的性命而下了什么狠招，单凭你一己之力，能及时应付得过来么？"

听他如此一说，季莘瑶的眼神微微顿了一下："南希，你的意思是……？"

顾南希眼中的笑意渐浓，却是在床边拉过她的手紧紧握住，语气却是淡泊平静："对方这一次是直接要你的命，如果不是我的车巧合地被送去年检，莘瑶，恐怕我会为自己这一次防备不及而后悔终生。"

季莘瑶怎么会不明白，以这一次事故的凶险程度来看，如果当时在车里的只是她一个人，现在恐怕是真的九死一生，不仅仅命保不住，恐怕身体也会被那两辆大货车撞得血肉模糊了。

季程程那天在里边离开时，对她投来的那冷冰冰的一眼，原来竟是要让她死么？

纵然从小经历过这一切，可到了真的被毫不留情地要送上鬼门关时，季莘瑶还是终于忍不住打了个寒颤。

人心何至于冷血至此……

像是知道她在想什么，顾南希将她的手更是用力地握住，目色略有些寒凉，她知道，他眼中的冷意不是因为自己，而是因为那个远在Y市的季程程。

他的表妹，他本来打算一步一步教育，并未真正打算取之性命的季程程。

而这一次，她终于在这个处事向来平和从容的顾南希眼里看见星星点点的杀意，和那样寒冷得让人不敢直视的肃然。

"南希，我从未想过在亲情与姐妹的嫉妒之间，会有这么多的阴谋陷害，这么多的惊险的生死一线。"季莘瑶微微勾起唇，却笑得很是无奈，低声轻叹。

顾南希眸内是一片清波，紧握她的手："俗话说，山不来就我，我就过去就山，你不想生命中面对这些，可偏偏有些人的生命里只有这些，也只想对你做这些。在季程程的世界里，有钱，有权，就等于有了一切，加之季秋杭宠她而不宠你，这一次她想直接要你的命，仍旧是因为她从小被惯出来的毛病，曾经我始终在考虑究竟要给她多大的惩罚，到了现在，是季家替我作出了选择。"

"妈夹在中间会不会难受……"莘瑶最担心的是这个。

顾南希笑了笑："妈是明事理之人，从春节时程程被抓走，漫妮姨来求情开始，妈就对程程的这事漠视不管，毕竟程程是真的错了，需要被教训。这一次季程程是

第十二章 执着

113

丧心病狂地险些要了他儿子和媳妇的命,你认为她会再对程程有任何感情么?"

"莘瑶,无论任何事情,交给我,你不要再去乱想,不管是程程的事还是季家的事,你都别再掺和,嗯?"他温柔地看着她。

季莘瑶有些讶然,抬眼看着他的眼,见他墨色的黑眸里是一片对她始终如一的保护之色,那般地温和而笃定。

清俊卓雅的脸上虽仍是一片苍白憔悴,但从他脸上流露出的对自己的呵护之情,虽是不着痕迹,却还是让她毅然点点头:"嗯。"

之后莘瑶怕他太累,就没再和他多聊,又喂他吃了些东西,替他盖好被子。

这个时候,病房的门自外向里地被推开,顾老爷子走进来,面色冷清,进了门后便道:"季秋杭这小子现在是真的胆大包天了。"

见老爷子一脸的严肃,莘瑶起身过去,见他手里拎了一袋水果,不由得愣了一下。

顾老爷子将那袋水果提了起来:"这是一个护士交给我的,说是之前一个女人拿过来,要拿来看南希的,只是人忽然间就走了。"

一听老爷子脸色狐疑地这样一说,季莘瑶脸色一变:"糟了!"

"怎么了?"顾老爷子看了她一眼。

顾南希亦是适时地开口:"莘瑶?"

"雨霏!"莘瑶只匆匆说了雨霏的名字,便来不及再多做解释,匆忙地走到门前打开门,快步冲了出去。

一边向外走一边急急地拨雨霏的电话,然而怎么打那边都没有人接电话,听着手机里持续传来的"嘟"声,莘瑶心乱如麻,不肯放弃地一直打,一直打。

直到她跑出医院,终于,电话被接通了。

然而那边没有说话的声音,只隐约传来呼啸的海风之声,莘瑶当即脚步一僵,紧握着手机道:"雨霏!你在什么地方?"

"嫂子,我没事。"电话彼端传来顾雨霏的声音,低哑婉转,而似乎带着几分笑意。

这时候她居然还在笑!

莘瑶咬牙:"你别动!我现在就去找你!"

海风的声音……

G市这边只有一片靠海的地方,那地方半年前一直在施工,现在仍旧还未建造完,还是一片沙石海岸,她急忙走向路边拦了一辆出租车,说了地方,之后便迅速地赶去。

十五分钟后,出租车在海岸附近停下,莘瑶下了车,便急忙一边向前快步走一边环顾四周,直到走到靠近海边的地方,终于在海边的一处只铺了几块平整石板的地方看见正坐在那里的顾雨霏,她悬在嗓子眼儿的心脏终于落了下来,快步走过去:"雨霏!你坐在这里干什么?海风这么大,你现在不能着凉!你都已经瘦成这样了,你不想孩子健健康康的了吗?"

114

听见莘瑶的声音，顾雨霏回头看了她一眼："嫂子？"

莘瑶终于走到她身边，直接伸手去拽住她的胳膊："快起来，跟我离开，这里太冷了！"

"我只是想吹吹风，静一静。"雨霏比莘瑶想象的平静，她淡淡笑了一下，将手从莘瑶手中挣脱了出去，"这几个月一直在顾家，关在房里，人都要被关傻了，趁着我哥受伤，家里所有人的注意力终于从我身上减下去了一些，我才趁机开车出来看看，难得跑出来，就想看看海，这样心里也能豁达许多。"

莘瑶无奈，还是走过去，拉住她的手："之前在医院的事情，你别误会，我和秦慕琰始终都没有什么！"

"我知道，你和他没有什么，嫂子，我没有那么尖锐，也不是看不见当时你们的表情。只是……"她笑笑："他始终都是疼着你在乎着你的，你是他从小就发誓要保护一辈子的小红脸，而我，只是半路杀出来的程咬金，毁了他想要的人生和他本来所期待的感情，真的，我不怪他。"

"不是这样的，雨霏，秦慕琰他不是不在乎你，他只是一时被气愤蒙蔽了双眼，他习惯你的强势你在商场中的精明，他以为你算计他，那是因为他不了解你！既然爷爷同意你们结婚，雨霏，你就别再委屈自己，该好好过就好好过，不要有怨有苦都一个人兜着！我是真的不希望你误会，我和你哥之间的感情你也知道，我跟秦慕琰只是绝对的好哥们而已！你千万别因为这事情难过，不然，我会自责……"

"我不想结婚。"雨霏忽然低笑着说了一句，她的眼中始终没有泪，而是仿佛已经看透一切已洞察一切的淡然。

莘瑶拧眉："为什么？"

雨霏转眼看向海面，呵呵笑了一下："秦慕琰不了解我，但我了解他。结婚后，恐怕我就很难再见着他了，他会给我衣食无忧，会给我一份婚姻的责任为这个孩子负责，但他同时也会躲得我远远的，也许，一辈子都不会再见我。"

也许曾经她说出这番话，莘瑶不会信。

秦慕琰那厮从来没有让她觉得冷漠，即便是小时候，她烦他烦得要死，也是因为他总是变着法地欺负自己，那热情劲儿简直是人神共愤。

可今天在医院门前，那个冷漠得仿佛没有心的秦慕琰对季莘瑶来说是陌生的。

而雨霏说得没错，她是真的很了解他……

难道说，那个表面上笑得放荡不羁，其实内心冰冷而漠然地审视着一切的秦慕琰，才是真正的秦慕琰？

雨霏忽然笑着反拉住季莘瑶的手："算了，嫂子，这里海风太大，你也怀着孕呢，别陪着我受冷，走吧，陪我去喝杯奶茶。"

莘瑶没有说什么，安静地陪伴在雨霏身边，两个人就像是认识了许久的亲姐妹一样，笑着去了不远处的一家奶茶店，点了两杯不含什么添加剂的原味奶茶。

后来莘瑶问："那你有什么其他打算？"

雨霏微笑："我在等。"

115

"等什么？"

"等到我的心真正痛到麻木了，等我在这场始终一个人奋战的爱情里走得累了，等到我不再爱了，等到……我真正死心的那一天。"雨霏笑着咬住吸管，仿佛是在说一件别人的事情，眉眼弯弯，却是浑身都透着一股独属于她的坚韧。

也许所有人都想错了，以为那个固执的雨霏现今已经脆弱到风一吹就会倒下，其实，眼前这个高高瘦瘦的顾雨霏，比任何人都坚强，她有她自己所坚持的东西，甚至，从未改变过。

秦慕琰纵使再怎样优质，身边从不缺女人，但有雨霏这样的女人真心喜欢他这么多年，也算是他的福气了。

可他偏偏看不见，甚至不愿去看。

莘瑶忽然觉得嘴里的奶茶有些苦涩，苦到了心里，可抬眼看雨霏，却发现她正随手翻弄着桌上的一本金融杂志，眸光始终如一，带着点点光亮。

莘瑶回到医院的时候，还没有上楼，便发现迎面走来一个人。

那是一个衣冠整洁的男人，那男人看起来三十几岁，在与莘瑶擦身而过时，他忽然俯首低低地说了一句："季小姐，医院对面左岸咖啡厅，有人在等你。"

莘瑶脚步一顿，猛地回头，那男人便对她客气地点了点头，之后就走了。

她疑惑地看看那人，确定自己不认识这个男人，但看他这神态，却是神神秘秘的，像是被什么人派来，而且这人身上刚刚有一股药味，从气质看来，像是一个资历较深的医生。

季莘瑶犹豫了一下，再又看了一眼医院对面的咖啡厅，这家咖啡厅很大，如果有人想害她或是做别的什么，绝对不会选择在这种地方。

因为季程程的事情，她现在的防备之心又多了几分，绝对不会贸然前去，直到她走到医院门前，仔细看了一眼那咖啡厅三层的落地窗，终于看见二楼窗边的角落处，一道熟悉的身影时，她心下一怔，这才快步走了过去。

"来了？"

莘瑶的脚步刚刚走近，那安静坐在雅致圆桌边的人便转过头来，对她微微一笑。

"石阿姨？您在疗养院现在已经出入自由了吗？怎么会忽然来这里？"莘瑶有些惊讶地问。

石芳穿着十分素雅，轻轻笑道："你先坐。"

等莘瑶坐下后，她才说："我今天一早就在这里了，本来是担心你你丫头，听说你前几天出了车祸，但是多方打听下来，知道你没有受伤，我也就没有去看你，今天会在这里，也是因为……"

石芳的语气停了停，须臾低低嗤笑："听说季秋杭携同何漫妮过来，我便一直坐在这里看着，真没想到，已经这么多年了，那个老狐狸还这么风韵犹存，老天还真是没怎么长眼。"

石芳这语气之犀利，让季莘瑶有些不大适应，表面上却也只能笑笑："石阿姨是替我妈妈抱不平吧？其实事情都过去这么多年了，我妈妈还能有一个您这样的好朋友,她在天上一定会很欣慰。"

见她转移了话题,石芳便不动声色地看着她,看了许久,才道:"瑶瑶,你妈妈当年留下的那条白水晶项链,还在你手里吗?"

季莘瑶握着桌上玻璃杯的手暗暗收紧,面色却是未改:"石阿姨的意思是?"

"哦,我没有别的意思,只是想确定你妈妈当年留下的那个很重要的东西,有没有还在你手里,如果在你那里,我也就放心了。"石芳的神色转变得很快,从刚刚的几分尖锐,瞬间又变得柔和。

"那条项链很重要吗?不瞒您说,曾经何漫妮就试图找过,似乎对那条项链的去向很紧张。"莘瑶没有答,却是反问了回去。

不知怎么,明明季莘瑶的态度是不回答,石芳看她这态度,却竟似很欣慰又很开心地笑了笑,看着她:"你这丫头,倒是惯于装傻,竟然连我都不信,想必对何漫妮那只老狐狸,你更是半点都没有透露吧?"

莘瑶越来越看不懂这石芳对自己的态度,眼前的女人不知究竟是否真的清醒,还是在半疯与清醒之间,只是她的一些话,和她这忽冷忽热的态度都让她无法确定对方到底存的是什么心思。

见莘瑶只是低头一口一口地喝着水,石芳笑了笑,对她这种态度完全没有生气。

就在莘瑶觉得自己这样不太好,放下水杯时,石芳忽然将枯瘦的手伸了过来,轻轻握在她的手上,这让莘瑶愣了一下,迟疑地抬眼看着石芳:"石阿姨?"

"瑶瑶,你快过生日了吧?"她和蔼地微笑着问。

季莘瑶怔怔,算了一下,这才想起自己似乎真的快过生日了,不由得不好意思地吐了一下舌:"好像还真是,不过也还有近两个月的时间呢,也不算很快。"

石芳点点头:"你这孩子,既然不愿意讲太多关于你妈妈和那条项链的事,那跟阿姨说说,你这些年的生日都是怎么过的?跟阿姨说说,你这二十几年的一些开心的事和难过的事,让阿姨了解了解你,让阿姨替你妈妈补偿你那些空白的母爱,好吗?"

莘瑶感觉握着自己的那只手很暖,暖得像是妈妈一样的温度,但这种温度对季莘瑶来说却是很陌生,她发了傻,看着手背上的那只枯瘦却温暖的手,回国后的石芳不再像当初在美国疗养院时身体那么冷,现在的体温很正常,看来在国内,她真的是找回了自由。

虽然她始终不明白,石芳为什么会被关在美国疗养院那么久,而她为什么又要一直装疯,如果不装疯的话,不是可以早一点离开那里吗?

而又或许,这其中的问题比她想象的要深太多。

看着莘瑶在发傻,石芳再度慈爱地轻笑,拍了拍她的手:"傻孩子,既然我是你妈妈当年最好的姐妹,她离开得又么早,你就算是叫我一声干妈,也不为过吧?"

"石阿姨……"

莘瑶有些没想到,也说不出是受宠若惊还是什么,但高兴还是真的有的,但

第十二章 执着

117

也确实不知道要怎么做，对于这种事情，她确实很生疏，一时间有些不知所措，却不想表现出来，便只能杵在椅子上出神。

"你不习惯？"

石芳笑问，之后也没再勉强她，放开她的手："算了，你这傻孩子从小独立惯了，要是不习惯叫干妈，那就不叫了，那就还叫石阿姨，只不过，莘瑶啊，你现在怀着孕，应该没事多走走，以后没什么事，就去疗养院看看我，我只是偶尔才有机会能出来，其他时候都还在那家疗养院里，常去走走，陪我聊聊天，好吗？"

季莘瑶这才点点头："行，当然好，如果我不打算常去看你，怎么会这么努力地争取把您接回国内来呀？最近只是发生了一些事情，没来得及去看您，等我丈夫的身体康复了，家里这边的一些事情解决后，我就常去陪您！"

说着，莘瑶忽然眼神一亮："对了石阿姨，您想见修黎吗？您的儿子，修黎。"

石芳的面色未变，只是微弯着唇："你不是一直不想让他见我吗？"

原来她早就知道自己的想法，莘瑶瞬间有一种被人看透的感觉，不免不太好意思地笑笑："那时候是怕您的病情不稳，状况不好，修黎看见您后会不平，会做出什么冲动的事……"

"但是既然您现在已经好了很多，修黎看见您后虽会心疼，但是也一定很开心！"莘瑶说到这些，心里就一阵开心，想到修黎终于能见到妈妈了，就替他高兴。

石芳虽是在笑，却是若有所思，看了她许久，才道："顾南希的伤怎么样了？"

上一次在Y市墓地，她的语气还有些冷，这会儿竟会反过来关心顾南希了，不知道是不是这其中有什么误会已经被她考虑清楚了，但这对莘瑶来说却是极开心的，她笑说："已经醒了，医生说他性命没有危险了，身上也没有哪里留下残疾，只是需要一段时间的仔细疗养，估计就算他出院后，也不能马上去顾氏工作，恐怕是真的要好好休养一段时间了，不过也正好，一个总裁休假，倒是也没什么，除非有刻不容缓的大事他必须到场外，其实其他方面他不必亲力亲为，他趁着休假，在家里正好能陪着我一起给孩子做胎教……"

说这话时，莘瑶的脸上洋溢着幸福的笑意，手下意识地抚上自己的肚子，眼里全是盛得满满的缤纷之色。

莘瑶的笑容灿烂，石芳却是久久凝视着她，似是有什么话欲言又止，嘴唇嚅动了一下，终究还是什么都没有说。

"能多陪陪你也好，你这几天刚受过惊吓，确实需要两个人好好互相安慰安慰，回去一定要静养，要开心，不能想太多不开心的事情，知道吗？"石芳伸手，再次轻轻覆住莘瑶的手："瑶瑶，我想问你一些事情。对于你妈妈的死，当年的那些资料和照片，你的手里有没有？"

"照片？"莘瑶面色一滞："石阿姨问这些做什么？"

"啊。"石芳收回手，犹豫了一下才道："我是想查一查她当年的死因，还有那段时间发生的一些事情。"

莘瑶了然，却没有说照片的事，只是绕了一个弯子，随便讲了讲当初季秋杭将她和修黎接进季家时发生的一些事，还有季家的态度。

她没有细说，但随便的几句就让石芳皱起了眉头，她便没有再说下去，只是观察着石芳的表情。

不知为什么，她总是觉得石芳像是藏着很大的很重的心事。

而这些心事，不知道是不是莘瑶自己太敏感，她下意识地不想过问，也不想知道得太多。

第十二章 执着

第十三章　往事

四天后——

季莘瑶刚回日暮里取了一些东西，回到医院，刚进病房，便见何婕珍还有顾远衡似是在跟顾南希说什么，见她进来了，何婕珍便笑着转头看她："莘瑶，你怎么这么快就回来了？我还想着让你在家好好休息一天呢，这几天你一直在医院陪着，身体怎么受得了。"

"妈，我没事，我刚刚回去取了些东西，顺便又洗了个热水澡，现在身上很轻松。"莘瑶笑着走过去，将手中的东西放下，转头见顾远衡手里似是拿着一份档案袋，便问："爸，这是交警队那边给拿过来的档案？"

"嗯，现在那两个肇事者都已经归案，今天那个刚被抓进来的肇事者在两个小时前忽然暴毙身亡，我得去看看情况，不知道口供录出来了没有。"顾远衡眉头微拢，很是严肃地说。

"那爸，我陪您去吧，您最近总去交警队那边奔波，我陪您去，等我熟悉那边的情况了，以后事情交给我，我去办也行。"

"没事，你就安心在这里陪着南希，有什么事情我会及时告诉你们。"

说着，顾远衡看了何婕珍一眼，何婕珍便起身："莘瑶，我和你爸一起去看看，你在这里陪着南希，最近这几天别乱走。"

莘瑶当即便明白了："行，那你们小心些。"

最后顾远衡与何婕珍又看了南希一眼，南希对他们淡笑着点点头，他们才离开。

之后莘瑶坐到床边，目光却是望着门外，嘴里喃喃地说："怎么会刚归案就忽然暴毙身亡，这其中肯定有问题，爸和妈就这样过去，能安全吗？不会出什么事吧？"

"你以为谁会不自量力地找他的麻烦？"顾南希笑着拉过她的手，在莘瑶正担心的时候，将她搂了过去。

"可是我怕真的是有什么人瞄上咱们家，毕竟这事情是因我和程程之间的矛盾而起……"

无论如何，莘瑶真的不希望顾季两家因为自己的事情有一天走到兵戎相见的地步。

"这事交给爸去解决就好,你别跟着掺和,这样对你自己,对孩子,都不好。"

顾南希目光温润,语气淡然沉静,纵使在医院这几天,他身上那独有的馨香依旧让她闻之便顿觉心安。

莘瑶忍不住更深地往他怀里钻了钻,结果顾南希却是笑着低下头来吻了吻她的脸,莘瑶脸一红,忙抬手推他:"别……这可是医院,还是大白天的……"

顾南希笑:"单人病房,现在除了咱们两个之外还有谁在?何况亲自己老婆又不犯法。"说着,他便直接俯下首,在她正欲开口时覆上她的唇,当即便吮住她的唇瓣,不给她半点拒绝的余地,大手搂在她腰间,将她紧紧地扣进怀里。

"唔……南希……"莘瑶虽然很迷恋他这般的吻,一时间不忍心挣扎,直到感觉到他的身体渐渐炙热,方清醒了过来,在他热情地用力地亲吻间抬起手去推他,挣扎着小声说:"你身上还有伤,别乱来!南希……"

他又吻了一会儿,才放开她,笑着抬手在她额头上一点:"知道我有伤,还跑来勾引我。"

莘瑶当即顿住,一脸无辜地瞪他:"我哪有勾引你了!"

顾南希笑着依旧抱着她,俯首在她颈间呼吸着,语气里带着几分玩味地低哑道:"你看,你刚刚才回去洗的澡,身上还带着我平日喜欢的沐浴露香味,我一抱住你,就忍不住了……"

"流氓!都伤成这样了,居然还一副急色的样子,咱们云淡风轻不近女色的顾总什么时候变成这样啦!"季莘瑶嗤笑着去推他,"好啦,别再闻了,脖子上痒死了……"

"哈哈,哎呀你别闻了,好痒……"

直到顾南希终于放开她,莘瑶才又笑了一会儿,平稳了呼吸后,嗔怪地瞪他一眼:"平时那么正经,现在伤成这样反倒不正经了!对了,爸就这样去真的没事吗?"

顾南希笑容平静:"没事,季家只是对肇事者想要灭口,不过他们不敢对顾家做什么,如果敢动,就是死路一条,连喘气儿的机会都没了,他们现在巴不得躲顾家远远的。"

"可是爸和妈刚刚说让我最近尽量不要乱跑。"莘瑶皱起眉。

顾南希拉过她的手,握在他的手心里,轻轻一捏,轻笑着说:"目前谁都不敢保证程程当时有没有叫人设计其他途径,车祸的事还未平息,今天第二个归案的肇事者忽然身亡,也就是说程程的人和季家的人这时候很可能守在G市,为防万一,你最近这段时间只要一直在我身边,就不会有任何问题,别去人少的地方,就没什么,别太担心。"

"那行,南希,我去把这花先插上。"

莘瑶指着旁边桌上一捧不知道又是哪个人跑来探望送来的花束,起身就去拿起玻璃瓶。

第十三章 往事

等她出去换了水回来后，却见顾南希竟然揭被而起，正坐在床边，要站起来。

她一惊，忙跑过去，将玻璃瓶放在一旁，伸手去按住他："你这是干吗啊，身上的伤还没愈合呢，医生说过你这一个多星期都要休息，绝对不能随便下床随便走动！而且还没有人扶着！万一摔倒了，还没完全愈合的伤口又裂开了怎么办！"

见她这一脸紧张，顾南希本来是想起来走走活动活动，见她这样，便也没再勉强，只是笑笑，在她的搀扶下重新躺了回去。

替他盖上被子，莘瑶便又坐到床边："千万别乱动啊！我可在这里盯着你呢！你现在身体养好了，就能早些回家休养，不用这样整天在医院了，难道你喜欢每天在这里闻这么浓的消毒水味儿啊？"

"傻瓜，别再皱眉头，再皱就真的要长皱纹了，女人不是都怕这个么？"顾南希莫可奈何地笑着，却似是心情极好，抬手抚了抚她的眉心。

莘瑶努了努嘴："你啊，以前总是说我不省心，我看你也是一个德性，生了病，受了伤，也像个孩子一样！"

顾南希低笑出声："怎么说？我还不够听话？"

"听话是听话，但是让你安心听话，没有一点反抗的心理，还得给你点糖吃。"

"嗯？糖？在哪里？"

顾南希挑眉。

莘瑶一窘，瞪了他一眼，突然俯下身飞速地在他脸上亲了一口，然后又坐回到床边，一脸什么事都没发生一样的表情，起身去插花。

顾南希却是眉开眼笑："这糖我喜欢。"

莘瑶暗恻恻的斜了他一眼，嘴里嘟囔着："男人啊，脱离了正经的外衣，果然都是一样的闷骚，昨天我看那报纸上就是这样说的，原来是真的啊。"

顾南希脸上带着笑，这时莘瑶的电话响起来，她拿起手机，看了一眼，心头一动，犹豫着转过脸，看向顾南希。

见她神色有异，顾南希好看的眉宇微动："谁的电话？"

"不知道，看来电号码的地区号，是Y市的电话，但是号码很陌生。"

莘瑶迟疑地一边说，一边盯着手机上的号码。

顾南希似是也起了疑，看了一眼她的手机，若有所思。

这时，铃声中断，而后又再次响起，莘瑶便干脆接起电话："喂？你好。"

"请问是季莘瑶季小姐吗？"

那边传来一道陌生的有些苍老的声音，语气十分官方客气。

莘瑶疑惑了片刻，才应道："你好，是我。"

"季小姐你好，我这里是Y市市郊墓园，请问墓地所葬之人单晓欧是不是你的母亲？我们这边有些异常情况，需要向你说一下。"

那人继续道："最近我们墓园经常有几个陌生人过来走动，夜里还经常有些人会去单晓欧的墓前拜祭，说是拜祭，我们无法靠近仔细观看，只是这种情况已经连续好几天了，不知道季小姐你是否知道原因。"

"陌生人？"季莘瑶皱起秀眉："什么样的陌生人？是男是女？"

"有男有女，是开车过来的，穿着黑衣服戴着墨镜，看不清样貌，但其中有两个女人，大概四五十岁左右，还有几个男人，都是相应的年纪，看起来像是你已逝母亲的故交，但是我们这边守园的大爷说前几年有和你聊过天，知道你母亲的忌日，这忌日已经过了这么多天，这些人最近却常常过来走动，这让我们很疑惑，不得不向季小姐你知会一声。"

见莘瑶的表情满是疑惑，顾南希看了她半晌，问道："怎么了？"

莘瑶从疑惑中回过神来，看他一眼，须臾对着电话说："我知道了，谢谢您。"

"那好，打扰你了，季小姐。"

直到那边挂断电话，季莘瑶犹豫了一会儿才说："南希，我最近好像应该再去Y市一趟。"

顾南希当即眉心一结："现下这种状况，去Y市并不安全，究竟发生了什么事？"

"我妈的墓地，最近经常有一些奇怪的陌生人过去走动，已经连续几天了，因为太过异常，所以惊动了墓园的管理人，他们刚给我打的电话，告诉我这件事，我总觉得有些奇怪，我妈虽然在我四岁的时候自杀，但我好歹对那时候的记忆还是有一点点片段，在我的记忆里，她那段时间身边根本没有什么朋友，这些年也没有什么人去她的墓地经常看一看，怎么会忽然有这么多人常常过去？"

顾南希的眸光沉静，他缓缓坐起身，见他这动作，莘瑶忙过去扶着他，将枕头重新放在他背后，小心地扶着他让他靠稳。

他沉吟了半晌，道："不行，你现在不能去Y市。"

"可是我妈的墓地那边……"

"既然你也知道事情有异，就更不能贸然行动，现在我们不清楚对方究竟是哪一方的人，更不知道这通打来的电话究竟是不是那家墓园，也许是有人故意引你过去，另外，你现在已经这么大的肚子，按说，从美国回来后就不应该再坐飞机四处奔波，上次是因为你母亲的忌日，情况特殊，我没有阻拦，但是莘瑶，现在从各方面来看，去Y市，对你来说有太多不利。"

顾南希在与她说话时，很少会有这样严肃的态度。

莘瑶吐了口气："其实我也觉得有些不对，南希，你是不是也怀疑现在是有人以为我阵脚大乱，在给我设套？"

顾南希嘴角勾起，清俊的脸上多了一层淡淡的笑意，抓住了莘瑶的手，墨色的眸里是清澈是平和："莘瑶，现在这种时候，有些人是在见缝插针，你不能自乱阵脚，现在只能在我身边，不能脱离我视线太久。"

"好吧，那我稍后再打电话过去问问，让他们帮我盯一盯，我先不过去。"莘瑶点头。

"不必再打过去，这事交给我，一个星期之内，我帮你找出答案。"

听顾南希如此说，季莘瑶不由得转脸，看向他，才发现他的目光带着点点柔和，

充满着关切,她怔了怔,知道是自己现在这被影响的状态让他为自己担心,便朝他笑道:"南希,现在究竟是我越来越离不开你了,还是你越来越离不开我了?"

顾南希好看的眉宇微挑:"你认为呢?"

"又打哑迹!你头上该换药了,我去叫医生。"

莘瑶笑着转身走出病房,却刚一出门,便见修黎正站在门外,她愣了一下,轻轻关上门,随后走到走廊的那一面墙边,抬眼看看他:"修黎?你今天没去上班?"

"这会儿有些公事,开车路过,上来看看你。"修黎将两份散发着香味的一次性饭盒递给她:"还没吃饭吧?"

莘瑶一笑:"之前少少地垫了肚子,不过也确实饿了,你小子倒是有心,知道你姐姐现在不方便走得太远买爱吃的东西。"

修黎弯唇,抬手在她额前的碎发上轻轻抚过:"发生什么事了?怎么额头上出了这么多虚汗?"

"有吗?"莘瑶忙抬手抚了一下自己的额头,见还真是少少地出了一些汗,想起刚刚接过电话后一直觉得有问题,而把自己惊出了虚汗,不由得自嘲地一笑:"没事,可能是快入夏了,我穿得太多,太热了。"

"别每天只知道照顾顾南希,忽略自己,他顾南希能娶了你季莘瑶,已经是他几辈子修来的福气,车祸发生时保护你和孩子是天经地义,你别再因为这件事觉得好像是欠了他一样,这几天你瘦了许多,别只想着要让他吃什么,而不管自己的身体,别忘了,你在关心他的同时,还有很多人担心你。"

说着,修黎将那两份盒饭往她手上一放:"我还有公事,先走了,记得吃东西。"

莘瑶欣慰地点点头:"去吧。"

修黎转身走了,莘瑶打算先将盒饭拿回病房之后再去找医生过来给顾南希换药,结果刚一转身,便脚步一顿,只见顾老爷子似乎是刚刚从下一层楼的休息室顺着步行梯走上来,正拄着拐杖站在她身后不远处,用几分审视的目光看着她。

"爷爷?"莘瑶有些惊讶,低头看了一眼手腕上的时间:"您今天怎么这么早就上来了?不多休息一会儿?"

顾老爷子没有吱声,而是拄着拐杖一步步走过来,看了看莘瑶手中的盒饭,直到走近。

季莘瑶本来觉得没什么,但老爷子这眼神让她心里有些发怵,想到温晴自从在修黎回到顾家后,就常常在老爷子面前说自己和修黎之间的感情不单纯,虽然老爷子最开始有些受影响,但终究还是相信自己,没有过问,可见老爷子这审视的带着几分疑惑的眼神,却似乎在警告自己什么。

但她不能先开口解释,先开口反倒变成了做贼心虚。

有很多时候,假的事情被人说得多了,就成了真的,何况修黎和她之间的姐弟情虽然依旧单纯,但修黎对自己的在乎和关心却也是真的,老爷子在受到影响后若是再刻意观察许多，恐怕在他心里，也就假的成了真的。

"贼丫头，修黎专门过来给你送饭的？"

季莘瑶坦然地一笑："爷爷，修黎知道我这个姐姐一直以来最喜欢吃什么，见我这几天在医院因为上火，吃东西都没什么胃口，所以特意在外边给我买了喜欢吃的盒饭过来。"

"这孩子倒是对你一直关心得紧。"顾老爷子若有所思地看着她："那天南希还在抢救室抢救时，你因为血压急升而晕倒，修黎当时直接蹲了过去，抱起你时的神态小心翼翼的仿佛你是这天下最珍贵的宝贝。莘瑶啊，你和修黎之间这姐弟感情有二十几年了，爷爷能了解这感情之深厚，但是，人心里都会有一个天平，也该有一个度，从姐弟忽然变成毫无血缘关系的男女，其中的感情变化也是会有的，爷爷希望你能理智一些，千万别不小心走错了方向。"

老爷子这番话说得虽轻柔，却满含警告，季莘瑶失笑："爷爷，温晴针对我，您是知道的，从修黎回来后就一直想方设法地在我和他身上找问题，我一直以为爷爷您看事情很透彻，不会被温晴这些话影响，看来……可能还是我做得不够好……"

见她这样说，顾老爷子的眼神缓和了许多："爷爷这么大的岁数，当然不会受小晴那丫头的影响，只是贼丫头啊，你既然知道爷爷看事情透彻，就该早想到，我能看得出来修黎这孩子对你的感情。"

季莘瑶面色一滞："爷爷……"

"好了，人都有一些执念，经过时间的治愈，慢慢地也就放下了，贼丫头，修黎是我的孙子，流的是我顾占中的血，我了解自己的孩子，他知道分寸，也懂得收敛感情，但是毕竟同在一个屋檐下，日子久了，有些东西是想藏也藏不住的，爷爷一直不想戳破，是因为你这孩子有理有度，从未逾越半分，还有，你和南希也是真心相爱，爷爷不想说不开心的事情让你在心里开始躲闪，这样在家里，大家就不会尴尬。"

"可是，孩子……你千万要坚持住，不能因为修黎对你的情愫的点点滴滴的关心而动摇了心思！"

顾老爷子认真地看着她："爷爷不想你在心里有不痛快，觉得受束缚，但是，希望你也能理解爷爷的担心。"

莘瑶在心里深深地叹了叹，笑着点头："爷爷，我懂了。"

老爷子笑笑："你是要去叫医生给南希换药吧？我去叫，正好我在医院里也能四处走走，活动活动腿脚，你进去和南希一起吃饭吧。"

说着，老爷子又在莘瑶正要开口时说："不用管我，我刚刚在楼下吃了些粥，年纪大了，吃不得太多好东西，多吃些清淡的反倒能多活几年。"

季莘瑶一听，当即不好意思地笑笑，点点头，便拿着盒饭回了病房。

刚走进病房，顾南希便笑着看了一眼她身后："不是去叫医生？"

"爷爷去叫了，他说正好想上下楼走动走动，活动活动腿脚。"

莘瑶走过来，将手中的饭盒放在病床旁边的桌上，打开一看，竟是她平时最喜欢吃的几道小菜与白米饭，另一个盒里还有一些清淡的但是闻起来便很香的汤，看起来很干净，不缺营养，又十分美味。

"谁送来的？"顾南希一眼就看出这盒饭肯定不是她在这附近买的，如果在这医院附近能买到这种不错的美味，她肯定早就去买了。

"是修黎，他上班去处理公事，路过这里，就顺路买了两份盒饭给咱们。"莘瑶笑着拿起筷子就要去喂他："那，医院里做的东西再有营养，天天吃，也会腻的，味道太淡了，把咱们顾总的胃都苦坏了吧。"

顾南希笑笑，推了推她的手："你先吃，我不饿。"

莘瑶看着他的目光，见他没有因为这是修黎送来的盒饭而有任何不悦，看来，果然，他对自己的信任始终如一，而老爷子这一回到底还是有了防范了。

顾南希总是这样相信她，懂她，她季莘瑶这辈子能有一个这样的丈夫，给了她光明的路，让她预见未来的永远的幸福，对于女人来说，除了最重要的是眼前的他，其余的，哪还有什么呢。

"一起吃吧，那，给你。"莘瑶将一份盒饭递给他，笑眯眯的，不再因为刚刚顾老爷子那番警告的话而苦恼和介怀。

顾南希唇上挂着笑，接过盒饭。

莘瑶低下头去吃东西，却没有先吃，而是夹了一些，先喂给他，见她执意要先让他吃一口，顾南希莫可奈何地笑着接过："好了，你吃吧，最近几天一直都没吃好睡好，别忘了你现在不是一个人。"

莘瑶嗔了他一眼："那你就快点养好，到可以出院回家休养的时候，我就方便天天自己做饭吃了，外边的东西还真难吃。"

顾南希不禁笑她。

没一会儿，病房的敲门声便传来，之后医生跟顾老爷子一起走进来，医生上前来换药，莘瑶便退开去了一旁。

老爷子走过来，看见她手中盒饭里的菜果然是莘瑶平日特别爱吃的东西，便似是若有若无地叹了口气。

被老爷子这样看了一眼，莘瑶顿时便迟疑了一下，放下盒饭，转身去倒了一杯水过来："爷爷，喝水。"

顾老爷子看她一眼，点点头，却是没说什么。

到底……还是介意了么……

莘瑶不知是该哭还是该笑，只是暗恻恻地转头瞟了一眼病床那边，顾南希接到她的视线，在换过药后，看了一眼老爷子，再又见莘瑶眼里的几分藏不住的苦涩，于是浅浅地笑问："老爷子这是怎么了？莘瑶哪里惹到您了？"

见顾南希开口，老爷子便拄着拐杖，没说什么，只是瞥了他们一眼："没事，老头子我啊，在楼下这觉没睡好，有点起床气。"

季莘瑶当即嘴角一抽，这还真是个好理由。

顾南希亦是黑了半张脸:"您老人家这起床气撒得不太对啊,怎么一副不顺心似的朝自己孙媳妇撒?"

"你小子,吃你的饭,受伤了还管这么多闲事,真以为爷爷心疼你,不敢抡着拐杖揍你了是不是!"老爷子哼了一声。

顾南希笑了笑,难得一脸散漫,像个浑小子一样跟自家老爷子顶嘴:"您要是真敢打,我也真不敢跑啊。"

老爷子嗤了一声,瞪了他一眼:"现在都敢跟你爷爷犯浑了,也不怕你媳妇笑话你!"

季莘瑶一听,直接"扑哧"笑了出来。

结果顾老爷子转头斜了她一眼,她眼皮一抽,连忙收起笑意,只是硬憋起的嘴角在不停地抖动。

"都说有了媳妇儿就忘了娘,我看呐,这爷爷是直接都给忘到脑后了!"老爷子哼哼的站起来,拄着拐杖一步步走过去,抬起拐杖就对着顾南希在被子下面的没有受伤的腿戳了戳:"想瘸哪条?想留哪条?自个儿想好咯!"

顾南希这回整张脸全黑了,还没来得及开口,季莘瑶就忙过来去拉老爷子的胳膊:"爷爷,爷爷,咱不是在开玩笑么,您可别当真啊!"

"当不当真也得看这小子有多孝敬!躺在这里连跑都不能跑,还能顶撞我老头子!真是翅膀长硬了,不光是能飞了,还能嘚瑟了!"

顾老爷子横眉怒目地指指他:"你赶快把伤养好,把你媳妇儿领回家去!看你媳妇整天在医院里陪着你受苦,你舒服不?"

顾南希眼角一抖,转头看了他"媳妇儿"一眼。

季莘瑶也一脸好笑地看他一眼,忍不住朝着他乐。

"背上的伤要到下星期才能拆线,不过最近这几天还好,在医院也是观察和吊水而已,不如我们今晚就回日暮里。"顾南希这回倒不像是在开玩笑,认真地说。

显然,现下这种时候,日暮里是最安全的,他也不必再担心莘瑶偶尔下楼时跑得太远。

"不行!你才刚醒过来几天呐,连一个星期都还没到,就想出院!"莘瑶瞪他一眼,转过头对老爷子好说歹商量道:"爷爷,您看,南希本来就体质好,现在能恢复到这样已经很好了,您得耐心呀……"

顾老爷子双手交叠于拐杖上,斜了季莘瑶一眼:"是谁整天担心南希伤口感染,怕愈合得不好,怕休养得不好,大半夜的出去上厕所时肿着一双哭红了的眼睛在走廊里乱跑?"

季莘瑶当即便不出声了。

怪不得这两天她晚上出去上厕所,在走廊里走时有一次感觉到好像有谁在看她,回头时却发现没人,原来是老爷子路过,看见她了。

顾南希转眼,沉默地看了莘瑶一眼,虽是没有说话,眼底却是淡淡的温暖。

老爷子可能是今天整天儿气儿都不顺,但是闹归闹,这会儿倒是识趣儿地走了。

第十三章 往事

127

等顾老爷子走后，顾南希拉过莘瑶的手，轻声说："过了这个星期，我们就先回去，在家里休息也一样，等到该拆线的时候再过来，也省去你们这么奔波，别忘了，你现在肚子里怀着两个小东西，很容易累，早点出院，在家里你还能安心睡觉，在这里陪护我反倒不放心。"

莘瑶知道顾南希这几天伤口愈合得已经算是很好，过了这个星期后就完全结痂了，回到日暮里去休息也没什么，便点点头："好，下个星期如果你伤口结痂的效果不错的话，我们就回去。"

时光如白驹过隙，半个月后——

季莘瑶刚刚在附近的超市买完菜回来，还没走进日暮里小区，便突然瞥见身后不远处的两道身影。

"安越泽！你给我站住！你不是说你趁空来看看你那位从F市新搬过来的亲戚吗？怎么跑到日暮里来了？你亲戚是谁啊？谁是你亲戚？是季莘瑶吧？这里明明就是顾总跟季莘瑶的住处！你跑来这里看什么鬼亲戚！"

季莘瑶突然转过身，便瞥见衣着光鲜的凌菲儿依旧一脸张扬跋扈地从一辆车上走下来，摔上车门便冲向在另一辆车边站着的安越泽面前。

忽然间发现，自己似乎很久没有见过他们了。

自从上一次建设局的事情，还有凌氏被调查，安越泽的动作低调了许多，这让季莘瑶几乎忘记自己的生命中曾经出现过这么一个人。

那边安越泽一脸不耐烦道："我来看我姑妈，你跟过来瞎凑什么热闹！"

"姑妈？什么姑妈？在哪儿呢？"凌菲儿娇艳的脸上满是冷笑，随后朝日暮里的小区门口一指："我就看见季莘瑶那个被你甩了的不知廉耻的女人站在那里！你能说是巧合吗？天下间有这么巧合的事情吗？你来看你姑妈，你姑妈就住在日暮里，你刚过来，她季莘瑶就出现在小区门口？你糊弄谁呢？"

"有完没完，要吵回家吵去！"安越泽皱眉，只匆匆地转过眼看了季莘瑶一眼，便移开目光，看向凌菲儿："你也已经过二十岁了，有点常识！我在日暮里如果没有亲戚给的证件放行，根本没办法进去！"

"那季莘瑶不会给你吗？"

"她要是能给我，顾南希会让她给吗？你长没长脑子？"安越泽越加不耐烦，"你回去！我去见见姑妈，就你现在这状态没法见长辈，别把人家气出好歹！"

"安越泽！你怎么说话呢，我好歹还是你……"

"我们还没结婚，婚证上还没有盖上你我的名字，少拿我妻子的身份来压我，我告诉你凌菲儿，你再这样胡闹下去，别怪我毁婚！"安越泽冷眼看她："你已经不是小孩子了，成天就会胡闹！"

说罢，安越泽也不再看她，回头转身便走过人行道走来。

季莘瑶只是从小区门边走过。走进小区门口之前便听到这些对话，她之后便转过头没再看，却在心里暗叹。

这不就是他安越泽本来想要的可以平步青云的生活么？凌菲儿和凌家不是可以给他想要的一切么？现在他想要的已经得到了，利用过凌菲儿了，于是就开始厌恶了？

这世上的男人什么时候开始真的变得比女人还现实，就算凌菲儿平时做得不理智了一些，幼稚冲动了一些，不讲理了一些，但她毕竟没有做过什么伤天害理的事，她再怎么胡闹，一颗心也是爱着他，即使爱的方式太霸道，有很多不对，可到如今，她的担心又有错吗？

安越泽根本，就没有爱过凌菲儿……

一心一意地怀着对爱情憧憬的少女，终究变成了他的垫脚石。

"唉。"季莘瑶又叹了叹，头都没有回，不想再和他们打任何交道，快步走进了里面。

回到家里时，琴姐正在收拾屋子，因为莘瑶这几天坚持要自己煮饭，所以她直接提着菜进了厨房。

就在她低头洗西红柿的时候，忽然，背上一暖，接着她整个人便被人轻轻地揽进怀里，随之一记温柔的吻便落在耳边，她一愣，回头便看了一眼正轻笑着的顾南希："怎么起来了？不多睡一会儿？今天医生不是过来看过吗，说你还是得多休息，不然下个月没办法回顾氏正常上班。"

顾南希的手抬起，在她柔软的发间抚了抚："看你一回来就拉着脸，怎么了？"

季莘瑶当即苦笑，一边洗着手中的西红柿一边随手递给他一个，然后转过身去擦手，说："也没什么，只是刚刚回来的时候看见两个人，瞬间就觉得我季莘瑶当年真是瞎了眼。"

她想到了当年自己第一次情窦初开，傻傻地送给安越泽的那双手套，温暖了那个男人四年，结果他却一朝送给她一场寒心。

不过人都说有失必有得，认清了那场曾经自己傻傻地执着过的爱情，再回头看看身边的人，便觉得，或许安越泽做了一件好事，如果不是因为他设计的那一场阴差阳错，她又怎么会遇见这么好的顾南希。

顾南希清俊的眉宇微挑，虽然他背上的伤口已经拆线，头上较深的伤口也是前两天刚刚拆了线，但是他额头上仍旧贴着一块纱布，不过这也完全没影响到他给人的那种赏心悦目，季莘瑶伸手轻轻推推他："看什么呢，厨房里容易溅出水，你还是不能碰水，快回去，我好做饭。"

然而这时，顾南希却已经透过厨房的窗子，看见在小区那边不远处的鹅卵石路上走过的安越泽。

莘瑶见他看见了，便没有解释什么，也没有再说什么，转身继续去洗菜，而忽然，顾南希淡淡地说着："凌氏那边的证据已经差不多了，一直没有动他，无非是放了条长线。"

正在洗菜的手微微一僵，莘瑶猛地回头看了他一眼。

顾南希回看向她，口吻里虽是安慰的语调，却又似是一种毫不容人抗拒的决

第十三章 往事

129

定:"在那件事情发生后,我容他在商界风生水起近一年,也算是给你一个缓和期,莘瑶,我若现在动了他,你能不能无视?"

果然,最懂她的,始终是顾南希。

虽然这么久以来,季莘瑶对安越泽恨过、怨过、厌恶过、恶心过,恨不得他下到十八层地狱受尽煎熬,也不能平息她心头之恨。

那过往四年付出的感情,也许懵懂,却也是真实的感情,纯粹而真实,被伤害,恨是必然。

可她从未想过人生与感情会变得复杂,在商界或是什么领域,也许两个人从此变作陌生人便足够可以,安安静静地彻底离开对方的生命,这是对自己的尊重。

但论及生命……

她知道,顾南希确实是一直没有下手动他,但他若想动,手中的证据和一切都足够让安越泽身败名裂,死无葬身之地,对于顾南希来说,想要弄死安越泽,就像捏死一只蚂蚁一样的简单。

曾经季莘瑶虽知道他没打算放过安越泽,但一直不知道他究竟是想怎么做。

可现在见他这态度,似乎,没打算留什么情面。

也许不应该,毕竟是一个自己认识多年的活生生的人,怎样的惩罚都好,但是……

"南希,能不能,换一种方式,如果一个人的命没了,就真的什么都没了。"

鬼使神差地,季莘瑶平时嫉恶如仇,从未对伤害过自己的人有多少怜悯之心,她毕竟不是圣母,但真的攸关到性命,她竟也会踌躇徘徊不定,也会觉得可怕。

说完这话,她便将手中洗好的菜放下,转眼去看顾南希,却见他正盯着自己。

她一愣,怕他误会,忙解释:"我的意思是,现在是法制社会,虽然你如果想决定一个人的死活,也不过就是一句话的事,我没有任何怜悯的意思,也对他毫无旧情,我只是觉得,惩罚一个人可以有许多方式,就像对程程,因为她的性子不喜欢受拘束,所以你就把她关起来,要活活地把她的一切棱角折磨得平整后再下手,那对安越泽,我觉得……"

顾南希的目光极淡:"你以为我真的还没有动他?"

莘瑶一怔,接着便只见顾南希将目光从她身上移开,转过身走出厨房,走出去之前他淡淡地扔下话:"安越泽喜欢名利,我就给他名利,有什么会比让一个喜好功名利禄的人迅速地平步青云,再狠狠地摔下来,打击更大?"

之后顾南希便走了出去,他似乎对她竟然会为安越泽求情而生气。

以顾南希的为人,他行事缜密谨慎,运筹帷幄,在风平浪静的表面下却可以将一些局面操控得有条不紊,他在严肃之外也有慈悲之心,但在这之外,他也有他的原则。

在季莘瑶这一面看来,常常是顾南希的温柔耐心,而那些关于他雷厉风行杀伐决断的一面,常常都是听来的,至少在她面前,他会放下自己的身份,会笑,会哄她,会为她唱《半城烟沙》,会偶尔像个老妈子一样给她无微不至的关心。

这让季莘瑶有时忘了，因为顾家与顾氏在国内的地位，在他的手里还握着一些生杀大权，有些东西不是常人所能触碰，而顾南希这近一年来对"安越泽"的手下留情，仅仅是为了给她心里一个缓冲期么？

也就是说，他从未打算放过安越泽。

对季程程，两次险些被残忍地"伤害"，那是她曾经一生的噩梦，所以季程程无论最后有怎样的下场，她都不会眨一下眼。

但是对安越泽，也许是因为她曾经把那场感情看得太简单，虽然最后的伤害极大，但她从未想把感情复杂化，不过是一个在感情上伤害了她负过她的男人，不过是一个她当初瞎了眼因为懵懂而错爱过的人。

但是，何至于死……

可她偏偏又明白，安越泽一直在与顾南希作对，在伤害了她的同时又何尝不是想给顾南希下一场死局，让他退无可退，逼得顾南希身败名裂？

但是，真的，她这一次，无法接受。

明知道向来对自己好脾气对自己极为包容的顾南希生气了，但她还是忍不住走出去，站在厨房门前，悄悄地探着脑袋，看着坐到沙发上，面色看似平静，正在看报纸的他。

顾南希生气了怎么办？

但刚刚话都已经说出去了，摆明了骑虎难下，伸头一刀低头也是一刀，反正最近的季莘瑶在对着顾南希的时候，从来不知道客气为何物，便干脆蹭了过去，脑袋又凑到他面前："南希……"

顾南希却不管她这一副嘻皮笑脸的模样，一抬手将她挡住他视线的脑袋推到一边，皱了皱眉。

见他真的不理自己，季莘瑶当即心里便开始不舒服，却是知道顾南希也许是吃了安越泽的醋，便干脆继续扯着笑脸，去揪他的衣袖："南希，咱们聊聊吧。"

"聊什么？聊安越泽？"顾南希翻了一页报纸，视线依旧停留在报纸上，看都没看她一眼，声音亦是平平的没什么温度。

本来季莘瑶觉得没什么，她并不是在求情，只是单纯地觉得，安越泽虽然并不老实，行贿受贿没少干过，但毕竟才正式上任凌氏的高管这位置没多久，就算有过，也没什么大过，最大的过错就是自不量力地招惹顾南希，就算是剥夺政治权利终身一辈子不能出来，她都能接受，但唯一不能接受的就是死刑。

人一旦死了，就真的什么都没了。

想想那毕竟曾经也是一个在自己面前活生生的人，忽然有一天就这样天人永隔，她是真的会觉得可怕。

可听顾南希这语气，摆明了是一点余地也不会留。

"对，聊安越泽。"季莘瑶被他这语气激得有些不爽，脸上本来扯得大大的笑脸也消失了，就是一脸平板地看着他："南希，这其中的尔虞我诈我懂，本来不想影响你。"

说着，季莘瑶站起身，那边琴姐见她这边似是没时间做饭了，便自觉地进了厨房去忙活，莘瑶没再管厨房里的事情，只是一味地看着顾南希平静的脸："我必须和你说清楚，我不是心软，我只是……不想看到他死。"

"南希，我们都是人，人都有犯错的时候，有的可以被原谅，有的是一辈子都不会被人原谅，于我来说，安越泽当初对我所做的一切，无所谓原谅不原谅，因为我早已经放下了，早已经不在乎了，如果他做了太多十恶不赦伤天害理的事情，我绝对半个字都不会说，但他没有做，只是为了能向上爬，而行事卑鄙了一些，他早晚会因为这样算计别人而跌倒，但我还是那句话，无论怎样的惩罚，有必要死吗？何至于死？"

"你是在说，我假公济私，谋害他性命？"

终于，顾南希放下报纸，向她看了过来，面色波澜不兴，眸光却是带着几分冷意。

季莘瑶皱眉："你知道，我不是那个意思。"

顾南希嘴角噙了一抹淡淡冷然的笑："莘瑶，我问你，如果这一次我不听你的求情，依旧将他严办，只要我不肯放，他这案子之重必死，你会怎么做？"

莘瑶一怔，不明白他这句疑问从何而来。

但见他在认真地看着自己，目色幽远，仿佛是在审视她，又仿佛依旧那么美好而温柔。

这让季莘瑶冷不丁打了个寒战，还没有回答，那边琴姐就从厨房里出来说："醋不够了，还要做糖醋鲤鱼吗？"

"我去买。"季莘瑶此时有些下不来台，这是顾南希第一次在与她的对话中完全没给她任何台阶下，让她一时答不上话，便趁机转身拿起钱包和钥匙便匆匆出了门。

小区门口那里有一家小超市，虽然卖的东西不是很多，但是油盐酱醋这些生活必需的调味品倒是不缺，莘瑶出去买了一瓶醋，顺便又买了一些杂七杂八的生活用品，直到磨蹭到自己心里那股不舒服的感觉降温了许多，才拎着袋子往回走。

就在快回到所住的那一栋时，前方的鹅卵石路上走过一道熟悉的身影，安越泽一手拿着车钥匙，一手同样拎着一些东西，看起来像是刚刚见过他那位新搬来这里的姑妈，正打算离开，一看见她，便直接看向她。

他于季莘瑶，早已是人生一过客，纵使过去有过难忘的四年，但早都消散了，莘瑶对他仅仅是一丝怜悯，又或许是普通女人本能的一种抗拒，能接受惩罚，不能接受死亡。

所以安越泽的目光刚一投在她身上，她便面无表情地仿佛眼前只是一个陌生人一样，直接便头也不回地便要从他身边路过。

这条鹅卵石小路是她平时最喜欢走的，其实那边有一条大路，她喜欢穿着薄底的鞋子走在这条小路上，算是在孕期做做天然的脚底按摩，这条路很窄，安越泽没有让开路，季莘瑶便不得不侧过身子，客气地道了一声："不好意思，让一让。"

说罢，她便背对着他，侧着身就要过去。

132

结果刚从安越泽身边擦过,手腕便突然被人握住,她目色一沉,猛地转过眼:"你干什么?放手!"

"我刚刚来看看我姑妈,就是曾经我们在大学时,我和你提过的那个对我很好的姑妈,她搬来了G市,住进了日暮里。"他像是以与一个最亲近的人说着家常话一样的语气在对她说着。

季莘瑶当即将手腕从他手里挣脱开,向后退了两步,冷眼看他:"安总,你这话和我说不着吧?"

话落她不再看他,转身便走。

"莘瑶,你脸色不太好,是不是和顾南希吵架了?"他的声音又一次传来。

季莘瑶只当没听见,而忽然手腕上再度被人握住,她顿时噌地起了火,突然转过脸:"安越泽你有病是不是?"

见她说话毫不客气,安越泽只是愣了一下,便苦笑,却是将手里的袋子塞到她手里:"这是我姑妈从北方带过来的小樱桃,记得以前我假期结束回学校带回来给你时,你特别喜欢吃,说这东西小小的酸酸甜甜的比南方的大樱桃更有味道,你很多年没吃过了吧,拿去吃吧。"

季莘瑶拧眉,低头看着手里的一袋子北方特有的小樱桃,不是那种深红,而是极清透的淡淡的红,特别艳丽的红。

记得安越泽从来不喜欢吃这东西,但是大学那几年,因为她喜欢吃,所以有时候赶在合适的季节,他就会让这位姑妈摘一些,他过去取过来,所以他姑妈以为他喜欢吃这些,常常给他摘,其实不知道,那时候的安越泽一心只想给季莘瑶带各种各样的好吃的,而与他自己的口味无关。

就像现在,他姑妈居然还以为他会吃这种小樱桃,竟然摘了这么多过来。

"安越泽,我想你弄错了一件事情。"回想起这些,莘瑶倒是没什么感觉,再多的美好也都被之后的丑陋所摧毁,只是感叹几年之间,一个人就可以变得这样的彻底,她忽然笑了,将手中的袋子还给他,轻声说:"我和你之间,连朋友都不是,我没道理接受你的东西,别自作多情,是你选择走错了路,记得自己就算是跪着,也要走完,别后悔!"

之后,她也不再去看他的表情,继续拎着自己的一瓶醋和手里的袋子往回走,身后始终没有传来离开的脚步声,她也当然不会回头。

走回家门前,刚要拿起钥匙,便突然瞥见门开着,屋子里边传来阵阵香味,一闻就知道是琴姐的好手艺,莘瑶快步走进去,刚将手中的东西放下,便看见那边落地窗前站立的身影。

她脚步一顿,从顾南希现在所站的那扇窗,正好能看见她刚刚回来时走过的那条鹅卵石小路……

而她回来了,顾南希都没有转头看向她,一动不动地站在那里,在傍晚的霞光下仿佛遗世而独立。

她屏气凝息,蹑手蹑脚地走进厨房,将醋递给了琴姐后,再出来,想想两个

第十三章 往事

人刚刚的争执，便不打算招惹难得生气了的顾南希，打算先上楼看一会儿书去。

结果身后传来他的声音："你回来了。"

不情不愿地回头，看见他站在落地窗边，似笑非笑地看着她。

"嗯啊，刚买了醋给琴姐，本来说好了今天我做饭的，还是要麻烦她了……"季莘瑶答。

"嗯。"结果他就只是这样嗯了一声。

虽然她行得端坐得正，但两人刚刚因为安越泽的事而有点小争执，刚刚那容易让人误会的一幕似乎还被他给看见了，所以她暂时想一个人去书房静一静。

于是她僵硬地朝他笑笑，然后……

从楼梯上快步走下来，去茶几那边将一本之前她看过放在那里的书拿起来，然后匆匆地就要上楼。

"你在躲我吗？"

身后再次传来一道凉飕飕的声音。

她吸口凉气，缓慢地转过头，看见顾南希不知何时已经走了过来，就站在她身边，伸出一只手，将她怀里抱着的书拿开："你确定现在这时候你能看得进去这些书？"

也许他并没有什么其他的意思，但莘瑶正在敏感期，她不想因为自己一时可能的脑子凌乱和顾南希闹别扭，她不喜欢跟最在乎的人吵架，何况就算是要吵，估计他都不会陪她吵。

再见他随手翻着书，竟然在笑，只是那笑十分刺眼，季莘瑶顿时伸手将书一把从他手里抢了回去，瞪着他："你怎么知道我看不进去？"

说完她便要上楼，而顾南希却是站在楼梯扶手边，单手插在裤袋里，就这样淡漠的看着她。

季莘瑶向上走了两步，犹豫了一下，回过头。

本来她就没做亏心事，干吗现在躲着他？

一想到这里，她顿时转回身来，不上去了，而是走下来，与他当面对峙："行，我不看了。"

顾南希没有答话，只是睨着她，似是在等她开口说什么。

"南希，我知道我今天说的这些会让你误会，但我还是开口了，是因为我完全仗着你对我的信任，我承认自己对你开口要求这些很不对，我只是想让你留他一条命……"她皱起眉，心下有些不安。

不安的原因，是因为顾南希的目光，明明平静柔和，却仿佛带着她看不透的霜冷。

"你先回答我。"顾南希静静看着她，墨色的黑眸锁着她的眼："如果我不留他这一命，你会怎么做？"

季莘瑶顿时便眼神变冷，却是笑了一下："我能怎么做？我总不能因为一个外人的死活跟我自己老公闹起来吧？我无非是不想以后不小心想起在大学遇见过的这个人时而惊出一身的冷汗，我无非是不想某一天不小心梦见一段过往而吓醒，我无非就是在无理地要求你，我能怎么做？你有你的原则，我有我的一时心慈手软，我觉得你太果断，你又觉得我同情心泛滥……"

说完这些，季莘瑶还是在笑着，笑笑看着他，然后捧着书，便不再说话，转身便要走开。

"怎么？真生气了？"

顾南希想过来拉她，她下意识退后一步，咬了咬下唇，道："你打算什么时候开始办他，提前告诉我一声，让我好有个心理准备。"

想起顾南希这个男人平日里的温柔耐心，此时却仿佛像一个掌握着生杀大权且铁石心肠的阎罗王一般让她觉得寒冷，她小宇宙爆发，在他再度试图拉住她的时候回头冲他大吼："如果单萦和安越泽一样，而我像你一样可以让单萦死无葬身之地，你会不会觉得我太冷血？太可怕？太不讲情面？"

天知道，她只是气极攻心，心里其实根本就没有这么多的怨气，只是见他完全不让步，明明可以换其他的方式，却非要一个人的命，实在忍不住，随便打个比方在嘴上说说而已。

顾南希就这么直直地看着她，黑色的眼眸中一片平静。

也许在他眼中的那一处有什么东西，但她可能永远不知道……

他转身，走了出去。

季莘瑶倚在楼梯的扶手边，出神地望着眼前不远处一开一合的门，听着那远去的脚步声。

直到她回过神来，反应过来知道顾南希竟然走了的时候，心中瞬间像是被打翻了调料瓶一般，五味杂陈。

没一会儿，琴姐从厨房端了丰盛的晚餐出来，见季莘瑶一个人靠在那里一动不动，更不见顾南希，便将手在围裙上擦了擦，朝她走过来："该吃饭了，怎么就你一个？他人呢？"

季莘瑶没答，只是摇了摇头，憋着气说："不管他，我们吃。"

当天晚上，顾南希没有回来。

第二天早上，顾南希也没有回来。

第二天晚上，顾南希还是没有回来。

第三天，第四天，一直到第七天，他依旧没有出现。

而且这些天，莘瑶晚上在睡觉时，失眠了，半夜想听听看看他会不会偷偷回来，但是夜里从来都没有什么动静，向来温暖的日暮里，这个家里，忽然间寂静得可怕。

她实在忍不住了，这气憋得再难受，也还是会担心，他毕竟当时身上还有伤，头上的纱布还没有拿下来，跑去问小区的门卫，才知道那天顾南希开车走后，就再也没有回来。

难道，是她的话说得太过分了？

可他确实一丝余地都不留……

第十三章 往事

星期天，是医院的主治医生与请来的家庭医生约好一起来给顾南希做康复检查的日子，而顾南希已经一个星期没有回来了。

季莘瑶一个人走在超市里，推着购物车，不停地拿着红枣茶等补气补血的东西，又习惯性地挑着两人份的菜，打算晚上回去做些好吃的。

而当她推着购物车去收银台时，才突然想起，顾南希一个星期没出现了。

她现在买这些有什么用？她甚至始终不明白，自己究竟是哪句话说得过分了？

他都不回来，她还买这么多东西干什么？

她低头，看着购物车里的各种补血的食品药品和平日里他比较喜欢吃的菜。

她苦笑了一下，将购物车里的东西一样一样地放回去，再转回来时，才想起今天那两位医生要来，不知道顾南希今天会不会回来，一想到这里，她又转了回去，把东西重新一样一样地拿起，放回车里，之后快步走向收银台。

回到家里时，依旧只有琴姐在收拾屋子，见她回来了，便笑着迎过来："回来了啊？怎么样了？他还是没消息吗？你们两个从来不吵架的，顾总也不是脾气大的人，怎么会忽然间闹成这样了啊？都一个星期了，哎。"

季莘瑶放下手中的东西："他没回来啊？"语气有些失落。

琴姐摇了摇头，以眼神安慰她，轻声说："再等等看吧，一会儿那两个医生就来了，顾总的伤还没好利索，他不会拿自己的身体当儿戏的。"

莘瑶却是等不了了，如果他今天打算回来，就不会一直等到现在，这一个星期，每天都存着这种心理，觉得他晚上一定会回来，可是等了一个星期都还是这样。

不出现，不出现，还是不出现。

她干脆一句话不说地转身就走，出了小区后便打车直奔顾氏，到了顾氏门前时，她刚要走进去，便看见提前下班的苏特助正一边和身旁的秘书交代什么事情，一边向外走。

季莘瑶出现得突兀，苏特助刚从门前的阶梯上走下来就看见了她，转身跟旁边的秘书又说了两句，之后那秘书点头回去了，他才走过来："季小姐？你怎么在这里？"

季莘瑶不清楚顾南希这几天是不是来了这边，她知道他办公室里有一处环境不错的休息室，因为不确定，所以也不想让苏特助就这样知道他们两个的事情，便笑了笑，说："我出来走走，路过顾氏，所以就过来看看，正好碰见你下班了，怎么今天下班这么早？现在才下午2点半，最近不忙吗？"

苏特助诧异："怎么？顾总没有告诉你？"

莘瑶愣住，一时间丈二和尚摸不着头脑："告诉我什么？"

"顾总前段时间在受伤期间，就一直在叫我们暗中处理凌氏的案子，最近大小事情都已经差不多了，以安越泽近年由副转正时所接手的一些凌氏的案子的处理情况，还有他私下的一些贪污受贿与建设局公安局勾结的证据，大概来看，也够他被收缴所有财产，再进去蹲个二三十年的了。"

季莘瑶忙打断他："只是上缴财产和进去二三十年？"

"对啊，虽然安越泽这小子这两年处处暗中跟 ZF 作对，但他倒是挺精明的，一些太惹人眼的大案都没犯过，基本都是一些违反纪律知法犯法的勾当，只判个二三十年，我都觉得太便宜他了，看他表面上人五人六的，要是真让他一直爬上来，以后这可就不得安宁了，花花肠子太多，这人啊，以后估计他就算是出来，也再威风不起来了。"苏特助笑笑。

"是什么时候的事？是顾南希这几天和你们讨论过，还是之前你们在商议这些时，就已经知道安越泽的下场？"

莘瑶心头一紧，忙问。

见她这表情，苏特助似是有些不解，却还是笑了笑，说道："就是顾总刚出院的那个星期，我们基本就把这事敲定了，而且只要安越泽一落网，凌氏就差不多暂时清净了，事情交给凌氏上面自己处理就行，以安越泽目前的状况，也就是能判到这里，没办法，法律不是我们定的，这事情还是要归凌氏和上头去研究。"

"对了，我记得顾总说过，安越泽跟季小姐你曾经算是故交，其实对安越泽的处置，我们早就商议过，但是顾总说让我们先研究其他的事情，先让安越泽再噼瑟一段时间。我看顾总应该是不想季小姐你对这个朋友将受到的刑罚有什么不适应的地方，所以刻意将这件案子放缓了这么久，季小姐，咱们顾总对你是真的照顾得十足十的周到，说实话，男人了解男人，他对你，真的是好得没得说了……"

苏特助今天看起来心情似乎不错，早早下班估计是有什么私事要处理，眼中带着几分喜色，话也不知不觉地多了起来，而他这一句一句，却是每一句都让她心中一沉，直到最后沉到了谷底。

从顾氏回来，季莘瑶在日暮里小区的大门口转悠了几十圈，终于忍不住，想要掏出手机给他打个电话。

"对不起，您拨打的电话暂时无法接通，请您稍后再拨……"

她渐渐放下电话，低下头去，看着暗下来的手机屏幕。

其实想想，那天顾南希确实没说什么，只是说会严办，可在商界她看惯了那些人物互相暗中厮杀，一旦一方逮住另一方，基本都是想让对方死无葬身之地，让对方再也没机会见到第二天的太阳，这样才省心，不必再防范着这个人从头再来与自己为敌。

商政两场，其中的黑暗，阳谋阴谋，表面上每个人的客气与绅士风度都做得那样恰到好处，可最后，敌方一旦落网，就会往死里打击，让其从此翻不得身。

那天顾南希的冷淡，和谈及安越泽的事情的表情，让她以为他对安越泽是起了杀意。

看来，她是真的说错话了，他也是……真的生气了……

现在考虑这些又有什么用，她再后悔，他还是失踪了。

她落寞地往回走，缓步走了回去，进了门，将外套脱下，脸上一阵懊悔，自己怎么又犯了不问清楚就自己胡乱下定论的毛病，这刺猬的刺无论指向谁都可以，

第十三章 往事

137

唯独不能指向顾南希，这样是不是伤到他了？

再后悔又能怎么样，人都不回来了，电话也打不通，看来是不打算原谅她了。她不住地摇头叹气，就要往卧室走。

"回来了？不是告诉过你，最近一段时间不要走出去太远吗？"一个声音忽然问道。

"嗯……"季莘瑶点点头："我不放心，刚刚去顾氏走了走。"

她话音刚落，还没走进卧室，脚步便骤然停下。

猛地转身，只见一身整洁依旧清俊卓尔的顾南希，正坐在家中的沙发上，笑得一脸讳莫若深的表情，正看着她。

"饿不饿？我去做饭。"说完，顾南希便起身，直接拿起她之前在超市买回来的那一大袋东西，进了厨房。

季莘瑶收起下巴，赶快跑到厨房门前，只见顾南希一派云淡风轻的样子，仿佛什么都没有发生过，顾长的身形在宽敞的厨房里站在橱柜台边开始弄起了菜。

虽然他身上整洁，衣服看起来也似是刚刚换过，气色也没什么不一样的地方，但她偏偏就觉得他像是风尘仆仆地刚刚从哪里回来似的。

莘瑶想想，便凑了过去，站在他身边，探探脑袋看看他，顾南希瞥了她一眼："要帮忙？"

她点点头。

他便将一把菜递给她："拿去洗，用温水洗，别碰凉水。"

于是两人便在厨房里像模像样地开始忙活了起来。

顾南希将几道色香味俱佳的菜做好，看着季莘瑶一脸殷勤地一盘一盘端去了餐桌那边，只是看看她，没说什么，之后走过去，依旧是什么都没说，真的像是什么都没发生一样，就直接坐了下来。

季莘瑶将筷子递给他，然后坐到他对面，两个就这样风平浪静地吃晚饭，她时不时地悄悄抬起眼看看他，见他面色波澜不兴的，只是看起来像是憔悴了一些，看他这脸色，昨天晚上应该是没有睡觉，下巴上一圈刚刚长出的青色的胡子茬。

"那个……南希……"莘瑶想了想，便夹了一筷子菜放进他碗里，见顾南希很给面子，直接吃了，当即便笑得一脸没心没肺，忽然呼了一声："你头上的纱布呢？"

"已经没什么事了，还贴着它做什么？"顾南希随手夹着菜，一副淡然自若的样子。

"你这几天去哪了呀？"季莘瑶到底还是忍不住，自己老公七天没回家，回来就憔悴成这样子，虽然看起来衣冠楚楚的，但明显就是为了不让她担心，刻意换的衣服。

"不关心你的安越泽，现在知道来关心我了？"顾南希道："我还以为你恨不得我一直不回来。"

"我哪有关心他啊，那天就是脑子一热，觉得你如果想让他死的话，会不会太冷血了一些,我也是今天在苏特助那里才知道,原来你根本没打算让他死,是我不对。"说着,她又给他夹了菜,这回是手背向上翻去,顿时露出手背上的一块粘着土的地方。

顾南希瞥见她的手,清俊的眉一挑:"洗过菜后,没洗手?"

季莘瑶缩回爪子,看看自己刚刚在洗菜时不小心在菜根上粘到的泥土,忙把自己的爪子随意地在衣服上擦了擦,然后继续没心没肺地一笑:"没事,没事,不干不净,吃了没病。"

"自己的身体不注意?你现在不能乱吃药,病从口入不知道?去洗手,我等你。"顾南希一脸认真地把她面前的碗挪开。

季莘瑶嘴角一抽,这不就是今天晚上状况有些特别,一时间脑子没转过弯儿来,忘记洗手了嘛,他既然还知道关心她,干吗七天不回家!

但她还是什么都没说,跑去厨房洗了洗手后,走出来,特意伸到他面前晃了晃:"那,传说中的晶莹剔透!"

顾南希的眼角隐隐一抖,她便走回桌边坐下,一边继续吃着东西,一边再时不时地看看他:"你到底去哪了?七天都没回来。"

"哪来那么多问题,吃东西。"顾南希以眼神示意她吃饭。

莘瑶撇了撇嘴,其实主要是见他有些憔悴,想知道他这几天过得好不好。

就在这时,她的手机响了,她起身去接电话。

"喂?你好。"

"是季小姐吗?我是Y市这边你母亲所在墓园的负责人,这边前几天你的丈夫过来探视过,确实有一段时间有几个陌生人经常来墓园去祭拜单晓欧,不过我们这边最近没有人给你打过电话,我已经问过了,确实没有任何人给季小姐你打电话通知过,至于你之前所接的那通电话,顾先生将号码拿过来对照过,不是我们墓园的电话,这件事……希望季小姐你谨慎一些,别轻易相信这些陌生电话。"

听完电话那边人说过的话,季莘瑶当即愣住,转过眼看向仍旧风轻云淡地吃东西的顾南希。

他这七天,是去了Y市,查她妈妈墓园的那件事?

莘瑶的眼里多了一分动容,直到那边挂断电话后,她放下手机,缓步走回到桌边,眉眼里全是歉意与感激:"南希……"

她的话还没有说出来,放在桌边的手便被他轻轻覆住,随之,被他握在掌心。

"G市这边有我在,你怎样都好,至于Y市那边官场上的事,你就少掺和,季家不是寻常人家,何漫妮也不是吃素的,你乖乖待在我身边,什么都别再乱想。"

顾南希说这话时,终于正色地看向她,虽然冷静严肃,黑眸里却仍是对她独有的温柔包容。

"嗯。"莘瑶点点头,心里还是有歉意:"但是安越泽的那件事,对不……"

嘴边的道歉没有说完,顾南希便轻轻了捏她的小手,顺势将她拉过来坐在他腿上,抱在怀里:"我是你老公,如果对你怀孕时偶尔情绪激动说的气话当了真,

还算什么男人？这件事过去了，不用再提，我们现在说的是Y市那边的事情，这一次只是对方的试水，并没有真的行动，他们在防着顾家。"

莘瑶心里是无限的温暖和感动，安静地靠在他怀里，抬起手搂住他的脖子，乖乖地点头："我知道了，听顾南希的话，准没错。"

他被她这故意讨巧的话逗笑，在她肩上温柔地拍了拍："我知道你这么多年以来，习惯了任何事情自己去考虑，自己去处理，但是这一次，你必须站在我身后，不能逞强，知道么？"

莘瑶还是点头，句句都听在了心里。

月末，正值入夏，据说每年这个时候，老爷子的一些亲朋老友便都会从北京赶来G市，来顾家陪着顾老爷子热闹一番。

顾家的院里已经搭起了一座又一座的树荫下的凉棚，王妈她们手里端着一盘盘的水果瓜子等东西在凉棚下穿梭，莘瑶在里边陪着何婕珍一起忙，顾老爷子拽南希和修黎在外边和那些一个个到来的老友谈天说地，此时的顾宅热闹程度比春节还要鼎盛，顾老爷子虽然年轻时为人处世多有固执，但因为这直爽的性子，多年来交的朋友真是不少。

"莘瑶啊，那边桌上的西瓜还没有摆，你去把这盘西瓜送去。"何婕珍把一盘切好的西瓜递给她，之后转身去忙其他的事情。

季莘瑶端着盘子走出去，正巧看见院外又停了一辆车，一位看起来有些眼熟的老人走进来，顾老爷子一看，便笑呵呵地起身相迎。

"哎呀，顾老啊，多年不见，难得你今年请大家来这里聚一聚，把我也捎带上了！我儿子那会馆正好最近装修，我不太忙，趁空过来走走，哎呀，你这顾宅所建的地方真是好啊，空气不错！的确是个养生的好地方！"

那人笑着走进来，顾老爷子亦是笑着说："老简啊，你这是在你儿子那半山会馆里见的人多了，这说话也越来越客气了啊？当年那野劲儿哪去了？什么养生啊，我这地方再好，也比不上你们那F市的半山会馆，那才叫好地方！哈哈，我就是老了，不然啊，一定常去光顾，支持支持你儿子的生意。"

季莘瑶将手中的盘子放下，眼神望向门前走进来的那位老人。

简老？

他不是F市半山会馆农场的那位老人吗？原来他和顾老爷子也是故交。

莘瑶这边正朝那边看着，不知道自己这样贸然过去打招呼会不会不太好，但那边简老的目光在四周一转，跟几位老人打了招呼后，目光便似乎瞧见了在最前边凉棚桌边的季莘瑶，当即笑着冲她招了招手："季小姐，是不是还想着我们果园里的那些水果呢？我可是特意给你丫头带来了不少，早上摘的，现在还很新鲜，待会儿我叫人给你抬进去！"

顾老爷子一听，顿时笑呵呵地转头去看莘瑶："莘瑶啊，你跟简老认识？"

莘瑶顿觉尴尬，她总不能跟爷爷说，当初顾南希去F市找她，在半山会馆发生的那些事，便只好避重就轻地点点头，之后走过来，对着简老客气地一笑："简老您还记得我喜欢吃你果园里的水果呐？真是折杀我这小辈了！"

"哎？说的什么话，你是咱们顾总的爱妻，是顾老爷子疼爱的孙媳妇，当初又和我这么聊得来，我这次来，怎么可能不给你捎东西！"简老说罢，便叫身后车上走下来的人将一袋子新鲜的水果拿了进来，放在旁边的桌上。

莘瑶恬然而感激地笑笑，里边何婕珍在叫她，她便又打了声招呼后，转身回去跟着一起忙了。

今天受邀来顾家的人有三十个，顾家便干脆摆了三桌酒席，让顾老爷子尽情地和这些老友絮叨。

"顾老爷子现在可真算是儿孙满堂，不仅把流落在外的孙子找到了，现在孙媳妇肚子里的小娃娃也快出生了，敢情马上就要四世同堂了，真是让人羡慕啊！"

"哎，你们这一家家的，四世同堂早都不在少数了，要不是我当年结婚太晚，要孩子太晚，恐怕现在我的小曾孙子也都已经会打酱油了呐！"顾老爷子抹抹嘴，脸上是一派满足，嘴上却仍旧谦虚。

"是啊，咱们那年代，十几岁就能娶个小老婆要孩子了，你三十几岁才结婚，也确实是晚，不过你当年给咱们娶的顾嫂嫂，还是咱们那年代的女中豪杰呀！可惜多年前就已经病逝了，不然啊，老顾你可真是什么都不缺咯！"

"还真别说，老顾你说都这么多年了，你怎么也没打算给自己找个老伴儿？"

"找什么老伴儿啊！"顾老爷子摆着手："都多大岁数了，有儿孙陪着就够了，多个半路老伴儿反倒麻烦，老头子我啊，喜欢清静，你们又不是不知道。"

"听说咱们这孙媳妇儿怀的是俩？以后两个小屁孩儿在你面前成天晃悠着，也确实是够你受的咯！"

"两个还多啊？我恨不得我们家莘瑶这孩子肚子再争气一点，直接给我们生个三胞胎出来呢！"顾老爷子满嘴打趣。

那边正陪着何婕珍一起端菜出来的季莘瑶听见了，顿时脸上一片红霞四起，不敢看老爷子那边一群老人朝自己投来的带笑的目光，只是转过眼，看向顾南希和修黎所在的方向，嗔怪地瞥了顾南希一眼。

顾南希显然是也听见那边老爷子洪亮的嗓音了，便一脸了然地笑笑，对身旁几位老人说了两句后，便走过来，接过她手中的盘子，浅笑："害羞了？"

季莘瑶红着脸："爷爷都快把我当成母猪了……"

顾南希当即便笑着伸手环住她的肩，将她向怀里搂了搂："老爷子有命，我这做孙子的哪敢不从？"

说着，他俯首贴在她耳边："看来等这两个小东西出生后，我们还要继续努力，再造出一个小东西才行。"

季莘瑶脸上更是通红一片，抬手在他身上悄悄掐了一下，见顾南希假装吃痛似的"哼"了一声，忙伸手推他："快放开，这么多人在呢。"

顾南希在她耳边温柔地吻了吻，之后拍拍她的肩："再需要多运动也不能累着，

第十三章 往事

141

你去休息，我来上菜。"

"不行，妈说了，让我这样来回走走对身体好，等孩子要出生的时候，对顺产有帮助……"莘瑶忙要抢过盘子。

"我不舍得你太辛苦。"顾南希忽然低声说了这么一句，柔和的目光看着她，眼中尽是关怀。

莘瑶心头一动，便也不跟他争，见那边有几个眼神十分八卦的老人正看着他们这边，便红着脸推开他，转身一个人先跑回了屋子里。

简老不知什么时候从凉棚那边走了出来，正在顾宅的客厅里看角落里的几瓶青花瓷器，莘瑶看见后，专门去洗了他带来的水果，端过去："简老，那，您带来的水果，您自己也吃两个？"

简老一听见她的声音，回头看她，笑道："我啊，天天都吃这些东西，这是特意给季小姐你带来的，你现在怀着身孕，多吃些水果是好事。"

莘瑶笑着将果盘放下："简老平时那么忙，今天竟然能抽空过来，看来跟爷爷的交情很深啊，上次都没听您说过。"

"也不能说这交情是深是浅，不过确实多年前有些交情，近几年偶有往来，但次数不多，这一次能受邀，倒是顾老爷子把我看重了。"简老笑笑，再又看看季莘瑶，似是想说什么，却是犹豫了一下，没有开口。

看出简老像是有话要说，莘瑶便用探询的眼光看着他："简老，您是不是有话要对晚辈说？"

"季小姐，我上一次跟你提到的那位和你长得有些像的人，是你的母亲吧？"他忽然轻问。

莘瑶一愣，接着点点头："简老您猜到了？"

"呵呵，早就猜到了，只是不确定。"简老的眼神有些意味深长，在说这话时，嘴里竟隐隐叹了口气："你姓季，看来……她到底还是没从那个人的世界里走出来，到了最后……"

他顿了顿，又摇了摇头："我早就说过，旁观者清，她跟季秋杭不会有什么结果，却非要执着于那些往事。"

"您知道我妈妈当年发生的事情？"上一次听简老说得那样模糊，莘瑶虽然放进了心里，但一直不敢深问，此时见简老现在因为知道她是单晓欧的女儿，竟然能说出这些话，她当即眼神一亮："简老，您知道我妈妈那时候究竟出了什么事，对不对？"

简老看了看她："晓欧她……是不是真的死了？"

莘瑶面色一滞："您怎么知道？"

简老亦是疑惑地转开头，低声说："我也觉得奇怪，最近从Y市那边传来不少风声，据传二十一年前Y市某座大厦有一位年轻女人自杀，当时轰动那边一省的，但消息却被封锁得很严密，既然是一个被封锁了这么久的消息，怎么会一夜之间传了出来，而且传到了F市？"

莘瑶有些没听懂，但一听简老这样说，她突然想起，前几天小暖忽然给她打电话，问她最近怎么样，心情好不好，还说无论过去发生过什么，千万不要因为那些往事而左右了现在的幸福，总之是许多掏心掏肺又极安慰人的话。

那时候莘瑶以为苏小暖是出了什么事，现在看来，难道是……Y市当年封锁的那个消息被人传了出来？连G市也已经传到了？

小暖在办公室有一次不小心看过她母亲自杀后的那些血腥的照片，所以小暖猜到那是她的妈妈？

季莘瑶也疑惑了。

怎么会忽然被传出来？

这种事情绝对不会是季家所为，否则这明显就是在自寻死路。

还有她母亲的墓地最近常有人去探看，难道也是因为这些原因？该不会有什么好事的记者？或者，是根本不知道她母亲死讯的一些陈年故交？

看着莘瑶的表情，简老仿佛已不需要她回答，便已知道了答案，更是叹了口气，望着眼前的青花瓷器，不再说话。

季莘瑶沉吟了一会儿，想想前段时间顾南希不动声色地去了Y市，该是他已经看见那些消息，为免她担心，所以才没有告诉她，只是亲自去替她查访了Y市的情况。

"简老，能说说我妈妈当年的事吗？"

莘瑶看简老似乎根本不清楚单晓欧的死因，但是对于她自杀之前几年的事情多少有些了解，她曾经对母亲的过去并不是很好奇，但是这么久以来发生的事情，让她觉得母亲当年的一切，仿佛是一个谜。

"她走的那一年，你是四岁吧？"简老似是犹豫了一下，之后转头看着她，正色地说。

莘瑶点点头。

简老亦是点了点头："那看来就没错了，她在我那里的时候，果然怀的就是你这丫头。"

说到这里，简老的眼神忽然变得很惆怅："也怪我，那时候觉得晓欧比我年轻太多，她还有她的大好前程，不该因为我这个大她太多岁的男人而停泊，可我错了，如果当年我自私一些，凭着自己对晓欧的那份感情，把她带离Y市，让她彻底离开季秋杭那个杂种，也许现在她还活着，而且活得好好的，而你……和我之间的关系便也就是父女，即便只是名义上的，孩子，我相信自己一定会比季秋杭对你好，至少不会让你受苦。"

简老皱着眉头，始终是一边叹气一边摇头："我当年就不该走，真的不该……"

莘瑶忽然为简老说的那些话而感动，眼眶一热，也不知是因为他当年对母亲的感情，还是因为他所说的他想给她的父爱。

虽然终究是有缘无分，但是这世上曾经有人想过给她一份父爱，给她们母女一个家，给她的母亲一场幸福，这就让她很欣慰了。

第十三章 往事

她微笑:"我妈妈当年错过您,也是她的遗憾,也许今生无缘,来生再续,您这么多年未娶,应该不是因为她吧?"

简老呵呵笑了一声:"是因为她。"

莘瑶当时便哑了口。

她忽然觉得自己的母亲很可悲,当年有这么好的人在守着她,关心着她,爱着她,为什么一定要执着于那一个不可能的人?宁愿最后死给他看,也不肯回头看看真正给自己温暖的人?

女人一旦傻起来,真是可怜又可恨。

不想再提这些沉重的话题,莘瑶调整了一下心态,忽然想到石芳,便直接问:"您认识石芳吗?"

简老听见这个名字,似是愣了一下,再又仔细回想,之后道:"不算认识,但是听你母亲说过这个名字,这位石芳,应该是她当年很好的朋友,一起在美国学过绘画,而且感情很好,之间该是无话不谈,我后来也很奇怪,石芳跟我虽不熟,但也知道我对晓欧的感情,可晓欧死后,她竟然没有试图找过我,来告诉我这些。"

"那是因为石芳疯了,在美国的一处很隐蔽的疗养院,一关就被关了二十几年。"莘瑶说。

简老当即惊讶地看看她:"也是与你母亲自杀的同一年?"

见简老这神情,像是知道什么一样,莘瑶这一次没有藏着那些秘密,而是点点头:"是,同一年。"

简老转过头,不再看她,而是向旁边缓步走了走,像是在想着什么。

"您是不是知道当年究竟发生了什么?我妈妈和石芳两个究竟为什么会一个自杀一个疯掉?究竟是巧合还是被人谋害?简老,您是不是知道什么?"莘瑶忙跟了过去,悄声问。

"如果我猜得没错……"

简老停下脚步,似是在考虑什么,之后顿了顿,回眸看向季莘瑶,便当即皱起眉,眼神似是有些疑惑,又忽然转头,看了看四周,看了看顾家的一切,之后再又将目光落在季莘瑶的身上和她的肚子上,嘴唇一动,却没有说话。

莘瑶却是对他这眼神不解,凭着女人的第六感而感到一阵恐慌,也跟着他环顾四周,看看周围,没觉得有什么异样,再又摸摸自己的脸:"怎么了?我有什么问题吗?"

简老摇了摇头:"不是,其实我对你母亲当年的事情知道得也并不是很多,如果真要谈及对她的了解,仅仅是她刚刚怀孕之后却流离失所,被爱人所弃,然后我让她在我那里帮忙,也算是给了她一份在孕期力所能及的工作,那时候,她将自己的很多事情都藏得很深。"

"说实话,晓欧她……我是说,你妈妈她……有一身傲骨,却偏偏身世低微,她从没有和我谈及她的家庭和父母,我只是在和她相处了几个月后才知道,她有一个深爱的男人,就是季秋杭,但是那个曾经与她相爱几年的男人,为了地位,为了名望,为了许多现实的东西,抛弃了已经怀有身孕的她,娶了那时地位还算不错的何家的小女儿,何漫妮这人我见过,年轻的时候是个十分漂亮机灵又极会精打细算的女人,而晓欧……"

简老叹了口气:"晓欧很聪明,只是不喜欢把那些头脑用在感情上,她坚信季秋杭和她之间的感情,结果最后把自己害得遍体鳞伤,如果晓欧早一天开始防范何漫妮的存在,也就不会发生后边的事,但她太相信何漫妮了,也太相信季秋杭,结果最后,被新结交的友情所出卖,被深爱的人所抛弃。"

季莘瑶对于这些自己母亲的往事,听一听,也只能淡淡地一笑而过:"这样说来,我妈当时有了孩子,季秋杭是知道的。"

简老皱眉,沉吟了一会儿:"不,我记得晓欧说过,她是在季秋杭与何漫妮在公开情侣关系之后才自己去检查出来身孕的,那时候季秋杭不知道,后来季何二人订婚结婚时,晓欧不肯放弃,在临产前大着肚子上门要去说个理,可那时候,何漫妮竟然也怀孕了。"

季莘瑶心头一颤,原来她的妈妈,竟然执着到了如此地步。

"至于你刚刚说的石芳。"简老犹豫了一下,才道:"我知道她是晓欧那时候十分要好的姐妹,她们两人在十几岁时一起在美国的油画班进修过,而且她们年纪相仿,我只见过石芳一次,她和你母亲的气质很像,听说那时候她们已经是很多年的姐妹了,常常吃住在一起,生活在一起,所以久了,互相的喜好等等一切都相同,就连身上喷的香水,都是同一款,我不能理解女人和女人之间的这种比情人还要亲密的友情,但是现在年纪大了,阅历越来越多,也就能理解了,女人和女人之间,确实在要好的时候,能像一对孪生姐妹一样难舍难分。"

"不过,你母亲虽然表面柔弱,但骨子里十分要强且十分倔强,像一头看不见刺的刺猬,事情都藏在心里,除非万不得已,否则绝对不四处说自己的遭遇,她说过,她不喜欢在人前扮柔弱装可怜,脚上的泡都是自己走的,真输了,也是自己的问题。而石芳,因为从小家庭状况极好的关系,性格很开朗,那时候……"

说到这里,简老忽然犹豫了一下,再又看看季莘瑶:"那时候石芳刚刚与顾远衡往来,正在往他地下情人的方向发展。"

莘瑶对石芳和顾远衡之间的事情倒是知道,而且修黎都已经认祖归宗了,刚刚简老也见过修黎本人,可简老提到石芳当年的事情,为什么要这样犹豫呢?

"我听说,石芳的父亲当年是国内某大型军事设备制造厂商的一个很权威的代理人,家产十分丰厚,既然石家条件不错,石芳的性格又并不孤僻古怪,她怎么会甘心给别人做小?虽然顾家声势浩大,但听你这样形容石芳,她该不会是想不开,去给别人做小的类型啊。"

莘瑶越想越疑惑,干脆问了出来。

而简老却是又叹了口气,闭口不再言语,过了一会儿,他回眸,看了看窗外依旧很热闹的人群,眼神有几分怅然:"再多的事情我也就不知道了。"

虽然他不知道她妈妈当年怎么会忽然自杀,但是在那之前的许多事情,简老

一定是知道的，从他的表情，他的眼神，和他的动作里可看出来，这是季莘瑶的职业习惯，在和人交流的时候，会注意到对方的一切，简老的眼神里带了几分闪烁，明显是有什么不愿意说。

莘瑶犹豫了一下，才问："当年我妈妈的事情，和顾家有关吗？"

这是她一直在心里盘桓的问题，上一次在Y市墓园，石芳所说的话就让她不敢听进去，但是后来想想这发生的一切，还有简老此刻的欲言又止，她终于，还是壮着胆子问了出来。

简老不说话，这时顾老爷子拄着拐杖走进来，笑呵呵地走近："老简啊，我怎么不知道你这么喜欢我这孙媳妇，两个人站在这里聊了好久了，在聊什么呢？和老头子我说说，也看看你们这一老一少的忘年交都有什么话题，好让我也学学啊，不然以后和年轻人都不知道要怎么交流了！"

一见老爷子过来，莘瑶便收整了脸上的表情，转眼对老爷子一笑："爷爷，瞧您说的，难不成您孙媳妇儿和别的老人家多聊两句，您老人家还会吃醋哇？"

"可不，这可是我的宝贝孙媳妇儿，这老简的儿子也不小了吧，一直以来事业有成的，把简家搞得家大业大，也不见那小子给他带个媳妇儿回来，我看啊，老简这是看着你眼馋呐！"顾老爷子老神在在地吧唧了一下嘴，笑得好不气人。

简老当即笑着回他一句："是啊，我那儿子都三十了，整天就知道忙公司的事情，把工作当饭吃，平日里想要黏着他的女人确实不少，可他却是半边眼睛都不瞧人家一眼，哎，我啊，也没有多少年头可活了，可那死小子却偏偏也不让我早一天抱上孙子，而你顾老爷子，这转眼间曾孙子都快出来了！"

顾老爷子扬扬眉："怎么，你儿子以前不是有个女朋友吗？怎么了？什么时候分的？"

见这边两个老人家开始聊得欢了起来，简老完全不方便再说其他的，莘瑶便识趣地退到一边，继续去忙。

也许，那时候石芳说的话让她误会了吧，那时候没有听完，所以才会乱想，也许，也许她当初把石芳的忠告听完，事情不一定就像她潜意识里蹦出来的那样，或许……其实石芳的那些话并非针对顾家……

第十四章　真相

晚上，莘瑶在忙了一下午后，回房去洗了个澡，休息了一个多小时后，便换好衣服，打算下楼继续陪老爷子和那群老友们聊聊天。

她刚打开卧室的门，便见顾南希正站在门外，正要进来。

"你怎么上来了？爷爷那边不是还要陪着吗？"莘瑶惊讶地问。

顾南希叹笑，走进卧室，莘瑶知道他这一天陪着老爷子和一群老人家聊天，比在顾氏忙还要累，便回身去给他倒了一杯温水来递给他："给，先喝些水吧，你身上的伤才刚好了一些，这样太累也不行啊。"

"没事，不过是一些场面上的应酬，何况因为我重伤初愈，今晚上一滴酒都没喝，还好修黎酒量不错，在桌上帮我喝了不少，只是这两人份的酒全被他一个人挡了，再好的酒量也不行。这不，我刚扶他回房去睡一会儿，下楼之前顺便来看看我老婆。"

说着，顾南希便笑着将她抱在怀里，手在她还有些濡湿的发间穿过，之后手指轻轻勾住她肩侧的发尾，在指间把玩，一下一下地绕着圈圈，仿佛对她刚刚洗过澡的身上散发的香味万分地眷恋不舍。

莘瑶笑他，伸手去拍他的手："哎呀，头发还没干呢，你这样继续绕圈圈，等干了之后肯定会被你给定出型来。"

顾南希也只是笑笑，放开她的头发，转而在她脸颊边温柔地轻吻："今天累坏了吧？大着肚子屋里屋外地跑，平日里老爷子喜欢清静，所以家中佣人也没请太多，这忽然来的客人多起来，把你这孕妇都忙得没空坐下。"

莘瑶摇头轻笑："没有，多走走对身体也好，最多是走了一天，脚底有些疼。"

顾南希清俊的眉一挑，当即便做势要捞起自己老婆的脚看看被累成什么样了，莘瑶见他要看，忙笑着推他："哎呀，痒别看了！我说着玩的！哪有那么娇贵呀，才走了几步路！南希，我都说了，你都快把我这只小土狗给养成娇贵的小京巴了，这可不行！"

"我是心疼你。"顾南希揉了揉她的发顶。

"我知道，妈和爷爷都看着呢，刚刚就是怕我太累，妈一直让我上来休息，你看，

全家都忙着陪客人,就我一个人回屋里躺了一会儿,又洗了个澡,多惬意啊。"莘瑶笑得无比满足,忽然在他嘴上"吧"的亲了一下:"你不是还要下去吗,快去吧,我一会儿就下去。"

说着,她从他怀里起身,看着他喝水,想了想,又问:"你刚才说修黎喝多了?他怎么样?吐了没有?我待会儿去看看他。"

"没吐,他的酒品还不错,虽然醉得站都站不直,但好歹还能认清方向。"顾南希笑笑:"他房里都是酒味,你去看看也没什么,但是别太久,你闻太久的烟酒味都不好。"

之后顾南希便又下了楼,莘瑶等头发干了后,在头上随便盘了个发包,便直接去了修黎的房间。

顾家主宅的楼说大不大,说小也不小,不过他们的卧室都在二楼,修黎的卧室在最里边,另一边的楼梯口附近,本来他是住在三楼的,后来不知怎么,又搬来了二楼,莘瑶朝那边走去时,因为走廊里的灯光昏暗,忽然间瞥见那边温晴的身影,她当即脚步一停,疑惑地看着温晴那鬼鬼祟祟的样子。

只见温晴从那附近往这边走,手里拿着一个莘瑶看起来有几分眼熟的小盒子,走到这边时,看见季莘瑶站在这里,温晴当即抬起了头,傲然地瞥了她一眼,接着又哼了一声,旁若无人地走了。

怎么古古怪怪的?

季莘瑶犹疑了一会儿,想到温晴最近几个月常神经兮兮的,想了想,便不再当回事,没必要因为她搞得自己心情不好,便直接走向修黎的房间。

修黎房间的门是关着的,于是她转动一下门把手,门没有锁,她直接推开门,悄悄地探着脑袋往里看了看,房间里边只开着一盏灯光柔和的床头灯,并不刺眼,修黎正躺在床上睡着,只是身上的衣服都还穿着,只有鞋子脱了,身上盖了被子,她叹了口气,推门走进去。

走到床边,她忽然感觉到阳台那边吹来一阵风,便转身去阳台那边看了眼,只见从三楼上边的阳台到二楼他这个房间的阳台处,栏杆都刚刚被整修,半圆四周的围栏被拆除,站在这里有些危险,听说是因为围栏掉漆了,老爷子干脆说要换另一种样式的围栏,所以直接拆除,这个星期就会重新装上。

莘瑶想了想,抬手便要将阳台上的窗子关上,忽然听见窗边的动静,转头一看,见是修黎难受地翻了个身,身上本来盖好的被子也有一半掉在了地上。

她嘴角一抽,快步走过去:"真是的,都这么大的人了,怎么还像个孩子一样,睡觉的时候踹被子!"

一边习惯性地嘟囔着,一边给他盖好被,这时她忽然闻到这房间里一阵浓郁的香味,便转过头四处寻找那香味的源头,没注意到修黎这时候睁开了眼睛。

怎么修黎房间里忽然有这么浓的香味?

该不会是哪个佣人也不喜欢这满房间的酒味儿,特意点了熏香?

但是这味道也太浓了吧,刚刚从阳台上吹来一阵风,那香味便从她鼻间掠过,不然她还真没发现。

"你怎么在这里？"忽然，修黎酒后有些沙哑的声音响起。

季莘瑶低下头看看他，温柔地一笑："怎么？你忘记以前你在大学时候跟朋友喝酒，回家后醉得像烂泥一样，是谁把你伺候得像少爷一样最后睡个昏天黑地的？"

修黎皱眉，挣扎着坐起身，却是单手按着额头，又用力晃了一下脑袋："我喝太多了，那些老家伙劝酒的方式一个比一个狠。"

"废话，人家都多大岁数了，胡吃海喝几十年了，在酒桌上都会那一套劝别人喝个尽兴，自己沾几口就装醉的把戏，你跟这些老江湖拼酒，也真是给爷爷面子。"季莘瑶忍不住笑他，见他难受得要揭被起来，忙伸手去扶他："怎么了？是不是想吐？我扶你去浴室。"

修黎摇了一下头，摆摆手："我自己去就行，你回去休息吧，都忙了一天了。"

"你都醉成这样了，何况我刚刚来之前跟南希说过了，你放心，他不会误会什么的，我扶你过去。"莘瑶笑笑，眼前好歹是她相依为命二十几年的弟弟，无论当初话说得怎样狠，可终究还是不忍心看他醉酒难受成这个样子。

修黎站起身，摇晃了一下，莘瑶便伸手去扶："等一会儿给你弄些解酒的东西，不然晚上胃该难受了。"

修黎皱了皱眉，侧眸看了她一眼，眼中的情绪让人有些看不懂，莘瑶如果不是来之前特意对顾南希说过，好避免误会，也绝对不会在他房里这么久，但见修黎的眼神……

季莘瑶挑眉："看什么看，快去吐一会儿，吐过了回来坐下。"

说着，她直接推搡着他进了浴室，之后转身走出房间，去找王妈帮忙弄些解酒茶。

王妈本来是在厨房忙着，见莘瑶在找解酒茶，便出来问："是给修黎少爷喝的吗？"

"嗯，他今天喝了不少酒，我知道他每次喝了太多酒后都会不舒服，得让他喝些解酒茶才行，不然他明天起床时一定会胃疼，还怎么去上班啊。"

莘瑶坦然地笑着走进去："王妈，解酒茶放哪里了，我自己给他弄就行。"

王妈笑着指了指那边的柜子："在第二个格子里，有一个绿色的罐子，就在那里。"

莘瑶道了谢后去拿，沏了大半杯之后便重新上楼，刚走回二楼，便突然又看见温晴的身影，只见温晴穿得十分清凉，一身雪白的裙子，肩上的吊带是透明式的，而裙摆只能险险遮住臀部，看起来明显就是一身清凉的白色睡衣。

这楼下的客人还没走，虽然温晴今天也没怎么见这些客人，但是这个时间穿成这样在二楼走廊里走过……

温晴正要向走廊那边走，仿佛是感觉到了身后传来的目光，当即转眼看向季莘瑶，见她手里捧着解酒茶，似是愣了一下。

第十四章 真相

"穿这么少，现在还没到炎夏的天气，你不怕感冒啊？"莘瑶虽然不喜欢她，但由于好奇，还是开口试探了一句。

温晴抿着嘴，不说话，只是满脸不悦地看了看她手里的醒酒茶，之后一扭身，转身回了她自己房间，没再出来。

怎么古古怪怪的？

季莘瑶蹙起眉，走过去，路过温晴的房间，想起刚刚温晴那像是刚刚洗过澡换了清凉的睡衣出来的模样，心头一顿。

该不会……

温晴又想趁着修黎睡着，跑去他房里搞些什么吧？因为顾南希那里实在无缝可钻，于是她现在开始想方设法地要爬上修黎的床？

刚刚修黎房间里的香味……

她突然想起那一次温晴的朋友给她从印度带回来的那些奇怪的香膏，那时候她还有防备心，何婕珍也特意检查过，确定那香膏里没有麝香这种会导致人流产的成分，才把这些香膏还给温晴，难不成温晴已经狗急跳墙到要趁着修黎酒醉意识不清且意志不够坚定的时候用这些印度的怪东西搞出点什么？

虽然这可怕而狗血的想法让季莘瑶忍不住脊背一凉，但想想温晴的那些奇怪的香膏，还有修黎房间里的香味，之前温晴似乎刚刚从修黎房里出来，不是没有可能，真的，不是没有可能……

嫁进顾家，成为顾老爷子名正言顺的孙媳妇，对温晴来说就真的这么重要吗？

再想想她刚刚穿得那样清凉，刚刚走的方向也明显是要去修黎的房间，但她却没想到会被中途又回到二楼的季莘瑶给撞见。

幸亏被她给撞见了！

季莘瑶在心里暗骂一句，快步从温晴的房门前走开，走到修黎那边，推开门，她必须得让修黎清醒过来，于是干脆打开灯，房间里骤然亮如白昼，本来是靠在床边半醉半醒的修黎当即被这刺目的强光刺激得皱起眉，抬手抚上眉眼之间，隐隐地低咒了一声。

"我给你倒了醒酒茶，自己喝。"莘瑶严肃地走进去，把手中的杯子放在桌上，又向四周看了看，寻找那阵香味的源头。

也不知道是被放在了哪里，也看不见哪里有烟飘起来，她干脆先进了浴室，用凉水洗了毛巾出来，直接远远地扔在季修黎头上："快擦擦，我有事跟你说。"

修黎抬手按住毛巾，自己擦了擦脸，之后勉强坐起身，一边揉着额头一边眯着眼睛看着季莘瑶，哑声说："什么事啊，非得现在说？"

"先把醒酒茶喝掉。"季莘瑶也不靠近他，只是站在窗边通风的地方，免得自己也闻太多那股奇怪的香味。

这些都是只有电视剧里才有的东西，以前老爷子就说过，温晴整天除了在计算机里找那些不现实的偶像剧看就不会看其他现实的东西，她真怀疑温晴的脑子里是不是全是这些愚蠢的东西，这样对她有什么好处？

更可恨的是，对她老公无法下手，现在转而要对她相依为命多年的弟弟下手，简直可恨死了！

见季莘瑶站在窗边，那一副咬牙切齿的模样，修黎才觉得她似乎是真有什么重要的事说，便低叹了一声，似是对房间里这忽然大开的日光灯有些不满，眯了半天眼睛，才缓了过来，伸手拿起桌上的杯子，喝了一口，觉得有些难喝。

他刚要吐，这边季莘瑶就瞪着他："这是醒酒茶！你又不是没喝过！不许吐！"

"怎么了啊？"见她这副苦大仇深的表情，又一脸的寒霜，说话的语气还夹枪带棒似的，修黎不可思议地看她一眼，只好咽了进去，勉强又喝了几口。

直到看见修黎放下杯子，季莘瑶才斜视着他，一脸严肃地问："清醒了没有？"

修黎吐了口气，被这醒酒茶搞得有些恶心，不情不愿地说："季莘瑶你更年期提前了吧？我喝多了你让我好好睡一晚不就行了，干吗非要把我弄醒？难受死了。"

说着，他又用力按了按额头，不满地哑声嘀咕："帮你那重伤初愈的老公挡了不少酒，结果我就这待遇！"

季莘瑶嘴角抽了抽，继续站在阳台的风口处，瞪着他："自己好好闻闻，你这房间里都什么味儿？"

修黎皱眉，听了她的话后，才起身，闻了闻，好半天，才疑惑地说："哪来的香味儿？"

"没有其他佣人进过你房里吧？之前是顾南希扶你进来的对不对？"她问。

他回想了一下，点点头："是顾南希扶我回来的。"

"果然。"季莘瑶无奈地长叹了口气，看了一眼时间。

之后季修黎仿佛是明白了什么似的，眼神一变，突然转眼看向季莘瑶，两人对视了一眼。

晚上9点半，顾老爷子这边的饭局刚撤下，便突然看见温晴一脸焦急地仿佛发生什么大事了一样地跑下来。

"爷爷！爷爷！"

"怎么了？毛毛躁躁的？都多大个姑娘了，以前那听话稳重劲儿真的没有了？"一看见温晴从楼上跑下来的模样，老爷子便敛住脸上的笑意，瞪了她一眼。

温晴一顿，之后咬着唇，还是快步走下来，跑到老爷子身边，贴在他耳边以手挡着嘴，悄悄地说了几句话。

顾老爷子越听越拢起眉，之后用甩袖走开："胡扯！"

"真的！爷爷！她都半天没有出来了！您不是早也发现他们姐弟之间有些问题吗？爷爷，您知道的，小晴虽然以前犯过糊涂事儿，但是现在一直都很安静啊，如果不是亲眼看见，我跑来和您说什么啊？我也不想搞得自己像是一副整天搬弄别人是非的样子！这是我亲眼看见的！都快一个小时了，她还没出来！房间里有些奇怪的动静呢！"

第十四章 真相

151

说到奇怪的动静时，温晴一下子就红了脸，小心地看着老爷子那越拢越深的眉："爷爷，您要是不想让南希知道，您就自己先去看看！千真万确！"

顾老爷子再又看了看温晴的表情，犹豫一会儿，这边何婕珍收拾好东西走过来："爸，发生什么事了？"

老爷子拢眉道："小珍，跟我上楼看看。"

何婕珍一愣，疑惑地看看一脸焦急得很怕会错过什么似的温晴，再又看看老爷子那威严的表情，迟疑地点点头："好。"

一行人走到二楼，温晴一声不吭地跟在老爷子身后，因为走廊里有些昏暗，她半垂着头，嘴角翘着几分得意的笑。

何婕珍却是越走越觉得心口发沉，见温晴一路低着头不敢乱说话，顾老爷子亦是一脸严肃冰冷地走在前边，拐杖拄在地上的声音刻意放轻，但在她这里听来，却是一声一声的让人觉得心里发堵。

终于走到修黎的房门前，眼前的房门紧闭，看着这紧闭的房门，老爷子的眉心越拢越紧，似是在考虑什么。

"爸？"何婕珍轻声开口。

老爷子抬起手，示意她别出声，他就这样站在门前，静默了半天。

而温晴却是忍不住，怕里边的好戏很快就上演完了，便忙直接走上前，伸手就用力推开房门，见这门竟然被人在里边反锁上了，她更是心头一喜，转头看了一眼老爷子，小声说："爷爷，门被反锁了！修黎要是真喝醉了一个人在房间里睡觉，怎么会反锁上房门？"

老爷子看了她一眼，眼中的情绪有些漠然，突然抬起手中的拐棍狠狠地戳向眼前的房门，虽然房门是上好的实木质，但也禁不住老爷子这一个老军人的蛮力，只听一阵碎响，接着房门骤然开了一条缝，温晴顺势伸手去推开门，看着眼前房里的一片黑暗，在门边的墙上摸到灯的开关，直接打开了。

何婕珍跟着走了进来，三个人同时看见床上在被子下边的两个人形身高似的突起，修黎的头露在被子外边，上半身赤裸，一脸醉相地紧抱着被子里的另一个人，看起来都睡得正香。

老爷子拢眉，还没发火，何婕珍便突然上前惊讶地看着床上相拥的两人："这……"

"季莘瑶！你这个贱人！趁机爬上修黎的床！还知不知道什么叫羞耻！"

温晴咬牙冲上前，不顾一切地直接一把揭起床上的被子，往旁边一扔，低头一看，当即傻住了。

只见床上躺着的确实是修黎，可修黎怀里抱着的，却是一只一米多长的抱枕，刚刚盖着被子，看起来像是他抱着一个人一样。

老爷子一愣，讶然地看看眼前的状况，突然间便仿佛是明白了什么，却是没说话，而是缓缓将视线移到温晴身上。

何婕珍亦是松了口气："吓死我了，这到底搞什么啊？小晴？"

"怎么会……"温晴不可置信地看着躺在床上的只有上半身赤裸的修黎,瞪着他怀里的抱枕,像是疯了一样冲上去将他怀里的抱枕抢过来,在手里用力抖了半天也抖不出什么:"季莘瑶呢?她人呢?我明明看见她进你房里了!"

"不用找了,我嫂子在这儿呢!"

顾雨霏从门外走进来,虽然挺着大肚子,但这两天气色还不错,站在门前,一脸冷笑地看着站在床边发了狂似的温晴,转头看看身后的面无表情的季莘瑶:"嫂子,果然有些人满肚子坏水儿,想方设法地想要诬陷你啊。"

季莘瑶没有说话,是因为顾南希正站在自己身边,握着她的手,给她面对眼前这一切的力气,否则她真的无法直视!

这个温晴,竟然可以做到这种地步,为了自己的利益,可以想方设法地让别人身败名裂,如果此刻她真的中了招,现在恐怕是跳进黄河洗不清了!

"怎么会?"一看见门前的三个人,再又看见顾南希对她已完全无话可说似的神情,温晴惊慌地向后退了一步,转头看看房间四周:"不可能的!我明明看见她进来了!她进来一个小时都没有出来!我一直在看着!她怎么出来的!她怎么会在门外?不可能的!"

"白痴!你以为顾家人的脑子跟你温晴是一个系统的吗?"顾雨霏冷笑着斥道:"你想将计就计地陷害我嫂子,我们也会将计就计地让所有人看清你温晴的真面目!想知道为什么吗?"

雨霏抬手,指向修黎房间里的阳台:"那里,阳台,目前没有栏杆,我嫂子知道中了你的圈套,于是打电话让我帮一个忙,那时候我和我哥正好都在楼下,我们找了一个梯子,搭在阳台上,让我嫂子慢慢走下来。"

温晴惊诧地转眼看向身后的阳台,仿佛这才想起最近家中二三楼的阳台被拆掉要换新的,整个人愣在当场。

修黎睁开眼,缓缓坐起身,一脸头很疼似的表情,抬手用力揉了揉额头,叹了口气道:"把你那什么古怪的印度香拿走吧,我房间里容不下这种太浓的香味儿。"

温晴本来已经铁青的脸瞬间煞白,整个人站在原地不知所措,只是摇头:"不是,爷爷,不是这样的,我明明看见季莘瑶进来了!他们一定是做了什么之后,有警觉,怕被发现,所以才找的雨霏帮忙,装成无辜的样子,从这里爬出去!不然的话,她为什么不光明正大地离开!为什么要偷偷爬出去!爷爷,她有问题!"

"放屁!"顾雨霏忍不住骂道:"我接到我嫂子电话的时候,我跟我哥在一起!你当我和我哥两个人跟你一样蠢?你这脑子病得不轻吧?"

"那是因为南希不想自己老婆丢人的事情让别人知道,他不得已才护着季莘瑶的!"温晴大吼。

本来顾南希已不想再管温晴的任何事,但这一次,他终究还是慢慢放开莘瑶的手,走进门,他没有任何激动的情绪,只是,他看着温晴的眼神,很冷。

毫无感情的冰冷与漠视,他开口的语气寡淡:"在你眼里的爱情早已经变

第十四章 真相

153

了质，温晴，我的感情与婚姻没有这么多尔虞我诈，没有这么多阴谋诡计，我因为爷爷的关系，给了你太多次机会，你是真把自己往绝路上逼。"

"是啊，除了挑拨挑拨再挑拨，你还会什么？今天一套明天一套的，爷爷是始终睁一只眼闭一只眼，爷爷为什么要这样做，不就是因为你爷爷当年救了他一命吗？我们顾家人知道感恩，处处让着你，就算你犯了多大的错，爷爷最多也只是把你关在房里，结果呢，你还是不知悔改，到了今天，还是想再弄出些事情来让我们全家血雨腥风的，温晴啊温晴，你可真是始终都不安好心！"

顾雨霏靠在门边，双臂环胸，一脸冷笑地看着温晴那煞白的脸色："对了，刚刚我们在来之前，特意去你房间里搜了一下，就你这些印度的香膏，虽然没有会使人流产的成分，但或许其中存在的其他成分，更让人恶心吧？"

雨霏抬起手，手中放着几只精致的小盒子，都是温晴当初那个盒子里的小香膏，各种颜色，各种香味。

"说真的，你这香膏我当初没看见，你可能不知道，我在美国无聊的时候，专门喜欢研究这些国外的香料，这种印度香膏，其中所含的香气，跟那种印度神油的药效是一个概念，只不过你这个不够明显，除非是用火将其燃烧，否则这香味就没什么效用，温晴，你平时都交的是什么朋友啊，这种东西说带就能给你带回来？这该不会是你从国外的某些网站上找人代购买回来的吧？"

听完雨霏的话，本来正沉默着冷眼审视着温晴的顾老爷子突然转眼，看向雨霏手里的那些小盒子，仿佛也想起了不久前温晴弄来的这些东西，当即目光更是冷了几分。

见老爷子看着自己的目光里是深深的失望，温晴肩膀一颤，忽然转身，跑到修黎房间里的电视柜下边，从里边掏出一样东西，攥在手里，便要往阳台那边冲。

"她拿的什么？"修黎拧眉，正要起身，却因为醉酒的关系，刚起来一下就又坐了回去。

这边何婕珍忽然叫了她一声："小晴！"

温晴仿佛听不见大家叫她一样，直接冲向阳台，何婕珍快步走了过去，在温晴想要将什么扔掉之前，拉住她的手，从她手中拿过一只被烧掉了一小半的淡蓝色固体香膏，她顿时不可思议地看着温晴那缩着肩膀一脸委屈的表情，突然放开她的手，紧握着手里的香膏，转过眼，看向已经将这一幕看得清清楚楚的老爷子："爸，这……"

"拿过来，我看看。"老爷子淡漠地开口。

何婕珍走过来，将手中残余的香膏递给他，顾老爷子接过，在手中仔细看了看，再回眸看向站在门边的顾雨霏："这上边的痕迹，是被烧过的？"

雨霏点了一下头："这种膏体不像粉末，是印度的一种特殊的香膏，是在一些夜店里那些男人和女人们互相为了搞气氛才会用的东西，不过确实有一些特别的效用……对刚刚喝过酒的人尤其有效，这东西用水都泡不化，只能用火烧，烧起来后比蜡烛持久，只是一小层的膏体就能让一个醉酒的人意乱情迷，产生幻象，如果经常闻的话，会上瘾，和毒品差不多。"

老爷子深吸了一口气，突然转过眼，看向站在阳台边上一脸煞白地只盯着地面的温晴："温晴！是不是我容你一天，你就要搞一天的乱子？全家对你的容忍你真以为我们视而不见，真以为爷爷会惯着你一辈子是不是？"

外边突然响起一道惊雷，温晴同时肩膀狠狠颤了一下，抬起眼，先是委屈地看了看老爷子，再看看依旧靠在床边，单手抚着额头，一脸头痛欲裂又不耐烦表情的修黎，再又看看顾南希漠然的完全无视她的态度，忽然哭了出来，随着外边倾盆大雨落下，她的眼泪也越来越多，最后干脆蹲在地上，哭得像个马上要被人丢弃的孩子，几近号啕。

温晴在他们面前哭过，但从来没有这样哭过，莘瑶看着，虽不忍心，却是无话可说。

如果这件事情不是她警觉得早，现在跳进黄河洗不清的人就是她自己，到时候如果自己在这里哭天抢地，又有谁会相信自己，谁会可怜自己？那时候的温晴，恐怕会得意得恨不得一脚把她踹出顾家吧。

对于温晴现在的真面目被揭穿，季莘瑶没有一点快感，只被她那哭号的声音扰得心烦，皱起了眉，转过身。

顾南希似是知道她现在的心情，半环过她的肩，安慰地轻轻拍着她的肩膀："不舒服？我们先回房？"

无论温晴今夜之后是走还是继续留下，莘瑶对于温晴这个人是真的腻了，烦了，累了，一点也不想再接触，听着那哭声心烦得不行，便点点头。

结果就在她刚要走的时候，屋里突然传来温晴撕心裂肺的哭喊声："季莘瑶你满意了是不是？顾雨霏！你们都满意了是不是？终于要把我这个外人从顾家赶走了！我从来都不是你们的家人！你们从来也没有把我当家人看待过！我只想把爷爷当作亲爷爷，而不是因为救命之恩而施舍给我的这一个干爷爷！我只想在顾家生活得不用那么小心翼翼，不用从小就试图变成爷爷喜欢的那种乖女孩儿，我也想像雨霏那样任性得理直气壮！我也想让爷爷把我当成亲孙女一样偶尔正常地骂几句但是心里却还是疼的，而不是表面上对我客气的疼爱！"

温晴站起身，用力擦去脸上的眼泪："所以我一直努力地想要让南希喜欢我，一直在等，一直在等，可是等到最后他娶了季莘瑶！我的梦早就碎了！我不再扮演乖巧！是因为爷爷已经知道我心内的不平衡！我没必要再装！我就是不喜欢季莘瑶，我就是排斥她！可是你们，处处都向着她！每一次无论我说什么你们都不信！"

"现在，顾雨霏，你很开心吧？季莘瑶你满意吧？你们的报复都成功了！爷爷终于看清我的真面目了！顾家从上到下都把你当成宝贝，而我温晴从此连顾家的一条狗都不如！不，狗还有地方住呢，也许从此我在顾家一点容身之处都没有！季莘瑶，你满意了！"

温晴疯狂地嘶喊着，眼睛哭到红肿，何婕珍没说话，见雨霏只是一句话不说地站在门边冷眼相看，怕自己女儿被气到，便走过去，扶住她，以手在她手背上温

第十四章 真相

155

柔地拍抚。

而雨霏却是始终一句话都不说，连一句解释都没有。

现在是温晴卖命表演的时间，她如果不珍惜现在最后的机会，以后再想在爷爷面前表演，也就没机会了，她何必插话。

顾老爷子只是沉默，双手覆在拐杖上，以悲悯的目光淡淡地看着温晴那像是忽然吃了火药一样跳起来哭喊咒骂的模样。

"顾家为什么直到现在仍给你容身之处？"季莘瑶还没有开口，顾南希便已然转过身，率先开口，"一次容忍是因为把你当作自家人，两次容忍是因为二十几年的感情，三次容忍是因为你爷爷留下的恩情，是你从来没有将自己放在正确的位置，走上歧路，无药可救。"

顾南希这话说得很是平淡，亦是明显在告诉温晴，她已经没有机会了。

"自己人？感情？恩情？"温晴忽然冷笑，"我做错什么了？季莘瑶抢了我的男人我恨她！可她现在不还是活得好好的吗？没有缺胳膊少腿，肚子里的孩子也健健康康的！我做过什么了？你们有证据吗？有吗！"

说着，她忽然指向季莘瑶："还有，她季莘瑶跟修黎之间本来就有私情，这种事情！俗话说无风不起浪！季莘瑶你敢摸着良心说你跟修黎只是姐弟之情吗？摸着良心说！"

"你够了没有？就算我跟季莘瑶不是亲姐弟，曾经生活在一起二十几年，我们之间互相的关心是习惯，而非你想的那么龌龊！如果我跟季莘瑶因为你的几句话就刻意疏远，那才叫有问题！"修黎突然皱着眉，一边揉着额头一边不耐烦地骂了一句，"你简直就是不可理喻！"

温晴瞪大双眸，咬牙切齿地转眼，看向老爷子，仿佛是在尽量让自己冷静下来，用诚恳的目光看着老爷子："爷爷！我说的就是事实！只是有些人狡辩都能狡辩出花来！反正今天是我倒霉，没抓到他们的现形，没真的捉奸在床！所以你们怎么误会我都好！"

"温晴呀，这东西都已经被找出来了，你还想抓谁的奸？"何婕珍忽然忍不住终于说了她一句："咱们顾家对你怎么样，你自己心里不清楚？你从小我都把你当亲生女儿看待，就算雨霏被气走了，我也没亏待过你一分！看着我女儿在美国自己独立生活得那么辛苦，我虽放心，但也会心疼！看着你像个公主一样在顾家被当作宝贝，我也没觉得不平衡过！你是不是真要全家把你供起来，才会觉得自己被当作顾家人了？"

何婕珍虽然性格很爽朗，在外像个老顽童一样，但是在顾家里，任何事都懒得发表言论，是个极中庸的人，而今天她能说出这番话来，可见她对温晴已多寒心多失望。

温晴似是也没想到何婕珍会说她，当即愣神地看着她。

"说到底，无非就是她骨子里的自卑，自卑是一种病，会把身边的所有人都想象成想要害她，所有人都抢夺了她的一切。"顾老爷子沉默了许久，终于开了口，声音是冷淡极了。

"季莘瑶就是一个贱人！不干不净！否则她干吗怕大家来抓她，干吗反过来害我！"温晴忽然大着声音骂了一句。

季莘瑶已经彻底无话可说了，连回头看一眼都觉得会瞎了自己的眼睛，而顾南希却是平静地转眼，他平静的视线却让温晴觉得逼人，无法直视，于是悄然地将拳头在袖中握紧。

那是慌乱，亦是浓浓的不甘。

"妈，我累了，我先回房了。"雨霏见这情景，已经懒得再管，只是看了一眼沉默的似是在考虑的老爷子，便转身走了。

何婕珍先送雨霏回房，这边季莘瑶也不想再听下去，便将手反握在顾南希的手腕上，轻声说："南希，我们也回去吧，我头好疼，听不得有些人自以为委屈，哭着喊着的这些话。"

"季莘瑶你说谁呢，都到了这一步了！你还跟谁在这里装圣女呢？"温晴咬牙，忽然转身，推开所有人，冲了出去。

"温晴，你还想闹什么？"见她冲出去，老爷子顿时吼了一声。

温晴却是头也不回地向外跑，在路过莘瑶身边时故意狠狠撞了她一下，莘瑶皱眉，在被撞的瞬间顾南希已察觉，便突然将她拉开，温晴没撞到她，便继续向前冲。

"快，快拦住她，别让她再闹出什么事来！"老爷子气得直跳脚，忙向外走。

然而温晴却是没有跑出去，而是跑回她自己房里，在所有人都走过去的时候，她不知是从哪里翻出来一叠东西，从里边掏出许多照片，全都抖在地上："你和你妈妈一样，和修黎的妈妈一样！都是不知廉耻的下贱女人！专门抢别人的男人！你以为程程以前骂你的都是假的吗！看看你，赤身裸体地在男人身下的样子！看看你妈当年那便宜货的样子！"

季莘瑶看着地上的照片，脸色当即便僵住，不敢置信地看着地上那些照片。

她一直在担心徐立民当时手里藏着的那些关于她的照片都去了哪里，是被销毁了还是一直没有拿出来，却没想到竟然会被温晴一直藏在手里。

满地的照片，虽然都是被处理过，但有许多都是季莘瑶十七岁那一年在Y市的那间仓库所发生的一切！

她脚下一阵踉跄，顾南希骤然一脚将地上这些照片踹开，抬手将季莘瑶的头按向自己的肩，不让她再看这些过往最难堪的回忆，一边牢牢按住她的头一边转眼冷声道："温晴！"

温晴红着眼，哈哈地笑："我说过，我说的都是实话！你们都不信我！都不信我！还有季莘瑶的妈妈，爷爷你记不记得，当年跟石芳一起的那个女人，那个叫单晓……"

"够了！"

老爷子忽然将拐杖用力杵在地上："咱们顾家容不下你！这么久以来爷爷对你的事一压再压！是真无法无天了是不是？要么让南希把你跟季程程关在一起，你

第十四章　真相

们两姐妹在里边继续狼狈为奸！要么你自己从顾家滚出去！"

温晴骤然转过眼，不敢置信地看向老爷子："爷爷！"

"别叫我爷爷！我不是你爷爷！你不是一直不把自己当顾家人吗？现在你已经不是了！滚出去，收拾东西，马上滚！顾家不会再留你！咳……"

老爷子说完，便用力咳了两声，显然气得不轻。

"爸！您消消气！"何婕珍忙走上来，扶住老爷子，见老爷子的脸色很不好看，忙抬手在他背上轻拍："千万别动怒！您老的身体受不了这么大的气！"

顾老爷子又咳了两声，然后摇了摇头，再又摆摆手，叹了口气，一脸失望地看着呆愣愣地红着眼睛站在房门前的温晴："真是作孽啊！"

修黎套上一件衣服，走出来。

他见老爷子说了这话，便斜倚在墙边，不冷不热地说："老爷子，这事儿你也有份儿，你不相信我也就罢了，还不相信季莘瑶，她自从嫁进顾家后究竟是一个怎样的人，应该不用我们任何人来跟您形容吧？"

他继续冷笑道："温晴的三言两句固然可恨，可究竟是谁助长了她的嚣张气焰？您若是不相信她，又怎么会一起上来打算抓这个奸呢？"

顾老爷子一听，当即脊背僵直，迟疑地看了一眼季莘瑶，眼中情绪莫测。

而这边季莘瑶想要抬起头，顾南希却是牢牢按着她的头，将她抱在怀里。

那些照片既然出来了，她现在躲着也没用，反正老爷子对那件事早已经知道了，如果老爷子会因为这些旧照片介意，早就介意了！

她忽然想起刚刚照片里边还夹了几张泛黄的黑白照片，那些照片里有两个女人似是在哪个酒桌上和一群人在吃饭，她只是匆匆一瞥，想到温晴忽然提到自己的妈妈和石芳，便想要再去看一看。

而顾南希却没有让她抬头。

"您在刚刚彻底看清温晴真面目之前，其实在心里还是一直偏向着温晴，您觉得温晴是在你眼皮底下长大的孩子，再坏也坏不到哪去，可季莘瑶在顾家这一年来初来乍到，您再喜欢，也还是有防心的是吧？"

修黎字字犀利，老爷子却是不反驳，只是看着莘瑶的方向，叹了口气："贼丫头，是爷爷不对。"

莘瑶终于抬起头，却是没有先看向照片，而是转眼看向目光诚恳的老爷子，想到他都这么大岁数了，居然会因为这点事情和自己一个小辈这样道歉，不禁动容地微微一笑："爷爷，我能理解，没关系的，反正什么事情都没有发生，何况现在我也已经算是人心所向，这就足够了，真的。"

老爷子点点头："好孩子，以后任何人传出来的关于你的流言蜚语，爷爷一概都不再信。"

说着，他转头，厉色地看着面色灰白的温晴："特别是温晴！爷爷容了你太久！是你这孩子实在不知好歹，你是想让顾家人赶你走，还是自己收拾东西离开？"

温晴沉默了一会儿，尽量让她自己看起来冷静，她咬了咬牙，忽然目光凛冽地看向正低头看向那些被顾南希踹开的照片的季莘瑶："你妈妈单晓欧当年和石芳是一路货色！别把自己看得太清高！"

说着，她再又突然一脸冷笑地看向对她完全漠视的神情平淡的顾南希："还有，顾南希，单晓欧当年究竟是被谁逼到跳楼自杀，你自己心里有数，我早就说过你跟季莘瑶不会有任何好结果，你们不信！是你们不信！哈哈哈哈！利用所谓的感情自私地绑着一个跟你们顾家有深仇大恨的女人，你存的究竟是什么心思？"

"温晴！"不等顾南希开口，老爷子便骤然大喝一声："你是想要把我对你这二十几年的所有感情在这一夜之间消耗殆尽是吗！"

温晴肩膀一抖，接着便发了疯一样地哈哈大笑："哈哈哈哈哈哈！爷爷，我都已经走到这一步了，消耗光你的感情和现在能有多大差别？都已经这样了，你以为我会在意这些吗？"

她骤然以所有人都没想到的速度蹲下身，从被踹翻过去的那些照片里找到一张照片，猛地举了起来，直接举到季莘瑶面前："看看！这就是当年的单晓欧和石芳，这两个女人在当年那件……"

话还没有说完，温晴便因半张脸掩没在阴影里的顾南希的那仿佛平静却是逼人的神情而心惊了一下，顾南希没有半分动怒，却是安静得诡异，目光淡淡地看着温晴。

季莘瑶没注意到顾南希和温晴的表情，只是惊骇地看着眼前的照片，照片里的两个女人确实是石芳和她妈妈，可是这两个女人在一张酒桌上，浓妆艳抹，且从这照片上来看，这应该是单晓欧已经生过孩子后的照片，而石芳亦是坐在一个男人怀里……

那个男人，就是当年的顾远衡。

石芳的事情她知道，但是她妈妈怎么会和这些事扯上关系？

季莘瑶有些愣神，再又想起温晴刚刚说的话，更是猛地抬起眼，看向温晴，而温晴却是握着照片，不再说话，只是满眼威胁似的高昂着头，冷笑着看向她身后的顾南希。

莘瑶下意识地转头，正要去看顾南希，而身前的温晴忽然将照片用力往地上一甩。

莘瑶猛地拉回视线，却见温晴忽然间仿佛见了鬼一样地看着季莘瑶，通红的眼里满是眼泪，嘴边翘着一丝冷笑，那是失败者走向妥协的一种绝望的笑容。

冰冷，而夹带着满满的恨意和不甘。

"无论怎么样，我都一样是输了。"温晴忽然平静地说出这一句话，之后却是昂着头，双拳在身体两边紧握，转身，顺着走廊的墙边，一步步向楼梯的方向走。

季莘瑶站在原地不说话，只是低着头，狐疑地看着地上的照片。

这时顾南希将她重新揽在怀里，在她肩上拍了拍："莘瑶，别乱想。"

何婕珍和老爷子连连说："莘瑶这一会儿肯定是受了不少惊吓，之前又独自爬过梯子，南希啊，你扶她下去，让王妈给她弄些温热的果汁喝，压压惊。"

第十四章 真相

没有人去理会打算离开的温晴，而温晴却在听见身后所有人对自己的冷漠和对季莘瑶的关心时，脚步微微一停，直到顾南希揽着季莘瑶从她身边走过，她才缓缓转过头，看着眼前那一对身影，眼中积聚了无数的憎恨和狂风暴雨。

"都到了这一步……"温晴忽然凉凉地开口，声音低低的："我还怕什么……"

她话音刚落，季莘瑶脚步一顿，疑惑地回头看了一眼温晴，不明白她这句是什么意思，难道是刚刚的那些照片真的有什么？正想着，这边顾南希却是安抚地轻拍她的肩："我们先下去，别站在这里，在楼梯边不安全，嗯？"

莘瑶平心静气地想了想，点点头，没说什么。

结果两人刚要走下去，身后本来神情冰冷语气凉飕飕的温晴忽然地就迅速跑上前一步，趁着所有人都没想到的瞬间抬起手猛地朝季莘瑶的背上用力一推，嘶声且仿佛很爽一样地大吼："季莘瑶！你去死吧！"

"温晴！你干什么！"

修黎猛地冲上前惊吼，却已来不及。

"哎呀！莘瑶！"

"贼丫头！"

老爷子跟何婕珍更是惊得忍不住大叫。

季莘瑶完全没想到温晴最后会孤注一掷到这种地步，本来顾南希是温柔地轻轻揽着她，所以在那一瞬间她便突然脚下一滑，整个人完全无抵抗力地往下栽倒。

"莘瑶！"顾南希的声音响起的刹那，季莘瑶已经整个人不受控制地扑了下去，他的手迅速地一抓，却只在千钧一发间扯住了她的衣袖，随着撕裂的声音骤响，所有人的惊叫声同时响起。

"哈哈哈哈哈哈，季莘瑶，你把我逼到走投无路，你也去死吧！你去死吧！去死吧！"

温晴站在楼梯上疯了一样大笑，却是笑得满眼是泪。

而就在那一瞬间，顾南希忽然不顾眼前的楼梯和身上刚刚愈合的伤，直接在季莘瑶倒地之前冲了下去，一把拽住她的手，却是因为无法抗拒的惯性而索性直接随着她的方向倒下去，在她倒地前滚落到她身下将她护住。

可这里是楼梯的中间部分，他刚将她身体护住，两人还是不受控制地向下滚去，顾南希低咒一声，这楼梯的栏杆没有竖杆，抬起手无处可握，无法掌控身体，却只能本能地紧紧将她护在怀里。

那边老爷子已经急得踉踉跄跄地以超出所有人预料的速度丢了拐杖冲下来，在他们两个相拥着即将滚落的刹那直接以身体挡住他们。

"老爷子！"

"爷爷！"

出于母性的本能，季莘瑶双手一直死死护着肚子，即使明知这样摔下来无望也依然死命地护着，顾南希在她倒地之前垫在她身下，接着老爷子忽然以身体挡住他们，惊得她低叫一声，却是瞬间，两个人还是向下滚落了三四阶，直到狠狠地撞到老爷子身上。

"爸！"

"老爷子！"

"南希！"

"莘瑶——"

楼下的王妈等佣人，还有听见声音赶出来的雨霏，与在场的所有人都陷入一片混乱。

季莘瑶虽然没直接滚落到楼下，但肚子还是在阶梯上滚了两下，疼得她头上瞬间溢出了汗，恐惧的感觉更是蔓延她全身，她死咬着牙，单手用力捂着肚子，却是转过眼，满眼是泪地看向似是被撞伤了的老爷子："爷爷……"

所有人都冲了过来，顾南希忍住背后隐隐裂开的伤，一手扶着季莘瑶坐起来，另一手便要去撑起老爷子，何婕珍已经先一步冲过来，扶起脸色苍白一片的老爷子："爸！你怎么样？"

"爷爷……"莘瑶忍着肚子的剧痛，她知道刚刚撞到老爷子身上的力气有多大，这种力度就算一个年轻人都承受不了，何况他一个八十几岁的老人，她一边疼一边急，眼泪不停地往下掉，伸手想要去探一探，手却被顾南希紧紧抓住。

"莘瑶！"老爷子有人去扶，顾南希便收回手，满眼担心地看着她："摔疼了没有？"

疼，很疼，剧烈的疼。

可这时候季莘瑶不知是该点头还是摇头，只是一边害怕地流着眼泪，一边担心地看看那边被一群人手忙脚乱扶起来的老爷子，又吃力地回头看看满眼担心的顾南希，哑声说："南希……我要孩子……我想做妈妈……孩子、孩子不会有事的是吧……是不是……"

越说，她肚子越是一阵抽疼，直到下身隐隐传来一股温热，她便整个人浑身打了个寒颤，哭着用力捂着肚子："别！不行！孩子！我的孩子不能有事……"

"爸！您哪儿疼啊？您说句话！"

那边何婕珍更急着看老爷子的状况，听见这边的声音，忙回过头，当即便直接看向季莘瑶的腿根处，看见她双腿之间流出的少量的血，顿时仿佛心都裂了一样地叫出声来："老天！莘瑶！王妈！快，快去叫救护车！快——"

修黎本来见顾南希在扶着莘瑶，便和众人一起去扶老爷子，听见何婕珍的话，便突然转过身，在所有人都惊慌地正欲行动之际，猛地转身一把从顾南希怀里将已经疼得缩起身子的季莘瑶拦腰抱起，转身就要冲出去。

"修黎！"大家惊愕地叫他，却没能让他停下抱着季莘瑶冲出去的脚步。

"顾修黎！"

季莘瑶疼得说不出话，只是紧皱着眉，双手用力捂着肚子，心却在滴血，而这时，顾南希的声音仿佛带着千年的冰霜凛冽而骇人，突然自身后传来，那是所有人都没

第十四章 真相

161

见过的顾南希,他的眼里是凛冽的冰霜与交织的火光,向来清俊卓然的脸上已是一片让人看起来便不寒而栗的冷色。

修黎脚下一停,似是也清楚这种时候,就算他再担心,也不是他该抱着季莘瑶出去的时刻,于是便只是停了这一步,顾南希便已走过来:"把她给我!"

同时顾南希脱下身上的外套,上前直接将莘瑶裹住,将她接在怀里,莘瑶知道是他,便下意识地疼得在他怀里蜷缩起身体,无助地在怀里颤抖,小声央求:"南希……救救宝宝……"

所有人都看见向来天塌下来都能稳如泰山的顾南希不知何时已经红了眼睛,他在抱着莘瑶出门前回头看了一眼僵直的仍然站在楼梯口的温晴。

那一眼,带着前所未有的杀意!

"嫂子!"雨霏跟着冲出来,一边担心地看着已经被顾南希迅速地抱进车里的莘瑶,一边回头看向被扶着出来的老爷子:"爷爷!你怎么样了?"

修黎只停顿了片刻,便迅速走过去,挡住顾南希正欲打开驾驶位车门的手:"你去后边抱着她,她现在离不开你,我来开车!"

顾南希只看了他一眼,便放开本欲去开车门的手。

现在这个时候,临时打电话叫救护车不如他们自己开车去医院。

一前一后两辆车在公路上狂飙,老爷子在后边的一辆车里,是由何婕珍在开,他们已经打电话通知了医院,也打电话通知了顾远衡,前边的这一辆车由修黎在开,而莘瑶始终只是蜷缩着身体,在顾南希怀里不停地掉眼泪。

"莘瑶,别怕,不会有事,你没有彻底滚落下去,还有爷爷拼了命地护住你,你和孩子都不会有事!"他拭去她的泪水,心疼地抱紧了她。

她的眼泪从来没有这样多过,她从来都不是爱哭的人,可是现在,因为恐惧,因为害怕,因为深深的绝望和冰冷,她真的怕极了,双手仍不顾一切地死命地捂着肚子,整张脸埋在顾南希身前,疼到抽搐,哭到颤抖……

她头上的冷汗越来越多,顾南希的手始终紧紧将她抱在怀里,另一手握着她的手,一同放在她的肚子上,一边尽量藏住焦急的语气,放轻了声音安慰她,一边在她满是冷汗的额上安抚地轻吻:"别怕!有我在,不会有事。无论发生什么,我都会一直在,莘瑶……"

莘瑶泪眼模糊,在他怀里点点头,呜咽着说:"爷爷他……会不会有事……"

顾南希将她抱紧,心疼地吻着她的发际,将她的头按在怀里:"不会,你们都不会有事,相信我,嗯?"

"嗯……"

这些安慰的话对现在心慌又疼得想尖叫的莘瑶来说像是一剂定心丸,她流着眼泪点点头,哽咽着睁大了眼睛,看向窗外飞速路过的夜景,告诉自己,不会有事,孩子一定不会有事,她的宝宝那么顽强,一定会像他们的爸爸妈妈一样勇敢,可以挺过这一关!

她将头深深地埋在顾南希怀里,努力克制自己不再哭,再这样哭下去,别说宝宝现在有危险，就算是平时，也会对宝宝有伤害。"

她努力忍着，用力呼吸着顾南希身上的味道，闭着眼睛，一手与顾南希交覆，一同放在肚子上，另一手抬起，抱住他的脖子，想要在他给自己温暖的同时，也给他以温暖。

她记得他身上刚刚愈合的伤，刚刚在那样的状况下一定会裂开，现在她会担心，会恐惧，他一定也一样害怕，这种时候，不能仅仅是她一个人接受安慰，于是她更加用力地抱着他的脖子，抬头将脸贴在他的脖颈间，小声说："南希，我想要一对龙凤宝宝，男的像你，女的像我，好不好？"

顾南希眉心紧皱，嘴角却是微微上翘，笑着哄她："好，怎样都好，你闭上眼睛休息，别再说话了，有我一直陪着你。"

莘瑶低下头，放下手，乖乖地缩在他怀里，却是转过眼，看向正一脸紧张，双眼始终直视着前方，虽然已经疯了一样地急速行驶，却一直在保证他们所有人安全的修黎，微微勾了勾唇："修黎，你今天可是喝过酒，你姐我这一个人三条命，你可得仔细点啊！"

明明是苦中作乐一样地说些故意挖苦的话去逗他，修黎却是看都不看她一眼，双眼始终盯着前方。

直到终于进入市区，他便索性抄了其他不会堵车的路绕了一圈，终于到了最近的一家市级医院，修黎急急地打着方向盘将车停在医院门前，也顾不上这里让不让停车，便转眼道："快，先送她下去，我去扶老爷子！"

那时候莘瑶觉得腿间的血迹似乎已经干涸，她不知道这样是好是坏，只是一看见医院的红色十字，心头便又是一阵紧张害怕。

她怕，那些医生拿着冰冷的器具把她肚子里的宝宝拿出去，怕他们说宝宝留不住了，怕他们说的一切不好的结果。

可是再怎样怕，顾南希都已将她拦腰抱起，抱着她走下车，迅速进了医院。

"顾总！"几个医生是在刚刚接到顾家人打来的电话后，便早已准备好一切，在大厅里等着的，看见他们进来，便连忙推了两张床过来。

顾南希将莘瑶放在一张床上，面色虽焦急，却亦是厉声道："一定要最好的大夫！她不能有事！听到没有？"

"好的，顾总，我们尽力！"那几个医生一见季莘瑶这么大的肚子，而且下身似乎还出过血，互相面面相觑，之后谨慎地急忙推着季莘瑶走向急诊室。

这边老爷子也被扶了进来，其他几位医生又推着床过来，有人临时看了一眼，直接道："快，左边肋骨断了两根！腿部似乎也因为重创而错位，马上推进去！"

一听老爷子真的是有骨头断了，何婕珍当即便抬起手，按住额头："怎么会这样……"

顾雨霏一路跟着坐车过来，在一旁扶住何婕珍，眼中同样满是焦急："希望都别出什么事才好。"

何婕珍摇头："温晴怎么能这样做！真是太可怕了！顾家怎么会养大这么一

第十四章 真相

个白眼儿狼！到头来狠狠反咬了所有人一口！"

"我去把车开到停车场，主治医生那边你去看一下。"修黎在走出去之前，将手放在顾南希的肩上。

顾南希点头示意，接着便直接走向相邻的两间急诊室，在外边看了一眼两间急诊室亮起的灯，之后叫王妈她们先送何婕珍和顾雨霏去医院的休息室，在最快的时间内安顿好一切。

等顾远衡接到消息赶到时，已经时近凌晨。

急诊室内的季莘瑶，一直不停地抓着医生的手："一定要保住我的孩子，一定要保住我的孩子……"

"顾太太你放心，我们一定尽全力保住您腹中的孩子，现在请您配合我们好吗，放松身体！"那医生安慰她，没有甩开她的手，一点点引导她配合医生们的诊治。

放松，季莘瑶怕自己一放松，孩子也会就这样松掉，就这样流了出去，可这些医生看起来很权威，想起之前顾南希安慰自己时说的话，她咬咬牙，慢慢放松了身体。

就在医生仔细检查时，她因为一整晚的惊险和身体的疲惫，明明他们没有打麻药，可她却已经困倦。

特别是眼前灯光太亮的手术灯，让她睁不开眼，身下那些检查的仪器在小腹上移动，她渐渐闭上眼，在心中暗暗祈祷着，直到听见急诊室的门又开了一次，之后隐约地仿佛呼吸到熟悉的味道。

她睁开眼，见是顾南希不知何时换上了进手术室时必须穿的一身衣服，戴着口罩，走到床边，虽然他戴着口罩，头上也戴着和那些医生一样的帽子，但她就是能认出他的眼睛，他的目光满是温柔和安慰，还带着鼓励，她微微一笑，伸出手去，他亦同时握住她的手，弯下身来在她耳边说："我来陪着你，无论是现在，还是未来我们的孩子出生的那一天，我都会一直陪着你，所以，老婆，别怕，你永远都有我。"

莘瑶点点头，眼泪忍不住又落了下来，抿着唇，却是渐渐困倦得支撑不住，缓缓闭上了眼。

之后，隐约中她仿佛听见医生说："顾先生，顾太太的身体受到强烈震荡，外加精神刺激，孩子目前的状况很危险，我们需要紧急处理一下，一定会尽最大的努力保住孩子，您先离开吧，不然我们这些平时站惯了手术台的人面对您也难免紧张。"

"还有，顾先生，顾太太她的身体状况还算健康，而且怀的还是双胞胎，我们得向您说一下，如果这孩子保住了，但这一次的重创也会留下后遗症，等到孩子足月生产那一天，很可能会大出血，到时候一定要让血库做好充足的准备，否则的话，我们无法保证生产的那一天是否能母子平安……"

季莘瑶在睡梦中蹙了蹙眉，仿佛感觉到顾南希的犹豫，她本来就是一直在恐惧中，所以睡得并不是很沉，在顾南希做决定之前，她努力睁开眼，哑声开口："现在科学这么发达，我听说现在产妇死亡率很低，你们也说了到时候血库准备充足的话，我应该就不会有事，我的孩子已经快六个月了，我要保住他们。"

听见莘瑶忽然醒来说的话，顾南希看向她，莘瑶抬眼，坚定地看着他明明是在心疼自己的眼神，勇敢地对他一笑："南希，别让他们拿走我的孩子，好不好？"

他的眼中明显有了一分犹豫，莘瑶努力地撑开笑脸："你说过，我是坚强的季莘瑶，既然今天我们的孩子们都能坚强地活下来，我又怎么会怕生产那一天会发生的一切？我相信医生，也相信自己，更相信我们的宝宝，还相信你，所以南希，你也要相信我呀。"

终于，顾南希对那医生点了点头，莘瑶才松了一口气。

仿佛又一次做了长长的梦，但是这一次的梦里没有恐惧，没有年少时那些可怕的回忆，只有浓浓的馨香，芬芳在鼻间萦绕。

耳边隐约传来何婕珍的声音："怎么样了？莘瑶醒了没有？"

"孩子怎么样？保住了吗？"接着是顾远衡的声音。

有医生走进来，让他们尽量将说话的声音放轻，之后又说了些什么。

季莘瑶从梦里惊醒，因为耳边的这几句话而猛地回归到现实，骤然睁开眼，看着雪白的天花板，接着便仿佛有几个人迅速围了过来。

"莘瑶啊，你可算醒了！"何婕珍一脸欣慰地看着她，俯下身来摸了摸她苍白的脸："傻孩子，肚子还疼吗？"

顾远衡刚刚将外边一些人送来的水果拿进来，放在一旁，之后便站在何婕珍身后，看着季莘瑶。

莘瑶定了定神，先是看了一眼何婕珍，之后忙抬起手，放在肚子上："孩子……"而手下所摸到的，不是她最害怕的平平的小腹，而是依旧圆滚滚沉甸甸的大肚子，她心下一喜，整个人也来了精神："我的孩子真的保住了？"

见她笑成这样，何婕珍也跟着笑，却是感动得笑出了泪花："你这傻丫头，老爷子和南希拼了命地护住你这丫头，这两个小东西要是还不给面子留下来，也太脆弱了！咱们顾家的孩子，都坚强得很呢！"

莘瑶也跟着傻笑起来，却是想起了老爷子，忙要坐起身，一边挣扎着要坐起来一边急急地问："爷爷呢？爷爷怎么样？他有没有事？"

"哎，断了几根骨头，已经接上了，现在也在病房里躺着，之前已经醒过了，看起来精神还好，就是不能动，人家说伤筋动骨一百天，老爷子这一次恐怕得几个月起不来床了。"何婕珍如实回答，眼里也确实有着担心，她知道故意隐瞒莘瑶反而会让她更担心，便索性直说了。

莘瑶一听，便要起身："我去看看爷爷！"

"你别动。"顾南希走进病房，见莘瑶醒了，似乎也松了一口气，同时更是开口制止她："爷爷现在睡了，你现在首要的问题是把自己养好。"

第十四章 真相

165

见顾南希那显然像是在教训一个孩子的表情，季莘瑶当即缩回了床上，一手轻轻放在肚子上，心里是满满的欣慰和欢喜，另一手去拉何婕珍："妈，您去照顾爷爷吧，我没事，孩子保住了，我也就没事了，昨天晚上大家都是为了保护我才这样，爷爷也是为了我和孩子才伤成这样，你们快去看看他吧，别管我了。"

"行，让南希自己在这里照顾你，我和你爸去老爷子那儿。"

何婕珍识趣地笑了笑，安慰似的拍了拍她的手，之后转身和顾远衡一起走了。

顾南希刚一走过来，莘瑶便突然用力紧紧抓住了他的手，顾南希本来是将手里的一些东西放在桌上，被她这样一抓，便转头来看她，见她眼中是满满的开心，他轻笑，坐到床边，轻声开口道："傻瓜，吃了一夜的苦，孩子是保住了，但是足月生产时，我更是必须陪在你身边，你要保证自己绝对不会有事，从现在开始，把身体养得健健康康的，降低大出血的风险，听到没有？"

莘瑶点头，用力地"嗯"了一声，接着便笑着抱着他的手在自己身前，低下头在他手指上轻轻咬了一下，见顾南希同时挑起了眉，她便笑嘻嘻地看着他说："只要孩子保住了，爷爷也没有什么大事，我就安心了，只是爷爷的骨头断了，真的不严重吗？"

顾南希给了她一抹安慰似的微笑，将她身上的被子向上提了提，温柔地说："主要严重的是肋骨，所幸断骨没有伤到内脏要害，做了一夜的手术。爷爷虽然年纪大了，但毕竟年轻的时候身上受过的伤比这严重多了，他自己都不拿这些伤当回事。从手术室出来后，麻醉药效刚过，他老人家就睁开眼睛一直坚持说要来看看你，你说他有没有事？"

莘瑶这才真的放心，但心里还是有些后怕，见顾南希眼中柔和的目光全是关怀与安慰，她便恬然地笑了一下，抓着他的手，轻轻放在自己的肚子上。

"昨天我看见出血了，以为他们会就这样离开我，都要吓死我了，幸好这两个小东西够坚强。"她一边说一边笑，满眼都是失而复得一般的开心的表情。

顾南希笑着将手在她鼻子上刮了一下："你啊，越来越像个小孩子，咱们的宝宝是因为不舍得你这个深爱着他们的好妈妈。"

莘瑶咧嘴只顾着笑，抬手去抓他的手，想到他昨天为了救自己时，不顾身上刚刚愈合的伤，便忽然想要坐起身："南希，给我看看你背后的伤，是不是又裂开了？"

"没事，医生已经处理过，别担心，你现在顾好自己就行了，听话，嗯？"他轻轻按住她正欲起身的动作，温柔地抬手在她额头上抚过，又抚了抚她额前的碎发，目光柔和："你好好睡，顾宅那边目前有许多事情要处理，爷爷受伤，爸忙部队的事情，抽空回来，事情需要我来解决。"

一听他说这话，季莘瑶便明白是什么意思。

解决。

是解决温晴吧？

无论自己现在是平安还是真的遂了温晴的心愿没了孩子，毕竟老爷子也跟着受了这么重的伤,温晴难道真就一点也不顾这么多年来老爷子对她的恩情了吗?她不会有一点愧疚和担心吗?

一个人一旦丧失了理智,被负面情绪霸占了良心,还真是可怕。

"你打算,怎么处理这件事?"莘瑶躺不住,本来身上就没有什么大伤,只是肚子在阶梯上滚了三四下,现在没什么大事了,身体也不会太虚弱,便还是坚持要坐起来。

见她坚持,顾南希便顺手替她拿起靠枕,扶着她背靠在床头,却没有针对这件事情说什么。

莘瑶轻轻吐了一口气,其实她能理解,温晴毕竟从小在顾家长大,此刻所有人纵使再无法容忍,觉得她再可恨,但是二十几年来的感情也不是假的,好歹在顾南希年幼的时候,身边有一个不懂事的小姑娘喜欢黏着他一遍一遍地叫他南希,无论结果怎么样,温晴也是因为对他的感情太深而走上了歧路。

不管温晴现在怎样丧失了良心,不可否认的是,她对顾南希的爱,是真的。

那已经不仅仅是从年少时一直坚持到现在的梦想,后来更变成一种执着,再后来,更是因为一次一次的失败才不得已想要利用修黎而暂时达成她的目的,但温晴的心,是爱着顾南希的。

她那时在顾南希的眼里看见了杀意,不知道他究竟会怎样处置温晴,但他没有说,她便也不再继续纠缠着问。

季莘瑶抬起手,轻轻地去抓住顾南希的手,手指在他手背上轻轻地来回动着,目光亦是温柔:"南希,人皆有情,我能理解这么久以来,因为爷爷的维护,你一直忍让着不动她,就算是走到今天,我也从来没有怪过任何人。"

顾南希轻叹,反握住她的手:"傻瓜,你这是说得轻松,现在是孩子保住了,如果这孩子没保住,恐怕第一个想杀了她的,就是你自己。所有人也都会因此而自责,为了一个自小在顾家长大的白眼狼,眼睁睁看着她伤害你和孩子……昨天,我早该想到的。"

莘瑶怎么会不知道,那时候躺在急诊室里的时候,她就恨不得把温晴千刀万剐,她只是不想顾南希和顾家其他人有自责,由此她也只是笑:"她当时情绪那么低迷,大家都以为她会就这样黯然地离开,谁都想不到她最后会真的彻底把她自己逼上绝路。"

说着,莘瑶又摇了摇头:"她是慌乱,是不甘,最后也是黔驴技穷了,本来她就是从小被宠坏了,一点真正强大的心机都没有,再又结交季程程这样的好姐妹,更是只会走向歧路。"

就在这时,病房的门被人推开,顾雨霏站在门外,脸色深沉道:"哥,温晴一个人跑来了。"

顾南希面色平静:"在哪?"

"在爷爷病房,本来爷爷刚刚才又睡下,就被她吵醒了,又是哭又是闹又是跪的,敢情是昨天晚上那冲动劲儿过了,现在后悔了,跑来找老爷子求情,哭哭咧

第十四章 真相

咧地跪在病床边死活不走。"顾雨霏一边说，一边一脸厌烦地皱起眉："她真以为爷爷永远都是她的救星啊！真没见过这么贱的！"

"爷爷怎么样？"顾南希平静的神情下却仿佛若有所思，走过去，让雨霏进来。

雨霏没有走进来，只是探过头朝季莘瑶挥了一下手，这边莘瑶被雨霏的动作惹得笑了一下，之后见雨霏踮起脚，贴在顾南希耳边不知说了什么。

"你先过去，别让她碰到老爷子，我随后就到。"顾南希示意雨霏先回爷爷那边。

顾雨霏点点头，转身走了。

莘瑶一直看着他们，直到顾南希转回身，回到床边，扶着她重新躺下："你先休息，我去爷爷那边看看，如果睡不着，就陪宝宝说说话，嗯？"

他俯下身来亲了亲她，眼中带着清明和坦然的笑，莘瑶乖乖地点头："去吧，我没事。"

"不许乱跑！"在他转身要离开之前，他忽然又回头严肃而认真地说道。

莘瑶扑哧一笑："好啦，我又不是小孩子！"

顾南希的目光变得愈加柔和，随后嘴中溢出一丝叹息："我早说过，你都没有孩子省心。"轻喃出口的话语带着几分心疼，更又带着几分独有的宠溺，随后他笑了笑，嘴角微微扬起。

直到顾南希走了，莘瑶才又自己一个人撑着坐起身，她现在只是肚子还有些不大舒服，身体倒是还算灵活的。

想想刚刚雨霏说话时的语气，说真的，不能怪她此时对温晴很防范，但是她确实不得不防着，她也担心都已经走到这一步了，温晴还有什么出奇制胜的招数去哄爷爷，就这么躺在病房里也不安心，她干脆小心地走下病床，随手拿起那边挂着的一件外套，披在肩上，缓步走了出去。

她的病房在妇产科这一边，在七楼，老爷子的病房在骨伤科那一栋，要从两楼之间的过道穿过去，莘瑶去导诊台问了一下，问到老爷子的病房所在，便直接朝那边走去。

走到老爷子的病房门前时，她刚要抬起手轻轻敲门，便突然听见里边传来一阵温晴的哭声。

"爷爷，小晴真没想要您受伤的，您就原谅我吧，小晴昨天只是一时冲动，我只是……"

"是不是莘瑶和老爷子的命都没了，你才不会再觉得自己是无辜的了？"何婕珍叹了口气，向来中庸平和的语气里也已是满满的不耐烦。

"那还不是季莘瑶逼我的！爷爷，干妈，你们想想，在季莘瑶嫁进顾家之前，我是什么样，在她嫁进来之后，我又是什么样，我都是被她逼到这一步的！"温晴粗着嗓子喊："我只针对她一个人而已！我没有想伤害顾家人！我更没有想伤害爷爷！"

"爷爷，您就原谅我吧，让小晴来照顾你，好不好？"

"你可算了吧，让你来照顾爷爷，真怕你再又一时冲动，一时不理智，再把

168

咱们本来能活到长命百岁的老爷子给杀了。"顾雨霏斥了一声:"你还有完没完了?让李叔他们看着你,结果你倒是寻死觅活地让他们送你来医院!结果呢?你是跑来演戏的?演戏也要分时候,现在爷爷都什么样了,昨天差点死在手术台上你知不知道?"

"爷爷……"温晴继续哭。

莘瑶听着听着,便忍不住推开门走进去,想要看看老爷子到底怎么样了,结果一推开门,就看见顾远衡在温晴要扑到病床边的时候忽然一脚把温晴踹开。

温晴还是不停地哭,从地上爬了起来,抹着眼泪,好不可怜,抬起眼抽噎地看着病床上闭眼皱眉似是被吵得很心烦的顾老爷子:"小晴知道错了,小晴以后再也不敢了!"

"顾家给过你机会,是你自己不珍惜,早在给你第一次机会的时候你就该知道错了,现在才知道,太晚了!"何婕珍一边说,一边转过身去,检查了一下老爷子正在挂着的点滴,之后叹了口气说:"南希,快让人把她带走,老爷子现在太虚弱了,受不了她这么折腾!"

"爷爷,小晴知道您醒着,你跟小晴说句话好不好?爷爷……您不要不理小晴,小晴真的知道错了……爷爷……"

顾南希看见季莘瑶走进来,眉头一结,直接走过去,将她护在一旁,没再给温晴任何靠近她的机会。

莘瑶哪有那么脆弱,昨天只是一时防备不及罢了,这么久以来,她有哪一次是真的中了温晴的圈套?哪一次不是化险为夷,只是昨晚的事情确实让人胆颤,顾南希会有顾忌也是理所当然,她便没有走上前,只是趁机回头看看床上的老爷子,小心地走过去,靠近床边。

见是莘瑶过来,何婕珍没有挡着,只是用眼神示意她说话一定要放轻声音,莘瑶点点头,小心地俯下身去,靠在床边,轻轻唤了一声:"爷爷……"

老爷子果然没有睡,听见莘瑶的声音,便隐隐动了动眉毛,睁开眼,吃力地转过头来,看了看她:"贼丫头,你没事啦?"

莘瑶心下一疼,伸手小心地去拉住老爷子没有打点滴的那只枯瘦的手:"嗯,我没事了,爷爷您这样不顾自己身体地拼命相救,我和孩子哪里敢有事啊?您怎么样?疼不疼?都怪我,太大意了,才害您也跟着受罪。"

老爷子笑了笑,仿佛完全听不见那边温晴抱着何婕珍的腿哭喊着的声音,眼里只看得见莘瑶,他枯瘦的手轻轻反握住莘瑶的手,叹了口气,不知是想到了什么,却是意味深长地说:"好孩子……你别自责,是爷爷对不起你,爷爷欠了你的……"

"爷爷,您说什么呢,误会不是都解释清楚了吗?哪有什么欠不欠的?都只是误会!"莘瑶小声安抚。

老爷子却还是只是笑笑,没有解释什么,听着那边温晴还在不停地哭着求饶,他叹了口气,抬了抬手:"快……把温晴弄出去……顾家容不下她,老头子我也疼

第十四章 真相

169

不起她了，别让我亲手赶她走，你们给我处理了吧……"

说着，老爷子便挥了挥手，再又闭上眼睛，浑身都透着伤后的疲惫和无力。

有几个顾家的佣人一直在门外，听见老爷子终于发话，众人也没了顾忌，顾南希亦是本来在考虑爷爷的情绪而没有表态，打算出病房后再说，现在既然爷爷开了口，他便直接示意外边的人进来，把温晴拉出去。

"爷爷——"温晴绝望地尖声哭号着，整个人疯了一样地抓着门框："爷爷！"

老爷子皱了皱眉，再度抬手挥了两下，门外的人看懂了，直接毫不留情地拽着温晴离开。

看着温晴被人带走，何婕珍摇了摇头："真是作孽。"

顾老爷子却没再说话，显然，他用了二十几年的心思去疼的孩子彻底伤了他的心，人非草木，孰能无情……可到底，也是温晴自找的，他也已经懒得再管了。

"爸，温晴那孩子不懂事，把您给吵醒了，您继续休息吧，您看，莘瑶已经没事了，还特意跑过来看您，您该放心了吧？"顾远衡亦在床边说。

老爷子睁开眼睛再又看看季莘瑶，像是得到了很大的欣慰，却是不舍地抓着莘瑶的手："孩子，顾家对不起你，爷爷从一开始就不该亏待你……"

莘瑶不是没有从老爷子这话里听出什么其他含意来，当温晴甩出来那张照片时，顾老爷子仿佛恍然想起了什么而突然逼得温晴住了嘴的那一幕，她记得。

她更是记得温晴说过的那句，什么顾家，什么仇人……

只是现下这种情况，容不得她多想，肩上一暖，顾南希过来扶她，她便就势松开老爷子的手，心下却是沉甸甸的，迟疑地回头看了一眼满心是对自己关心的顾南希，犹豫了一下，想开口问一问，却不知在这里怎么问，只好作罢。

回到病房后，莘瑶虽很担心老爷子这么大岁数了，受了这么重的伤，究竟能不能挺过去，心里更是有着太多的疑问。

这么久以来所有的一切都藏在心里，她不是没有警觉。

难不成当年石芳疯了，后来她妈妈单晓欧自杀，这一切真的都不是偶然？

或者，这其中不仅仅跟季家有关？还跟……顾家有关系？

好像每一个人在提到这一件事情的时候，都是信誓旦旦的表情，而单老似乎是对当年的事情了若指掌，最近单老没有出现，而唯一能让她完全知道当年之事的人，只有石芳。

顾南希出去拿了些药后回来，见莘瑶一个人坐在病床边发呆，他走过去，将药放在旁边，一边扶着她躺回床上，一边不经意似的问道："坐在这里发什么呆？"

季莘瑶醒过神来，看着顾南希近在咫尺的柔和的目光，和对自己满是关切的眼神，她顿了一下，才犹豫着开了口："南希，为什么我总是觉得，你好像有什么事情在瞒着我。"

莘瑶在说这话时，一直在盯着顾南希的表情。

而他本是在替她重新盖住被子的手亦是同时微微一停，平静的目光对上她同样澄澈的却是带着疑问的视线。

而季莘瑶仍是双眼一直看着他，眨都不眨一下，仿佛想要看清眼前这个待她越来越好的男人的心，看清在他这云淡风轻的表面之下所深藏的一切不为人知的事情。

"是因为温晴的话，所以受到了影响？"顾南希的声音里带着几分淡淡的倦意，却仍是对她笑了笑，俯下身吻着她的眉毛，同时长臂一伸，将她紧紧搂进怀里，之后就这样靠在床边，将她搂得更紧。

他的怀抱温暖而清新，贴着她的时候，让季莘瑶本来有些浮沉不定的心又踏实安生了下来，她只是抬着眼看着他："虽然温晴确实有捕风捉影胡扯一通的本事，但我觉得，她昨天说的一些话，不像是胡口乱言。"

说着，莘瑶抬起头，双臂顺势环住顾南希的脖子，懒洋洋地缩在他的怀里，紧靠着他，小声说着："她为什么要说，你把一个与顾家有着深仇大恨的女人绑在身边？爷爷那时候敲了一下拐杖，让温晴没办法再说下去，但是南希，当时的状况我都记得，那时候你的眼神我也看见了。"

"你真的有什么事情在瞒着我对不对？"季莘瑶的声音很轻，没有逼问，也没有指责，她只是像在和一个最深爱的人撒着娇商量着一件事情一样，收回手，轻轻扯了扯他胸前的衣料："我们不是说过，以后无论什么事，都不会隐瞒对方？即便是善意的谎言，我们也可以共同承担，这是你说过的话，南希，别让我胡思乱想好不好？"

顾南希斜卧在床边，默默地抱着她，她的话他始终没有回答，更没有为自己辩解什么，莘瑶也只是抬着眼，耐心地问，却也不掩本身的几分焦急。

见他只是抱着自己，却不说话，莘瑶是女人，女人都敏感，她知道这其中一定是有什么事情，只是他不想说，不愿意说。

因为有过前车之鉴，所以莘瑶也不会因为他一时不愿解释而生气，只是缩在他怀里，用圆滚滚的肚子撒娇似的顶着他的怀抱，然后笑眯了一下眼睛，将头枕在他的胳膊上，一直睁着眼，看着他清俊的面容，看着他的若有所思。

直到莘瑶就这样躺到有些困了，干脆就这样靠在他怀里打算直接睡去，直到这时顾南希忽然叫着她的名字，她才朦朦胧胧地睁着眼。

"莘瑶。"

"嗯？"季莘瑶朦胧地抬起头再度看向他。

顾南希修长的手指抚上她的眉眼，又仿佛很是爱怜又喜欢逗弄她一样地捏了一下她的小脸，莘瑶下意识地要躲开，同时也精神了许多，扭过头后再又转回来，却见顾南希正在深深看着自己。

他的目光里满是担心，是隐藏不住的担心。

可是，他在担心什么呢？

季莘瑶贴在他怀里，用力呼吸着他身上的味道，笑问："我都快睡着了，你叫我干吗？"

顾南希轻笑着揉了揉她的头发："没事，那继续睡吧。"

第十四章 真相

明明是欲言又止，明明季莘瑶看得出来，明明顾南希的眼神满是心疼与不该存有的歉意，但此时换了任何一个细致敏感的女人都会清清楚楚地明白。

温晴的那些话，是真的。

莘瑶没有说什么，只是忽然再度抱紧了他的脖子，将整张脸埋在他的颈窝里，软软的声音贴在他颈窝："南希，我听说小鱼病危，你不去看看她吗？"

顾南希的吻落在她的发间："我会抽时间去看一眼，但是现在，什么都没有你重要。"

莘瑶微微一笑，更深地往他的怀里钻："最重要的还有我们的宝宝。"

"对，还有我们的宝宝。"他温柔地抚着她的头，"困了就睡吧，有什么事，醒了再问，乖。"

是啊，困了就睡吧，有什么答案，一定要急在一时知道的呢……

莘瑶躲在他怀里笑，闭着眼睛像只八爪鱼一样地缠抱着他。

直到莘瑶在朦朦胧胧中真的快睡着了，顾南希看了她许久，忽然轻柔地吻了一下她的唇，之后贴在她的唇边哑声低语："老婆，我会陪着你一起看着孩子慢慢长大，不要离开，好么？"

最终，他的吻落在她的额间。

季莘瑶在睡梦中听见以顾南希的声音说出来的那三个字，温柔，轻哑，亦带着细细密密的怜爱与珍惜。

"我爱你……"

季莘瑶再醒来的时候是被顾南希给吻醒的，他似乎抱着她睡了很久，见她快醒了，才又开始吻她，灵活的舌在她口中噙住她的舌，一只手更是滑入她的衣服，抚上她在衣服下边不着一物的柔软，莘瑶猛地睁开眼睛，扭了一下身子，却见顾南希眼中炽热的光芒正落在自己的脸上，在她正欲开口时，他才刚刚松开一些的吻又牢牢地堵住她的唇。

平时的顾南希惯于克制，可今天的他却似乎忍不住地要撩起她的火，莘瑶忙伸手推他："南希……别……"

在莘瑶挣扎着从他怀里起身，想要下床时，结果他一把将她揪了回来，让她枕在他胳膊上，她蹭了一下："我都这样枕了好久了，你胳膊不难受啊？"

顾南希却学着她平时像个小猫一样蹭的动作，低下头来在她的额头上蹭了蹭："抱着才不难受。"

季莘瑶忍不住捶他："顾总越来越没有正经！我渴了，要喝水！"

话说躺在男人的胳膊上，确实比在枕头上舒服多了，怪不得现在的小姑娘们都喜欢睡觉的时候被抱着……

顾南希笑着，又在她唇上吻了吻，直到莘瑶受不了地娇吟了一声，他才终于放开她，起身去给她倒水。

睡之前的对话仿佛被季莘瑶忘在脑后，她一个人坐在床上，将稍微凌乱了一

172

些的衣裳整理好，转眼看着顾南希倒了一杯温水过来，他喝了一口，帮她试了一下水温，才递给她："来，稍微还有些烫，慢点喝。"

这边病房的门被人轻轻敲响，先是有医生进来替莘瑶检查了一下，之后顾远衡便一脸肃然地站在门前，似乎有什么话要跟顾南希聊。

顾南希在看见顾远衡那深沉的表情的刹那，没有动，等到医生给莘瑶检查过，确保胎儿安然无恙，更确保莘瑶的身体状况没有其他问题，才走了出去。

之后医生离开，没有关门，因为顾南希与顾远衡就在外面，莘瑶没有起身去偷听，只是低下头，看着自己圆滚滚的肚子，脑中却是一片清醒。

之后顾南希走回来，在门外将门关上。

之后他不知是和顾远衡去了哪里，第二天很晚的时候才回来，虽然回来之前修黎跟何婕珍两个人轮流过来看护她，但莘瑶的这颗心，始终悬在一个地方。

第二天下午，修黎正坐在床边帮她挑着水果，看看哪些水果是她能吃的，哪些是她暂时不能吃的，毕竟这些来探望病人的人买的果篮都只是好看和贵重而已，但其中的水果有太多的讲究。

见修黎挑得认真，季莘瑶便也只是坐在病床上，单手托着下巴，一直盯着他看。

盯得久了，修黎抬起头来，看她一眼："你这什么眼神？"

"你是不是早就见过石芳了？"莘瑶问他。

修黎刚拿起一颗水果的手微微一僵，看看她："什么？"

"别跟我装，你在我身边二十几年，你小子就算这段时间把心事藏得再深，我还是看得出来，你一定知道什么，而你知道那些事的途径，除了石芳，没有别人。"莘瑶仔细盯着他："有一段时间你在F市，因为跟我赌气，很长时间没有联系我，其实那个时候，你自己就已经去了美国一次了，是不是？"

修黎没有回话，只是缓缓放下手，将果篮放在一旁，之后脸色略有些阴沉地看着她："你问这些干什么？"

"在顾家，温晴一次次提到你母亲的事情，你仿佛知道一切一样，根本都不会跟她计较，而每次我在石芳面前提到你，她都很淡定，作为一个母亲，二十几年没能看见自己的儿子，在听见与自己儿子有关的事情时，是应该激动，着急的，就算她性格平淡不会表现得太激动，她也该是很急切的想要见一见你，但是这么久以来，一切看起来都风平浪静的。"

季莘瑶顿了顿，淡淡的说："那就只有一种可能，有很多事情，在我不知道的时候，就一直在发生，一直在改变，比如，石芳被接回国后，你跟她又见过面。"

"一个母亲对她二十几年没有见过的孩子的话题没有一点情绪的波动，那就只有两点可能，第一，这个孩子不是她生的，第二，她在短期内经常能见到这个孩子。"

季莘瑶说完后，便盯着修黎，他没有什么太多的态度，只是眉头深锁，似是有什么事情不愿意提。

"你是石芳的儿子不假，这一点没有疑虑，那么，你就是见过她了。而且，

第十四章 真相

"你知道许多事情对不对？"季莘瑶的目光平静，却是牢牢盯着他，不错过他任何表情。

而修黎这之后却忽然笑了，他叹笑了一会儿，才道："季莘瑶，有很多蛛丝马迹都指向同一个方向，而你的潜意识里明明已经猜到了什么，可你始终在心里排斥这一切，走到今天，你倒是终于肯面对现实了。"

听他这样说，季莘瑶突然蹙起眉，瞪着他："你到底知道什么？"

修黎还是笑："你不觉得这些事情，你不该问我，而是应该去问顾南希吗？"

在季莘瑶瞪大了双眼之前，修黎又道："或者，你去问顾远衡，再或者，问顾老爷子也可以。我相信顾老爷子对这些事情从来都没有忘记过吧？"

"他当年可以为了维护自己的儿子和顾家表面上的和平，将他自己儿子参与的那项大案处理得多干净？为了他一心要撑起的顾家，他更是一手牺牲了很多人，无论是当年石芳……也就是我妈妈的父亲，还是其他根本在那件案子中涉案不深却最终被判刑的所有人，还有，两个无辜的女人，也被他一手毁了。"

季莘瑶蹙起眉："你说清楚……"

修黎还是笑，却是转开头，望向窗外。

"季莘瑶，有些过往，有些故事，远远比我们想象的还要深，还要复杂，无论是单家、季家，还是顾家，都逃不了干系，特别是顾老爷子，他实在是英明果断，为了自己的儿子，直接逼疯了一个女人，之后又逼死了另一个女人，从此以后，知道那件案情真相的所有人，疯的疯，死的死，消失的消失，那是一个太过聪明的老头儿，季莘瑶，你这辈子都玩不过他。"

逼疯了一个，再又逼死了一个……

指的是石芳……和她的妈妈？

单晓欧当年自杀，不仅仅是因为感情？

季莘瑶愣愣地坐在病床上，看着修黎带着冷笑的脸，最后，又仿佛从他的眼中看到几分心疼和无奈。

"你早就知道这些了？"她问。

季莘瑶平静得有些可怕，修黎看着她，看了她许久，却摇了摇头："究竟什么才是真相，说实话，在你口中所谓的那个石芳回来后，我已经完全不清楚了，如果你想知道，要么去问顾南希，要么，自己去问石芳。"

修黎话里有话，却更是让季莘瑶觉得奇怪，她狐疑地看着他，而修黎却重新拿起地上的果篮，漫不经心地挑着水果。

这时门外忽然传来一阵喧闹声，修黎和莘瑶对视了一眼，之后修黎起身，打开病房的门，只见何婕珍正急急地要走出去。

一见这边的病房开着门，何婕珍便心急地跟修黎说："南希还没有回来，刚刚温晴一直在医院外边，雨霏要下去看看，结果我听说楼下这会儿闹起来了，我怕雨霏出事，先去看看，你在这里陪着莘瑶啊！"

修黎一顿："我下去看看。"

"可莘瑶她……"

莘瑶听见雨霏出事，也忙起身，走到门边："妈，我没事，我身上又没受什么伤，只要别让肚子再受到什么重创就好了，雨霏怎么了？出什么事了？"

"哎，说来话长，是温晴在闹，雨霏从小就一直看不惯她，见温晴到这地步了还在惹事，就直接出去想赶她走，结果下边现在闹起来了，雨霏再过一个多月就要生了，我怕她出事……"

何婕珍急急地一边说一边叹气。

"昨天不是把她拉回去了吗？"

"是弄回去了，大家这几天都忙着在医院照顾你和老爷子，让老李他们先把温晴看住，等你和老爷子出院了再好好治治她，谁知道她在家里要死要活的，把看着她长大的老李吓得没拦住，听说昨天半夜一个人跑出去，不知是在哪个酒吧混了一晚上，我听说她刚刚来医院门前的时候浑身还全是酒气，我怕她和雨霏打起来，现在的雨霏哪有平时那身手，只有吃亏的份儿！"何婕珍摇头："真是不让人省心！到这一步了还想搞出点什么事来！"

听她这样说，看来顾家是真的要办了温晴了，莘瑶只沉吟了一下便推着修黎："你快跟着下楼去看看！别让雨霏吃什么亏！"

修黎点点头，轻轻推了一下莘瑶："你先回去躺下，我去去就回。"

之后，他便跟何婕珍一起匆匆忙忙地走下楼。

莘瑶这边在犹豫要不要也下去看看，想了想，转身回到病房里，推开窗子，向楼下望去，只见在医院前边铺就的彩色步行路上已经围满了人，几座花坛的边上还站着许多围观看热闹的人，她从这边的角度在人群里看不清雨霏和温晴究竟在哪里，只是一直盯着那边。

直到过了一会儿，修黎从医院出来，推开人群走进去，拉开一个人，莘瑶才看见那是雨霏，她顿了顿，听不清下边究竟乱成什么样，这样看起来也仅仅是一片片小影子，心下不安，终究还是转身走了出去。

"顾太太，您要出去？"在她刚要进电梯之前，一位护士路过，看见她，不由得惊讶地问了一句。

莘瑶脚步一停，笑了一下："我看今天天气还不错，反正身体也没什么伤，想出去走走，应该没什么影响吧？"

"影响倒不会有，不过我刚听说下边挺乱的，你注意点，别让人家碰到伤到。"那护士点点头，"天气是不错，出去走走也好，但时间也别太久，稳一点，千万别跑。"

听护士这样一说，莘瑶就放心了，转身进了电梯，到了一楼时，终于听见外边的喧哗声，她忙快步走出去，只听见一堆围观的人已经在那里议论纷纷。

"这个女人竟然是顾家的养女啊，顾家那么大，在咱们G市的地位又这么高，但他们家平时行事太低调了，我就听说顾总是原来那位顾老将军的孙子，其他关于顾家的都没处可听，今天倒是有热闹看了！"

"啧啧，这女人好像还是个小三呢……"

第十四章 真相

这时，人群之中忽然爆出一声尖叫："谁是小三？你才是小三！"
是温晴的声音。

莘瑶皱眉，推开人群走进去，刚过去，身边便突然有人一把拉住她，她回头，见是苏小暖，当即愣了一下。

小暖在她身边悄声说："季姐，我听说你在医院，就跑过来看看你，还没上楼就看见这边有人在吵架，看了半天才明白是你的小姑子和那个温贱人！你别过去，万一被那个满身酒气的温贱人伤到就不好了！"

莘瑶没有走过去，却心急地抬起眼，只见温晴站在人群中，红着双眼，身上质地上好的连衣裙皱皱巴巴的，看起来好不可怜，但她的目光却像鬼一样在人群中穿梭，瞪着每一个人。

"温晴，我真是没想到你可以不要脸到这种地步，顾家已经不容你了，你还来纠缠！如果你识抬举的话，就自己滚远一点！至少也不要逼得我在这大庭广众之下把你那些令人发指的事情说出来，否则难堪的也是你自己。"

顾雨霏被何婕珍拉着，没有冲上前，却是立在原地，面无表情地说。

看来刚刚温晴在闹，雨霏忍不住出来把她骂了一顿，因为温晴太纠缠就干脆在一群围观的人面前把温晴的事一件一件地道了出来，怪不得围观的人这么多。

而温晴显然因为这四周人群的鄙夷的目光而被惹毛了，她发了疯一样地梗着脖子喊："顾雨霏，你一口一声嫂子，不就是跟季莘瑶是一样的货色！你还没结婚呢，这么大的肚子是怎么来的，你自己不记得了吗？人家秦慕琰根本都不把你当回事！你倒好，自己一个人趁着他喝醉爬上他的床，怀了他的孩子逼得他不得不娶你！你觉得你光彩吗？你他妈的比任何人都贱！"

"你再说一次！"雨霏脸色一僵，骤然怒火冲天地就要走过去。

"雨霏！她现在已经疯了，你别跟她计较！"何婕珍忙用力拉住她，"听话，别管她说什么，她喜欢闹就闹，她是故意要在最后坑一坑顾家的名声，不气死爷爷她不会罢休的！你别跟着生气！"

"干妈！"温晴一听见何婕珍这样说，顿时哭着叫了她一声。

何婕珍却仿佛听不见一样，叹了口气，根本没有去看她，只是拉住了雨霏的胳膊："她是故意刺激你，她一个人不好过，也不让大家好过，你又不傻，跟她计较什么？"

"人至贱则无敌，我是真见识到了。"

雨霏之前似乎是有些激动，被何婕珍几句话安慰下来，平静了许多，想了想，才莫可奈何地说了这样一句。

人群中的指指点点依然只在温晴身上，没人会理会一个看起来像疯了一样的女人在这里胡乱骂人。

何况这个世道，不知廉耻地想拆散别人的婚姻的小三远比早已经见怪不怪的未婚先孕更值得人八卦。

人群中有一个好事的女人斥着声音说："真是不要脸到极致了，刚刚人家顾家的小姐都说了，这个女人拆散哥哥的婚姻不成，又想爬上弟弟的床，就为了做顾老将军的孙媳妇，简直是不可理喻嘛……"

"你说谁呢？你再说一次！"

温晴突然转过眼，犀利的双眼死死地瞪着人群中的人。

众人都不吱声，之前说话的那个女人也闭上了嘴，悄悄地低下头，咬了一口手中刚刚在附近买的烤香肠。

而温晴却直接转身就冲了过去，跑进人群里就要去揪住那个女人："你个臭三八！叫你他妈跟我胡言乱语！"

"啊！"

"打人啦！打人啦！"

本来只是众人围观的状况瞬间变成了一团扭打，旁边的人看不下去，还有围观的那个女人身边有几个朋友上前直接就要扯开温晴，瞬间那一片十几个人就扭打成一团。

"这个贱女人敢这么嚣张！打她！打她！"

"都已经被人唾弃到这种地步了还自鸣得意，真欠揍！"

"啊啊……"

"打！打她！"

那边乱成了一团，莘瑶被小暖护在身后，没法走过去看看，雨霏也是被何婕珍拉着，没有走进那忽然而至的一团混局，修黎如果想去拉这场架，当然会去，但他没有，只是冷眼旁观着温晴一个人和那十几个人扭打，脸上没有任何怜悯的表情。

这参与的人越来越多，有很多不怕事的钻进去偷偷补一脚然后转身走开，莘瑶一见场面这么乱，而且所有人都知道现在这事情和顾家有关，忙去叫修黎："修黎，快把人拉开！别闹出人命来！"

"再打一会儿，等那女人被教训得差不多了再拉也不迟。"

修黎却是稳如泰山地站在那里，双臂环胸，瞥着那边的人群，纹丝不动。

莘瑶光心急也没用，她也不能冒险自己跑过去，只是皱着眉："这一会儿温晴肯定吃了不少亏，她无论做错什么，南希都已经不打算放过她了，只是这几天他在医院没空去管温晴的事，等他来处理不就好了吗？如果现在温晴被打成重伤或者怎么样，到时候更不好办了！她更有理由指责是我或者雨霏派了人去打她，她的嘴什么话都能说出来！不能凭空再惹什么乱子！"

何婕珍在一旁听见，也点了一下头："确实，修黎啊，你去把温晴拉出来，不然真出了人命可就坏了！"

修黎叹了口气，转身走了过去，推开人群："让开！别闹出人命！"

那些人虽然参与热闹，一人补个一拳一脚，但一听见闹出人命，有不少也收了手，只有之前被温晴差点抓住的那个女人还跟温晴两个扭作一团，只是温晴被压在地上，整脸张上已经被打得充血，双眼通红地死死瞪着骑在她身上的女人，身上的衣服也被撕扯得几乎要挂不住。

第十四章 真相

"滚开！都滚开！"见旁边那些人收手了，温晴的声音才在下边传出来，凄厉地哭喊："你们都给我滚开！"

"贱人！骂你是给你脸了！看看你这一身骚气就知道你不是个好东西！"骑在温晴身上的女人扬手便在温晴红肿的脸上扇了一巴掌，之后被人扶着拽起来走到一旁，冷眼相看。

温晴被打了这一耳光后，因为躺在地上起不来，干脆倒在那里尖声哭号，修黎本来是要过去把她拽起来，但见她现在这样子，人不人鬼不鬼的，似乎连碰都不想碰她一下，干脆站在旁边，面无表情地看着温晴："你还真是不怕丢人。"

温晴更是躺在地上死命地号啕，听得季莘瑶心里烦得要死，皱着眉。

"活该！"小暖在她旁边唾了一口，一脸嫌恶地看着那边，"她也确实是够贱了！混到现在这种地步也怨不得别人！"

莘瑶现在心里有很多事交杂在一起，温晴的事她不想管，只要别在医院这里闹出了人命，不要闹到顾南希回来后没法办了就好，见人群都散开到一旁，但还是有不少人围观，她看着这一幕，只是烦躁得不想说任何话，开口道："雨霏，走吧，你没多久就要生了，跟她生气不值得。"

"我没生气，只是受不了她一而再再而三地缠过来。"顾雨霏无奈道，接着回头看了一眼莘瑶："嫂子你怎么下来了？快回病房去吧，都怪我，要是不理温晴的话，这边也不会闹起来了，你也不用跑下来了。"

"我没事，下来走走。"莘瑶笑笑，之后便转身，小暖扶着她往回走。

如果是平时，她一定会拉着雨霏一起往回走，但现在，对于顾家……

虽然有很多事情她还没有搞明白，但是此时此刻，她已经无法再拿出更多的笑容和客套。

往回走的时候，小暖扶着莘瑶，仔细地看了看她的脸色："季姐，你心情不好吗？"

莘瑶没有点头，也没有摇头，只是停下脚步，抬眼看了看医院大厅正面墙上挂着的注有年月日期的时钟。

她抬手，轻轻覆在肚子上。

"季姐？"

"时间过得真快，已经六个月了……下个月……"莘瑶的手轻轻抚着六个月大却因为怀着双胞胎而沉甸甸的肚子，叹笑了一下："下个月，就是二十五岁的生日了。"

"对了，季姐，你下个月过生日呢！你想要什么礼物啊，你现在能吃蛋糕吗，虽然你现在没去上班，但是咱们商务报道部的几个同事还天天惦记你呢，到时候我把大家叫出来，一起给你过生日好不好啊？"小暖一脸兴奋地说。

莘瑶只是笑笑："再说吧，你们平时都那么忙，何况我在这公司里就算看起来人缘还不错，其实同事之间，你又不是不知道，哪有那么多掏着心的真感情。"

"怎么会？我不就是吗？"小暖瞪大了眼睛。

178

莘瑶叹笑:"你是个奇葩,是异类!"

"季姐,你又取笑我!你就说我还不通晓世故就得了!拐着弯儿的骂我呢你!"小暖不依不饶地扶着她进了电梯,一直瞪她。

之后,再之后……

温晴在顾南希还没有回来之前,就匆匆地打了一辆出租车离开了,她是想跑,但如果顾家想抓到她处置她,也是轻而易举的。

毕竟温晴身上没有多少现金,平时顾家给她的卡也已经冻结了,顾家回不去,医院来不了,她在外边混不了多少天的。

接连在医院的几天,季莘瑶都没有再提及之前的那些问题,顾南希明显看出来她藏着心事,对她的关切更是深了许多,有很多时候,莘瑶能看得出来,他似乎不想再隐瞒她什么,却总是在她抬眼认真看着他的时候,他却偏偏欲言又止。

季莘瑶出院的那一天,顾老爷子还没有出院,但是他的康复状况还不错,王妈何婕珍她们几个经常轮换着来照顾顾老爷子,倒是也让人放心。

"想回日暮里?"见莘瑶穿好衣服,坐在病床边,一个人愣愣地盯着圆滚滚的肚子看,顾南希走过去,抚着她的脸,轻笑着说。

莘瑶一顿,想了一下,才道:"好啊,回日暮里,这几天琴姐也常来看我,还要回去打扫卫生,我趁着现在没事可以多运动运动,回去后帮她一起做些家务也好。"

"走吧,我们现在回去。"顾南希扶起她,因为莘瑶现在的肚子越来越大,越来越沉,自己一个人走路负担太重,他也不忍心让她就这样走,已经连续很多天都这样形影不离地扶她。

离开医院后,莘瑶在坐上车前,忽然说:"我想去疗养院看看石阿姨。"

顾南希刚刚放在方向盘上的手当即悄然握紧,但他却没有说什么,也没有惊疑地回头去看她,只是默然地将车头掉转了方向,驶向疗养院。

车子开向疗养院之前,在 G 市那一处还未修建完成的海边停下,莘瑶已经很久没有吐过了,但是今天身体莫名地不舒服,要求停车,一个人跑到路边干呕了许久,因为现在是夏季,天气炎热,海边也不会很冷,顾南希便扶着她站在海边吹吹风,好让她舒服一些。

这海边地上的沙石不知何时已经是一块块的方砖,时已至下午,顾南希与莘瑶并肩而立,海边霞光漫天,眼前湛蓝的海潮退涨,给人一种天长地久的错觉。

顾南希,我们会在一起的吧。

他们在海边没有待太久,顾南希就因为顾氏那边打来的电话而先送莘瑶去了疗养院,之后便离开了。

约好了晚一点来接她,让莘瑶在疗养院休息,莘瑶闲来无事,在疗养院里慢慢地散步,到了前边的住院楼,看见熟悉的两位医生,便走过去,问得了石芳的所在之处。

好像已经有一段时间没有来过这里了,前几次见石芳都是在外面。

第十四章 真相

莘瑶找到石芳的时候，石芳依旧坐在医院的轮椅上，两个护士在她身后陪着她，而石芳则一个人傻傻地坐在后院的鱼塘旁边，盯着里边一条条的小鱼，很久很久都没有开口说话。

莘瑶走过去，跟那两个护士打了招呼，直到护士离开，她才走上前。

小心地坐在被晒了整整一天，夕阳西下却依然一点都不凉的大理石台边，看着安静的石芳："石阿姨，护士都走了。"

石芳缓缓转过头来，看了她许久，再又看看她的肚子："我听说你在顾家出事了，最近疗养院看得紧，我也没办法出去看看你，没想到你倒是先来了。"

莘瑶笑了笑，却是盯着石芳看了很久。

"怎么了？"见莘瑶这样看着自己，石芳眼神柔和："你这孩子，看起来倒是有心事。"

"我的心事，应该没有石阿姨你的多吧？"莘瑶盯着她。

石芳的脸色微微一滞，之后迟疑地看看她："你是不是已经知道了什么？"

"我只想知道，我妈当年究竟是为什么自杀？其实这二十多年我一直都想不通，为了季秋杭这样一个始乱终弃的男人，她一个在美国生活过的思想开放的女人，怎么可能会自己一个人走进一个死角，偏偏就一定要自杀呢？"季莘瑶的眼一眨不眨地看着石芳："石阿姨，我见过一位姓简的老人，不知道你听说过这个人没有。"

石芳本来面色沉静，听见她提到简老，便似是有些愕然，眼神开始变得恍惚，大概过了十几秒，才缓过神来，再又定定地看向季莘瑶。

"那一次在Y市，我妈妈的墓地，你说过的那些话……"莘瑶停顿了一下，又犹豫了一会儿，才道："是想提醒我什么吧？但是你后来似乎又不想说了。"

石芳看了她一会儿，仿佛了然了一样，点点头："也好，我一直不想破坏你眼前的温馨幸福，孩子，其实我多希望你现在的幸福不是假象，多希望你所嫁的人不是顾南希，而是另一个疼你爱你的丈夫，这样我也就不会犹豫这么久。"

莘瑶眯起眼："石阿姨的意思是，我妈当年自杀，真的跟顾家有关？"

"看来，你是真的已经知道一些了。"石芳轻叹，目光悠远地看着眼前的鱼塘，"既然你主动来找我问这些，那你是否介意听一个很长很长的故事。"

莘瑶看了一眼时间，淡淡道："这个很长很长的故事，两个小时讲得完吗？南希等会儿来接我，他刚刚去了顾氏。"

"你会忽然来找我，他肯定是有所察觉，难得的是，他似乎并不是在刻意隐瞒你，没有故意欺骗你，仅仅是不舍罢了。他对你倒确实是很好，只可惜……"

石芳叹了叹："我已经不记得是二十几年前，或者是更久的以前，单晓欧还是一个直白简单又热情向上的姑娘，纵使……在她还未出生时，生活就给予了她太多辛酸与磨难，单和平对她母亲的误会，导致了单晓欧自从出生后便见不到父母，在养母家长大，在美国成长，却在得知身世后，对单和平这个血缘上的父亲只有排斥和憎恨，纵使后来离开养母，生活拮据，她也从未想过去找那个家大业大的父亲认祖归宗。"

"辗转流连至中国,那一年她还不到二十岁,所幸之前她在美国的时候,认识了一个很好的朋友石芳,石家是当时国内最大的军事设备制造厂的代理商,在那个时候在国内也算是数一数二的富商,在很多次单晓欧特别艰难的时候,石芳都会伸出援手。而单晓欧的性格又十分好强,更又很懂得感恩,两个本来就是好姐妹的女人渐渐地感情越来越深,常常形影不离,而石芳与单晓欧两人在平时的生活习惯上,也渐渐越来越像,包括化妆打扮,那时候流行大红色的口红和十分艳丽的妆容,两个好姐妹经常一直对着镜子,画到两个人在远远看起来像是双胞胎一样,这是她们两个在那时生活中最大的乐趣和游戏。"

"单晓欧在Y市找到一份新工作,收入不错,是与绘画有关的工作,算是她的本行,也是她的爱好,于是她收拾行李去了Y市,而就是她到达Y市的第一天,很不幸地遇见了几乎毁掉她一切的男人……"

"季秋杭?"莘瑶问。

石芳顿了顿,接着点点头,只是石芳的神色看起来有些疲惫,似乎提及这些关于单晓欧的事情,她也在替单晓欧疼着一样。

莘瑶不再插话,听她说。

"她在Y市车站遇见了年轻帅气的季秋杭,那个男人冷酷而行事果断,那时候的季秋杭也还没发家到现在这种地步,还没有那么傲气,那时候的季秋杭人很好,是一个堂堂正正的男人,没有那么多离奇的经过,不过就是一见钟情而已。"

"虽是一见钟情,但是之后季秋杭所在的公司领导正巧到单晓欧的公司让他们画几张新企划案题材的画,要挂在公司培训中心走廊的墙上,那时候单晓欧在那家公司还在实习,但是画风不错,被老板选中,让她画几幅,也就是那个时候,几次前来看画的季秋杭与单晓欧的感情日渐加深……有一次季秋杭因为一件事受了伤,休息了一段时间,单晓欧和他已经在热恋中,理所当然地去照顾他,时日久了,两个人的感情越来越深厚。"

"在他们两人相爱三年后,季秋杭和单晓欧已经研究好了再过半年就结婚,而那时候的单晓欧已经怀有一个月的身孕,她很幸福,等待着她幸福的婚礼,结果没想到,不出一个月,季秋杭的世界里出现了一个叫何漫妮的女人,那时候她才知道,季秋杭在背后已经跟何漫妮偷偷交往了一年多,最后,因为何家权大势大,能为季秋杭的未来铺路,于是他在最后选择了何漫妮,抛弃了已经怀了他孩子的单晓欧。"

"单晓欧虽然伤心,本来是想打掉那个孩子,但是最后还是没有舍得,石芳同时来陪她,在Y市陪了单晓欧几个月,单晓欧又换了工作,但是因为怀孕,有很多工作不能做,于是在一个果园帮忙,也就是你口中所说的那位姓简的老人,当年那位简先生对单晓欧很好,在几个月的相处中,渐渐知道了她的一些事情,和她情路上的纠葛,很同情她,也很照顾她。"

"说实话,单晓欧很感激那位简先生,直到现在也……"石芳忽然顿了一下,看了一眼正认真听着的季莘瑶,接着摇了一下头:"算了,我简单地说吧,这些过程对你说似乎也没有太大的必要。"

"那时候国家要求再制造一批新型的军事设备，那时季秋杭虽不是季氏的董事长，但却跟着一起承办了那件事，加之他娶了何漫妮，与Y市顾家的顾远衡也算是沾了亲戚，当年那件军事设备案……"石芳忽然笑笑："你怎么都不会想到，那年真正贪污那些钱款的人，就是季秋杭与顾远衡吧？"

季莘瑶讶然地张大了嘴："你是说……"

石芳看着她："如果我不装疯，我也早已经被顾远衡的父亲，也就是你现在口中的爷爷想办法弄死了。"

"知道当年那些真相，且掌握着证据的人，死的死，病的病，消失的消失，而我，不得不疯。"

不得不疯……

莘瑶的肩膀耷拉了下来："那条我妈妈留下的水晶项链，该不会是那时季秋杭所获赃物的其中之一？"

"你猜对了，那时候季秋杭虽然已经娶了何漫妮，但还没有对单晓欧绝情到那种地步，他记得单晓欧喜欢那种水晶玉石类的东西，于是特意将那条由巴西总统夫人当初送进国内，再辗转流落于民间，最后落在那些贿赂人员的手上的水晶项链送给了她，他们不仅仅是得到了钱，还有很多奇珍异玩，只不过那时候季秋杭拿了一条项链送给了他在心里始终念念不忘的'老情人'而已，按理说，单晓欧不该接受这个东西，她那时候虽对他还有情，但是恨更多，只不过，在那之前发生了一些事情。"

"石芳的父亲是当年那起军事设备案参与人员的其中之一，因为这其中的联系，有人把石芳介绍给了顾远衡，顾远衡多年来在外边从不沾荤腥，也是因为顾占中对他这个儿子管得很严，他向来有贼心没贼胆，那时候石芳的年轻美丽，和一种朝气吸引了他，而石芳经人介绍认识了那时候很多的领导，她由于顾远衡的关系，经常和他们去吃饭，她自己一个人又觉得孤单，于是常常拉着单晓欧一起去，单晓欧那时候便常陪她参与那些饭局，看着石芳在顾远衡面前越来越娇羞可人，单晓欧那时候很清醒，她看得出来石芳是被人利用了，那些人除了钱财的贿赂之外，又加上了石芳的美色，成功把石家彻底拖下水，也成功把顾远衡拖了下来。"

"单晓欧那时候就留了一个心眼，在季秋杭送给她那条项链的时候，她假意喜欢，却是之后将那条水晶项链收好，石芳在那时已经因为顾远衡而意乱情迷了，石芳比单晓欧的性格更直接，做事的目的性更强，而且从小家世很好，也是被家里惯得天不怕地不怕，即使知道顾远衡有妻儿，也还是陷了进去。"

"单晓欧劝不住她，只能看着她，藏好季秋杭给她的东西。因为那时候单晓欧就猜得出来，无论是顾家还是季家，他们嚣张不了多久，等到上头发现，要彻查的时候，他们绝对会把所有明显的赃物销毁或者走私贩卖，而单晓欧猜对了，不出几个月，顾家和季家就都有了动静，处理得干净利落，只不过顾家的老爷子做得很决绝，他知道石芳的事情后，逼石芳将刚刚怀的孩子打掉，石芳不肯，而顾老爷子容不下她，她逃到了国外，然而等她安全地将孩子生下来，想着生米煮成了熟饭，抱着孩子回来的时候，才知道，这一年多以来发生的事情原来都是一个圈套，她回国的时候，她的家已经被抄了，她的父亲也被处决了，而她……"

石芳叹了口气："她和单晓欧是那时候唯一知道幕后真相的两个女人，单晓欧毕竟人在Y市，跟顾家关系不是很大，所以顾老爷子没有理由先办她，顾老爷子只是要先处置石芳，那时候单晓欧给石芳出了主意，如果想留住命，只有装疯，而且要疯得彻底。"

"于是，石芳疯了。"

"只不过顾老爷子并不完全相信，在知道她确实疯了之后，也没有给她活路，但也没有逼死她，只是将她送到美国，从此关在一家疗养院里，打算让她一辈子都无法离开。我想，那时候老爷子没有对石芳下狠手，应该是顾远衡求过情，还有，那个石芳生下来的儿子，也让顾老爷子考虑到许多，所以，只是将石芳永远地关在美国的疗养院而已。"

"那那条项链呢？"莘瑶疑惑。

"那条项链，一直被单晓欧藏在手里，季秋杭将所有证据都处理了，那时候季家也是多亏了顾老爷子帮忙出主意，毕竟那时候顾季两家是在一条船上，虽然顾老爷子很不情愿，但也不得不管这件事。"

"当年那件事，单老没有参与吗？我听说，他也就是在那一年忽然辞了当时在国内的职位，出国从商！"莘瑶盯着石芳，"还有，季秋杭既然销毁了那些东西，为什么不早一点直接向我妈妈索回？却要等她死后才寻找？"

石芳冷笑："你以为他没有找过？"

季莘瑶不语，只是沉默地看着石芳的表情。

她总觉得石芳这些话里，好像是被刻意藏了些什么，包括她的语气……听起来总觉得有些奇怪，可又说不上来究竟是哪里奇怪。

"莘瑶。"石芳想了想，才说，"那些细节我不想讲，如果你有机会看得到关于那些案情的详细记录，你自己就可以看明白，那些过往的感情事，说了你也不会体会，但只有一个事实，你必须知道，也是早就该告诉你，却一直不忍心说。"

"什么？"

"你的妈妈单晓欧，的的确确是被顾老爷子，也就是你现在所爱的顾家人，逼到了绝路，被逼自杀。只不过她死之前故意留了一条线索，就是那条留给你的水晶项链。"

"你必须知道，单晓欧是被顾占中逼死，而顾家和季家，都一样的自私自利，为了他们自己表面上的和平兴盛，将所有人都置之死地，这和草菅人命有什么区别！这和亲手杀死你的母亲，又有什么区别？"

石芳说这些时，神情很平静，但她眼中的仇恨却越发地浓了起来。

而季莘瑶却比石芳的想象平静，莘瑶微微转着头，看着石芳眼中的憎恨，目光静然，只是看着她。

见莘瑶的表情仿佛是在想着什么，石芳看看她："看来，在来这里之前，你

就已经做好心理准备了。"

莘瑶轻轻摇着头："准备倒不至于，我只不过……"她停顿了一下，微微勾唇："将所有的事情都向最坏的那一角度去想过，所以现下没有什么能比这些更糟糕了，我除了静下心来，问清楚自己现在究竟应该做什么，自己究竟应该怎么办之外，没有其他可做的。"

说着，季莘瑶站起身，背对着石芳，越过眼前的鱼塘，远远地看向顾家所在的方向，许久，才慢慢道："是顾占中逼死了我妈？这件事情有多少人知道？顾家的其他人知道吗？"

石芳看着她的背影："据我所知，顾南希是在不久前才将二十几年前的那件案子彻查清楚，但他究竟是在哪里听到的风声，使他能将这件被相关的人严实封口的事情找到了头绪和目标，这个我也不能确定，不过我怀疑这事与单老有关。"

说着，石芳又道："至于顾家的其他人，顾远衡当初犯下国内影响重大的这起贪污案，二十几年未能侦破，只因为顾老爷子太狡猾，一手遮天，将自己的儿子保护得太好，何婕珍只知当年顾远衡在外偷腥，有了私生子，其他的事情顾老爷子全力隐瞒，没有让何婕珍知道，所以，这事情现在在世依旧好好活着的人，知道全部内情的寥寥无几。"

莘瑶忽然想起那一天，简老惊异地看着她的肚子，再又看着顾家的一切，仿佛很惊讶似的，现在她才明白，原来简老当年因为对她妈妈很在意，所以对她妈妈后来的一些事情一定是多多少少打听过，也许他知道得不全面，但他似乎已经猜到了当年她妈妈的死与顾家有关。

所以，才那么惊讶，她季莘瑶此刻怀的是顾家的孩子……她的丈夫，是顾占中的孙子……

而亲手造成她这二十几年坎坷悲剧的人，除了季秋杭之外，还有一个关键的人物，顾占中。

初进顾家时，顾老爷子对她那么排斥，原来不仅仅是因为温晴，还因为他清楚地知道，顾南希的新婚妻子是他当年一手推向悲剧的孩子。

那天在医院的病床上，顾老爷子握着她的手时，眼中的歉意，那样浓，是因为温晴的那些照片勾起了他不愿想起的回忆，是因为他知道当初为了自己的儿子，为了维护整个顾家的声誉和利益，牺牲了很多人，其中就包括他孙媳妇的亲生母亲。

其实最坏不过如此，在来之前，莘瑶真的将所有的事情都往最坏的那一面想过了，而没想到，真相，不过如此，竟与她所联想的不谋而合。

"你说季秋杭当年去找过那条水晶项链？那时候以我妈妈单薄的力量，怎么可能与顾季两家抗衡？那条真的项链如果当时一直都在她手里，肯定用不了多久就会被搜到，但是在她自杀前的那三四年里，她显然身边一直带着那条假的，而真的又在哪里？后来怎么会忽然交给我？"

"确实，你妈妈那时候没少被追着搜过，但是你妈妈的警惕意识很强，那时候经常换工作，带着你和修黎四处跑，在每一个地方都不会超过两个月，人说狡兔三窟，但是几年间，她已经换过太多的地方，顾季两家没放过任何一个她存在过的地方，一直在追查，只可惜他们那时候也是因为身在局中，忘记了一个人。"

"他们忘记了被顾老爷子远远关在美国的石芳，早在石芳被送到美国的时候，那条水晶项链就已经被单晓欧暂存到她手里，石芳之所以被禁锢在美国，只因为她的疯病太严重，只在被关进去之前搜过一次身后便没人再经常去碰她，她很方便将那条项链藏起来。直到单晓欧在你三岁的那一年走投无路，她托了一位在美国的朋友，给她办了假的身份证，出境前来美国，又托了关系来看过石芳一次……"

说到这里，石芳忽然顿了一下，莘瑶明显地感觉到她这一顿的语气里像是藏住了什么，突然转过身去，顷刻，石芳再又看向她，淡淡地继续道："后来单晓欧回去后，因为项链始终找不到，顾占中和季秋杭暂时放弃了寻找，因为只要单晓欧死了，那条项链以后无论落到谁的手里，都不会被当作明显的证据，没错，只要那条项链不在单晓欧的手里，不在与季秋杭有关的女人手里，他们就可以放心了。"

"于是他们开始转移了目标，其实在那之前，远在美国的石芳就已经猜到，自己会沦落到装疯才能保住命的下场，那么单晓欧也一样是活不长了……即便是有防备，但也还是逃脱不了季顾两家的势力……"

石芳叹了口气："单晓欧逃了半年，却没想到最后顾占中会拿她的两个孩子做威胁，要么自己想办法消失，要么这两个孩子被他带走。"

"因为亲眼看过顾占中当年为了维护顾家的一切所做所为，她怕顾占中会对自己的孩子不利，最终……不得不以那样的方式离开，并且在身上戴了一条假的水晶项链，暂时为远在美国的石芳躲避被怀疑的风头，而她更以死来威胁季秋杭必须将两个孩子抚养长大，那时候季秋杭知道石芳为顾家生下一个儿子，但却不知道一直跟在单晓欧身边的修黎就是石芳的孩子。"

"因为季秋杭在单晓欧的第一个孩子出生后的那半年里，曾试图将单晓欧劝降，让她做他背后的女人，也就是情人，单晓欧那时为了石芳和项链的事，暂时臣服，所以季秋杭在后来与单晓欧分开后，以为修黎是她后来生下的孩子，因为修黎小的时候营养不良，长得很小，看不出来究竟是两岁半还是三岁半，具体的出生日子也不确定，何况单晓欧当年死得太惨烈，季秋杭无心去管这许多，干脆直接把两个孩子接回家里，之后迅速将单晓欧的死讯压住……"

这些事情莘瑶不知道，她只是在很小的时候知道修黎不是自己的亲弟弟，那时候母亲说他是从孤儿院被抱回来的，于是她信了，但是后来发生的种种又变化了这么多，让她久而久之不知道究竟应该相信谁。

包括现在，即便所有的事实都摆在眼前，她还是不能确定。

石芳的这些话，前后虽然漏洞不大，但她究竟是否应该完全相信她？

她不是看不出来，石芳的这一字字一句句都带着满腔的仇恨，她是携恨归来，整个人虽然看起来很静，但其实她是已经在心里想了二十几年要怎么复仇了吧。

莘瑶本以为自己可以从这件事情里脱身，本以为可以找到一些关键点，让自己不会在那场案子和这场二十几年的爱恨纠葛里有太多牵扯，她本以为只要将所有

第十四章　真相

的真相弄清楚之后，就可以选择最好的方式去面对。

可现在，因为单晓欧的原因，她根本从中脱不了干系。

无论是顾家还是季家。

季莘瑶闭上眼，眉心微皱，却是久久地不说话。

这就是顾南希始终不想让她知道，但却又不愿刻意隐瞒她的真相么？

她想她终于懂了。

"单老当年辞官离国，是因为顾老爷子在其中做了什么工作吗？"莘瑶转换了一下心思，回头去问。

石芳摇头："不，顾占中能耐再大，想压住那时在国内权大势大的单老却并不简单，不过单和平为人傲气，年轻时也犯过不少事，却因为官大压人，很多事情都早已平息了，不过单和平有一个不小的把柄在顾占中手里。"

"你的意思是，单和平是被爷……被顾占中威胁了？"莘瑶惊异道。

"不算威胁，这不过是当年顾占中在与单老谈这件事的时候，握在手中的一个筹码，除却身份军衔之位，单老与顾老二人实力相当，只不过顾占中年纪较大，离开军界比单和平早，所以没机会爬得太高，而说白了，顾占中当年算是单和平在军中的一位恩师，顾占中恩威并用，且加之他的许多手段，单老最终不愿掺和进那件事里，那么大的军事设备案，如果有一天真相被揭穿，显然就会被告包庇，虽然男人多爱权，但单老当时很聪明，他该得到的也得到过了，干脆提前辞官，落得一身轻松。"

石芳说完，莘瑶便明白了。

怪不得单老回国后，虽常与顾老爷子有交往，但这两个老人之间，却是表面上看起来客气，而顾老爷子显然不喜欢与单老接触得太多，明显地单老知道当年太多内情，顾老爷子是不得不防。

如果不是因为这一层，那会不会很早以前，顾老就支持单萦和顾南希走到一起了？

而非现在顾老爷子对单萦不冷不热，对单老更是表面客气而已。

果然这一切都在顾老爷子身上。

但这件事情已经过了二十五六年了，再大的案件，也已经过了正式的追溯期，现在在法律上只是一个框架和历史性案件，但在顾季单三家中，却成了不可磨灭的一道黑暗。

更是让她季莘瑶的生活再一次天崩地裂，不知如何自处的黑暗。

"石阿姨，您是回来报仇的吗？"莘瑶平静了一下心情，转回身来，轻轻地问。

石芳看着站在眼前的这个看起来面色平和的季莘瑶，似是在打量着她的表情和心情，在探究她的态度。

"您应该不只是为了告诉我真相而回来的吧？这么久以来，想必与您有不少关系，您打算怎么报仇？其中也算上我了么？"说时，季莘瑶微微俯下身，双眼一眨也不眨地直盯着她，"还是，您想我做您手中的一枚复仇的棋子，将顾家闹个天翻地覆？"

石芳一愣，之后皱起眉，似乎有些不满："瑶瑶！是谁逼死了你的母亲！真相就摆在你面前，还需要我来利用你吗？"

　　"您不会利用我就好，是非公平我自己有判断，以后的路要怎么走，我也有自己的选择，很感激石阿姨今天能告诉我这一切，但我必须告诉你，我不会帮你做任何事，你的复仇之路，和我没有关系。"季莘瑶的目光很坚定，直视着石芳眼中的不满，"我不会做你的棋子，所以，有些你在修黎身上下过的功夫，千万不要用到我身上！"

　　"你……"石芳明显是什么算盘被打乱了一样，又因为季莘瑶这让人意想不到的态度而更显气愤："难不成你对你母亲的死没有一点感觉？顾家给了你二十几年的痛苦遭遇，逼死了你的妈妈，就因为这不到一年对你的好，你就能放下这一切，不管你母亲当年的死因了吗？或者你这孩子这样的自私，为了你和顾南希那所谓的爱情，而连生下自己的母亲都不顾！"

　　"石阿姨，我说了，以后的路要怎么走，我会自己选择！不需要您来拿话激我！我说这些没有别的意思，我只想让你知道，想报复顾家那是你的事，别利用我和修黎，你们上一辈的事情我们可以知道，我们可以吸取教训去作出我们应该的选择，但不该被您所左右！"

　　"你要报复顾家我不拦你，但是不要借我和修黎的手。"莘瑶牢牢地盯着她，"您该明白我的意思。"

　　石芳拧起眉，深深地看了季莘瑶一会儿，才笑着点点头，却是双手紧紧握住轮椅两边的扶手，指关节泛白："好，好，好！你这孩子在警告我，你居然在警告我！"

　　季莘瑶没有反驳。

　　事实的真相纵使让她现在很难受，进退两难，但她不能忘记今天来的另一个目的，无论是修黎还是自己，绝对不能沦为石芳复仇的工具！

　　"看来顾家还真是娶到了一个好孙媳妇啊！"石芳冷笑，"原来这些真相对你来说，不过如此！原来你母亲的死对你来说也不过……"

　　"不要拿话激我。"季莘瑶再深深地看她一眼，便直起身。

　　在她转身离开之前，她淡淡道："顾老爷子当年逼死我妈妈，这于我来说确实是深仇大恨，但你不能否认的是，顾家在这短短不到一年的时间里，给了我二十几年都没有过的温暖，事情我自己会权衡，你想怎么做是你的事，我会经常来看你，但你要保证，不要试图让这世间最后两个关心你的人因为你的利用而将你推远，纵使修黎是你的儿子，你也不许左右他！"

　　说罢，季莘瑶便头也不回地走出疗养院的后园。

　　石芳看着季莘瑶的背影，久久地望着，没有说话，握在两边扶手上的手指，却是更加握紧。

　　季莘瑶走出疗养院，刚走到大门口，便看见顾南希的车正停在路边，而顾南希则靠在车门边。

第十四章　真相

187

他什么时候回来的？却没有进去，一直在外边等她？

莘瑶面色滞然地看着他……

"出来了？"

莘瑶正在疗养院的大门前怔愣着，顾南希已然看见了她，对她笑笑，招了招手，示意她过去。

莘瑶顿了一顿，脑中有些乱，一时间不知该如何自处，只是看了他一会儿，见他笑得满面春风的，仿佛对她刚刚在里边所发生的一切都不知道的样子。

可是睿智如顾南希，早在他今天将她送来之前，他就该明白她来这里的目的。

她提了提气息，挂上微笑，走过去，顾南希笑着牵过她的手，抚了抚她额前的碎发："在里边聊了这么久。"

"是啊，石阿姨年纪大了，说起故事来难免啰唆一些，好在我现在没什么事，也耐心，听她讲完了故事才走。"

莘瑶亦面色未变地伸手干脆直接抱住他的腰，就这样抱着顾南希，任由他低头看着自己的视线微微一顿，低眉间，温和的眸子锁着她带笑的眼。

"她讲的故事？"顾南希似是而非地笑笑，将手放在她肩上，轻轻拍了拍，温柔的笑问："她的故事……好听么？"

这种感觉，仿佛是两个毫无芥蒂与其他心思的恩爱夫妻，一切都是那样地自然，那样地浑然天成。

"顾南希，你的心该不会是医院里那种最精密的检测仪器？看什么事情都这样清楚？"

季莘瑶已经笑不出来了，只是仍旧靠在他怀里，不舍得离去。

她的声音带着几分无奈，带着几分苍凉，亦带着太多的感慨和难过，她的视线就这样牢牢地盯着他，不自觉地流露出一种进退两难的不舍和……来自心里的一种不知所措……

顾南希仿佛没有听懂她的问题，只是无限宠溺地抱着她，抚着她脑后的头发："现在我什么都看不到，除了你。"

莘瑶面色一滞，怔然看着他。

顾南希笑着俯首，慢慢地，轻轻地在她额前印下一吻，声音里依旧是那样的平静和温柔："季莘瑶，如果每个人的生命里都必然会有多多少少的坎坷与考验，我坚信这只是一个漫长的过程，而非最终的结果。"

他的话满含深意，两人都是这样心知肚明着许多事，却是都不愿说出口，莘瑶望着他，他低头笑看着她，手指在她发间仿佛眷恋不舍一般轻轻地抚弄着："傻瓜，如果一年前不是安越泽误打误撞地让我们走到一起，你的生命里如果不曾有我，那么现在的季莘瑶又该是什么样子？面对生命中的种种磨难，你这只小刺猬又该怎么办呢？"

如今，那只坚韧不拔的小刺猬已经快被他养成了一只小白兔，曾经二十几年习惯了风吹雨打的小草被他用不到一年的时间宠成了温室里的花朵。

她习惯了他的好,他的温柔给予,习惯了他的信任,习惯了他在每一次都将她保护在身后,而不必自己再独当一面。

习惯,是多可怕的东西。

这样的顾南希,与二十几年前那些往事无关的顾南希,他何错之有?

"南希……"莘瑶抬眼看着他,忽然间未经大脑地问:"南希……如果你……"

而她的问话还没有出口,他的手便已抬起,覆在她的唇上。

"生活就是生活,没有任何假设和如果。"

顾南希的声音里带着一丝无奈,略微沙哑的声音,带着一种心疼和让她心里发痛的感觉,他的目光如水,最终也只是握住她的手,一如既往地微笑:"回家吧,看这天色,晚上又是一场大雨。"

莘瑶后边的话没有说出口,只是就着他握着自己的手,低下头去看,而就在这刹那,顾南希握在她手上的那只手更紧,坚定的目光看着她,不是在问她要不要一起回去,而是在等,等她和他一起回家。

天空响起一道惊雷,晚风渐起,季莘瑶觉得肩上有些凉,忍不住打了个轻颤,顾南希见状,便打开车门,以眼神示意她上车。

莘瑶没有迟疑,转眼上了车。

回去的路上,顾南希平时开车时很少听音乐或者车载广播,也许是因为今天的季莘瑶太沉默,也许是因为外边的雷雨声打在车窗外闷响声四起让人呼吸不过来,他难得地伸手按开广播。

听见车里忽然传出来广播主持人的说笑声,莘瑶目光始终望着前方,心下却如这车窗外的雨色一样,一样地迷茫,看不清方向。

没多久,广播台里的主持人的说笑声渐消,慢慢响起一首十分耳熟的老歌的旋律。

"我怕来不及我要抱着你,直到感觉你的皱纹

有了岁月的痕迹,直到肯定你是真的

直到失去力气,为了你,我愿意

动也不动,也要看着你

直到感觉你的发线,有了白雪的痕迹

直到视线变得模糊,直到不能呼吸

让我们,形影不离

如果全世界我也可以放弃,至少还有你值得我去珍惜

而你在这里,就是生命的奇迹

也许全世界我也可以忘记,就是不愿意失去你的消息

你掌心的痣,我总记得在哪里

我们好不容易,我们身不由己,我怕时间太快

不够将你看仔细,我怕时间太慢,日夜担心失去你

恨不得一夜之间白头,永不分离……"

第十四章 真相

第十五章　惜别

　　车子离日暮里越来越近，顾南希修长的手指稳稳地掌控着方向盘，忽然在一个路口转了一个急弯儿，之后回头看向坐得很稳的莘瑶，微微勾起唇道："还有三十天，便是我们结婚一周年，欠了你整整一年的婚礼，你这个新娘子倒是也不着急。"

　　莘瑶回头看他："婚礼？我现在这么大的肚子，怎么穿婚纱呀？"

　　"现在都知道你是我顾南希的老婆，知道你怀孕了，只要你想，即便是大着肚子结婚，也一样可以是最美的新娘。"

　　顾南希笑着，一手握着方向盘，另一手放下，伸向她这边，轻轻握住她的手，他的声音带着一种能温润人心的能力，莘瑶有些迟疑地看看他："现在？"

　　顾南希挑起俊朗的眉宇："现在办婚礼，加上你肚子里的孩子，就是双喜临门，倒也不失为一种不错的方式。"

　　莘瑶想一想，下个月就是自己的生日了，过了生日后就是他们的结婚一周年的纪念日，一年间的变化如此之大，而这时间，确实过得太快了……

　　她没有反对，也没有答应，只是怔怔地看着两人交握的手，不经意地说："那你定吧，我的婚纱好像不太好选，估计又要定做了。"

　　顾南希笑笑，安抚地拍着她的手："这么乖？"

　　"我平时很不听话么？"因为广播里正讲着一个笑话，让莘瑶分心，她不由得斜眼看他。

　　顾南希笑着捏了捏她的手："那我可就去定了，下个月举行婚礼，你看你身体吃不吃得消？"

　　季莘瑶一笑，难得撒起了娇："吃不吃得消要问你，反正婚礼上你都是要抱我的。"

　　回到日暮里后，琴姐特意准备了许多适合安胎的饭菜，顾南希又破天荒地准许莘瑶吃了不少的肉，没再一直逼着她吃青菜，眼中的宠溺越发地浓烈了起来。

　　夜里睡觉时，莘瑶一直翻来覆去地睡不着，月光透过没有完全闭合的窗帘洒落了进来，落在床上的两人身上。

顾南希似乎早已睡着，安静地躺在她身边，呼吸均匀，面色缓和，看起来像是沉睡了挺久了。

莘瑶翻过身，面对着他，看了一会儿，便将双手交叠一起放在枕头上，就这样枕着自己的手，就着窗外的月光，双眼一眨也不眨地看着顾南希的脸。

不知看了多久，直到她终于眼皮发沉，缓缓闭上眼，而朦胧中，莘瑶感觉到脸上似乎有什么东西轻抚而过，她下意识地向身旁温暖的源头靠近，正要睡得更沉，却是在这似醒非醒间，突然睁开眼。

只见顾南希不知是何时醒来，或是根本就没有睡，正抱着靠在他怀里的她，低头笑着看她。

而他的手穿过她身上宽松的上半身睡衣，滑过她的肚子，已覆在她胸前的一团柔软之处，他的眼中透着某种信号，目光炙沉，同样就着月光，正在看着她在月光下的娇颜。

"南、南希……"

莘瑶因为现在肚子越来越大，虽然还没有到孕后期的三个月，但是因为怀着双胞胎，肚子大到实在不适合做夫妻间的那回事，而顾南希亦是怕她身体会有不适，也有一段时间没有碰过她，虽然在亲吻时偶尔会有情不自禁的时候，但他都会在她小小的挣扎之下，或者在他自己的理智控制之下，最终只是亲吻与爱抚罢了，可看他现在的目光，却仿佛……

完整的话还没有出口，顾南希温润的唇便已贴在她的唇上，柔软的唇恬适地吻着她僵硬的唇瓣，诱哄着她渐渐放松，莘瑶一不留神，便被他灵活的舌直接这样长驱直入，不知是因为心里积压了太多的心事，还是因为怕现在的身体会让他一样感觉不适，而直接地就想拒绝，可还未能拒绝，人便已被他紧紧纳入怀里，唇齿纠缠得密不可分。

莘瑶渐渐不由自主地闭上眼睛，后脑勺就这样被他的大手温柔地托住，舌尖与舌尖的缠绵令她轻颤，而顾南希仿佛比以往每一次都更加温柔的动作让她心下沁入暖流。

"唔……南……"

她的身上还是有些僵硬，如同第一次没准备好一样，虽然闭着眼，尽量乖顺，但是她的身体却还是在隐隐地抗拒，纵使已经有了正常的反应，她下意识的手边的抗拒还是同样地明显。

顾南希轻叹，在她唇上温柔地啄了一下，之后放开她的唇，手安抚地在她身上流连，沙哑的声音靠近她的耳边："莘瑶……"

他的这一声诱哄几近嘶哑，她听得出来那是一种因欲望隐忍到太难过的一种声线，莘瑶只觉得心口里甜蜜温暖与沉冷无措交织，睁开眼，睫毛不停地颤动，看着他眼中那仿佛带着几分央求一般的视线。

"别拒绝我……"他轻轻拥着她，不知是在说现在眼下的欲望，还是其他。

他的目光仿佛是一种旋涡，能将人彻底吸进去，心也随着一起疼痛。

191

如果这都不算爱，那又算什么呢？

那一天在医院，虽然她当时半睡半醒，但是他在耳边轻轻吐出的那三个字她一直记着，她知道那不是梦。

莘瑶低下头，不想让他看见她眼底隐约泛起的红，她将头钻进他怀里，却是双手抬起，一起按住了他的手，没再让他有其他的动作，她的声音同样有些哑，亦是低低的："南希，别……"

他因为她双手伸过来的轻按便没再继续本来的动作，更因为她这一声"别"而顿住。

季莘瑶此刻的心是矛盾的，一边是火，一边是冰，一边是深爱的丈夫，一边是脑中不停回荡的那些过往和母亲当年自杀时的满地血色。

她知道错的不是顾南希，可是现在她完全不知道要怎么做，只是下意识地不想离开他，却又生生地抗拒着他……

"我……我不舒服……"她不知道自己这样会不会有点过分，不想他难过，便小声地找了个理由。

抬起脸时，见顾南希正在看着自己，他的眼里多出了一抹她看不懂的情绪，她下意识地将挡在她手边的手握了下去，握着他的手。

随后，他眼中的关切便紧随而来，顾南希坐起身，扭开床头灯，之后回身过来抱她坐起来："是不是晚上吃坏肚子了？还是吃了什么凉的东西？我记得晚上有看着你吃东西，怎么会肚子疼？"

"可能是前几天在医院吃的素食和清淡的东西比较多，今天你这么惯着我，破天荒地没阻拦我吃肉，我一下子吃了太多肉，可能一时间胃里消化得不好……"莘瑶小声地解释。

顾南希莫可奈何地笑叹："难得放纵你一次，肚子就疼成了这样，看来以后还是要少吃些难消化的东西，你现在怀孕，肠道蠕动本来就减弱，以后叫琴姐继续做那些容易消化的食物，嗯？"

莘瑶点点头，靠在他怀里，没有乱动。

而顾南希却是推开她，让她靠坐在床边，起身说："我去给你倒些热水，喝一些看看能不能缓解一下，要是实在太疼，我直接送你去医院看看是不是吃坏了肚子。"

"不用，南希……"莘瑶刚要叫住他，顾南希却是已经打开卧室的门走了出去，没一会儿，客厅的灯便亮了，她听得见顾南希在客厅里走动，拿起杯子在倒水的声音。

莘瑶起身，走进客厅见顾南希在倒水涮杯子，那边饮水机正在烧着水，她便干脆转身进了浴室，上了一个厕所后出来，见顾南希已经不在客厅了。

她转头看看四周，又探头看了一眼厨房的方向，之后走进卧室，都不见顾南希的影子。

这大半夜的半路刹车，还随便找了个理由折腾他，心里的自责有些深，但是心仍旧乱得无边无际的，让她的脑子一刻都停不下来，走过去将窗帘打开，看着窗外的月光，之后将手抬起，放在肚子上，轻轻地抚摩。

又过了一会儿，身后传来动静，顾南希的声音同时响起："我去弄了些菠萝汁，可以助消化，你先喝一些，之后再少喝些热水，晚上喝太多水不好。"

莘瑶接过菠萝汁，放在嘴边，微酸和甜甜的味道蔓延在嘴里，让有些压抑的心情一瞬间豁然开朗了许多，她喝了两口，便抬眼看着站在她面前的顾南希，眼睛眨了眨。

"好了，现在太晚了，都不能喝太多，喝一点助于消化就行。"此时顾南希抬起手，将她嘴边的玻璃杯轻轻拿开，之后又去给她弄了水过来："来，热水少喝两口，看看肚子的疼痛能不能缓解一点？"

顾南希一边说着，一边满眼关怀地看着她乖乖喝水的动作。

莘瑶喝过水后，抿了一下唇："南希，我好多了，睡觉吧。"

"不疼了？"他微笑着问。

季莘瑶轻轻摇了一下头："嗯，不疼了。"本来就不疼，只是随便找了一个理由罢了，结果这么晚还折腾他为自己忙来忙去，心里实在过意不去。

顾南希笑笑，接过她手中的杯子："那你先躺下，我睡不着了，去书房拿些东西回来看，你乖乖睡，嗯？"

莘瑶没有说话，顾南希便唇线微弯地转身，拿着杯子便要走出卧室，而他刚刚迈出一步，季莘瑶便不受控制地伸出双手，自他身后紧紧环抱住他的腰。

顾南希脚下一僵，停顿了片刻，许久，才放下手，覆住她在他身前交叠的手上，温柔地轻哄："莘瑶？"

"顾南希，你有没有迷茫的时候？"

莘瑶紧抱着他，不愿放手，忽然间觉得自己有些承受不住那些所谓的过往，所谓的爱恨情仇，而那些漫天的血色一次次在她眼前掠过，那些在她心里蛰伏了二十几年的憎恨与怨愤都在这一夕之间蹿上心头，因为这些，她刹那间发现自己一无所有，她什么都可以舍，却唯独，舍不下眼前这个对自己太过宠爱的男人。

顾南希默默地不说话，只是轻轻握着她的手，没有回头，感觉她在他身上越抱越紧，仿佛想在他这里汲取温暖，他叹了叹："莘瑶，顾南希在有些时候，也一样是个胆小鬼。"

季莘瑶的手指扣在他胸前，将脸深深埋在他的脊背，呼吸着他身上温暖熟悉又令她备觉安全的味道。

"是啊，你说过的，顾总也是人啊。"她仿佛叹笑，又仿佛感慨。

所以，睿智如顾南希，强大如顾南希，也一样有无法做到的事，也一样有无法挽回的局面，更有着彷徨与无奈。

所以顾南希也会迷茫，不是么？

莘瑶的手指从他手里挣脱，缓缓抬起，爬上他的脸颊，在他的背后，伸着手，以这样一个怪异的动作摸着他的脸，他的轮廓，细白的手指落在他的眉间，一点点向下，直到他的唇边时，顾南希抬手，拉下她的手，之后转身，将她纳入怀里，安

第十五章 惜别

193

抚地轻轻拍着她的肩："好了，都这么晚了，你不睡，肚子里的宝宝也要睡，先躺下休息，不要胡思乱想。"

莘瑶看着他温柔的俊容，由衷露出一丝恬然的笑："好。"

"睡吧。"顾南希扶着她坐到床边，直到看着她躺下，替她盖好被子，之后轻轻拍着她的肩，示意她闭眼。

莘瑶听话地闭上眼，是啊，她太累了，她需要休息……她什么都不要想……暂时的……什么都别去想……

不知过了多久，莘瑶在昏昏沉沉中听见顾南希的一声低缓的叹息。

"莘瑶，我怕我做得不够好。"他的手，在她额上轻轻地抚过，温柔玉润的声音就这样在她耳边划过。

直到顾南希走出卧室，去书房拿东西，她才睁开眼，出神地望着已经不见他踪影的房门口。

一个月后……

听说温晴不久前一个人在外边无依无靠地厮混，凭着还算美貌的脸在几家酒吧的夜场经常来去自如，且似乎混得风生水起，就在所有人都以为温晴离开顾家后，因为平时的娇惯，现下也只能靠着一张脸混混夜店了，却不承想，温晴在上个星期被几个往来较密切的小混混拽到酒吧后的胡同里，强行灌药轮奸……

那之后温晴更仿佛变了一个人一样，不仅被那几个小混混控制，似乎还被几个做不正当生意的人注射了毒品，之后便不得不跟那些人彻底厮混在一起。

就在上午，顾南希去了顾氏，一时分不开身，特意托苏小暖陪着莘瑶去做产检，莘瑶在妇产医院门前看见手里拿着一张抽血化验单，像鬼一样白着脸走出来的温晴。

看看温晴这样子，莘瑶和苏小暖对视了一眼。

她只听说温晴上个星期似乎被那几个小混混轮流给强奸了，但是看起来，这一个月里，温晴应该是早就已经在外边跟哪个不正经的男人搞在了一起，看她这样了，该不会是……

"季姐，别看了，俗话说恶人有恶报，不是不报，时候未到，我还是前几个星期才听说，你上次住院原来是被温晴推下了楼梯，她这样的人，难不成你还可怜她呀？连我都看不下去了，她有现在的下场，纯粹是活该！"苏小暖在一旁扶着肚子太大的莘瑶，小声地说。

莘瑶看了一眼小暖，再又看了一眼那边魂不守舍地拦了一辆出租车离开的温晴，摇头道："我不是可怜她，我只是有些感慨。"

"有什么好感慨的，我听说以前顾家人对她很好呢，不管她怎么任性，顾老爷子都还是惯着她包庇着她，结果是她自己把顾家人对她的感情挥霍光了，这怨不得别人，只怪她自己不识好歹，贪得无厌！"小暖嗤之以鼻。

是的，贪得无厌。

有的人贪钱，有的人贪权，而有的人却像温晴这样，非要所有人对她源源不断的爱才能抵消得了她的自卑心理，想方设法地抢夺着所有人的眼球和宠爱，直到最后走上歧路，其实温晴会走到这一步，跟季程程的关系也不小。

季程程从小就放纵惯了，温晴跟她做好姐妹，慢慢地被熏陶，久了，心里那些小小的犹豫和全面的考虑也会渐渐消散，直到最后几乎变成了季程程在狱外的刽子手。

真的，不得不感慨。

温晴自从她季莘瑶进了顾家后，因为嫉恨，被季程程这个所谓的好姐妹利用了都不知道。

莘瑶没再看那辆离开的出租车，转身进了医院，从医院检查出来后，小暖便扶着她要去打车，两人走到路边时小暖忽然问："对了季姐，顾总之前托我陪你来做产检时，还说如果你没有觉得太累，现在就应该多走走，他让我陪你去看看定做的婚纱。"

季莘瑶面色一缓，沉默地看了一眼马路上来往的车辆。

"季姐？去不去看呀？你现在这么大的肚子，不知道设计师会设计出一条怎样的婚纱来呢，我猜想一定很特别也很好看，咱们顾总的眼光啊，绝对不会错！"小暖嘻嘻笑着，拉着莘瑶的胳膊不停地说着。

而这时，季莘瑶的手机响起，她低头看了一眼来电，是一个陌生的号码，她蹙起眉，看着那号码，虽然陌生，但却隐约猜得到是谁。

这一个月，单老经常想方设法地要见她，她却以怀孕身体不适为由拒见了很多次，看着这不停叫嚣着的手机，她抬手，放在耳边："喂，你好。"

"喂，莘瑶，晚上有空吗？出来吃顿饭吧，只有你我，没有爷爷。"出乎意料的是，电话那边是单萦的声音。

莘瑶一愣，她半个月前听说，小鱼病危的当天单家接到美国一家权威脑科医院的通知，说是找到稳定小鱼病情的药物，当时单萦在带着小鱼回美国之前给顾南希打过电话，那时顾南希就在莘瑶身边，他便将事情直接告诉了她。

无论单萦在两人之间这么久以来扮演的是什么样的角色，小鱼那孩子可爱而无辜，能活下来当然好，莘瑶也由衷地开心。

只是没想到，才短短半个月，单萦竟然就从美国回来了。

而听单萦这语气，似乎轻松了许多，没有之前小鱼病危时的沉重和低哑，按时间来看，小鱼应该是已经脱离了危险，在美国的手术很成功，不然单萦也不会这么快就回来。

季莘瑶看了一眼时间，之后宛然拒绝："最近这段时间我肚子越来越沉，南希每天下班回来都会按时陪我散步，我可能不太方便，不好意思，单小姐。"

单萦对季莘瑶的拒绝并不惊讶，在电话那边笑笑："莘瑶，我想和你聊聊，你该知道，我不会伤害你，从始至终，我都没有试图伤害过你，无论因为你是南希的妻子，还是爷爷寻找太久的外孙女，我只是，想好好的，和你聊一聊。"

季莘瑶想了一下今天是几号，又算了一下时间，想了想："那好吧，几点，

第十五章 惜别

在哪里见。"

直到那边单紫说了地点和时间后，莘瑶放下电话。

"季姐，你晚上有约呀？不去看婚纱了吗？"小暖在旁边问。

莘瑶朝她温柔地笑笑，抬手在她耳朵上轻轻捏了捏："你啊，总是好奇那些新设计出来的东西，这么忙还抽空出来陪我做产检，不早点回去休息？我晚上要去见个人，下午先不去看婚纱了。"

"行，那我明天再陪你去看吧，好歹是顾总亲自交代的呢，我可不敢违抗。"小暖一笑。

季莘瑶只是笑笑，没有再说什么。

见单紫，对曾经的季莘瑶来说，说真的，是一件挺纠结的事情，一个心再大的女人，再有自信的女人，在面对自己丈夫过去的旧爱时，心里难免还是会有些疙瘩，但是此刻，见单紫这件事，对莘瑶来说就仿佛只是一个过程，一个，必要的过程。

G市北斗大道的茶艺馆，单紫已经等在那里许久了，在莘瑶坐下时，单紫看了看她，说："不好意思，我忘记你怀孕，不能喝茶，要不我们换个地方？"

"不用了，我喝些水就可以。"莘瑶招呼服务员过来倒了一杯白水。

见莘瑶拖着这么沉重的肚子一个人过来，单紫先喝了两口茶后，才道："我女儿小鱼的命，暂时是保住了，医生说她在10岁之前需要再进行一次手术，如果她10岁前的那次手术顺利的话，小鱼就可以像其他孩子一样健健康康地活下去了。"

"恭喜。"莘瑶由衷地笑笑，同时抬起手，轻轻覆在自己的肚子上。

见莘瑶这下意识的动作，单紫勾起唇："季莘瑶，我承认这么久以来，我把你看得很低很低，我深念着过去和他在一起的那些年，他种种的好，都让我无法相信他此刻已将这份深情转移到另一个女人身上，这一次经历了小鱼的病危，和突如其来的奇迹，让我一下子看透了很多，这几个月，我很抱歉。"

季莘瑶抬眼，看着单紫眼中诚挚的歉意，虽然她如泓月般的眼依旧那样明亮，依旧是那样傲然的单小姐，但是这份歉意，却并非作假。

"但是季莘瑶，我其实还是很不甘心，顾南希的好，不是任何一个女人都能配得上，曾经我一直这样瞧不起你，就是因为我觉得你不配，可是久了，我才看透，有些东西并不是要用这样的方式来对比，而是缘分，是感情，是两个人之间的经历，是相互之间的信任与不离不弃。"

单紫的话刚落，季莘瑶握在杯子上的手便轻轻一顿，莘瑶抬眸，嘴角翘起一丝别样的弧度："不离不弃？"

"难道不是么？你和南希这么久以来，无论中间发生多大的误会，都不曾真正放弃过对方，对了，我来还想告诉你一件事。"单紫犹豫了一下："我不知道你对顾季单三家二十几年前的渊源是否知道，我也不想说太多，我只是想告诉你，你和南希在上一次婚礼上发生的事情。"

"在你们婚礼的前一天晚上，小鱼忽然发了很重的高烧，我那时虽对你们的婚礼心有不甘，但也只是想尽量挽回，可南希在赶来送小鱼到医院后，半夜小鱼脱离了危险，他正欲离开，我挽留不住，他那时只想兑现对你的承诺，早早地去接你，但是之后没想到的是，爷爷忽然出现，说是要找南希聊聊，爷爷和南希回酒店聊了一个小时后，我去爷爷房间里，却见南希没再急着离开，而是站在窗边，不知在想什么，之后爷爷对他说了什么，我不清楚，但是爷爷确实顺利地把南希留下了，第二天上午，小鱼吵着要见南希，哭闹不停，南希才从爷爷房间里出来，听见小鱼哭闹便过来看一眼，结果他刚进房间没一会儿，你就穿着婚纱来了……"

季莘瑶握在杯上的手指渐渐收紧，低垂下眼眸，望着杯中的水，哑声道："是吗？"

莘瑶在完全知道真相后平静得仿佛无波无澜的态度让单萦蹙起眉看着她："你是不是有什么心事？"

季莘瑶一顿，抬起眼微微笑了一下："我能有什么心事，其实有些事情南希已经解释过，但是今天能从单小姐你口中知道这些，说真的，我忽然明白曾经顾南希为什么会喜欢你，因为单小姐在放下嫉恨和攀比的傲然时，确实是一个魅力无边的女人，很感谢你今天能说这些，不过，我可能要先走了。"

说着，季莘瑶便起身，刚刚站起身要离开，眼角的余光却突然看见窗外停了一辆黑色路虎，顾南希走下车来，已经看向了她这一边。

季莘瑶面色一怔，回头看了一眼单萦，单萦亦是转头看了一眼窗外，之后叹笑了一下："看来，我是真的输了。"

莘瑶看着她："他怎么知道我在这里？"

单萦勾了勾唇："本来我也给他打了电话，想和他聊一聊，但是他没有同意，我说我也邀请了你，他才问了我地点。"

说罢，单萦又摇了摇头："说真的，季莘瑶，我承认我现在很嫉妒你，却也知道一切都是我当初自找的，怪不了任何人，我的性格我自己多少也了解，只是本性难移，知道错在哪里，却始终不愿承认。"

见那边顾南希已经走了进来，莘瑶没有再坐下，只是犹豫了一下才说："推开一个自己深爱着，也同样爱着自己的男人，这种感觉，一定很痛苦吧？"

单萦敏感地从她这话里听出了什么，突然抬眼盯着她："莘瑶？"

季莘瑶回过神，忙笑了一下："不好意思，我不该这样问，我没有落井下石的意思……"

单萦却是疑惑地皱起眉："你今天看起来总是恍恍惚惚的，我记得你曾经每次在面对我的时候，虽然不和我针锋相对，但也从来都是十分有精神，且总是目光坚定，可你今天怎么闪闪烁烁的？是不是出什么事了？"

就在这时，顾南希已经走过来，先是看着季莘瑶，之后看了一眼单萦，对单萦客气的点了点头："不好意思，来晚了，下午的会开得久了一点。"

单萦因为顾南希的声音而分心，转过头，看向他，须臾勾唇一笑："没事，我和莘瑶聊得正开心，只不过她似乎身体不太舒服，正要走。"

"身体又不舒服了？"顾南希顺手拉过莘瑶的手腕，让她面对着他，关切地

第十五章 惜别

看看她:"哪里不舒服?是肚子疼还是?"

"没有,就是有点累了。"莘瑶笑笑。

"怀孕到七个多月的时候确实容易累,何况她这肚子里的还是两个。"单萦在旁边说,"那这样吧,南希,你送她回去吧,我其实也没什么事,只是想和你们聊一聊,刚刚我把该说的都已经对莘瑶说过了,也算是却了一点心事,我订了今天晚上的飞机,直接回美国,小鱼那边还需要我照顾。"

顾南希听出单萦语气里的轻松,回头看了她一眼,仿佛是从她眼里看懂了什么,于是唇线微扬:"一路顺风。"

单萦笑着点点头,拿起手包,起身便走,从顾南希身边走过后,距离两三米的地方,她的脚步一停,微微侧过头来,看了一眼正十分关切地扶着季莘瑶的顾南希,深深地看了他一眼,捏在手包上的手指紧了紧,之后便仿佛又释怀地微微勾了一下唇,转回身,继续向外走去。

季莘瑶看得出来,单萦的心里其实还是放不下,还是有不甘心,她的所谓的看开了,不过是在经历过小鱼的这一场生死之后醒悟了一些,她知道有些事情是真的彻底无法挽回,无论她怎样做,怎样争取,都是一样的结果,她只是不想把自己立在一个太尴尬的位置,她是想通了,于是,便聪明地全身而退,至少这样,她在顾南希的心里永远都还是曾经那个任性乖张但却直来直往的单萦,而不是卑鄙的拆散别人婚姻家庭的破坏者。

这才是最聪明的女人,永远替自己想好退路。

而她季莘瑶呢?

现今,她的退路又在何处?怎样才是最好的全身而退?

"回家吧,现在肚子这么重,以后尽量不要一个人出来,不管是要见什么人,尽量叫一个人陪着你,别让我担心。"顾南希牵着莘瑶的手,眼中有几分责怪。

莘瑶回头看了一眼窗外的霓虹:"南希,对面有一家名表行,我们去看看吧?"

顾南希挑眉:"你想要戴表?"

"不是,咱们结婚这么久了,我还从来没有送过你什么,反正我之前在外边工作,也攒下来一些钱,给你买一只不错的手表还算够。"

顾南希一听,不由得笑了出来,牵着她走出去:"不用买,我还不至于让自己老婆倾尽所有地为我买什么东西,既然是你之前在外边工作自己攒下的辛苦钱,你就自己留着做私房钱,想要什么就给自己买,不用想着我,我什么都不缺,嗯?"

莘瑶没答话,脚步还是向着马路对面的表行的方向走,见她真的想去看看,顾南希莫可奈何地叹笑,陪着她走过去:"这么坚持?"

"自从一年前咱们两个结婚后,你的生活里发生了太多的变化,也因为我而平添了太多乱子,人家不都说戴表可以走运,走好运吗?我想给你换一只表戴戴,把这一年发生的所有不开心的事情都忘掉。"莘瑶亦笑着转头看他:"南希,我就是想送你一个东西,你不许拒绝。"

顾南希听出莘瑶这送他一个东西还要征求自己意见的样子,心下一动,只好以哄孩子似的口吻失笑着道："我看你是想把我吃得死死的，一点一点，全身上下从头到脚都是属于你的东西。"

莘瑶听着他这样开玩笑的口吻，却比任何甜言蜜语都让人觉得心里甜蜜而温暖。

"那你要是不喜欢，你可以放在盒子里呀，不戴我也不勉强啊。"

莘瑶斜他一眼，之后便要推门走进眼前的表行。

顾南希却笑着替她推开门："老婆有命，岂敢不戴？"

两人刚进去，表行里的工作人员一眼就看出了顾南希身上十分低调的西装料子是何种质量，很快便簇拥了上来。

待两个人选了一只不错的表后，莘瑶一直盯着顾南希戴着这只新表的样子，忽然发现他居然无论戴哪款表都这么好看。

人家说男人戴名表才能显出品位与贵气，可这些表被顾南希戴上，却全都因为他的高洁卓尔的气质而显得十分的名贵，就在顾南希因为她的注目而侧眸看着她时，见他似笑非笑地挑起眉："那就这款？"

莘瑶猛地拉回视线，仿佛自己又犯花痴的样子被他给发现了而尴尬，之后她故意转开头去看其他表，再又选了几款让他戴一戴，最后确定了一款黑色的新款手表后，觉得很配顾南希这个人。

这是店里一只档次中等的表，不便宜却也不是很贵，价值一万两千块钱，这对莘瑶来说算是很贵的奢侈品，但她也不确定她刚刚为他买的这只表比起他之前戴的表哪个更贵一些，却还是难得不讲理地让他坚持戴这一只，让他把之前那款戴了一段时间的表收起来。

顾南希秉承着老婆之命，岂有不从的态度，很配合地戴着她新买的表，在开车回家的时候，都时不时看一看手腕上的新表，刚刚还拒绝呢，这会儿看起来倒是心情不错。

季莘瑶斜眼看看他："真的喜欢啊？"

顾南希的手稳稳握着方向盘，淡笑："这些年我自己也很少会给自己添置什么，之前这只表我都忘记已经戴了多久了，一直没想过要换掉，今天是这么多年来的第一次，有一个人，只是纯粹地想送我一样礼物，没有动机，没有利益诉求，也没有阴谋陷害，莘瑶，我很开心。"

顾南希平时的话并不多，但这会儿却说得多了起来，莘瑶忍不住看看他看起来似乎真的很高兴的侧脸。

他说，他很开心。

她笑了一下："我前几个月还想过，表这种东西已经是十分流行的奢侈礼品，怎么这一年我也没见你换过其他的表，一直都是这一款。"

"我不习惯经常换身边的物品，除非是极有意义的，比如说，现在这一只。"

他晃动了一下手腕，崭新的手表在他的手腕上显得名贵而涵养十足，颜色和款式都很配他的外型和肤色。

第十五章 惜别

199

他是真的很开心。

季莘瑶从来没想到像顾南希这样的男人，也可以笑得像个抢到了糖吃的孩子一样。

顾南希，你给了我太多，而我能给你的……似乎也仅仅只有这一场开心……

她望着他的侧脸，唇角微扬，却没再说什么。

在季莘瑶生日的前一天下午，莘瑶靠在沙发上看杂志，她没有把生日告诉太多的人，而顾南希这两天也没表现出太多，不知他是临时忘记了还是怎么，莘瑶也没多想，只是一个生日而已，早就过了像小时候那样期待吃蛋糕却吃不到的年纪，她看了一会儿杂志，回头见琴姐在擦楼梯下那个小房间的门。

"琴姐，你把房门打开，我进去收拾一下吧，那里边的东西都是南希平时比较看重的，而且里边的灰不是很大，正好适合让我活动活动。"

她说得自然，琴姐犹豫了一下，想着这房间平时虽然锁着，但是连自己都能经常进去，少夫人肯定也可以进去，便不疑有它，转身去拿钥匙开门。

"你想活动活动是好事，但是干家务还是脏了一些，你想进去收拾就弄，累了就告诉我。"琴姐说。

莘瑶笑着点点头，眼神十分的坦荡，仿佛那个小房间里没有什么特别的东西，只是一个普通的堆放资料的房间，琴姐见她进去了，便转身去打扫二楼。

这一个月，季莘瑶再怎样不愿面对，却还是不得不面对。

上个星期顾老爷子出院，不过虽然出了院，却还是不能大动，因为之前断了骨头，要养几个月才行，何况他年纪大了，伤筋动骨的更是难以痊愈，老爷子在电话里说想她了，让她和南希回顾家住几天，莘瑶找了个理由暂时婉拒。

但她知道，这样一直拒绝回顾家，拒绝见顾远衡和顾老爷子，不是长久之计。

终究，她维持了一个月的假象，即将到来的生日和很快便要到来的婚礼还是压得她快要喘不过气来……

因为顾南希今天晚上有个重要的会要开，可能会晚些回来，莘瑶便不急不忙地坐在小房间里，将那些资料一本一本地拿出来看。

终于找到几个关键点，而且这里的数据都是关于二十几年前那宗贪污案的证据和资料，看来顾南希对这宗二十几年来没有侦破的案子一直耿耿于怀，这宗案子陈旧的卷宗就在顾氏总裁办公室里的重型档案室，既然当年案发是在 G 市，又与当年的某些事情有关，顾南希怕是很早以前就打算将这个案子查清楚，却没想到，最后竟查出与顾家有关。

莘瑶一页一页地翻看，看着那些关键点，越看，眉头皱得越紧。

石芳没有骗她……

一切都是真的……

其中的一份资料里，有一封信，是泛黄的八几年流行的红线条纹信纸，上边是苍劲有力的字体，上面是顾家与单和平在当时往来的一些内容，与当年的案情有关,而落款是顾占中顾老爷子,看起来,也确实像老爷子的笔迹。

这种书信,如果是在老爷子手里的话,肯定早已经被销毁了,既然是与单和平往来的信,这信现在能落到顾南希手上,难不成这信是单和平早年故意留下的证据,在揭发之前交给了顾南希?

该不会上一次婚礼上单老爷子就是拿着顾家的这宗二十几年前的案子和手里的这些证据拉住了顾南希,让他无暇顾及当日的婚礼而被拖延了脚步?

看来当年顾老爷子防着单和平是防对了,却没想到,到了老的时候,当年被顾老爷子威胁到不得不辞官去美国的单和平竟会反噬了一口。

最后,季莘瑶拿着那些当年她母亲跳楼后的照片,看着照片里满地的血腥。

顾南希,你把季莘瑶这个与顾家有着深仇大恨的女人拴在身边……

你的妈妈单晓欧是被顾占中逼死的!

是顾占中这个你口中的爷爷,逼死了你的母亲……

耳边不停地响起一些话,让她脑袋发涨,突然皱起眉,匆匆地将手里的照片放好,该知道的都已经知道了,她只是想求证一下而已,又或许,本来还有些侥幸的心理,希望石芳在某一部分骗了她。

可终究,一切都是真的……

季莘瑶走出小房间,让琴姐进去收拾一下,说自己刚刚坐在里边睡着了没收拾,琴姐无奈笑她,转身便进去了,之后莘瑶坐在沙发上,手里捏着杂志,却整个人从头到脚地冰凉。

晚上顾南希回来,见莘瑶懒洋洋地靠在沙发里,他笑着走过去,抚了一下她的额头:"怎么坐在这里?困了就回卧室去睡。"

"南希。"莘瑶没有睡,她睁开眼。

"嗯。"顾南希转身去脱下外套,随口应着。

"那套婚纱,我把订金退了。"

顾南希正要将衣服挂在衣架上,听她这样一说,手顿了一顿,转过头来:"为什么?"

季莘瑶笑了一下:"我突然又不喜欢那个款式了,想重新做一套。"

平时的季莘瑶从不会挑剔这些,更不会连她自己在说出这话时都会觉得自己有些刁钻,接着她便解释:"虽然你财大势大,可我觉得定制一套那么贵的婚纱还是太奢侈了,就算你对我好,也由不得我这样大手大脚啊,一套婚纱十几万,而且就穿那么一次,怎么想都觉得有点太奢侈浪费,所以退了,南希,我觉得还是能省则省吧,毕竟我们都是过的寻常日子。"

"那我另外帮你选?"顾南希没有去细问她其他理由,而是直接退了一步。

"不用了,我有一个朋友本职就是做服装设计的,我找时间让她帮我做去。"莘瑶在沙发上,抱着抱枕,低声说。

顾南希这才笑了笑,走过来,将她连带着抱枕一起抱进怀里:"你朋友设计的?我很期待。"

第十五章 惜别

201

说着，他便曲指弹了一下她的额头，又低头在她鼻尖啃了一下："有把你现在的体重和腰围告诉你朋友么？"

听出他话间取笑的意思，季莘瑶当即用手去推他："你嫌我胖啊！我就是肚子大了一点，我身上又没怎么胖！"

他将她揽得更紧了些："我哪敢嫌你胖，孕妇最大，虽说只是肚子像个球，就算你全身都胖成球，我也不敢嫌弃。"

她笑，靠在他怀里，本来心里做好的准备，忽然间又开始彷徨不定，又开始难以开口，难以做出选择。

她本来是想说，南希，我把那套婚纱的订金退了，这婚礼，我们还是不办了吧。

她本来是想说，南希，我知道你对爸爸和爷爷的过往无法挽救，我知道你何其无辜，我知道你现在每一天这样小心翼翼地待我好一方面是因为我们之间的婚姻和感情，另一方面，是想替他们弥补我些什么，我知道，我都知道。

她本来是想说，我不怪你，也不恨你，更不想伤害你，我缩在日暮里这个独属于我们两个的世界里，用了一个月的时间去权衡，去选择，去试着放下那些忽然加到自己身上的离奇的过往仇恨，可是，每一天我都备受煎熬。

她本来是想说，顾南希，我爱你，想一辈子和你在一起，可我二十几年前亲眼看着妈妈跳楼自杀，那满地的血泊，那一片血肉模糊，那双死不瞑目的双眼，却夜夜折磨着我，我不想推开你，不想放弃我们的婚姻，可我已无法面对顾家。

她本来是想说，顾南希，我们离婚吧。

可是到了嘴边的话，却忽然又因为心软和不舍而变成了花样百出的解释。

她哪里来的什么会做服装设计的朋友……

第二天，顾南希临时有急事要去相邻的城市走访，晚上能不能及时赶回来还不能确定。

季莘瑶一个人在小区里走走停停，最后累得回房间里睡了个昏天黑地。

也许是这一个月以来每天都怀着心事，吃不好睡不好，作息太乱了，最近更容易累，等她睁开眼睛时，已经是晚上8点多。

这个时间，顾南希还没有回来，看来今晚他是真的赶不回来了。

季莘瑶一个人坐在阳台边，抬头看向小区外的灯火阑珊，看着看着就又困了，每天吃吃睡睡都快变成了傻子，却还是忍不住钻进了卧室。

再醒来后，是晚上十一点，这回她是真的睡不着了，爬下床去厨房热了杯牛奶，冰箱里堆满了她平时爱吃的各种食物，她想着先垫垫肚子算了，随手打开一袋无花果，回客厅，开了计算机。

这样混到十一点半左右，顾南希回来了，听见开门的声音，季莘瑶心口一顿，猛地抬起眼，看向门口，想到今天是自己生日，结果最后只剩下半个小时了他老人家才赶回来，明知是因为公事没办法，却还是孩子心性一起，她飞快地躲到窗帘后面去藏着。

顾南希进来却连找都没找，直接过来，连带着窗帘将她抱住。

季莘瑶惊奇，从窗帘后边露出头来："你怎么知道我在这儿！"

他做神秘状："这叫心有灵犀！"

季莘瑶把他摁在沙发上挠痒痒，他笑得受不了了，才捉住她的手招供："你什么时候看见咱们家窗帘下边鼓出圆滚滚的那么一大块？"

季莘瑶一听，更是红着脸掐着他的脖子一顿武力报复，等她玩得累了，才趴在他胸口，本来真的不想说的，但是女人这矫情劲儿一上来真的挡也挡不住，她假意抹抹眼泪，委屈巴拉地说："今天是我生日……"

顾南希却是一只手抱着她，另一只手枕在脑后，笑得一脸淡定："你以为我忘了？"

她顿时抬起眼，双眼锃亮："有礼物吗？"

他轻笑，环着她的肩，抱着她坐起身："自己打开门去看看。"

等了一晚上，忽然知道会有惊喜，季莘瑶顿时乐得合不上嘴，从他身上跑开，快步走到门边，推开门一看，结果只见门外放着一只模样简单的小型蛋糕车，在上边摆着一只十二寸的双层蛋糕，只是这蛋糕虽然挺漂亮，但看起来好像不太专业，她忍不住伸手掐了一块在手指上，然后含在嘴里。

是不错的奶油，甜度适中，唯一的缺点就是这蛋糕上边的花色大小不是特别均匀。

顾南希走过来，在她身后抱住她："没买什么礼物，只在赶回G市后，抽了三个小时的时间去蛋糕店……"

季莘瑶一愣，转过头抬起脸看着他的下巴："这是你做的？"

顾南希微笑着，拍拍她的肩："临时学的，别嫌难看，以前再怎么会做饭，对蛋糕这东西也是第一次接触，我保证明年一定改进，嗯？"

季莘瑶嘿嘿一笑，也没理他，而是忙用力推开他，之后像是捧个宝贝一样推着小型蛋糕车走进门里："你早说有蛋糕呀！我睡了一晚上才起来，饿死了！刚刚吃了无花果，吃得开了胃，现在我更饿了！你让开，我要去切蛋糕！马上12点了，再不切就来不及了！"

见她那像是比收到任何礼物都要开心，兴冲冲地推着小车跑进厨房的样子，顾南希笑笑，走过去，看着莘瑶满世界找合适的切蛋糕的刀在那里翻箱倒柜的模样。

"蛋糕盒子里放了专门切蛋糕的刀具。"他说。

莘瑶一听，忙把蛋糕轻轻挪了一下位置，果然在下边看见了刀，她抽起刀就要切，顾南希哭笑不得地按住她的手："蜡烛还没吹，先许愿。"

"哎呀，我又不是小孩子了，饿了就吃生日蛋糕嘛，许什么愿！"莘瑶一副饿得如狼似虎的模样，作势要去切。

而顾南希却是按着她的手，给她递了个眼色，意思是坚持让她许愿。

许愿，许什么愿好呢？

季莘瑶放下刀，看了一眼顾南希眼中温柔的笑色，再又看看这上边标着数字2

第十五章 惜别

和5的蜡烛。

她闭上眼，学着电视剧里的模样，双手交握于胸前，轻声说："第一个愿望，希望顾南希在以后的每一天里都可以工作顺利，开开心心，无论海内海外顾氏的一切，都蒸蒸日上。"

"第二个愿望，希望顾南希可以长命百岁，永远都健健康康的，不会再犯胃病，什么大病小病的都远离他。"

"第三个愿望，希望顾……"她还没说完，手便被他握住。

"怎么愿望都是许给我的？你的呢？"他轻笑着问。

季莘瑶顿了一下，低头看着眼前的蜡烛，看了许久，忽然觉得这蜡烛的光芒熏得人眼睛发疼，她闭上眼，低低地在心里默念："第三个愿望，希望顾南希不要因为我而受到伤害，希望顾南希在以后没有我存在的每一天都能过得更幸福……"

她没有说出来，只是在许过之后，便睁开眼，不顾他的阻拦，直接用力将蜡烛吹灭。

也许是因为今天晚上的季莘瑶看起来真的很开心，顾南希一直都那样微笑着，温柔地与她并肩，让她觉得只要永远这样一直走下去，他们就可以一路到白头。

林忆莲唱着，恨不得一夜之间白头，永不分离。

只可惜，成年人的爱情故事里，已经没有了年少的憧憬和梦幻，因为现实的阻碍，情感的纠葛，可以影响太多东西，她与他都不是会因为一份感情无视身边一切变化的人，因为他们都不再是孩子了。

其实这一个月里，季莘瑶几次萌生一个自私的想法，让顾南希带她离开这里，不再回顾家，离开那些她所无法面对的一切，可想归想，她却不能这样做。

顾南希在陪着她吃了两块蛋糕后，便去洗澡，季莘瑶坐在客厅里，一边吃着蛋糕，一边听着浴室里传来的水声，目光始终盯着墙上的时间。

双层的蛋糕，虽然只有十二寸，但是分量很足，她吃掉了一小半后就撑得不行，却还是不舍得放下，便干脆又切了一块放进盘子里，一刻不停地往嘴里塞。

手机下午就没电了，她也没充电，这会儿才想起来将手机充上电，开机后，便看见如潮涌一般的短信一条一条地接着响了起来。

因为她的工作数据上有写身份证上的出生日期，所以以小暖为首的，丰娱媒体那边的不少同事都发来了生日祝福短信，其中还包括不少她以前的朋友、同学发来的祝福。

还包括修黎的。

可是这么多的祝福短信，看起来朋友不少，知己很多，可走到现在，她发现连此刻最沉重的心事都不知道要跟谁去说，和谁说呢？谁又能理解？

肩上一暖，顾南希站在她身后，手指若有若无地抚着她的发，甚至竟在摆弄了几下后，开始试图编着最简单的三股麻花辫，莘瑶觉得头皮被他弄得痒痒的，便回头笑着要推他，结果只见他在给她编辫子的时候目光那么认真，仿佛手中的这些头发同样是他最宝贵的东西，一根根地落在他手里，他便不愿放开似的。

204

她看着他的动作，看得专注，直到顾南希抬起眼，将编好的辫子绕到她眼前晃了晃："小时候见雨霏编过。"

季瑶双眼一直看着他

见她这眼神，顾南希便转过她的身体，捧起她的脸，在她唇上温柔地吻了吻，又安抚似的在她额间轻吻，她忍不住，伸出双手环住他的肩，踮起脚给予他热情的回应，但他记得她现在身体不适合做什么，始终只是抱着她，两人颈项交缠，吻得难解难分。

直到顾南希睡下，季莘瑶起身，靠在窗边发呆。

这一晚，怎么也睡不着。

最后她跑到客厅里打开计算机，随便找了个电视剧看，可双眼虽盯着计算机，耳边却只有那些播出来的声音，一切都没办法走进心里，目光仿佛聚焦在了一个点上，怎样都移不开。

片头曲结束，剧情开始，直到片尾曲响起，音乐声在客厅里低低地回荡。

她一直没睡着，到天亮的时候，顾南希起床，她仍旧靠在客厅里的沙发上，只是计算机已经关掉放在一旁，她的双眼盯着茶几上两份报告和两张A4大小的纸。

"莘瑶？为什么不睡？"昨天顾南希显然是真的奔波了一天，晚上又尽量提前回来为她做蛋糕，累得沾床便睡着了，平日里都是她睡得很沉，而他是有一点动静就会醒，可昨晚他却睡得很沉，见她一直在客厅里，便直接皱起眉，走了过来。

她转头，对他微笑："没事，我不困。"

"怎么了？"他走过来，坐到她身边，将她揽在怀里，发现她身上冰凉一片，顿时眉心一结："你一晚上不睡觉，一直坐在这里？"

莘瑶不吱声，只是低下头去，深深吸了一口气。

他环抱着她，温柔地轻问："有事？"

昨天，就在昨天，如果她不够自私的话，也许在她这些离婚申请报告和离婚协议打印出来之后就已经对他开了口，可她承认自己确实好自私，非要享受过昨夜的浪漫甜蜜之后，才拿出这些东西。

其实，她是多眷恋顾南希的好，顾南希的温柔，和顾南希这个人啊。

可是生日过完，过了十二点以后，该憧憬的，该给自己继续磨蹭下去的理由也渐渐都没有了。

她抬起手，替他整理好衣领，只淡淡地说了一句："南希，我们离婚吧。"

他仿佛一直没有看见茶几上放着的那几份报告和A4纸，在听见她的话后，目光也没有移过去，只是看着她，没有质问，神情也没有太多变化，只是静静地看着她，注视着她的双眼。

季莘瑶被他看得心狠狠揪了起来，转开头，推开他揽在她身上的手臂，冷声说："你瞒了我这么久，早该知道我总有一天会清楚所有的真相，我应该是不需要对你进行任何解释，你也会明白我要离婚的原因。我不想说太多，我打印出的离婚协议，你签了吧。"

第十五章　惜别

说完这些，季莘瑶便欲站起身，她受不了顾南希的味道就在她身边。

顾南希没有动，只是看着她，直到她起身，目光仍停留在她的身上，又看着她的脸，仿佛要从她的表情里看清楚她这决心究竟下了几分。

而当季莘瑶再度转回头来看向他时，他才移开目光，看了一眼茶几上的几份报告和离婚协议。

"你想了一个月，终究还是做了这样的选择？"

他拿起桌上的离婚协议，看着上面极官方的内容，目光沉静，看不出喜怒，亦看不出究竟在想些什么。

季莘瑶长吐了一口气："南希，你早就知道我妈是被你爷爷逼死的，对不对？"

顾南希皱起眉，放下离婚协议，看着她："莘瑶，你选择离婚，是因为我没有及早对你说出实情，对你隐瞒太久，还是仅仅因为这隔了二十几年的怨恨？"

季莘瑶的目光没有闪躲，直视着他的眼，冷静地说："你不说出实情虽然我确实不太舒服，但我能理解，你不想因为这件事情破坏我们两个人之间的感情和这场婚姻的和谐，其实你没错，那时候你还小，你根本不知道自己的爷爷和爸爸做了什么，更没办法阻止，你是无辜的，我知道，所以南希，我现在很冷静，我和你永远都不会变成仇人，但是这夫妻，恐怕我们也做不下去了。"

莘瑶说完这些，眼睛已经红了，但顾南希却十分的平静，他只是看着她，在她说完这些话后，沉声道："既然你现在很冷静，那我可以直接告诉你，这东西我不会签，自从我顾南希把你娶进门后，我就从来没打算签过这种东西！"

"你必须签！"

顾南希看着她，走过来，在她正警觉地要退后之时长臂一伸便将她抱在怀里，在她欲挣扎之时按住她的后脑勺和脊背，温柔地说："莘瑶，我知道你心里难过，你无法面对爷爷和爸，我更知道你这一个月以来一直在进退两难，我一直在等，等你做决定，因为我除了等没有别的办法，顾南希也许可以掌控太多事情，可他却掌控不了你的心情。"

莘瑶抬起眼，看着客厅的天花板，努力不让眼泪掉下来，双手推在他胸前，用力地向前推着。

而他却是反手将她抱得更紧："我知道让你接受那些真相很难，让你接受一个对你从来没有公平过的顾家更难，莘瑶，让我自私一次，你就当是为了我，别放弃我们的家，别离开，好吗？"

季莘瑶咬牙，用力推开他，力度之大是她从来没有过的，顾南希防备不及都被她推得向后跟跄了一步，之后他看向她，目光沉痛："莘……"

她几乎是用力地吼着："你不要逼我了行吗？我不想再这样煎熬下去了，一面是你，一面是仇恨，这两样都没办法割去的东西在这一个月里已经把我折磨得人不像人鬼不像鬼了！南希，你并不自私，自私的是我自己！我求你放了我行吗？我们离婚，让我走！无论我以后的生活有多孤单有多苦，也好过我现在这样冰火两重天一样的煎熬！"

顾南希伸手要再次抱住她，她却是用力将他的手挥开，双眼瞪着他："如果只是两家普通的宿怨也就罢了，问题是这并不普通！你爷爷顾占中当年活活地逼死了我妈妈！逼得她跳楼自杀！当时血肉模糊的场景都还在我的脑子里盘旋！不仅仅在我的脑子里，那些场景那些照片都还在你那个封藏了关于那场大案的所有数据的小房间里！"

她看着他："如果你换作是我，如果你妈妈就这样血肉模糊地死在你面前，有一天你知道她是被你身边敬爱过的人活活逼死的！你又能怎么做？顾南希！你来告诉我！我应该怎么做？"

"你别激动！我们好好说话，莘瑶你现在怀着孕，不能太激动！"见莘瑶双眼通红却是死命地憋着眼泪，完全是将压抑了一个多月的情绪都爆发了出来，她这种近乎崩溃的表情让顾南希眉心狠皱，他上前不顾她的挣扎将她拉进怀里："好了，好了，你想说什么就说，想骂也可以，想打也可以，你想怎么发泄都好，别这样太过激动，对身体不好！你忘记医生怎么交代你了？"

那些怨恨深藏在心里，她以为她可以毫不留情地破口大骂，干脆撕破脸算了，可当身体被他紧紧抱在怀里，季莘瑶终于忍不住，趴在他怀里放声大哭了起来。

她从来没有这样哭过，从来没有哭得这样放纵过，仿佛她的整个世界在一夜之间天塌地陷，仿佛是在所有的绝望中寻找希望却始终找不到，哭声中的绝望和痛苦，号啕得叫他心疼。

顾南希紧紧抱着她，俯首吻着她的发际，一点点向下，吻着她的眉间，吻去她脸颊上的泪："哭出来就好了，我看着你憋了整整一个月，很怕你会抑郁出病来，哭出来就好，莘瑶，有我在，我会一直陪着你，无论是什么，我们一起面对，我陪着你，好不好？"

莘瑶在他怀里一边哭一边用力摇头，哽咽着喊："我要离婚！"

"不行！"他直接回绝，将她抱得更紧。

"我要离婚！"她坚持地在他怀里哭喊，伸手去推他："顾南希你放开我！你不要逼我！我求你！我求你放我走！跟我离婚！我求求你！"

见她挣扎得太用力，顾南希怕伤到她，一边按住她，一边护着她的肚子，在她用力扭动的时候严肃地看着她，厉声说："季莘瑶，我现在要是放开你，我他妈就是全天下最混的混蛋！现在你这样，我不仅不能放开你，从现在开始，你不能离开日暮里半步！你这种状态我不放心！"

"我什么事情都没有！我只想离开！我只想走！你放我走好不好！我受不了了！我每天做梦都是我妈妈死的那一幕！南希，我知道你爱我，你要是爱我你就放了我！不要让我这样受折磨好不好，我求你……"莘瑶哭着缓缓低下身，双膝发软，"我求你！"

见她这是要跪下，顾南希眼底一红，赫然将她用力拽了起来："你这是干什么？你疯了！"

顾南希按住她不停挣动的身子，放轻了声音说："你先平静下来，我们想其

第十五章 惜别

他办法！一定会有办法的！会有两全其美的办法，我也不想你每天心里受着煎熬，你疼我也疼，莘瑶，给我时间，给我时间好吗？"

莘瑶冷笑："人死不能复生，你能想到什么办法？"

顾南希看着她，见她目光正盯着自己，眼神冰冷，却是真的已经归为平静。

他望着她的眼，深深地看着她："莘瑶，我知你所痛，我知道你妈妈的死其实在你的生命中一直都是一场不小的震撼，只是你惯于收敛，不喜欢将痛苦放大，现在这些真相压得你喘不过气来，你除了逃避没别的办法，可是你能逃到哪里去？你逃到哪里我能放心？"

他抬起手，抚上她泪湿的冰凉的脸颊："你现在怀着身孕，这么大的肚子，你离开我，要怎么过？"

她红眼看着他："我可以活得好好的，季莘瑶没那么脆弱！顾南希，我就算离开你，我也不会死！"

"可我会！"他打断她，目光沉沉。

她一愣，惊愕地看着他。

"你若离开，我整日担心你，吃不下饭，睡不好觉，工作恐怕也会很难让注意力集中，你不会死，可我会。"他看着他，目光笃定，最后渐渐放缓了声音，温柔地轻声说："你是一头被我拔光了刺的小刺猬，一旦离开我的视线，你想让我只抱着你留下的刺活着么？"

季莘瑶冷下脸："顾南希，你这是在逼我？"

他沉默，看着她，许久，才道："是，我在逼你，逼你留下，逼你乖乖留在我的身边。"

"如果我不肯呢？"她瞪着他。

顾南希却是笑笑，没有回答，出其不意地突然将她抱起，在她惊愕得正要低呼时，低下头来温和地说："现在争论这些没有用，你昨晚一整夜没睡，这会儿又哭了半天，我抱你回卧室先好好睡一觉，看看你这脸，已经很不健康了，别让我从现在就开始担心你，就当是对我仁慈一点，嗯？老婆？"

顾南希的举动让季莘瑶整个人都蒙住了，直到她回过神来时，人已经被他抱进了卧室。

她刚想开口，他便将她轻轻放到床上："一整晚不睡觉，你不困么？"

季莘瑶张了张嘴，他却是扯过被子盖在她身上："现在睡觉最大，乖乖睡觉，听话。"

季莘瑶本来想说她不困，这样让她怎么睡，他从来没有见过顾南希的这一面，他竟然在这种时候跟她装聋作哑地耍无赖！

而顾南希这时已经起身，在她忙着也要起来的时候，他回头，看她一眼，见她眼中固执，便皱了皱眉："你再怎么折腾，离婚协议我也不会签，倒不如乖乖睡觉养精蓄锐来得好。"

说真的，季莘瑶可以恨顾家人，但她唯独不想跟顾南希翻脸，见他这样，她也知道他只是表面在笑，他的心里一定很难过，也许急这一时不是办法，她靠在床头，看着他站在床边望着自己的表情，没再说话，只是闭上眼，之后整个身子缩进被子里，拉起被子蒙住了脑袋。

结果没一会儿被子就被他揭去："别这样睡，会闷坏，好好躺下。"他俯下身来，手温柔地覆在她头上。

季瑶不开口，只是沉默地看着他，眼中是一抹坚决，意思是她必须离婚。

一个月了，她已经煎熬了一个月，再怎样不舍，如果再这样下去，恐怕她真的会疯掉。

"别再想那么多，先睡觉，今天我不去顾氏，不过有些事情要处理，你醒来后若是找不到我，就去书房，嗯？"

听着顾南希的话，季瑶只是抓紧了被角，他越这样越让她觉得自己残忍，明明已经是分崩离析的状态，何苦要维持这种仿佛什么都没有变过的假象，顾南希，你是在赌我季莘瑶的心软程度和爱你的深浅吗？

可是现在，根本并不是用爱情来衡量一切的时候。

也许顾南希明白，他只是深深看着她安静躺在床上的模样，之后转身走出去，在他转身之前，他的眼里多了一分沉重。

季莘瑶这会儿脸色确实有些苍白，最近都没怎么睡好，这一整晚又是没有合眼直接到天亮，身体确实受不了，纵使藏着太多的心事，还有太多需要解决的事情，可终究还是没办法再思考太多，在卧室门被他轻轻关上时，她闭上眼，轻叹，放纵自己先睡去，有什么等醒了之后再说。

梦里，一片血色。

两团小小的身影坐在满地的血泊里，看着眼前一片的血肉模糊，那是在十几分钟之前还活生生地抱着他们走在高楼大厦里的妈妈，那是每天打扮得漂漂亮亮，会笑着带着她和修黎去玩五毛钱一次的碰碰车的妈妈……

是顾占中逼死了你母亲单晓欧！

是顾占中逼得你妈妈跳楼自杀，是顾占中为了自家的私利而草菅人命，不仅逼死你的母亲，也毁了你的一生！

"瑶瑶来，妈妈抱……"

小小的她抱着小娃娃，看着蹲在自己眼前笑靥如花的妈妈，咧开嘴一笑，把手里的娃娃放到一旁，然后一蹦一跳地扑向那个女人的怀里……

可刚刚扑过去，却竟扑了个空，她的脚下是恐怖的高楼，她再往前一步，就会像刚刚跳下去的那个女人一样血肉模糊……

"妈妈……"

……

季莘瑶突然从床上翻坐起身，双目圆睁地瞪着墙边的一角，整个人木然地坐在那里，许久没有动作。

"莘瑶？"何婕珍看着她醒来后的表情，被她也吓了一跳，看了她许久才轻

第十五章 惜别

声问："孩子，你是不是做噩梦了？"

季莘瑶猛地转过头，只见何婕珍坐在自己身边，她一愣，环顾四周，自己明明还在日暮里……

刚要叫出口的"妈"字在她的嘴唇嚅动了一下后便突然收住，虽说何婕珍在当年那件事里也是受害者，也是无辜的，但已经走到这一步，这一声妈，她是怎么也叫不出来了。

"做的什么噩梦啊，吓成这样，连话都说不出来了？"何婕珍抬起手，抚了抚她的头发："看看你，额头上出了这么多冷汗，一场梦而已，别吓坏了。"

说着，何婕珍起身出去给她倒了杯水进来，递给她："那，先喝杯水压压惊。"

莘瑶接过杯子，低下头喝水，还是没有说话，已经躲了顾家人一个月，到底还是见着了何婕珍，她现在不知道应该说些什么。

"我今天早上打电话过来，才听南希说昨天是你生日，你这孩子，过生日也不告诉家里，难道只跟南希你们小两口自己过了呀？昨天是和他过的，今天是不是应该让咱们家里给你庆祝庆祝？这毕竟是你嫁进顾家后第一次过生日，怎么也要大家都聚在一起才行，你看，今天晚上去顾宅怎么样？我可是特意过来看看的，免得你这孩子又不好意思地拒绝。"

何婕珍笑着说："最近顾氏事不少，刚刚我来的时候，南希还在跟秘书通电话，我就也没打招呼，直接进来看看你，见你睡着，本来想帮你整整被子，结果刚坐下就看见你这丫头惊叫着坐起来了，吓我一跳！你到底是什么梦啊，吓成这样？"

莘瑶喝了几口水后，才将玻璃杯离开嘴边，放下手，犹豫了一下，转头笑了笑："没什么，只是一个普通的噩梦，我不是孩子了，生日这种东西可过可不过，不用这么庆祝，这样我自己反倒不习惯。"

何婕珍一听，听出她这是很明显的拒绝，便干脆坐到床边，拿过她手里的杯子放在一旁："莘瑶，你这脸色怎么这么差？不想回顾宅过生日没什么，可老爷子最近天天念叨你，你都一个多月没回去了，怎么也要抽时间回去看看呐。可是你这孩子……这脸色……"

何婕珍抬起手，慈爱地摸了摸她的头，又摸摸她的脸："你是不是有什么心事啊？"

季莘瑶摇了摇头："没有，我可能是没从噩梦里完全醒过来，又是刚刚起床，脑子有点晕，您别见怪。"

何婕珍却是又看了看她，见她确实没什么事，只是整个人安静得有些不寻常，她伸手，握住莘瑶的手，想了想，才道："莘瑶啊，有些话妈不知道该说还是不该说……"

季莘瑶转过头，看着何婕珍："您想说什么？"

"我早上打过电话，知道你昨天过生日后，没有告诉南希我会过来。我这来得突然，刚刚进来的时候，看见茶几上被两本书压着几份东西，本来是想随手整理一下茶几，结果把那两份东西抽出来看……"

说着，何婕珍便看着她："莘瑶，你和南希是怎么回事？那份离婚协议又是怎么回事？"

季莘瑶一愣，正在想要怎么解释，这时卧室的门打开，顾南希站在门前："妈，你不去陪雨霏？"

何婕珍只回头看了他一眼，便继续转回头来，看着季莘瑶。

眼下这状况，季莘瑶更不想直接面对顾家人的质问，她低下头去，手悄悄握成拳，指甲嵌入手心，疼痛使她清醒地记得自己在做什么。

已经走到这一步，她已经没有选择的余地，于是她干脆抬起头来，开口："我……"

"妈，你来一下。"而就在这时，顾南希在门口淡淡说了一句。

何婕珍皱着眉，疑惑地看看本来是想说话却又忽然停下的莘瑶，又看了一眼自己的儿子，起身走过去："南希？"

而顾南希只是单手插在裤袋，他因为没有去公司，在家里只穿了一身比较休闲舒适的衣服，然而即便是这样，他转身走向客厅的时候，仍让人觉得压力重重。

之后卧室的门被关上，季莘瑶不知道顾南希会怎么跟何婕珍解释，不过他解释也好，她现在也没精力和别人解释再多，她更没有精力一边解释原因，还要一边去顾及别人的感受。

如果当初顾家人顾及过单晓欧的感受，顾及过她这个懵懂无知的孩子未来的遭遇，又会不会仁慈一点，不将单晓欧逼到绝路？

他们残忍过，却为什么她偏偏无法狠下心？

这样一直折磨自己下去，恐怕自己早晚都会憔悴得人不像人鬼不像鬼……

顾南希不知道究竟跟何婕珍谈了什么，总之在何婕珍离开之前，她没有再进来打扰过她，莘瑶一个人坐在床上，望着窗外下午的阳光，眯了眯眼，揭开被子下床，拉开卧室的门便走了出去。

而就在她走出来的那一瞬，只见顾南希正坐在客厅里的沙发上，手里拿着那两份离婚报告，似乎正要拿去碎纸机里销毁。

她干脆走过去，从他手里夺过那几份报告："顾南希，看见了吧？我只是面对你妈妈就已经撑不住什么好脸色了，你确定我们要这样一直走下去吗？你不怕我在顾家活活气死你爷爷，揭露你爸爸当年的丑陋？你不怕把我这个定时炸弹就这样埋在身边，直到有一天我被仇恨蒙蔽了双眼做出什么连自己都意想不到的事？"

"既然起来了，就吃饭吧。"他没有理会她手里拿着的那些东西，又仿佛没听见她说的话，转身便走向厨房："我中午给你做了不少吃的，不过看你那时还在睡，就放在锅里热着，现在可以吃了。"

季莘瑶难受地看着他，受不了他这种如履薄冰一样的温柔，快步冲过去拉住他的手："南希！这样是在折磨我，也在折磨你自己！离婚对我们来说是最好的选择！你放了我行吗？我不想有一天把自己逼到在顾家闹到腥风血雨的地步！我要离开，就是因为不想把所有事情逼到最无法控制的局面！我面对你的时候可以平静！

第十五章 惜别

可我无法保证在我看见你爷爷和你爸爸的时候我会怎么样！我求求你放了我！"

他看了她一眼，先是没有说话，之后轻轻拉开她紧紧缠在他手臂上的手，轻声说："吃饭吧。"

说着，他便进了厨房，去拿碗筷。

她抬起手，摸向自己的肚子，瞬间泪如雨下。

南希，你不要再努力了好不好……

你这样只会让我觉得自己太过残忍，你一定要这么折磨我吗？

待他将饭菜端出来，示意她过去吃东西时，季莘瑶没有动，依然站在那里，目光定定地看着他。

"来吃东西，你早上就没吃。"他催促。

"你不离是不是？"她没有看桌上的饭菜，只是盯着他。

他皱眉，似是非常非常不喜欢这个话题，声音亦冷了几分，却带着更多的坚决："我说过我不会签，我不想再重复第三次，快过来吃饭。"

季莘瑶转身便回到卧室，看都不再看他一眼。

这一天，她都没有吃东西，无论顾南希怎样来哄，她都只闭着眼靠在床边，开口便是："离婚，放我走。"

顾南希仍然没有签，因为她这样固执地绝食，而干脆将那些东西拿到碎纸机那里全部绞碎，扔进纸篓里。

这一夜，季莘瑶再度从梦中惊醒，却发现顾南希没有躺在她身边。

她很饿，知道肚子里的宝宝也一定很饿，转眼看了一眼时间，凌晨3点。

她起床，想着就算自己不吃东西，也该让宝宝有点营养，便干脆想去给自己找些豆奶粉喝一点，结果打开卧室的门，便看见客厅的灯亮了起来，不知何时出了门的顾南希走进门，他只看了她一眼，便不发一语地脱下西装外套。

刚想问他这么晚了去了哪里，还没开口，便看见他眼里的几分醉意，眼底里都是鲜红的血丝，他没有说话，修长的手指正在解着身上衬衫的纽扣。

"晚上有饭局？"她皱眉，根本不知道他是什么时候出去的。

"嗯。"他答了一句，便转身走向浴室："我去洗个澡。"

季莘瑶看着顾南希有些蹒跚的脚步，心下难过至极。

为什么人生总是要给她安排这么多的岔路口，本以为这样的幸福会是一辈子，可偏偏就这样走到了终点。

绝食只是想逼他离婚，可他的胃她还是不得不关心，本来想给自己冲点豆奶粉喝，最后变成了她去冲醒酒茶。

她将杯子放在客厅的茶几上，想了想，没有等他从浴室出来，便转身回了卧室，钻进被子里，却是再也睡不着了。

因为一闭上眼睛，就都是那些满地血腥的梦，一个月，整整一个月了。

是妈妈在天上看着她吗？

曾经她什么都不知道，于是就这样盲目地选择了这场幸福，可她现在都知道了，还能这样心安理得地继续下去吗？

她不敢闭上眼睛，只要一闭眼就是满地的血肉和鲜血淋漓的脸上圆睁的双眼。

翻来覆去地不敢再睡，没一会儿就听见浴室的门打开的声音，她侧耳听着，希望他能看见茶几上的醒酒茶，希望他能喝一些。

但她没有听见他拿起杯子的声音，只听见他从浴室出来后，便直接上了二楼，连卧室都没有回。

她这样不吃饭地来逼他，已经让他对她无话可说了吧。

季莘瑶勉强翘翘了翘嘴角，突然抱着被子，轻轻说："对不起……"

第二天，第三天，季莘瑶依旧没有吃东西。

现在的身体状况本来就容易饿容易疲惫，她只能躺在床上，静静望着窗口，或者看看书，熬一天是一天，本来还在犹豫用这种绝食的方式会不会太过些，但既然已经做了，何不做到底，终归也只是想要一个结局罢了，无论走的是怎样的途径，也好过一直这样拖下去。

因为不吃东西，躺得太久，她的觉越睡越多，而顾南希每每都会亲自做好了饭菜过来放在她床边，温柔地哄她吃一些，她却屡屡狠心地拒绝，看都不看他。

也许他的温柔也有限度，也许她平时无论怎么样他都会耐心地哄她，可她用绝食这种方式相逼，到底也还是惹怒了他，他已经连续三天晚上都在书房看档案，没有回房了。

梦里，依旧是那些重复不停的血腥旧梦，她一次一次地流着冷汗醒来，这一次，再度低叫一声，猛地从床上翻坐起身，冷汗淋漓地呆坐在床上。

而当她睁开眼感觉到身边有人时，警觉地猛地转过眼，竟见顾南希正站在床边看着她，他似乎刚刚进来，因为她这忽然从梦中惊醒的太剧烈的反应而停在床边，就这样看着她。

她深呼吸了一口气，因为三天没吃东西，脸色有些苍白，她再又吐了一口气，才无力道："你什么时候进来的？"

而顾南希却是一言不发，只是看着她因为从噩梦中惊醒而使得眼中还未退却的惶恐和痛苦，深深地看着她。

季莘瑶不想自己这种恐惧和脆弱让他看见，之前一个月都在尽量掩藏着，只是最近越来越无法控制，她转开头去，闭着眼低声说："你要是没事，我就继续睡了。"

"还是不肯吃东西？"他看着她，沉声问，声音里依旧又添了不少的耐心和温和。

纵使她现在的做法已经是在苦苦相逼让他对她无话可说，他仍会耐心地哄着她吃一点。

"我知道我在等什么。"她没有回答，只是这样说了一句，便继续躺下，自己拉过被子重新盖好，闭上眼睛，不去看他。

第十五章　惜别

213

顾南希眉心紧皱:"已经三天了,你不吃孩子也要吃!这样下去你和孩子都会出问题!你究竟是跟我过不去还是在跟自己过不去?一定要不吃饭这样来逼我?"

季莘瑶闭着眼,仿佛不为所动,其实心里已经碎成了一块一块。

她怎么会不知道这样不好,可在他面前,她不至于舞刀弄枪地逼他离婚吧?她除了用这种让他真正无奈的方式之外还能怎么样?已经三天了……只要再坚持坚持……

然而她的耳边传来卧室门被他甩上的声音。

声音不轻不重,但却足以显示他的怒意。

他生气了。

季莘瑶睁开眼,也许从她不吃饭的第一天开始他就已经生气了,只是他没想到她会坚持这么久,三天,只偶尔喝一点水,却是一点东西也不吃,什么人都会受不了。

何况他还每天把她最爱吃的饭菜送到她面前。

如果不是自己亲生母亲的深仇大恨,她何苦这样折磨他又折磨自己!

翌日。

琴姐照例过来打扫,即便顾南希不说,莘瑶也不怎么从卧室出来,琴姐还是能隐约看得出来几分不对劲,她特意赶在收拾房间的空当去熬了些粥,在顾南希从二楼走下来时,端着粥走过去,小声说:"她还不吃东西是不是?要不要我去试一试?"

顾南希不语,只是看着琴姐手里的粥。

季莘瑶的脾气他怎么会不知道,她平时很理智,从不会这样胡闹,现在能把她逼到用这种方式来威胁自己离婚的地步,她该是真的在心里煎熬痛苦了千百倍,只是她有苦说不出,只能自己一个人躺在房间里慢慢地咽。

自己都拿她莫可奈何,琴姐怕也是一样的没什么用。

就在这时,卧室的门打开,面色憔悴几天下来就瘦了一圈的季莘瑶缓步走出来。

琴姐一见她出来了,顿时笑着端着粥走过去,笑眯眯地哄着说:"少夫人,吃点粥吧,这可是我刚刚给你特意熬的,你最喜欢吃的杏仁粥了,有营养还补身体,吃一点吧,啊?"

莘瑶站在原地,看了一眼琴姐,朝她友善地笑了笑,却是摇了摇头:"我不饿。"说着,她便朝向浴室的方向走,虽然不吃东西但是每天有喝水,正常的上厕所还是难免的。

只是她体力不支,走几步就要休息一下,看着她走几步就停一下的样子,琴姐放下碗,心疼地要去扶她,而顾南希却是以眼神示意她别过去。

琴姐无奈,只好端了粥进厨房去。

莘瑶没有注意到顾南希那边的眼神,只是走走停停地进了浴室,几分钟后,打开浴室的门走出来,刚刚打开门,便皱了一下眉,脑中一阵晕眩,险些滑倒,幸好及时抬手撑在了门框上,才没倒下去,她靠在门边,用力地深呼吸,之后便吃力地站直身体，却是摇摇晃晃地向卧室的方向走。

刚走了几步，便双腿发软，眼前一阵发黑，身体控制不住地栽倒了下去。

而就在这一刹那，顾南希上前将她扶住，季莘瑶却是没有力气站稳，在他扶着自己的同时，身体还是忍不住向下软倒。

"莘瑶！"见她是真的饿晕了，顾南希皱起眉，俯下身将她拦腰抱起，回身叫琴姐："琴姐，把那粥拿过来，我喂她！"

"好！"琴姐在厨房里应了一声，赶快把还没有凉掉的粥端出来，见顾南希抱着莘瑶进了卧室，忙也跟了过去。

季莘瑶脑中有些晕乎，她知道是顾南希在抱自己，却没力气推开他也没力气说拒绝的话，直到身体被他放到床上，她才下意识地往床里缩了一下，手指抓住被子，皱着眉哑声说："不用管我……"

顾南希看了看她，没说话，待琴姐将粥端过来，他直接伸手接过，之后示意琴姐去叫医生，等琴姐出去了，他拿着勺子轻轻舀碗里的粥，喂到她嘴边，温柔地说："听话，吃一点，再这样下去会没命，听话，莘瑶。"

莘瑶感觉到嘴唇边触到的粥，虽然很想张嘴，却仍是用力转开头去。

"莘瑶，别这样，你已经熬不住了，快吃一点。"他耐心地再又喂到她嘴边，声音轻柔，仿佛世界上最醇美的声音。

见她不肯张嘴，顾南希眉心一结，骤然放下碗，抬手轻握住她的下巴逼着她张嘴，将粥给她喂进去，莘瑶挣扎了一下，几天没吃东西，咽不进去，瞬间恶心地伸手推开他，趴到床边便对着地上吐了出来。

"呕！"

"你……"顾南希见她难受成这样，拍了拍她，之后扶她起来，心疼地抚过她的脸："莘瑶，别再这样折磨我再折磨你自己了，强喂你会吐，不强喂你我总不能看着你饿死！你现在的身体状况又不能随便打针，算我求你，吃点东西，好歹先把这一小碗粥吃了。"

莘瑶难受，吐完更难受，她摇着头，却是因为难受而秀眉皱得几乎快要打成一个结，无力地任由他抱着自己，靠在他怀里，整个人虚弱安静得仿佛下一秒就会消失。

顾南希的手握着她的肩，低头看着她，再又试图喂一勺，送到她嘴边，她却还是不张开嘴。

他叹了口气，放下勺子，再度抚上她的脸，又摸了摸她的额头，竟发现她额头上有些发烫，更是被她气得恨不得把那些能吃的东西都直接灌到她的胃里。

可她经过上次摔下楼梯后本来怀着孕的身体就经不住什么煎熬，再这样拖下去，她是真的活不了了。

宁可死，也不想看见顾家人，宁可死，也不想再跟顾家有任何牵扯。

他握在她肩上的手渐渐收紧，低头看着她憔悴苍白到近乎透明的脸，用喑哑的声音低声说："好，我签，莘瑶，你现在吃东西，你吃过东西我马上签，我同意

第十五章 惜别

离婚，你吃东西好吗？"

一听见他终于同意了，季莘瑶没有欣喜，她只是静静地靠在他怀里，眼泪唰的一下就落了下来，落在他的衬衫上。

顾南希看见她的眼泪，叹息着替她擦去，之后再拿起粥碗，扶着她安稳地靠在自己怀里，盛了一勺粥喂到她嘴边："吃吧，先吃点粥，你吃完这些我就去签。"

莘瑶轻轻撇开头，有气无力地小声说："可是那些报告和协议你都撕了……"

顾南希皱着眉，深深看着她："我知道你计算机里有存盘，我回书房重新打印出来，现在能吃了吗？"

莘瑶忍着眼泪，在他怀里缓缓抬起头来，看着他："南希，你是不是在怪我特别心狠……"

顾南希只是盯着她的嘴："不说这些，先吃东西，吃了饭，你想怎样都好。"

莘瑶吸了吸鼻子，低下头乖乖张开嘴，温热的粥一进嘴里，她便捂着发酸的鼻子，说不出话。

顾南希的神情紧绷，只是一味地看着她吃东西，耐心地一口一口喂着她，仿佛现在什么都没有让她吃东西更重要。

直到一碗粥见了底，莘瑶捂着肚子："我吃饱了，几天没吃东西，忽然吃太多胃会受不了，先就这些吧……"

这一小碗也已经不少了，顾南希没回绝，将碗放下，又抬手擦了擦她的嘴，即便她嘴边没有什么残渍，却还是替她擦了擦，其实无非是在擦她落在嘴角的泪。

莘瑶靠在他怀里不动，仿佛在享受着这最后一刻的温柔，目的达到了，心却苦得无法形容。

而顾南希却是没有抱她太久，扶着她靠在床头，之后起身便走。

"南……"她开口。

他走到卧室门前的脚步一停，顿了顿，转头看她，淡淡道："我去打印离婚报告。"

他的声音淡得仿佛他们之间完全是陌生人一样，只是这一句话，却比一年前初初认识时还要疏离淡漠。

莘瑶靠在床边，望着他走出去的背影，仰起头，靠在床边，终于，还是走到这一步了……

当年是眼睁睁看着自己的母亲自杀，今天又是眼睁睁地看着自己亲手摧毁了幸福，季莘瑶啊季莘瑶，你这一生还真是……呵呵……

顾南希在书房很久才下来，他下来的时候，已经有医生过来检查过莘瑶的身体，确定她只是因为几天没吃饭而有些贫血缺失营养之外没有什么大事才离开，而这时莘瑶靠坐在沙发上，几天没吃东西，刚刚只吃了一碗粥，虽然不至于再晕过去，但力气还是不如平常，她不知道顾南希多久会下来，但既然他开口了，她便也不必催，只静静地等着。

琴姐已经被她支开了，她让琴姐先回家，今天不用收拾，等到她听见顾南希走下楼的声音，她才缓缓抬起眼，背对着他的脚步，抬眼看着对面的落地窗。

之后那几份刚刚被打印出来的离婚协议便被他放在茶几上，顾南希坐到她对面，拿过一支笔，当着她的面在上边签了字。

他是顾氏的总裁，每天需要他签字的档案多如过江之鲫，他的字很漂亮，苍劲有力，他将所有东西都签了之后，便将那几份东西推到她面前，在她开口之前淡淡道："离婚，我同意，不过你现在这么大的肚子，实在不方便四处走动折腾，我和你之前没有什么所谓的婚前婚后财产之分，日暮里归你，你住在这里，我保证不会再在你面前出现，顾家的任何人都不会来打扰你。"

季莘瑶张了张嘴，刚要拒绝，顾南希便将笔递给她，眼神同样地很淡很淡："这不是施舍，我知道你要强，你不想接受顾家的任何东西，日暮里不是顾家的财产，它曾经只属于顾南希，现在，它属于你和你肚子里的孩子，你不想要，孩子也需要安稳的住所，如果以后你不想再住在这里，随便你卖掉，至少要保证自己的生活和孩子们的生活。"

他将一张银行卡放在茶几上："我可以保证永远不会再出现在你面前，但这卡你要留下，不为了自己也为了孩子，听话。"

莘瑶忍着鼻子上的酸意，将卡推了回去："房子我住，我现在确实不能四处奔波，我需要一个让我觉得踏实的地方好好待产，这钱我不要，顾南希，我们的婚姻从一开始走的就不是寻常的路线，怎么离婚后我还能再要你的钱呢？这是我自己选择的路，我只是无法面对顾家而已，对于你，我知道……"

顾南希没有收回卡，亦没有听她说下去，只是将笔放到她手里，之后起身，不再看她，拿起外套后背对着她，轻声说："我会尽快离开 G 市，去其他城市的分部长期出差，免得你时常听见我的名字会难受。没经我的允许，顾家的任何人都不能随意进入日暮里，你安心在这里生活，如果需要什么帮助，去找苏特助，即使我离开，他也不会离开顾氏，我会交代他。"

说罢，他便头也不回地走向门口。

莘瑶心下一痛，突然站起身看着他淡漠的背影："你以后有什么打算！确定要离开 G 市吗？顾家那边能同意你忽然离开吗？你不用这样为难，我……"

而他只是脚步停顿了一下，没有回头，须臾推开门，一言不发地走了出去。

永远，不会再出现在她面前……

季莘瑶跌坐在沙发上，终于任眼泪肆意横流。

两天后，修黎敲开了莘瑶的门，他一走进去，便见季莘瑶正一个人站在浴室，手边是正在转动的洗衣机，整个人正站在那里发呆。

他快步走过去："怎么你在洗衣服？琴姐呢？"

莘瑶回过神，之前修黎在电话里说要过来，她就在厨房特意炖了些东西，一边等着一边洗了些衣服，听见他的声音，便转过头，朝他笑了一下："来了？我给你炖了你喜欢吃的豆角，快去看看好了没有，我洗完衣服后陪你一起吃。"

修黎走过去，伸手按住她的手："你现在这么大的肚子，自己洗衣服干什么？"

"我想活动活动，现在找工作上班不方便，总得给自己找点事情做啊，整天闲着都快闲成傻子了，而且这衣服也没多少，我就是想自己找些东西洗洗，没想让琴姐帮忙，而且，我跟琴姐说过了，她是顾家当初雇来的人，下个月她不用再来了，我总得重新适应自己一个人的生活，哪能处处依靠别人啊。"莘瑶笑。

修黎牢牢按着她的手，看着她努力挤出笑痕的颜，拧起眉："离了？"

莘瑶缓缓垂下眼眸，将手从他手里抽了回去，只草草应了一声："嗯。"便低下头去拧开排水的按钮，哗哗的水声传来，她只是低头看洗衣机，并不说话。

洗衣机里有几件红色的东西，前段时间买了一件红色的宽松的孕妇装，刚刚洗过，也许是被水泡了太久，掉了颜色，排出来的水的颜色有些发红。

她不喜欢这般刺目的颜色，所幸我们的一生能用得上这种颜色的时候也不多。

人们说结婚，其实是一个很烦琐的过程，有很多人要经历了太多太久之后才能成双成对地去结婚，才是一个婚姻的成功，而离婚，却只需要几份报告，协议，签字，拿去公证，便可结束，从喜庆的烦琐到入骨的荒凉，这中间究竟相差了多远。

离婚之后，季莘瑶很少出门，只偶尔出去买些菜，买些生活必需品，肚子越来越大，她不能四处乱走动，需要好好地待产，而就是从这之后，她除了修黎之外，确实看不见其他的顾家人，不知道顾南希是用什么样的办法或者是对顾家人说了什么，总之，没有人来打扰她现在的平静，安静得仿佛他们这一年来真的都不曾认识过一样。

一切仿佛都没有变，一个房子里，一个她，一个等着吃饭的修黎，只不过修黎现在的性格变得比以往沉默了。

几天后，修黎应季莘瑶的要求，去疗养院将石芳接去了日暮里。

之后两人便这样开始在石芳身边照顾她，无论石芳有时的脾气怎样古怪，莘瑶都并不说太多，她毕竟是修黎的妈妈，自己的妈妈死了，她也只能把修黎的妈妈当作母亲一样奉养，心里才能舒服一些，而修黎也因此可以经常来看她，只是，不能留宿。

而就在莘瑶怀孕九个月去做产检回来时，听说修黎现在所在某机关单位有一个年纪比他小两岁的实习小妹，开始疯狂地追求修黎，那时候那个实习小妹妹才二十二岁，比苏小暖的年纪还要小，却是执着得让人佩服，整天做着所谓的浪漫的爱情午餐跑去他的办公室，可是修黎那死小子居然一点都不领情。

慢慢地，看着修黎对那小丫头不理不睬，莘瑶听着石芳提起，两个人便坐在家里把修黎当笑话看，看见他就笑得肚子疼，而莘瑶更是没事就说："哎呀我弟妹什么时候能过来看看我这个姐姐呐？我总要做些好吃的请请她嘛……"

某日该实习小妹给修黎发了一条有声短信，修黎不知有它，随手点开了一下，结果那丫头公开表白的声音瞬间从他手机里蹦了出来，杀他个措手不及。

这回不仅仅是季莘瑶了，连石芳都怂恿着修黎，让她试试吧。

结果修黎很淡定，他瞥了一眼手机，回复道："吃奶的时候就好好吃奶，这些事情，等你长大了再想吧。"

从那以后，实习小妹被狠心拒绝，在单位里冒出各种八卦，于是他们单位的小姑娘们再也不敢随便招惹他了。

季莘瑶抚额，她终于知道剩男是怎么炼成的了。

只是莘瑶有时候不明白一点，明明石芳和修黎才是母子，怎么每一次修黎来的时候，石芳虽对修黎好，但两人的交谈都十分客气，而石芳对莘瑶，却是常常管东管西，像个正宗老妈子一样唠唠叨叨……

这时常让季莘瑶产生一个错觉，石芳是自己的妈妈，而非修黎的。

这也只是她的错觉和异想天开，每每这样一想，她都笑是自己糊涂了。

周末，天气晴，莘瑶距离预产期还有两个星期，因为医生交代过想要顺产更顺利就要多走走，于是她趁着天气不错，推着石芳的轮椅在小区里散步。

"瑶瑶啊，日暮里这地方住着虽舒服，但毕竟有你和他的太多回忆了，等这两个孩子生下来后，我们去其他地方住吧？"石芳说。

季莘瑶脚步一顿，回头看着小区里的几个熟悉的邻居，与他们微笑着点了点头，之后道："石阿姨，您想去哪里？"

石芳挑眉，目视着前方："我听说季程程被判了三十年，被送去劳教，季秋杭跟何漫妮都快跑断了腿也没能把季程程救出来，我想去Y市看看，住在Y市，咱们也能经常去墓地看看……你妈妈……"

季莘瑶一愣，看看他："我以为您会想留在G市，偶尔能听听顾远衡的消息……"

石芳不语，只是看着她："顾家和季家对我来说都是一样的，看谁遭到报应我都会心情不错，你不想去Y市，是吗？还是，你留在这里……其实内心里，是在等什么？"

莘瑶推着轮椅，看了一眼天空，叹笑道："我能等什么？路都是自己走出来的。"

"我听说……"石芳侧眸："顾南希已经离开G市了，具体去了哪里我没听说，不过顾氏总部的总裁已经由其他人代理上任，他都已经走了，你也就别再想着了，顾家不值得你留恋。"

莘瑶皱眉："我没有留恋，石阿姨，这些事情咱们不再提了好吗？我答应你，等孩子生下来后，稳定两个月，我们就搬去其他地方住，修黎现在也从顾家搬出来了，如果你想让他一直陪着你，你可以跟他商量一下去处，我是随便哪里都好。"

听她是这态度，石芳抬头看了她一眼，须臾叹了口气："你在怪我将过往那些仇恨灌输给你，毁了你的婚姻你的幸福？"

季莘瑶笑了笑："既然一切都是事实，我又怎么能怪您？前几天，顾家人在日暮里门外等我，我那时在睡觉，是石阿姨您出去，让他们离开的吧？您恨顾家，而我并不恨，我只是不想面对他们不想看见他们，我只是在他们面前不知如何自处，所以才选择这条路，您可千万别把我当成了您的棋子，我还是那句话，因为您是修黎的妈妈，我照顾您，孝敬您都是应该的，您被关了二十几年，您恨也没有错，但

第十五章 惜别

别把我牵扯进去，我只求个平静，不要总是想方设法地把你的仇恨灌输给我。"

"这么说，现在是你这丫头在怜悯我这个可悲的老妇人了？"石芳眯起眼，看着她。

莘瑶一顿，须臾叹了口气："没有，石阿姨，您之前被关了二十几年，现在对太多事情都格外敏感，我照顾您是因为修黎，我可以把您当成自己的妈妈一样去照顾，但是我毕竟不是你，你有你二十几年的宿怨和怀恨在心，但您不能因为这样就想借着我和修黎的手去试图搅乱顾家，您被仇恨蒙蔽了双眼，请不要把我们这些小辈的命运一并牵扯进去，我妈妈的死，我放不下，所以我可以选择脱离顾家，但是修黎还有更好的人生，请您不要因为自己个人的仇恨而毁了他。"

石芳点点头，却是冷笑："是啊……被关了二十几年的是我，装疯卖傻的连尿都能喝进去只为保住一命的人是我，不是你们，你们两个孩子能孝敬我就是我的福气了，我不能要求你们太多，不能把报仇的希望放在你们身上，是我把事情想得太好了，呵呵……"

莘瑶一听，便直接缓缓蹲下身，伸手轻轻握住石芳的手："您的恨是理所当然，可既然已经离开了那里，您也才刚刚年过半百，其实还可以有很多的好日子去享受，我们试着忘掉顾家，忘掉季家和单家，远离这些纷纷扰扰，只过我们自己的生活，平平静静幸福安康地一直走下去，好吗？"

"既然你不恨，为什么还要离开顾南希？"石芳低下头，深深看着她。

季莘瑶说："放开顾南希，便是放过了顾家，也是放过我自己，石阿姨，我没有必要瞒您，如果我和南希中间隔的不是我母亲被逼自杀这样的深仇大恨的话，我死都不会离开他，可现在这路已经走了，就算是跪着，我也必须走下去。"

石芳不语，只是低头盯着她。

而莘瑶却是始终笑得仿佛满脸轻松："石阿姨，在外边转了这么久，您也累了吧？我们回去吧。"

第十六章　归宿

接到苏小暖电话的时候，莘瑶正在日暮里附近的超市买菜。

"季姐，顾氏那边因为新来了个代理总裁，现在想做采访之类的工作都不好进，您在那边还有没有其他认识的人？能不能找人通融一下让我进去做采访啊？"小暖在电话里急得不行。

莘瑶一边拿着电话，一边挑着菜，淡淡地说："上头又给你安排什么采访了？顾氏那边的证件你不是有一个吗，我记得当初给过你，怎么不能进了？"

"我也不知道，人家都说新官上任三把火嘛，这个代理总裁是个五十多岁的老头子，为人特别古板，根本都不接触我们这些媒体人，每天来无影去无踪的，上班下班都直接坐进车里，连个面都见不着，我这被安排了一个采访，都钻不到空子。"

莘瑶将菜放进购物车里，笑着说："你有没有苏特助的电话，找他帮帮忙？"

"哎呀现在苏特助都已经是苏秘书了，他现在整天忙得要死，哪有时间理我呀？所以我想问问你，有没有其他认识的人，能通融一下帮帮我？"

是吗？

转眼之间已经有这么多的变化了。

才短短两三个月，顾氏便已经是一座陌生的她们再也无法轻易进入的大楼了。

莘瑶想了想，道："我给苏……秘书打个电话试试吧，既然他现在这么忙，我也不确定能不能帮到，我先试试，你看怎么样？"

"好，季姐，太谢谢你了！"

莘瑶也懒得跟这小丫头客气，挂了电话后便找到苏特助以前的号码，打了一次，先是对方正在通话中，占线，她等了几分钟再打，终于通了。

电话响了几声后，终于被接起，那边传来的声音有些诧异："季小姐？"

因为现在他新换了领导，一定是忙得不可开交，这时候又有事找他帮忙，莘瑶有些不太好意思，先是跟他客套了两句才笑着说："现在顾氏那边暂时不允许商务媒体去做采访了吗？"

"哦，你是说这件事，我们新来的代理总裁……这个，不太好说，他与一家国内的知名媒体关系不错，一些正规新闻都给了他们，而其他媒体只有注明转载的

221

权限,这事情,其实无非也只是一个简单的合作关系,季小姐您以前毕竟也在这方面工作过,应该能了解,代理总裁与人家有私下的合作关系,我这边确实也不好接其他的人过来打扰他……"

他的声音有些为难,过了一会儿又道:"不过顾总虽然走了,他在离开前交代过我,如果你有什么难处需要我这边帮忙,我一定尽量帮,但是代理总裁这边,恐怕暂时我还真的没办法插手。"

听他提到顾南希,莘瑶正在推着购物车向前走的脚步当即顿了一下,她笑了笑:"没事,帮不上也没关系,其实也不算什么大事,我就是帮一个朋友试试打通一点关系让她进去做采访,这采访做不成,大不了是工资少一些而已,我安慰安慰她,让她换其他新闻先补上。"

"季小姐能理解我们就是最好,现在代理总裁刚上任不久,顾氏上下都忙得焦头烂额,顾总留下的那些很好的规矩规范一夜间全被这位代理总裁重修,新官上任嘛,肯定要先占据领地,我是顾总留下的旧部,现在有很多事情不能在代理总裁这边去太扎眼,不过你如果有其他什么事呢,我一定全力帮忙!"

看来这顾氏,目前还真是一个是非之地。

现在这种时候,小暖宁可少赚一份工资,也不能胡乱掺和进去,等那边稳定稳定再帮她找关系吧。

想到这里,莘瑶便对苏特助客气地笑笑,之后挂了电话。

出了超市后,远远望着看不见的顾氏的方向,一年多了,她才终于再度感受到了这高深万丈的距离……

回到家后,季莘瑶洗菜准备做饭,石芳正在看一本书,这二十几年在美国,石芳有太多没有接触过的东西,无论是书还是国内的一些新的电视剧或者是音乐等一切随着年代一点点变换的各种东西,莘瑶常会耐心地陪着她,为她解释每一种东西的不同。

就在莘瑶洗菜的时候,修黎到了,进来后跟石芳打了个招呼就进了厨房。

"我不是说过,以后晚上做饭等我下班过来帮你做?你现在这么大的肚子,还是双胞胎,不一定能足月生产,从现在开始你随时都有可能会生,不能再这样随意去超市和做饭了。"修黎夺过她手里的菜,轻轻推了推她:"你是不是刚刚才从超市回来?快去休息,我来做。"

"不用,我现在还能再撑一撑,整天闲着太无聊了,就算肚子比别人的沉重,我也总不能天天都躺在床上等着孩子出生呀,本来以前医生就交代过,因为我想要顺产,双胞胎顺产本来就很难,何况我还有可能大出血,如果现在不经常走走运动运动,到时候吃苦的可是我自己,我没事,能撑多久撑多久,人和人的体质不同,我又没那么娇气。"

莘瑶笑着转身去切了姜蒜,然后说:"你才刚下班,去陪石阿姨聊天吧,你和她二十几年没见,我知道石阿姨一定每天都在等你下班有时间过来看看她,你别一来就进厨房帮我呀,快去陪陪她,说说话,或者陪她出去逛逛也好,那可是你妈妈。"

修黎正在洗菜的手顿了顿，之后洗菜的动作放缓了速度，须臾转头，若有所思地看着正在切葱花的季莘瑶。

察觉到他的视线，莘瑶回头看他一眼："怎么了？"

修黎看看她，没说什么，将洗好的菜递给她："没什么，那我先去陪陪她，你要是太吃力了就喊我，她腿脚不方便，现在也只能是我帮你了。"

"真啰唆，快去吧！"莘瑶笑着推他。

修黎转身擦了擦手，之后走出厨房。

最近这段时间，因为她已经怀孕八个多月了，修黎在医生朋友那里听说怀着两个孩子的孕妇在八个多月的时候随时有可能生产，不一定会等到足月，所以这阵子他几乎每天都会过来，白天也会时不时打来一个电话问问她的身体情况。

一切仿佛真的从来都没有变过，只不过在她和修黎这相依为命的生活里，多了一个平时常常沉默，但却怀着满腔仇恨的石芳。

"吃饭吧。"莘瑶做好了饭，弄好碗筷，叫他们过来吃饭。

修黎推着石芳到了餐桌边，帮石芳拿过碗筷，这时莘瑶端了最后一道菜出来，笑眯眯地说："可以了，吃吧。"

而就在她坐下的时候，修黎也笑着对石芳说："您也快吃吧。"

石芳笑笑，看了一眼修黎，再又看了一眼莘瑶，似乎很满足。

莘瑶却是看了他们一眼，忽然觉得有些奇怪："修黎，我怎么从来没听过你叫石阿姨妈妈呀？你都这么大的人了，该不会连改口都不好意思吧？"

石芳一愣，修黎亦是转头看了石芳一眼："是吗？那是你没听过而已。"

"你小子！"见他跟自己耍赖皮，莘瑶伸手便用筷子抽了他的手背一下："明明是你有问题，干吗不叫妈妈，有妈妈在多好啊，真是身在福中不知福！"

"瑶瑶啊，修黎只是不习惯，慢慢地他会改口的，先吃饭吧，啊。"石芳笑着说。

莘瑶点点头，再又斜了修黎一眼，修黎嘴角抽了抽。

"你最近不回顾家，他们没有找你？"过了一会儿，石芳忽然问修黎。

修黎先是沉默，之后吃了一口菜，才淡淡道："我不回顾家已经是很寻常的事了，老爷子知道我在外边有房子，他不敢太束缚，免得我被逼急了，所以我也乐得自由。"

一听他们提到顾家，莘瑶只低头吃着饭，并不说话。

"你是怕我和莘瑶介意你在顾家的身份，故意跟他们撇清关系，免得瑶瑶把你也拒之千里吧？"石芳笑笑。

修黎咽了一口东西，却是呛了一下："咳……咳咳……"

莘瑶忙递给他一杯水，在他接过时又迅速收回手，见石芳正笑看着他们，当即心下一顿，暗自皱了皱眉。

"我吃好了，你们慢慢吃，我单位那边刚刚打电话过来，有点事叫我去帮着解决，先走了。"修黎一边说着，一边拿起纸擦了擦嘴，之后起身便走。

第十六章 归宿

223

"哎，你这孩子……"

石芳回头看他，莘瑶却没有拦着，只是静静地看着眼前的石芳，等到修黎走了之后，石芳叹着气转回头来，莘瑶还在看着她。

"石阿姨，您是真的打算去Y市住，是吗？"莘瑶问。

石芳看她一眼："瑶瑶？"

"我知道您和我妈妈年轻的时候是很好的姐妹，现在我离婚了，修黎又常常和你我在一起，你心下有意撮合我们，但是石阿姨，先不说我比修黎大一岁，单就说我和他之间的感情，永远都只能是姐弟情，我永远只把他当弟弟。"她放下碗筷，说得很认真。

石芳叹了口气，之后了然道："算了，我也就是突然有这想法，既然你觉得不合适，我也不会强迫你们什么，反正我现在年纪大了，以前从来没想过这辈子还会有自由，现在离开那个鬼地方了，有你和修黎两人陪着，就满足了，我也求不了太多。"

见她对这方面并不固执，莘瑶才放心地低下头继续吃饭。

而心下，却仿佛空了一个大洞。

顾南希确实离开了G市，他的行踪本就不是寻常人想知道就能知道的，曾经因为他们是夫妻，他不需要她去等，更不需要她寻找，便自然而然地在她的生命中驻守。

而一旦离开，便仿佛是全盘的剥离，莘瑶没有刻意去打探顾南希的去向。

如果一个人在生命中习惯了的人从此真的从你生命中消失，不会出现，甚至音讯全无，那是一种什么样的感觉？

在季莘瑶这里，至少是无法形容的，而顾南希也是真的说到做到。

那时候夜里的日暮里安静得近乎寂寥，她屏蔽了所有手机的消息和铃音，静静坐在窗前，看着窗外的夜色。

她是不是说过，所谓爱情，不到结束的时候，你永远不会知道它其实有多脆弱。

好吧这一切是她自己选择的，早在那一刻她别无它选，即便结束，也是一个很好的结局，不是吗？

两天后，季莘瑶在家的时候，忽然间发现自己见红破水，感觉自己要生了，被修黎急忙打电话送去了医院，躺在床上的时候，季莘瑶恍惚中才发现，她无名指上的戒指，那只铂金的造型简单而精致的戒指，精美得像是一场无言的讽刺。

她闭上眼，在医生将她推进产房的时候，她把它褪下来，紧紧握在手里。

生孩子，她一个人，一样可以。

当医生在检查她身体的时候，表情上看起来有些忧心忡忡："季小姐，你的子宫之前受过剧烈震动，不知道你之前检查的时候，有没有医生提醒过你，你在分娩的时候有可能大出血，而且你还是双胎，坚持顺产很危险的，这我们可不敢承担责任，你还是签了字吧……"

季莘瑶带着笑，也许所有的故事，就算是结束，也需要一个完整的谢幕。

她真的很想在这种时候再看顾南希一眼，哪怕只是一眼，就算真的会死在这手术台上，她也无悔了，离婚她不后悔，可在此刻，她真的太过怀念他身上的味道，那让她能鼓足所有勇气和信心，让她备觉安全的独属于他的馨香。

坚持顺产，无非就是为了孩子好。

"我知道，麻烦你们看看血库有没有足够的Ａ型血，无论如何，这两个孩子我都要把他们安安全全地生下来。"她笑着说。

几个产房的医生只好迅速联系医院血库，莘瑶闭上眼，一切画面，定格在产房与阵痛之间。

"宫口开多少了？"

"三指！"

"快，再听听胎心率，做胎心监护！"

耳边一阵杂乱的声音，莘瑶痛得冷汗直冒，眼前全是金星闪闪，但她知道这种时候不能晕过去，她必须保持清醒，保持力气才能把孩子生出来，她憋足了劲儿，双手死死握着手心的戒指。

之后的过程季莘瑶记不清楚，只是听见医生说宫口开大到多少，什么宫缩乏力，需要调整心态不能紧张，她一切都按照医生说的办，双眼始终盯着上面，不知过了多久，她明显能感觉到孩子在一点一点地从她的身体里向下滑，虽然很慢，虽然很痛，但那种即将为人母的喜悦却是覆盖了她，她眼里含着泪，一直盯着上面，仿佛在某一个角度能看见顾南希的脸，她努力笑着，保持好的心态，一再地用力……

完全无法估计究竟是过了多久，身体已经痛得快要全无意识，只是机械而本能地随着医生的话而听话地努力，之后耳边仿佛传来什么隐约的动静，她听不清，所有的意念都在孩子身上，她缓缓闭上眼，咬着牙关忍着非比寻常的剧痛。

就在她听见孩子的哭声的那一刹那，整个人瞬间仿佛随着心一起膨胀到了极点，人也已经完全没有力气，在她脑中的意识渐渐抽离之时，她虽努力地想睁开眼继续努力，却还是听见医生说"产妇乏力，需要助产"，她依旧在用最后的力气……

直到第二个孩子出来，她便整个人仿佛已经空了一样，眼中有泪，却是已经睁不开，只耳边听见护士喜悦地大叫："哇！龙凤胎！季小姐你真是好命哎！"

莘瑶想要笑一下，却是没有力气，手边拼命地想要抓住什么，可却还是无力，直到手指渐渐无力地松开，戒指从手中掉落的刹那，她皱起眉，试图动动手指，却是忽然，冰凉的手被人握住，握住她手的那只手很暖，暖得让她觉得有些熟悉，她想要睁开眼，可腹中的剧痛和身体的乏力已经让她沉在黑暗中，仅有浅显的意识，却怎样都睁不开眼。

"胎盘滞留了！快！"

耳边忽然又传来什么声音，季莘瑶难受得皱了皱眉，张了张嘴，想要说话，却是说不出来，也睁不开眼，手指本能地在那个握住自己的手中动了动，而那只手

第十六章 归宿

却突然将她握得更紧。

"出血了！"

她的耳边好乱，却有眼泪在她紧闭的眼角渐渐落下，她感觉到了，那只握着她的手……

南希……

是顾南希的温度……

她还是努力地想要睁开眼，却感觉那些医生护士在动她的身体，她很疼，疼得无法形容，是不是真的要死了？据说产后大出血是产妇死亡率最高的原因……

她终于张开嘴："孩子……"

"莘瑶，坚持住！"

隐约地，她听见耳边有一道声音在说话，温柔的，带着满满的鼓励。

那只手紧紧握着她的，在她耳边轻声说："坚持住，一定要坚持住，你是坚强的季莘瑶，你一定会挺过来！你可以！"

她皱着眉，动了动头，却是再也说不出话，直到黑暗彻底侵袭而来……

"王医生，产妇休克了！"

"救人要紧！"

……

亘长的梦魇，不知究竟睡了多久，终于睁开眼的那一刹那，病房里明朗的光让她忍不住抬手挡在眼前，待适应了眼前的亮度，耳边忽然响起一道声音。

"莘瑶？醒了？"

莘瑶猛地转过头，见是修黎，她愣了一下，再又本能地摸向肚子，之后更又紧张地看向床两旁，没有看见孩子，顿时惊慌地便要坐起身。

修黎见她的动作，忙伸手按住她："你别急，两个小宝宝很健康，只是你产后大出血险些丧命，好不容易保住了命，昏睡了三四天才醒过来，两个孩子在医院的育婴房里，明天就能接回来。"

一听他这样说，季莘瑶才松了一口气："我还以为自己没命了……"

"少说这种话，你当初明知道自己生产的时候会遇到这种状况，却还是拼着命地要把孩子顺产生下来，你知道当时我们急成了什么样？就怕你有什么万一！你坚持就是在拼命！"修黎转身给她倒了杯水过来，"来，先喝些水，我去叫医生过来。"

莘瑶静静地看着他，没有说话，只是自己撑着身体缓缓坐起来，她是顺产，如果不是因为产后大出血，现在恐怕已经可以随便走动了，这会儿身体却没什么力气，只能靠在床边。

她转头望着风和日丽的窗外，突然仿佛想到了什么，低下头，看着自己右手的无名指，她的戒指……哪去了？是那天在产室生产的时候被自己弄掉了吧？

她抬起手，摸着无名指上的戒痕。

等到修黎和医生进来的时候，她抬眼，看向他："修黎，那天我在产房的时候，有没有什么特别的人进去过？"

虽然那时候她印象模糊，但她很深刻，她记得那个声音，是顾南希的声音……

修黎颇有些诧异："什么人？除了医生和护士，我没看见什么特别的人啊。"

"真的？"

"我骗你干什么？"

季莘瑶也许不了解别人，但她太了解修黎，如果修黎隐瞒自己什么，他会不敢看她的眼睛，因为她是他的姐姐，这么多年，她太了解他了。

而他却是看着她的眼睛认真地说："当时你的情况太严重，只有几个医生来来回回地急忙走，有人出来让我们签字，他们要给你做剖腹产，我和石……我和妈记得你在进去之前，一再地要求一定要顺产，这样对孩子的肺部有好处，因为你之前一再要求，所以我们没有签，后来我们也一步都没离开，直到你脱离危险出来，那时候你昏迷着，两个小孩子却是健健康康的，两个孩子都是 4.8 斤！"

见修黎这样说，莘瑶虽知道他没有骗自己，但心下却是疑惑。

难道那时候是自己觉得自己快死了，在神魂游离之时的臆想？只是一场幻境？还是……是隐隐约约的梦？

她的手抚着无名指上的戒痕，这时医生过来为她检查身体，她便乖乖躺下。

不过下午，她还是要求修黎扶着她去育婴房看看，趴在育婴房的玻璃窗上，看着里边一个一个的小宝宝，医生指着其中的一个箱中的两个小小的孩子说："季小姐，这两个小宝贝就是你的孩子，是龙凤胎，一男一女，你这个做妈妈的可真幸运啊。"

莘瑶看着那里边的两个小东西，欣慰地笑笑："无论是男孩儿还是女孩儿，只要他们健康就好，毕竟我这个妈妈有很多时候做得也并不到位。"

"季小姐你言重了，两个小宝贝都非常健康，虽然是双胞胎，比其他的孩子小，但是每一个都有 4.8 斤，已经很大了呢。"

听着护士的话，莘瑶笑着点点头。

因为自己现在的身体要再休养休养，所以孩子要明天才能抱出来交给她，莘瑶回到病房后，见石芳不知什么时候来了，正在床边替她整理着衣物。

"石阿姨，您腿脚不方便，怎么过来了？"

"你这丫头在医院，我怎么可能不过来？这几天我和修黎两个轮流守着你，幸好你挺过来了，不然这两个孩子出生后就没有了妈妈，那该多可怜。"石芳轻叹。

莘瑶弯了弯唇："您放心吧，我从四岁开始就没了妈妈，我知道这种感受，只要我还能有一丝存活的希望，就不会自己先放弃的。"

石芳的脸色僵了僵，之后叹了一下："瑶瑶……你妈妈她……当初并不是舍得就这样抛弃你，她也想把你留在身边，只是当时那种情况，把你带走只会连你也活不成，去季家虽然吃苦，但好歹你能健健康康不受影响地长大……她……也是没办法，不这样，你们母女都活不成……"

"石阿姨，您说笑呢？我妈妈都自杀了，她怎么把我留在身边啊？"莘瑶笑笑，走过去，坐到床上，低头又看了一眼手指上的戒痕，没再说什么。

第二天，两个小宝贝被修黎和护士抱进来的时候，莘瑶第一次抱这么小的孩子，还是自己的宝贝，当那两个软软的小东西被轮流送到她怀里时，她低头看着怀中的小东西，一时紧张得手臂僵硬，不知道要怎么抱才不会伤到宝宝，护士在旁边笑着教她。

结果其中一个小东西忽然哭声震天，季莘瑶当即无措地看看护士，再看看在旁边乐得合不拢嘴的石芳："哭了怎么办？他是不是哪里不舒服啊？"

"傻丫头，你可真是第一次当妈，看不出来他这是饿了？等着你喂呢！"石芳笑她。

护士也在旁边笑："季小姐你别紧张，第一次当妈妈的人大多数都这样，你这几天在医院里休养，有什么需要帮忙的就叫我们，而且，您身边的这位阿姨毕竟是过来人，你有什么不懂的也可以问她，你别紧张，你抱的可是自己的宝宝呢，这可是从你身上掉下来的两块肉啊。"

莘瑶低下头，看着怀里的小东西，又再看被放在她腿上的另一个小东西，顿时咧开嘴笑了："饿了还能哭得这么大声，肺活量还真不错。"

见莘瑶要喂孩子，修黎自觉地跟护士一起转身走了出去，石芳在旁边教莘瑶怎么抱才能让孩子舒服，教她怎么喂。

两个宝宝，季莘瑶分别给他们取了两个好听的名字。

儿子叫顾绪然，女儿叫顾悠然。

两个孩子生下来后，莘瑶因为大出血，在医院住了半个月，才健康出院，回到日暮里，石芳虽然腿脚不方便，但在月子里却起了很大的作用，两个小宝贝虽然是顾家的子孙，但毕竟是莘瑶生下来的孩子，所以石芳对这两个孩子真的是疼爱有加，没有一点因为顾家而存在的芥蒂，整日和修黎一起帮莘瑶照顾孩子。

绪然和悠然一个月的时候，莘瑶刚刚从月子里出来，终于可以洗澡洗头将自己收拾干净，推着孩子出去逛逛，在报刊亭的报纸上看见一则关于Y市某旧案被揭发，季秋杭与其妻何漫妮被拘留审查的新闻，她愣了一下，才不过几个月而已，季家竟然颠覆成了这样。

不过这个旧案并不是二十几年前的那起贪污案，而是在Y市某局的一起几年前的大型贪污案里，何漫妮竟然也插了一脚，这事情季秋杭完全是被自己的妻子牵连进去的，却也没法推卸责任，竟然就这样被治了。

她晚上拿着那份报纸回去，打算仔细看看，看看究竟是什么样的案子，结果在她喂悠然的时候，石芳在收拾沙发，看见茶几上的报纸，拿起来看过后，便一直坐在沙发那里，两个小时都没有说过话。

为什么莘瑶总是觉得，石芳对顾家虽有恨，但对顾远衡的许多事情都并不太敏感，可每每一提到Y市和季家，每每让她接触与季秋杭这个名字有关的话题时，石芳的脸色都会绷紧，避开这个话题，或者是干脆什么都不说。

但是她的眼睛里，总会因为季秋杭而带着说不清道不明的沉痛，而每每季莘瑶在这种时候奇怪地看向她时，石芳都会转身离开。

见石芳坐在沙发上，手里拿着那份报纸，不知在想什么，莘瑶将吃饱了睡着了的绪然和悠然轻轻放在床上，之后转身走出卧室，看着石芳的身影，再又仔细地看着石芳的侧脸。

她被接来日暮里后，生活有所改善，也经常会有医生过来看看她的腿，现在石芳的腿已经好了很多，虽然外出依旧要用轮椅，但偶尔在家里能走上几步，而且她整个人也因为现在的调养而不再那么干瘦，看起来真的有几分当年的风韵，只是越看，越觉得她跟自己的妈妈长得太像了。

就在莘瑶望着石芳的脸，在想着如果单晓欧还活着，这两个长得这么相像的女人一起并肩坐在沙发上看报纸，那该是多和谐多幸福的景象，这时，修黎回来，买了条鱼要做，说是要给莘瑶多吃些鱼，这样对宝宝也有好处。

莘瑶的思维就这样被打断。

绪然和悠然三个月满百天的时候，他们没有摆宴，也没有告诉其他什么人，只是三个人抱着孩子一起围在餐桌边大吃大喝了一顿，祝福着两个宝贝健健康康地长大。

绪然和悠然五个月的时候，两个淘气的小东西越来越能折腾，莘瑶累得脚打后脑勺，修黎也不能每天时时刻刻地都在这里帮忙，石芳毕竟腿脚不方便，渐渐地能帮的地方也有限，比如看着两个小东西别从床上翻滚下来，每每等石芳赶到床边的时候，小东西们都已经趴在地上仰面朝天地咯咯地笑了。

莘瑶终于还是雇了一个保姆来帮自己，这样生活轻松了许多。

等两个小东西过了半岁后，听医生说，母乳过了六个月后里边水分渐渐多了起来，营养不再像最开始那么多，完全不必一直喂满一年，可以每天渐渐掺一些其他的东西来喂，一点一点地让宝宝试着断奶，她看了很多书，说法都不同，但是有很多都确定母乳过了六个月后确实水分居多，于是她便决定出去找一些时间不会太久的工作，偶尔回来喂喂孩子，其他时候让石芳和月嫂一起帮忙看护着。

绪然和悠然七个月的时候，莘瑶被小暖拽着回到丰娱媒体公司，因为每天需要偶尔回家喂孩子，中午也不能经常外出，也没有太多时间出差，所以这个商务部主编的位置她是暂时回不去，不过毕竟她在这家公司当初的业绩不错，不久前新换的总编给她安排了一个比较轻松的职位，这样等到明年她可以正常工作后，就可以回到原来的岗位了。

生活忙碌而充实，但她现在很少接触商务报道的工作，所以关于很多公司的事情她都不太知道，而小暖知道她不想听顾南希的事情，就也一直小心地没有跟她提过。

绪然和悠然快到八个月的时候，出乎所有人意料地，竟然提前学会了说话，开口的第一句不是妈妈，不是爸爸，而是："瑶瑶……瑶瑶……"

第十六章 归宿

229

当时季莘瑶在喝水，绪然忽然冒出这两个清晰的字的时候她直接喷了出来，一脸诧异地看着那正坐在床边咯咯笑着看自己的小东西，赶忙跑过去抱起他，回头看看在旁边笑着的石芳："石阿姨您看，平时您总是这样叫我，他们都学会了，都不叫妈妈！"

"慢慢教嘛。"石芳笑。

莘瑶无奈，从那天开始，就抱着两个提前一个月就学会说话的小东西叫妈妈，直到几天后，他们才终于会笑嘿嘿地开口"妈妈，妈妈"地叫，让季莘瑶整颗心都甜得快要沁出蜜来。

绪然和悠然一岁生日的时候，莘瑶刚刚给两个小宝贝过完生日，公司那边便有一个重要的采访项目需要人外出，而小暖那边又分不开身，其他人虽然争着去，不过小暖目前在公司里也算是暂时有一些小力度，因为这个采访项目做成了之后会有不少的薪水，小暖便在开会的时候向上边提名让季莘瑶过去。

明知是苏小暖这丫头看不惯公司里那几个同事，见这么好的薪水提成的机会就替莘瑶抢了过来，莘瑶见孩子几个月前就已经断奶成功，她出差个两三天不会有太大的问题，就直接答应了。

她这半年来在丰娱媒体没有接触商务，现在忽然接到与商务报道有关的工作，恐怕也是总编看她这半年的表现，想将她调回正职，联合着小暖一起给她的一次机会，她必须得珍惜，不管以后是否要去其他城市生活，就目前来看，还没有马上离开的打算，总要有稳定靠谱的工作，不然的话，她就只能靠修黎接济或者真的花顾南希留下的那张卡里的钱了，但这两个选择她都不愿意选。

出差是去Z市，采访一个Z市与G市两边合作的一个大项目，与建筑有关，不过小暖在把工作转交给她的时候，没有说让她去找谁，只说去Z市的哪个部门，联系那边的负责人，之后会有人安排。

莘瑶收拾了行李，确定行程后，便直接赶去了Z市。

到了Z市的当天下午，因为来不及和那边预约，便先打了电话，之后去了酒店，在酒店将Z市的一些简单的领导关系理清。

当她看见Z市某建筑集团的负责人的名字是顾南希时，目光当即一顿。

看完有关顾南希的资料，季莘瑶合上手中的档案，沉沉地叹了口气。

苏小暖这丫头……可真是……

不过小暖也确实不清楚季莘瑶跟顾南希离婚的真正原因，只知道这场离婚是季莘瑶提出的要求，也知道季莘瑶其实并不好过，所以一直不敢提这些事情，可她见这场采访是来Z市，其实是想侧面告诉她，顾南希在Z市，是么？

如果她想知道，无论是经过修黎的途径还是经过公司的途径，早就可以知道，她只不过是不想知道而已。

知道他在Z市又能有什么用，他成全了自己，离婚，远走，不过都是避开自己，免得她看见他的时候会难过，他懂她，她当然也懂他。

但是来都已经来了，只希望这两天在 Z 市做采访的时候尽量别去 Z 市的顾氏分部，尽管她明白以顾南希的身份别说她不想见，就算是想见恐怕也很难见得到，她自嘲地笑了一下，恐怕是自己杞人忧天了。

第二天，莘瑶拿着相关的档案和采访数据，在她联络了相关的人后，在机关大门外静心等候那位今天要过来的相关领导。

而就在这时，一辆黑色的 SUV 停在商务机关门外，随后还有一辆银灰色的奥迪随在其后。

莘瑶以为是那位刚刚打电话约过的领导来了，便站在门前，翘首以望，当看见从前边那辆 SUV 上走下来的人时，脸色当即僵住。

曾经最亲近的人，一年多未见，再相见，恍若隔世……

顾南希刚刚下车，商务机关里便走出来几个人，一脸奉承点头哈腰的迎了上去，一边说着客套话一边在交代着什么，顾南希似乎并不知道莘瑶在这里，只接过其中一人递过来的一叠档案看了两眼，便示意他们一同进去再谈。

见他们要进来，季莘瑶脚下一滞，接着便迅速转到大门后，然而却似乎晚了一步，顾南希的目光已经转了过来……

"顾总，这是今天下面的人很认真整理好的，您看看，这些就是您指名要看的……"其中一个商务机关的领导尾随在顾南希身后，见他停下脚步，便忙走上前，笑着看着他手中的档案："您看，要是哪里有列得不清楚的地方，就直接问我，或者我再叫人马上重新弄一份去，您难得亲自过来，我们这还真怕招待不周……"

季莘瑶本来是已经绕到大门后，但是察觉到顾南希的目光，便只好走出来，站在人群之末，静静望着他，朝他露出一丝客气的笑，又点了点头，仿佛是多年未见的一个点头之交，仅此而已。

顾南希的目光平平，就这样看着她，而他身边的那几个围绕在一旁的领导这时注意到他似乎在看大门的那一边，抬头看去，因为这边的人不少，所以没注意到总裁究竟在看谁，便笑着继续说："顾总，您看，现在这天气炎热，Z 市不比您之前所在的 G 市，这天气足有三十七度，您快到里边坐，可别中暑了！"

季莘瑶站在门后的阴凉处，看着在烈日炎炎下的那个男人。

顾南希同时收回目光，转移了视线，低头继续看着手中的档案，一边向前走一边严肃地和旁边那几位商务机关的领导说着什么。

直到他们走了进去，季莘瑶才吐了口气，却整个人瞬间像是脱力了一样，靠在大门边。

顾南希依旧是顾南希，平静、沉稳、睿智、涵养，依旧是独属于他的万众瞩目。

她重新整理了一下思绪，见之前打电话预约过的那位领导还没到，低下头正要打电话，却是在低头从包里寻找手机的时候听见旁边几个跟在最后还没有走进门的人说："听说这顾总来头可不小，他可是顾氏的总裁，这些年一直在 G 市那边，因为他身在 G 市，将 G 市的商业与金融业发展得特别快，ZF 的人对他都要让上三分，这转眼又回了咱们 Z 市的分部，可真是咱们 Z 市的福气了！"

"是啊。"

那几个人忽然间更是放低了声音:"我听说顾总才三十岁,他之前好像是结过一次婚,后来不知怎么,就离了。"

"什么?他结过婚啊?我还以为他一直单身呢,你们听说了没有,纪委家的那个宝贝女儿好像一直中意顾总,这么多年都还没嫁,这不嘛,顾总几个月前从 G 市过来 Z 市,那远在北京的纪委家的殷小姐就主动调职来 Z 市了,是在咱们顾总来 Z 市后,她就过来了,这段时间他们两人经常在一起工作,我看呐,顾总对那殷小姐八成是有点意思……"

"你说的是那个叫殷桐的吧?我听说过,据说是北京审计署那边的一个小领导,但是她爸爸毕竟是纪委,哪个领导不想巴结殷家啊,何况顾家不仅在商场混迹,在政治场也可谓风生水起,顾总可真厉害,能让人家殷家的宝贝小姐为了他不远千里来 Z 市工作,就为了能跟他走得近一点,可真是难得人家殷小姐的一片心呐。"

"顾总今天没有什么饭局,刚刚中午的时候似乎是和什么特殊的人一起共进的午餐,我看他应该是刚刚和殷小姐一起吃过饭吧?也许人家现在都已经在一起交往了也说不定,这领导的感情不像那些明星,哪能让咱们一眼就看穿啊,我看呐,他们肯定是已经走在一起了!"

"哎,这事情啊,咱们嫉妒不来,人家是郎才女貌,都家世显赫,门当户对的,就算是喜结连理,咱们也只有在旁边羡慕嫉妒恨的份儿呀!而且你们不是说了嘛,顾总之前已经离婚了,我看他跟这个殷桐,这八字是已经有了一撇了!"

那几个走在最后的男男女女的低语,被站在不远处正在翻着包的季莘瑶一字不落地听了进去,她没有抬头,将手机拿出来后,低头看着黑暗的手机屏幕,按开,再又愣愣地等着熄灭,好半天回过神来,再按开,再又渐渐地归为黑暗。

季莘瑶,你在想什么?

她紧紧握着手机,这不就是你想要的结果么?

既然此生都无法面对顾家,既然你用尽一切方法终于得回了自由,他答应你,远远地离开你,从此不再让你无法面对,不再让你两难,那你现在在想什么呢?

难不成你自私地还希望他能为这样的你而一生一世不再娶?

所以,你又有什么可震惊的?

她握着电话,徒步走出商务机关的大门,在门口附近的一个卖冰点的小摊上买了瓶半冰半水的矿泉水,喝了几口后,转头见之前约好的那位领导已经开车过来了,那人走下车,正打着电话,她低头见自己手机响起,知道那位就是今天要见的领导,便放下水瓶,露出职业性的微笑走了过去。

两人进到商务机关的偏厅的小会议室,她做了一下采访,之后那位领导便因为听说顾南希亲临这里,采访过后就匆匆离开了小会议室,显然是打算去跟顾总打个招呼。

季莘瑶一个人坐在小会议室里,专心地重新听着录音笔里的采访对话,又耐心地将一些需要特别记下的事情写下来,大概过了一个小时,她才收拾东西准备离开。

在走出小会议室时，路过那边的走廊，拐过去后才能坐电梯，而前边站着不少人，依旧是刚刚那几位领导，正拘谨地围绕在顾南希身边，几个人指着墙上所挂的表彰图和名单一个一个地详细地在说什么，顾南希看看墙上的图，再又看看手中的档案，眉目间看不出喜怒，一身简单的黑色西装，威严而不失平和的气度，只是一眼，便只觉相隔甚远。

人说，两条直线在唯一的一次密不可分的相交点后，便是渐行渐远，她和顾南希便是如此。

这一年来，顾家人虽确实如他所说，没有过来打扰过她的生活，但在她生下绪然和悠然后的那几个月里何婕珍和顾老爷子常常会过来，在小区门外守着，等着想要见见她，可每一次，都是石芳出去让他们离开，她不知道石芳对顾家人说了什么，无论怎样都好，面对老爷子她恨不起来也笑不出来，见了面只有尴尬和无奈，不见也就不见了。

而顾南希，纵使他曾给过她独有的温暖，但这温暖也会渐渐褪色，他也会放弃。

他的目光不会再停留她的身上，他的世界也不是任何人想靠近便能靠近的万丈云端。

季莘瑶的目光只在那边扫过一眼，便转身按开电梯，头也不回地走了进去。

第十六章 归宿

回到 G 市后，季莘瑶是生下绪然和悠然后第一次出差，有超过两天没有看见孩子，回去就直接先冲进了家门，抱起两个正在石芳怀里撒娇的小东西便用力地亲了几口，不停地问他们想不想自己，结果两个小东西抬起手推着她的下巴，两个小脸都是满脸嫌弃的表情。

悠然纠着秀气可爱的小眉毛说：“妈妈……臭……”

绪然捂着鼻子："真臭……妈妈……"

额，好吧，季莘瑶在 Z 市酒店连夜赶稿，最后累得直接趴在桌上就睡着了，清晨起来赶飞机，Z 市近四十度的天气她昨天却没洗澡，现在身上确实臭死了，她尴尬地嘿嘿一笑，推开两个小东西的小爪子，继续在他们脸上啃了啃，然后放下他们，转身冲进了浴室。

下午，又赶到了公司，本意是先将稿子交上去，明天再上班，结果突然看见公司门前停放着一辆熟悉的跑车。

她听说一年多前，秦慕琰在与顾雨霏的婚礼上耽搁了三个多小时才到，又草草地举行了一下婚礼仪式，便又匆匆离开，他虽然不至于没到场那样地不给顾家面子，但就当时在婚礼现场的表现来看也没给顾雨霏什么好态度，不久前还有人针对这场婚礼而一直议论纷纷，而那以后秦慕琰就回了美国管理公司，莘瑶一直没见过他，也不知道顾雨霏和他之间怎么样了，没想到今天在这里又看见他的车。

有什么好奇怪的，丰娱媒体本来就是秦氏旗下的公司……

她先进去交了稿子，出来时便见秦慕琰正站在他自己的车边抽烟，她急着回去陪绪然和悠然，见他没看到自己，便也不好打招呼，转身就要打车离开。

而就在这时，秦慕琰忽然看向她："连个招呼也不打，你不至于吧？是不是我这顾家女婿的身份也让你排斥？"

季莘瑶嘴角一抽，回头看他："好久不见。"

见她这平淡的态度，秦慕琰额角青筋跳了跳，之后长叹："算了，连顾南希都拿你没办法，我还跟着掺和个什么劲儿啊。"

看来秦慕琰是已经知道这些事了，那么，顾家人也应该是清楚地知道她跟顾南希离婚的原因了吧？

她垂眼，淡淡道："要是没什么事，我先回去陪孩子了，你也一样，你和雨霏的孩子比我的孩子应该大几个月，是男孩儿还是女孩儿啊？应该很可爱吧，你啊，老大不小的了，抽空多陪陪孩子，公司的事情不是最主要的，能珍惜的时候就珍惜，别等后悔的时候来不及，我先走了。"

她没去看秦慕琰在她提到孩子和雨霏的时候同时冷下的脸和皱起的眉，转身便拦了一辆出租车。

秦慕琰在旁边啰唆，说什么半路有人招手千万别让司机停车，途中遇到车祸千万不要下车去看，这年头世风日下，很多骗子都是瞄准了单身女人下手云云。

听得季莘瑶颇为不耐烦，她又不是孙悟空，为嘛要听他秦大总裁念经啊！

她当下便拽开了出租车的门，回头朝他挥手："好了好了，我这么多年什么时候不是一个人啊，要死早死了！你滚一边去，你姑奶奶我走了！"

秦慕琰黑着脸站道边去了。

随着顾氏新的代理总裁的一再更改政策，顾氏大厦虽依旧繁荣，但却有许多事物都已不再是当初的面貌。

到如今除了那个依旧恢宏大气的顾氏大楼以外，别的东西都已经让她觉得陌生。

那时候季莘瑶有一个采访，站在顾氏广场前的旗杆下，她有时候会想，也许那个叫做顾南希的男人曾经无数次走过这里，也许只要她想调职去Z市，只要她站在Z市的顾氏分部外，静静等候，早晚有一天都会再遇上他。

她也知道他大部分时间都在Z市的顾氏分部，那个城市的顾氏分部与G市的有很大不同。

她站在旗杆下的寂静处，静默地站立。

苏小暖在公司里渐渐走上了上坡路，人说三十年河东，三十年河西，当年是她处处提拔着小暖，现在却是小暖处处找机会提拔她，想让她重新回到商务报道部的主编位置上。

那次苏小暖提议，以后她们姐妹两个在公司里干脆就叫一个组合的名字——"暖瑶大部队"吧。

季莘瑶当时就"虎躯一震"，差点从公司的楼梯上栽倒下去，赶忙坚定无比地拒绝了，老天，这么一个让人拍案叫绝的组合名，还是让给其他人吧，她们要是抢来用了，是要遭天谴的啊！

于是从那以后，季莘瑶更是很少听见有关顾南希的消息，虽然回到了商务报道部，但毕竟人在G市，对Z市的事情只要不去特意关注，便也就更难以接触那些。

两个月后。

季莘瑶在办公室里审核新闻稿，公司新来的实习生八卦大王小张神秘兮兮地敲门进来，她将计算机上的邮件最小化，看着自从进了公司后就一直跟着自己的小张抱了一堆大小不等的……她姑且非常严肃地称他们为档吧，她抱了一堆疑似档的东西进来，让季莘瑶"画押"。

小张顺便问她午餐要吃什么，这是一个让季莘瑶每天都很头痛的问题，其揪心程度，远比手里的这堆破纸大得多。

她低头在这堆破纸上签字，该戳章的戳章，该……额……

她看着一叠档中夹着的几张照片，目光一顿，接着一脸狐疑地看着眼前对自己的过去一无所知的小张。

小张忍不住趴过来靠在办公桌边说："季姐，这不，凌氏在不久前大换血了吗，很多人都进去了，我今天在机场去拍凌氏的那位新的管事的，想做个访问，结果你看，我拍到谁了，居然是传说中的顾南希！"

"你看，你看，这照片的角度，拍得怎么样！我知道这个不能发出去，我就是拍回来拿来给你，咱们私下八卦一下！你看顾总，他旁边那个人是谁啊？还有，还有，这个……"

季莘瑶抬头看她，笑了笑道："你这两天很闲是吧？"

一听出这是自己老大要发火的前兆，小张当即停下了八卦眼，嘴角抽了抽，最后拿回那几张照片，一脸宝贝似的揣进兜里。

好吧，看来该端起来的架子还是要端起来，不然这些新来实习的小丫头都快无法无天了！季莘瑶将签完字的文件往她面前一推，告诉她关于午餐的问题太过深奥，她需要好好思索一下。

小张撇着嘴，切了一声，关门出去了。

"季姐，顾总今天回G市了……"晚上，下班时，苏小暖趁着季莘瑶在收拾办公桌的时候走进来，看似是在等着她一起下班，实际却是找机会说出这句话。

季莘瑶正在收拾办公桌的手微微顿了一顿，须臾抬眸，看了一眼小暖。

小暖知道这么久以来，她都不想提到有关顾南希的任何事，只好说："季姐，当一个人无法坦然面对一个人的名字时，就代表你对这个人仍然有着很深的感情，虽然我不知道你和顾总究竟是因为什么而离婚，但，他既然难得从Z市回来一趟，你要不要……"

季莘瑶没有说话，只是沉默地收拾着办公桌上的东西。

"小暖，爱而不得，有很多时候并不仅仅是痛苦，它还可以教会你很多东西，比如，怎么面对人生的难题，怎么克服自己的心情。"下班离开时，季莘瑶对她这样说，之后便打车离开。

第十六章 归宿

下班后,她没有直接回家,而是去了北斗大道那边,买了两套可爱舒适的童装和适合一岁孩子玩的玩具,拎着大包小包地往回走。

回到日暮里的时候,天色已经完全黑了下来,因为最近小区里的路灯正在整修,只有零星的几盏是亮着的,且灯光微弱,她努力地看着前方,尽量加快脚步往前走。

而就在她所住的那栋二层小楼门前,正停放着一辆她眼熟的黑色路虎。

路虎没有打开车灯,静静地停在她的窗下。

她仍是努力地眯着眼,却看不清车牌号,但见那是路虎,心下难免有些控制不住地颤抖。

难道是他?

是他回来了吗?是他想来看看孩子?他怎么不给她打个电话通知一下?即便是离婚,但如果是他顾南希想要回来看孩子,她绝对不会拒之门外,以他的性子,怎么可能不打一个电话就回来?她站在小区微暗的路灯下,低头看着手机,但手机上没有未接来电。

于是她干脆收了手机,走了过去,侧着头瞥着那辆车的车牌号,终于借着自家窗里映出来的灯光,看见那熟悉的牌号。

她本能地同时一眼望去,车内一片漆黑,看不见什么人的身影,她狐疑地朝四下看了看,难道他没通知她,现在已经进了家门了?

她还记得一年多前他离开时的样子,因为她第一次这样毫不留情且绝食相逼,他离开时的话,离开时的表情,仿佛今生都不想再与她相见,一生一世,永不相见。

可他现在又回到了这里,忽然回到了这里,季莘瑶不知道应该怎么形容自己现在的心情,人的心意总是兜兜转转,人的情绪总是没来由地在一个特别的时候蹿升到一个连自己都无法了解的位置,如你,如我,如他。

她看了一眼手中拎着的大包小包,站在门外考虑了很久,才打算拿出钥匙开门走进去。

还没等她拿出钥匙,那边路虎车的车门就开了,顾南希从车上走下来,在车内灯光的映照下,只见他的脸色平静如常,墨色的黑眸看着她。

她愣住,张了张嘴,不知道该说什么。

他反手将车门关上,一瞬间周遭又黑暗了下来,一如他们之间,又整个都陷入了不约而同的沉默之中。

"这么晚才回来?"他说,嗓音略有几分暗哑。

"这两天刚刚开了工资,我今天下班早,就去给孩子买了点玩具和新衣服。"她如实回答。

"对不起,莘瑶,这一年我没有回来,我只是想来看看孩子,不会打扰你的生活。"忽然,小区里的灯全都大亮,她终于能看清他的面容,他的眼底有微微的红,看起来像是喝多了,但人还是清醒的。

她怎么会不知道他想看看孩子,顾占中每次想要来看孩子,石芳都将顾占中拒之门外,而琴姐虽然被辞退,但莘瑶因念着和琴姐之间还算有几分客气之情,琴姐几乎隔两个月就会来日暮里帮她照顾孩子两天，每次来的时候，琴姐的包里总是偷偷带着相机，她始终都知道琴姐将孩子的照片拿给了顾南希，只是一直不动声色没有揭穿罢了。

"没关系，你是绪然和悠然的爸爸，我没有道理不让你见孩子。"莘瑶急急地答，声音却暗藏了几分哽咽。

顾南希点点头，锁了车子，便走过来，正要与她一同进门，他身上熟悉的味道侵袭而来，季莘瑶忍着手下的颤抖，去掏钥匙，只是一时情绪激动莫名，另一只手上的包装袋赫然便要掉下去了。

她忙俯下身要抓住，鞋跟却忽然别扭地斜刺进脚下的鹅卵石缝隙里，她皱起眉，人忍不住向下栽了一下。

顾南希上前一步，扶住她，在她刚要说谢谢的刹那，径自不顾她的怔愣将她揽进怀里。

这一揽，她的心瞬间软到一塌糊涂，不知是该推开还是该怎么样，只是静默地任他抱着，将脸埋在他怀里，呼吸着他身上她爱过的味道，鼻子在他胸前蹭来蹭去，忍不住靠得他更近，心里，是太多的不舍。

"南希，对不起……"她轻声说："你一定很恨我吧。"

可是人生的路，既已选择了一个岔路，即便不舍，即便难过，也终究是自己所选，怨不得任何人，这一年来她深压的想念都被她化成了对绪然和悠然的疼爱，将全部身心放在两个孩子身上，才不至于让她想得太多。

"莘瑶，我们为什么要这样？既然结婚了，是不是该携手一起走下去？无论面对的是什么？如果你因为母亲的死而对爷爷和爸的所做所为无法释怀，这一年的时间，是不是能够让你从那些无法控制的情绪里走出来？你不用道歉，你没有错，事情换作是我，我也无法始终理智，人都有情绪，你如果对自己母亲的死因没有一点反应那也就不是你了。可是已经一年了，如果你走不出来，那我们去美国，两年三年，五年十年，总有一天会放下，你做噩梦我陪着你，你想念母亲我陪你去墓地看她，让我来抚平你这二十几年因为爷爷的错误而造成的所有伤害，给我这个机会，好不好？"

季莘瑶趴在他的怀里，说不出话。

他贴在她的耳边，轻吻着她的耳畔："一年了，我给你一年的时间一个人冷静，现在，既然我回来了，我们重新走到一起，哪怕多过一天都是好的，莘瑶，别离开我，否则这真的让我很难受。"

他贴在他的耳边轻声说着，然后，在莘瑶泣不成声的刹那忽然捧住她的脸，俯首找到她的唇，用力地吻了下来。

她手中的包装袋落在脚边的草坪上，泪水在两人口中蔓延，咸涩发苦。

可他抱着她的力度让她几乎喘不过气来，只是本能地反手抱住他，在交换呼吸的空当哽咽地说："南希……对不起……"

而每每她哭着说出这几个字，都换来他更深的吻。

身体被熟悉的温暖包围，这眷恋的感觉让她整个人的意志力终于走到崩溃，

第十六章 归宿

她用力地想要反手更紧地抱住他,却只觉得身前越来越空,直到她突然发现,自己身边一个人都没有。

她睁开眼,愕然地看着眼前空荡荡的一切,没有路虎,没有顾南希……

她看着自己举起的手臂,整个人都僵住……

突然,季莘瑶从睡梦里睁开眼,却发现自己正坐在刚刚从北斗大道拦的一辆出租车上,车子还在稳速前行,离日暮里近了。

原来只是一场梦。

她抬手,抚着额头,皱了皱眉。

自从绪然和悠然出生后,因为她全部心力都放在工作和两个孩子身上,根本没空去想其他的事情,所以那些她母亲自杀时的血肉模糊的噩梦她后来已经不再梦见了,后来这几个月也很少会做梦,都是被两个孩子晚上起来折腾醒,哄着孩子睡下后,再又沉沉地睡去,她已经,很久没有做过梦了。

下车走进小区,小区里的灯光依旧昏暗,她往前走,在走回到家门前时,特意看了一眼落地窗前的位置,没有什么车。

她不免勾唇笑了一下,他当然不会有时间过来这里,就算他想看孩子,也不会让她知道。

无论是琴姐偷偷拍下的照片还是琴姐偶尔过来帮忙照顾时,总会找机会推着婴儿车出去买菜,她带着孩子见过谁,季莘瑶从来没有深问过。

那些无形中存在的温暖早已从她的生命中抽离,梦只是梦,而一旦处在现实,谁都没那么脆弱。

季莘瑶回到家,抱着正坐在小床上互相抓着对方的胳膊咯咯笑个不停的绪然和悠然,给他们试过衣服后,又将玩具消过毒清洗干净,放到他们的小床上,之后又是做饭又是洗衣服,一切都忙完后,又是到了深夜。

睡前,她洗过澡,喝了石芳给她递来的牛奶,之后她就坐在两个孩子的小床边,低头看着可爱的两个小东西的睡脸。

绪然比悠然稍微胖一小圈,两个宝宝都是白白净净的小脸,眉毛眼睛像极了顾南希,都是很好看的双眼皮,比电视上那些婴儿奶粉广告里的小宝宝不知道要好看多少倍,绪然像顾南希多一些,而悠然的鼻子和嘴巴却很像莘瑶,小丫头每次睡觉的时候都要先啃一啃哥哥胖乎乎的小手才肯老实地睡下,而每次绪然被妹妹啃,都不吭一声,只是咯咯地笑看着她,两个小东西又可爱又乖,而且很少生病,这对莘瑶来说是最大的安慰了。

悠然睡觉前喜欢啃哥哥的手,睡着了还时不时地将胖胖的小胳膊和小腿搭在绪然的身上,一副把哥哥当娃娃枕一样的架势,好不霸道。

可是这两个小东西,却都能睡得香香的,前几个月还经常会半夜饿到哭醒,现在已经可以一觉睡到清晨了。

又看了一会儿孩子,季莘瑶才关了灯,回到床上去睡觉。

第十七章　寻找

一个月后，G市与Z市双城合作的某大型机构建筑的方案开始正式执行，季莘瑶经常在G市的建筑展会上去拍摄现场和模型。

这一年，是个各省市自然灾害频繁发生的年份，六月末C城台风，七月份Y市洪水，S省6级地震。

商务报道的工作人员被借去了其他报道部，每日忙碌在各种遇难同胞的名单和四面八方借由媒体出去的慰问信当中。

直到，八月初，A省地区遭级数更严重的地震重创，七点六级地震，离地表很近，震源中心在Z市。

G市与A省之间相隔着另一个省，乘飞机也要一个多小时才能抵达，而G市在地震当天便感觉到了强烈的晃动。

那一天，季莘瑶正坐在办公室里审核新闻报告，忽然，桌上的水杯不停地颤动，等她反应过来，连忙叫邻间办公室里的同事迅速赶出大楼，所有人都急急忙忙地跑了出去，跑到公司楼下，看见附近的很多办公楼里跑出来很多人，大家的脸色都有些发白，显然是被近几年国内常有的地震灾害都吓怕了，有一点风吹草动就都是同一个反应——跑。

虽然G市的震感不算太强烈，但莘瑶在跑出去后，还是第一时间打车回了家，见修黎已经先一步赶过来，把石芳和绪然悠然都接了出来，她才松了一口气。

而就在G市的所有市民因为震荡不大也都松了一口气的时候，今天公司恐怕没办法正常办公，莘瑶索性就在家陪孩子。

电视习惯性地停放在新闻台，小悠然靠在沙发里，翻来滚去地不老实，绪然刚刚尿过，莘瑶正在给他找干净的裤子，忽然听见电视里插播的一条新闻。

"今天中午12点17分，A省Z市七点六级地震，目前A省已迅速展开救援行动，伤亡人数未统计，全国五大周边省市震感强烈，据悉，前往Z市的主要道路已经坍塌大半……"

Z市！

季莘瑶猛地抬起眼，目光直盯着电视。

"瑶瑶？怎么了？"石芳从卧室里拿了一包新的纸尿裤出来，打算放在沙发边以备不时之需，却是刚走出卧室，便突然看见季莘瑶将换过裤子的绪然放在沙发上，起身便匆匆收拾东西像是要离开。

"瑶瑶？"

"石阿姨，麻烦你帮我照顾绪然和悠然两天，我要出一趟远门！"季莘瑶头都不抬地收拾少量的行李和衣服，再又在客厅里转了两圈，生怕自己落下什么重要的东西。

石芳的目光亦被电视里正播放的画面引开，看着电视上的字幕，石芳皱起眉："Z市地震？怪不得今天咱们这边震感这么强烈，没想到有这么严重。"

莘瑶没说什么，只是收拾好了东西便回身去抱抱两个孩子，在他们脸上各亲了几口："绪然悠然乖，妈妈要出去两天，一定要乖，别让妈妈担心，好不好？"

两个小东西本能地都回亲了她一口，莘瑶心下安慰，起身便要走。

"瑶瑶！Z市是震源！是中心点！太危险了，你不能过去！"石芳叫住她，眼神严肃。

而季莘瑶却只是脚步一顿，便头也不回地走了出去，迅速拦了出租车赶去机场。

不知道现在飞机能不能直达Z市，或者要到相邻的城市转车，无论如何，她一定要过去！

……

A省，与Z市相邻的某二级城市的要道上，季莘瑶手里拿着录音笔，一边听着这边的省领导讲话一边录下来。

如果不是她还有一个商务媒体报道记者的身份，重灾区这种地方，根本不是她可以顺利进得去的。

现在，她正坐在这边一位省领导的车上，跟着他们的车一同走在通往Z市的唯一一条还可顺利通过的要道上。

"现在余震不断，而且余震的级数看起来也不低，估计这条路再过一天也难走了。"那位省领导看了一眼车外的道路状况，叹了口气。

"上边是不是已经派了直升飞机过来？"季莘瑶问。

"派了几架，不过目前因为暂时还可以从这条道过去，飞机没有来太多，我们先过去看看情况，到时候如果有需要，我会向那边求援。"

"据说顾氏的现任总裁顾南希因为在震源中心有他们公司的建筑基地，他也赶过去了！"有人说。

"顾南希？"省领导皱了一下眉，"这下可糟了，要是他有什么闪失，顾占中那老将军估计会去北京闹一通！"

"顾总他，他现在已经深入灾区了吗？"见他们将话题提到了这方面，季莘瑶也终于说到了她自己的正题上。

"顾南希……"那位省领导当即皱起眉，忽然转头看向旁边的人："顾总联系上了没有？"

"还没有，Z市目前所有信号几乎都中断，电话打不进去，刚刚勉强联系到一位顾氏的负责人，据说顾总在地震发生后的半个小时，就直接乘车赶去了震源中心，那边目前很危险，那些一起在场的人说已经有一个多小时没有看见顾总了！"

"现在救援队只有一小部分到达，等全国这些救援队和志愿者都到达，恐怕至少要五六天，现在交通这么不方便，顾南希又直接去了震源中心，震中那边是Z市的一个小镇，听说附近都是断壁和高山，太危险了！"

听省领导和旁边的下属这么一说，季莘瑶握着录音笔的手几乎都出了汗，她见省领导皱着眉，知道现在不是继续录音采访的时候，便直接收起采访器材，安静地坐在一旁，等着车到达Z市。

"现在Z市是雨季，听说那个小镇前几年刚发生过泥石流，目前Z市还在下雨，又余震不断，我看……"

省领导抬手，制止旁边的下属再说下去，只是看了一眼时间："还有多久到？"

"前方路裂开了，过不去！"

"这可怎么办！"

"快，马上打电话调直升飞机过来！"

……

无论再怎样着急，即刻也到不了眼前不远处余震不断的Z市，这路上的一条巨大的裂缝就仿佛是人间与地狱的间隔，季莘瑶急得下了车，在车边绕了几圈，看着前边断裂的缝隙，缝隙太大，而且路已经斜向了一侧，确实无法通过。

而救援队与直升飞机至少需要半天的时间才能到，她最后只好随着那几位省领导去了这条路附近的村镇，因为这边震感强烈，有一些不结实的房子的墙壁也都已经裂开了，还有几间倒塌，所幸这边目前只有几个受伤的居民，没有人遇难，众人将准备的救灾物资在这边分发了一些后，因为天色已经黑了下来，直升飞机还没到，他们只好在这边扎了几个帐篷，毕竟余震不断，实在没人敢睡在房子里。

天色漆黑，脚下时而平静，时而余震连连，天公此时亦不作美，俨然在雪上加霜，不停地下着瓢泼大雨。

"季小姐，你站在外边干什么？快进帐篷里，刚刚我们已经联系过了，直升飞机凌晨就会到，你快躺下休息休息，不然明天怎么有精力把灾区的情况记录下来发布出去啊？"

季莘瑶举着一些村民送来的伞，站在帐篷外望着暗得几乎见不着边际的夜空，听见身后他们在叫自己，纵使心里实在无法安定下来，很担心Z市目前的伤亡情况，还有……他……

"季小姐，你这大老远地从G市赶过来，毕竟曾经顾南希在G市，虽只是从商，并未从政，但却在G市名声很大，而且很受百姓爱戴，想必你一定是在担心顾总吧？"

旁边一个男人递给她一瓶矿泉水，随口问。

季莘瑶低下头，拧着手中的矿泉水瓶盖，隔着帐篷揭起的帘子，看向外面。

此时，电闪雷鸣，她的心，剧烈地疼痛起来。

第十七章 寻找

视线里出现了另一张脸,是殷桐的脸,两个星期前,那个她曾经在Y市见过的那位,纪委书记的女儿殷桐,曾趁着工作来G市出差的间隙,到公司找过她。

殷桐很是不能理解地问她,季莘瑶,你究竟有什么地方值得顾南希就算是离婚了也没法将你从心里踢出去?

那时候殷桐就坐在她的办公桌面前,满脸的傲然犀利,却也带着深深的不理解和挫败。

季莘瑶不愿多想,也不想和殷桐这样太过跋扈的人争执,她只是笑笑说,也许是因为她和顾南希之前有孩子,也许只是时间不够……

而殷桐却是摇头,殷桐那时坐在她的办公桌对面,一脸恍然地说:"我什么办法都用过了,论长相,我不比你差,论家世,你连给我提鞋都不够格,论学识,我是法国归来的硕士,论性格,我虽然强势了一点但绝对没有使坏的心思,我自认为自己什么都不比你差,凭什么顾南希的心被你塞得死死的?你别以为我没有查过,在我调职到Z市之前,我特意派了私家侦探查了一下你们离婚的原因,本来你和顾南希离婚的消息没有对外公开,是我查到了,你也很好奇究竟是谁公开的吧?没错,也是我,我确实用了些手段,也是为了让众人知道顾南希已经离了婚,这样我才能光明正大地接近他!你该明白,我毕竟是殷家的女儿,我想追一个男人,绝对不能给我爸爸脸上抹黑!所以你们离婚的消息必须公开!"

"而且我也查到了,你好像是因为什么矛盾而一定要离婚,顾南希是被你逼走的!我想不通,如果仅仅是因为你们两人的孩子,他大可把孩子接走,但他没有,他把孩子留在你的身边陪着你,却每隔一两个月都会收到一叠照片,我曾趁他出去开会时,到他办公室看过,他的一个抽屉里全是你们孩子的照片,还有一些是你的,我想不通,我就是想不通,季莘瑶,你告诉我,你是不是给他灌了迷魂汤了?"

这种话,曾经秦慕琰也问过她。

他说他想不通,他跟顾南希两人不相上下,而且他秦慕琰又是她的青梅竹马,为什么她的老公就不能是他?

也许顾南希无论有多好,他也有他的不完美,就像她无论再怎样大度,也会因为母亲的仇恨而产生逃避一切的情绪。

可是,有时候真的不知道这个人究竟哪里好,却偏偏谁也代替不了。

那天季莘瑶请殷桐吃了公司外边的驴肉烧,殷桐很嫌弃,说这种东西又脏又没营养,全是地沟油,她怎么吃得进去?

季莘瑶只微笑着说,是啊,我们都知道外边的食物不干净,可偏偏还是想要去吃,顾南希曾经陪她来吃过很多回。

后来,殷桐没再说什么,殷桐走了,听说她回Z市后的那一个星期,就又申请调职,回了北京。

季莘瑶原以为,世界上的爱情只有两种,一种是两人生死相许不离不弃的至真至爱相守一世的感情,一种是争了一辈子吵了一辈子却偏偏要为儿女而隐忍一辈子的一种无奈却偏偏伟大的感情。

后来她才知道，原来还有另一种感情，明明相爱，却因为一些原因不能在一起，而破坏了这种平和的，却偏偏只是我们心里的一种过度的执念，执念有好有坏，有正有偏，偏偏这种感情你即使断开了，却仍然辗转反侧夜不能眠。

生活不是电视剧，她不知道什么才是爱到骨子里，只是随着孩子一天一天地叫着妈妈，随着孩子一天一天地长大，随着时间的推移，随着思念的增长，这种被夹裹着的情绪总有一天都会爆发出来，她以为一切都会随着顾占中的百年归去而渐渐消散，却不承想，在电视里看见Z市地震的消息，就将她所有的理智所有的坚持都打碎了。

"只怪夜太黑，没人担心明天会不会后悔，HEY 夜太黑……"

本来这里距离Z市很近，这会儿大家的电话信号虽然没有完全中断，但都不是特别好，忽然响起的手机铃声让帐篷里的几个人都看了过来。

季莘瑶愣了一下，低下头看着手机，见是一个来自Z市的手机号码，号码是陌生的，却来自于Z市。

她不知怎么了，忽然只觉得整颗心狠狠颤动了一下，赶忙接起电话，放在耳边："喂？"

而那边却只听见一阵瓢泼的雨声和轰隆声，季莘瑶皱起眉："喂？"

却是在刹那，那边的信号中断，电话里传来嘟嘟的忙音……

季莘瑶脸色一变，忙再又拨了出去，却是只听见电话里冷漠的女音说着"对方暂时无法接通……"

心下的不安越来越重，她不敢想究竟是谁给自己打来的电话，只是不停地趁着这边还有信号的时候向那边拨着，不停的对方无法接通，直到她的手机信号也完全消失。

第十七章 寻找

一夜无眠，凌晨五点的时候两架被派来的直升飞机终于赶到，季莘瑶随着那几位省领导一同坐进飞机，终于在天亮的时候赶到了重震灾区的上空。

"目前灾区的楼房百分之八十都已经倒塌了，伤亡暂时无法统计，飞机只能停在那边一个学校的操场，大家下飞机后，一定要记得离房屋高楼远一些，记得一起行动，别乱走，季小姐，前方有记者团队，如果你觉得不方便的时候，可以和他们一起走，这样也安全一些。"

那边省领导一边交代着，一边回头与旁边的其他人安排事务，季莘瑶只点了点头，没有插言，直到下了飞机后，她趁机在一间连夜搭的帐篷外拉住一个没有受伤的中年女人："请问，顾总，顾南希去了哪里？你们知道吗？"

"不知道……"

周围的人们，哭的哭，绝望的绝望，没有表情的没有表情，都各自忙着各自的事，救着自家的人，一群人呼喊着哪个下边还有人，求人帮忙救出来，季莘瑶心下不忍，忙陪着大家一起去搬着那些房屋碎砖，没一会儿手上就磨破了皮，直到最后手心出了血，终于及时救出一个被埋得浅一些的人，她就忙转身跟着省领导去了重震灾区

243

的核心地。

"怎么样了？顾总还没有消息？"那些省领导与几个人交谈完后，急切地问了一句。

他们怕顾老爷子找麻烦，毕竟顾家在国内权大势大。

其他人面面相觑，都露出忧色："还没有消息，电话实在无法打通。"

"派直升飞机找了吗？"

"昨晚就派了，但目前还是没有找到人，昨天下午顾总赶到这里后，直接和救援队一起救人，深入了灾区，后来大家都在忙，当时被埋的人太多，大家路过，都会回头伸一把手，后来就不知道顾总去了哪里了，我听前边有一拨部队的人说，昨天最后看见顾总，是在前边震源中心的上水村，那边现在太惨了，除了飞机，没有车能进去，而且那里现在也没人敢过去，雨太大，余震不断，那边还有断崖，很有可能会遇到泥石流滑坡，就算是要救人，现在暂时的这些最快赶到的部分救援队也只能在这边救人，去那边就是冒着所有救援队的人的生命危险，到时候损失会更惨重！"

"顾总先和一拨救援队的人去了上水村？"

"是！昨天下午，最后看见顾总的人，就是从上水村出来的！那边现在所有的房子都塌了！根本没有落脚的地方，太惨了！"

雨下得太大，将地上的血都冲散了，省领导严肃地指挥着众人继续救援，又多派了两架直升飞机去上水村救人，且一定要把顾总找到！

等省领导说完话，回头想叫个记者将这边的情况记录一下时，虽然旁边有其他记者，但毕竟季莘瑶是从省里跟着他们一起过来，刚一转身却忽然发现季莘瑶不见了，省领导一愣："季小姐人呢？"

"她去那边了！她去直升飞机那里做什么？"

而人群散乱，实在管不了太多，没人去阻拦，季莘瑶在正要前往上水村的直升飞机起飞前，拿着记者证登上飞机，不过飞机上的几个人还是不太同意她跟着一起去，最后她实在没有办法，从手机里调出自己孩子的照片给他们看："我是顾南希的妻子！这是我们的孩子！你们看，孩子很像我和他！我是他的妻子，他有危险！我一定要过去！求求你们！"

因为时间紧急，飞机上的人员只犹豫了一会儿，再又考虑到她是记者，便没再拒绝。

上水村离这里不远，直升飞机不到十分钟就抵达，只是无法经过车辆，这边因为是村镇，交通并不发达，唯一的路径也已经断裂，直升飞机在上边盘旋不定，直到前边有处较大的平地，才降落。

飞机刚一降落，季莘瑶便急忙冲了出去。

"季小姐！你不能独自行动！太危险！这里危房太多！"

季莘瑶抬眼看向不停下雨的天空："我把我的丈夫弄丢了，我想去把他找回来……"

"可是现在很可能会发生山体滑坡,太危险了!"

"麻烦你借我一支手电筒!"季莘瑶回头,向他们借了一些工具,没有冲动地擅自离开,而是先和他们一起救人,时不时看看周围,寻找着顾南希的身影。

雨,下个不停。

上水村中在地震中存活的人们冒着雨行色匆匆地奔走在一片废墟中,人们或想办法逃命或在废墟中与邻居友人陌生人一起救着废墟下存活的人。

直升飞机降落后,飞机上的人送了少量赈灾物资过来,跟随飞机而来的有其中一位省领导和一位县领导,分别拿着喇叭举着伞站在废墟中安慰奔走流泪的人们,说明天一定会有更多赈灾物资到达。

季莘瑶随着人们忙活了许久,转头望向不远处的高山,再又看看四周,拉过每一个行色匆匆的人,问询之前到这里救灾的顾总在哪里,大部分人都茫然地看着她,摇头。

最后她终于在一个三十几岁的胳膊被砸伤的男人那里听到:"顾总?啊,他昨天天黑之前和救援队一起来了,我当时胳膊被砸伤,一条胳膊被压在下边没法拿出来,现在那些挖掘机还没办法到,还是顾总和救援队的人亲手把我救出来的,不然我这条胳膊可就真的废了!"

"那你知不知道他后来去了哪里?去了哪边?"

"好像……之前在山下有几户人家的人被砸死了,顾总听说后,直接先去了那边,后来我忙着和亲戚邻居一起救人,没注意到他去了哪边!"

"谢谢!"季莘瑶转身便走向山下,在一片废墟上寻找那道熟悉的身影。

"请问,你有没有看见顾总?"

"你好,麻烦问一下,有没有看见顾总?就是昨天下午就赶过来救灾的顾总!他是在这片区域建筑基地的负责人。"

"请问……"

一路询问,一路寻找,在山脚下望着模糊的雨色,她再回头,才注意到顺着山脚下的一小条山路,上边似乎还有一个小村子,她疑惑地问了旁边的人,上边村子的人怎么样,听说那村子的人暂时还安全,只有少量的伤亡时,便忙赶了过去。

既然有伤亡,顾南希一定是赶了过去!

只是这条小路不宽,顺着山路走,再往上走几步,就能看见旁边高低不均的矮崖,在一片绿色的树丛中根本看不见旁边这些绿色的植物下边究竟有没有路可走。

她只能随着几个救援队的人贴着小路的一侧走,走到一半就看见几个昨天就到了这里的救援人员。

才知道他们居然一直在找顾南希。

"顾总昨天赶到这里后,就一刻没停地和大家一起救援,后来在几个危房旁边救人的时候被砸伤,肩膀上都是血,却只是草草包扎了一下就和我们上了山,后来大家都因为救人没注意,不知道顾总去了哪边,只记得后来顾总说是分头行动,

第十七章 寻找

毕竟我们最先来的这些人不多，只能先分头行动，后来顾总下去了，我们就没再看见他，不知道他是不是摔伤了，或者是怎么样！这山路也太滑了！现在还下着雨！还不停地有余震，实在是不安全！"

"直升飞机呢！直升飞机能找到吗？"

"我们之前就来了一架，这一整晚直升飞机一边救人一边在找顾总，却还是搜寻无果！"

季莘瑶心下着急，知道顾南希被砸伤后就急上加急，随同他们到了上边的村子后，因为这边状况太乱，山路太滑她实在帮不上忙，便转身向下走，顺着之前的路，她一边走一边朝着山路旁边在树丛下隐藏的矮崖喊着："南希！南希！"

这山下的矮崖高低不平，刚刚就听上水村的人说这里最低也有十几米，最高的有七八十米，人要是从这边摔下去基本就没救了！

现在众人都在忙着救援那些能救出来的人，这边根本没办法过来，季莘瑶心焦地不停地喊："南希！南希！"

来来回回顺着这条湿滑的山路走了不知道究竟多久，直到雷声渐消，雨越来越小，她的嗓子也喊到嘶哑，下午，眼见天色又要黑了，一整天在这里搜寻无果，她难受得忙要回去找人，这边必须多派些飞机过来，只是几架救人根本不够，何况顾南希再重要，他们也已经抽不出人员来了！

就在她转身走到山路中间，要上去找那批救援队时，随着一阵剧烈的余震，脚下突然一滑，山上同时传来一阵恐怖的轰响，她整个人便顺着旁边看不见路的树丛跌了下去："啊——"

疼痛随着绝望的心情，身体从空当的树丛里重重跌落，她不知道这下边究竟有多深，只是在以为自己很可能就要摔死的时候，忽然趁机睁开眼睛，见自己的身体是顺着崖边翻滚下来，还有些缓冲，便突然抬起手抓住一条树干，却是刚抓住，借了些其他缓冲的速度，树干便应声而裂。

中途再也没有可抓的东西，她低叫着整个人就这样继续摔了下去。

耳边依旧是一阵轰鸣声，随着心里的恐惧和绝望，不知道究竟滚了多久，才终于滚到底，那时她整个人已经完全没有力气，脸上都是被树丛和树枝刮伤的血痕，身上皆是被锐利的石子划出的伤，栽倒在湿冷的树丛里，过了不知道多久，她才勉强攒足力气睁开眼，又费了很大的力气撑着坐起身体，转头看看四周，见这下边是山边矮崖下的一处类似深度凹陷的空洞，下边虽仍有一片绿色，但天色本来就已经快黑了，这里还不知道究竟有多深，刚刚幸好她是顺着不是最陡峭的地方滚落下来，这要是摔下来，不死估计也去了半条命了！

她强撑着站起来，却觉得腿上一阵剧痛，浑身没有一处完好的地方，摸了摸身上，贴身的包还挂在身上，还没有丢，她忙拿出手机，翻了翻想要求救，却一点信号都没有，她没办法，先将手机收起来，拿出之前借来的防雨手电筒，对这空无一人的地方有些恐惧，四周黑漆漆的，她只是一个生活在和平社会的女人，没有在大自然历练过，更对这些树丛有着隐隐的恐惧，不知道哪里会不会随时冲出一个野兽或者能吃人的动物，再或者是毒蛇什么的……

脚下很滑，她一瘸一拐地举着手电筒，想要寻找出路，更又在心里隐约有着一种强烈的感觉，也许顾南希也会在余震和雨未停的时候跌了下来，才一晚上，他摔伤在哪里肯定还没有人发现！

走着走着，感觉这里似乎走不出去，只能沿着山底，借着上边树丛的缝隙中勉强透下来的空气呼吸。

再又向前走了几步，几乎是这凹陷的矮崖底的深处，她刚走过去，便隐约看见前边似乎躺着一个人，不知道是活人还是死人，她只是脚下一顿，眯起眼，心下产生一种恐惧……

但这一整天在震区救人，对死人虽有恐惧但已好了一些，她忍着心下的惧怕和想要向后退开去另走一边的打算，眯起眼，将电筒照向那边，仔细照了照，那人身上的衣服颜色在手电筒强烈的白光下看不太清楚，但隐约看得出来是一件衬衫，再又向上照去，直到看见顾南希的脸时，她脸色一变："南希！"

瞬间她也顾不上自己，一瘸一拐地冲了过去，俯下身仔细照着他，再又蹲下来，伸手触了一下他的身体，见他身体冷冰冰的不似过去的温暖，如果他真的是昨天晚上之前就摔下来，难道就摔在这边，这里足有四十几米的高度，如果他中途没有缓冲的东西，几乎也就没命了！

"南希！南希！你醒醒！"她心下狠狠一痛，忙将手电筒放在旁边的能照到他们的位置，双手伸过去抱过他的头，他双眼紧闭，仿佛听不见她的声音，她的眼泪瞬间就落了下来，扶起他的身体，才见他肩上的一片血迹，还有他腿边，他的腿似乎是摔得很严重，头部脖子边还能看见血，她的手颤抖地抬起来，碰了碰她的头后面，果然摸到他头后受伤的地方，似乎是摔下来的时候经过了哪个石块，直接摔在了上面。

"南希！南希！"她低下头，紧紧抱着他，用力搂着他冰凉的身体，一手搂着他，一手转到他的脸上擦去他脸上的血迹和之前落下来的雨水，恐惧包围着她，但此刻所有的恐惧都抵不过怀里昏迷不醒的他，她一边擦着他的脸，一边按着他鼻下人中希望他能有点反应："南希！快醒醒！快醒醒！不能睡！这里不能睡！南希！"

就在她心慌地一边按着他的人中，一边检查他的身体各处血迹，再又瞥见他手边的一支手机时，她目光顿了顿。

昨天天黑时的那通来自Z市的信号中断的电话……

他是以为自己快死了，趁着老天有眼，趁着忽然有信号的时候给她打的电话吗？她的手机号始终没有变过，而他因为在Z市工作，必然会换这边的工作卡，所以……那个号码是他吗……

她当时怎么就不知道他已经处在这么危险的地方，她当时怎么就没想到这通电话也许可以及时救他出来，她怎么就没有提前问过他现在的电话号码，她怎么可以这样……

"南希……"季莘瑶哭着，双手颤抖着抱紧了他："你醒醒好不好，你不要睡，

第十七章 寻找

你不能扔下我和孩子！绪然和悠然还在等着你，琴姐每次去看孩子的时候都会偷偷教他们叫爸爸，他们已经会叫爸爸了，你醒醒！你醒过来，我不恨了，我什么都不要了！就算一辈子不回顾家，我也不会不要你了，好不好？你醒过来，我只要你和孩子，我只要你和孩子！你醒醒……我求求你，你不能就这样睡过去！你不能有事！南希！南希！"

眼泪一滴一滴落在他的脸上，比雨水温热，可他却依旧没有什么反应，只是安静地躺在她的怀里，季莘瑶从来没有以保护者的姿态这样抱过他，她此刻除了哭着叫着他的名字想办法让他醒来，没有其他办法，这里完全与外边的联络中断，就算她这里有手电筒，但这样一直放着光，也不能维持多久的电量，她一边抱着他，时不时按他的人中，时不时拍着他的脸，手捂着他脑后的伤，心痛地不停地呼唤：

"南希！南希……醒醒……醒醒啊……"

她难受地低下头，看着他的脸，贴上他的嘴唇，想了想，便张开口狠下心用力咬住他的嘴，双眼在近在咫尺的距离下，盯着他安静闭合着的眼，见他还没有反应，她心痛得几乎无法呼吸，抬起头，小心地擦了擦他的嘴，她不舍得咬出血，但他这完全没有反应……

她忙又在他冰凉的唇边吻了吻，嘴里不停地说着："对不起……对不起……对不起……"

再又抬起他的手，一边按着他的人中，一边低下头对着他的手臂用力地咬，手臂没有嘴唇那么脆弱，她下了狠心，不把他咬醒不罢休，即便渐渐嘴里尝到血腥的味道，仍是继续咬。

直到，被她紧紧抱在怀里的身体隐隐有了点动静，顾南希苍白的脸色显得更白了几分，他眉宇渐渐皱了一下。

"南希！"莘瑶放开他的胳膊，忙抱住他的头，不停地在他耳边唤着："南希！快醒醒！南希！南希！"

不知道是她之前咬得太狠终于把他痛到恢复了些意识，还是她在耳边的呼唤起了作用，终于，他紧闭的双眼动了动，渐渐睁开一条小缝，直到最后睁开了一小半，眉心紧皱，似在一片恍惚中看着她。

"南希！你醒了！"季莘瑶激动得破涕为笑，紧张地用力抱着他："你终于醒了！"

过了好半天，他似是才勉强说得出来话，却只是张了张嘴，虚弱地看着她："莘瑶？"

季莘瑶用力地点头，一边点头，眼泪一边不停地落在他的脖子里："是我，是我，我是莘瑶！南希，你别睡，我们都掉下来了，你要是睡过去，就真的醒不过来了！别丢下我！"

他皱了皱眉，缓缓抬起手，抚上额头，再又侧过头看了一眼旁边的手电筒，之后看着她："你怎么会在这里？"

季莘瑶激动得眼泪流个不停，这一年来她从来没有这样哭过，她一直强忍着所有的情绪所有的思念，只在这一瞬间顷刻爆发，她不管不顾地紧抱着他，嘴里不停地念叨着："南希，我想你了，我来找你……你别生我的气，别推开我好不好……"

他却是严肃地皱着眉，以微弱的力气轻轻推开她，看着她满是泪水的脸："我问你怎么会来这里？"

"我……"季莘瑶泪眼模糊地看着他，见他神情严肃，愣了一下，嘴里不由得嗫嚅了一下，才轻声说："我来找你……"

"胡闹！这里是震区！你来这里干什么？"

"我……我来找你……"见他伤成这样，却完全对自己没有好态度，季莘瑶心下一抽，之前本来就已经摔得没有什么力气，这会儿见他醒了，力气也渐渐消散，被他这样一说，更是跪坐在他旁边，抱着他的身体，不敢放开。

顾南希闭上眼，深呼吸了两下，才勉强要撑起身体，她忙扶着他："你小心点，你从上边跌下来，摔得太深了，腿和头后边都摔伤了！一定要马上看医生！我……我想办法，我们一定能出去！南希……"

他坐起身，却是无力地靠在旁边的山壁上，闭着眼，完全不理会她的话，莘瑶见他醒了，便也不敢继续浪费手电筒的电量，转身将手电筒拿起来，变成最微弱的光，用少量的电，给他们两人目前所存在的地方提供一点光亮。

"你就这么过来，也不怕有危险？要是真出个什么事，你让孩子从小就失去妈妈？季莘瑶，离婚之前你绝食我可以理解你是情势所逼，我可以离婚，现在你这是干什么？明知道Z市地震严重余震不断，这里很可能马上发生泥石流，你跑来这里干什么？你不要命了？你也不管孩子了？你到底在想什么！"

说完，他便突然咳了一声，之后目光严厉地看着她，明显是很生气。

季莘瑶被说得顶不了一句嘴，只是沉默地跪坐在他旁边，见他态度严肃，似乎连碰都不想让她碰一下，她咬着唇，缓缓垂下眼："我们都不会有事，绪然和悠然不会失去爸爸妈妈……都不会失去……"

"你！咳咳……"他正要说什么，却是突然又剧烈地咳嗽了两声，莘瑶忙伸手去扶他，结果他却是挥开他的手，转开头去用力咳嗽。

直到莘瑶看见他嘴里竟然咳出了血，她惊呼："你是不是摔伤了内脏！"

他闭目靠在那里休息，半天一句话不说，莘瑶不知道他此刻心里在想什么，只是看着他，忍不住伸出手不顾他的拒绝用力抱住他："南希……你和孩子是我这一辈子都不能或缺的，少了谁我都不会好过，你如果明白我，就会知道我那时候闹着要离婚只是因为实在无法面对，我不想折磨自己也不想继续折磨你，我想也许我们分开后会更好，至少你不用每天因为我的情绪而提心吊胆！这一年来我都已经麻木了，我过着没有你的生活，用我们的孩子将我的生活填充得满满的，才能让我不会在夜半醒来的时候疯狂地想你，对不起……对不起……我不该推开你，如果我知道你来Z市有一天会遇见地震，如果我知道有一天你会摔在这里差点丧命，我就算再难过也不会推开你，不会让你离开……"

第十七章 寻找

"对不起，南希，别推开我，别离开我，对不起！我们一定能活着出去！绪然和悠然在等着我们回去，他们等着见爸爸……你一定不要有事，好不好？"季莘瑶哭到不能自制："南希，季莘瑶和你一样都是人，这世上有太多会让我们害怕的事情，我从G市赶过来的时候，不知道你伤成这样，我只是知道这边地震了，只是想这种时候能在你身边，哪怕你没有事情，我在旁边跟着记者群远远地看着你忙碌就好，让我在这种时候和你并肩在一起……我没想扔下孩子们……只是，之前我知道你已经失踪了一整晚，所以我才……这样着急地找你，如果我没有摔下来，我根本找不到你！你别生气，我求求你，别这样……我们都活着出去，一起回去好不好……"

她用力抱着他："你说过我是一头刺猬，从小被伤害的次数太多，所以学会了用刺来保护自己，我会刺伤所有靠近我在我身边的人，我知道我伤了你，我知道……我那时候只是完全走不出心里的阴影，说真的，我到现在也没有走出来，死的毕竟是我的妈妈……可是，生离和死别相比，我宁可都不要了……南希……等我们出去后，我们一起回家好不好？我们回家……只要你活着……我只要你活着……"

她不停地说不停地说，只是拼命地抱着他，不肯让他再推开自己。

而他却是许久不说话，在她将脸贴在他没有受伤的肩上，眼泪不停地落在他的脖颈里时，她才隐约听见耳边一声轻轻的叹息。

她缓缓放开他，想要看看他的表情，却是刚要松开手，便突然背上一紧，身体被他单手纳入怀里，他的吻顺着她被雨淋湿的发际一点点向下，落在她的眉边，之后只是抱着她，低低地哑声说："傻瓜……一边是妈妈，一边是丈夫，你当初陷入两难我怎么会不理解，我只是想一天一天地等下去，等到你放下，可你那时逼我离婚的方式用得太狠太绝，你的态度太决绝，我只好放手，我总不能逼着你用更狠的方式来伤害自己，我知道，你那时候只是怕了……"

莘瑶用力抱着他，哽咽着说不出话，只是将脸埋在他的肩头，贪婪地呼吸着他身上的味道，虽然带着浓浓的血腥味，但她知道，他就在她身边，即便周围是黑漆漆的树丛，她也不再怕了……

他的声音低弱，说到最后，也只是轻轻抱着她，安慰地说："我们要想办法离开这里……"

"嗯。"她在他怀里乖乖点头。

他轻叹："乖，别怕……"

而他的声音越来越虚弱，莘瑶抬起头，却见他的目光有些涣散，却仍坚持看着自己，她心下一慌，忙抬手抚上他头后的伤："南希，你怎么样？"

他撑着一丝力气笑了笑，目光带着些许安慰，用低到几乎听不清的声音说："我没事……这下边太冷，你坐过来一点，别感冒。"

莘瑶坐到他身边，与他紧紧相依偎着，将手电筒拿过来，对着四周照了照："你现在伤得太严重了，南希，我得去找找出路。"

"这下边没有路，山壁太滑，很难出去。"顾南希又咳了一声，嘴边的血迹渐渐多了起来。

莘瑶看着心焦,他从这么高的地方摔下来,不知道究竟摔伤了哪里,但现在不是哭的时候,她看看天色已经很黑,但雨又渐渐大了起来,看看周围的树丛和脚下的地面:"再这样下雨,就算是还没有发生泥石流,咱们两个也会先被淹了!"

说着,她从包里翻出自己的手机,手机还有一半的电,再又将地上顾南希的那支手机拿了起来,将两个手机放在一起看,希望能看见哪怕一丝信号,能让她发一条信息出去报警通知也好,可是就这样看了许久,两个都只剩一半电量的手机都没有一丝信号。

她黯然地放下手机,将电筒的光又转了回来,照向顾南希,见他面色苍白,一言不发地靠在山壁旁,半闭着眼睛不知道在想什么。

她看了他一会儿,见他没有动,忙伸手去拉他的手臂:"南希!南希!"

她忙蹲在他身边,一脸惊慌地看着他:"南希,千万不要睡!"

顾南希半闭着的眼睛渐渐睁开了些,看了看她,反手轻轻握住她的手,他的手冰凉,不复以往的温暖,却仍能叫她安心。

"天灾人祸,都是不可控制的事,无论之后会发生什么,莘瑶,一定要好好活下去,为了孩子,也为了我,嗯?"他的声音轻轻的,低沉而沙哑,略微涣散的目光渐渐重新聚焦,微笑而温柔地看着她。

季莘瑶用力摇头,什么都不说,只是伸手用力抱住他:"我们一定会活着出去!"

尽管她知道,就算是等到有人真的来救,在这种情况下,顾南希的身体冰凉,也不知道究竟摔伤得有多严重,就他轻轻咳嗽都能咳出血,就他肩上腿上四肢上的血,就他头部的那块仍隐约有血迹沾到她身上的伤,也能让她明白,如果再不尽快离开这个地方让他接受医治,再这样熬下去,一个小时,两个小时,他的生命只会渐渐流失……

顾南希并不反驳,只是轻轻地拍着她的肩,轻浅的呼吸喷拂在她耳边。

整个树丛中安静极了,黑暗中只有点点微弱的手电筒的光芒照耀在他们身上,雨很大,透过繁茂的枝叶落下,让人倍觉寒冷却又十分地清醒,也许是这冰凉的雨下得不停,顾南希没再闭上眼睛,只是坚持着揽着她,两人皆一句话不说,沉默地在这下边相拥。

不知过了多久,季莘瑶忽然从他怀里抬起头,看着他苍白的毫无血色的脸,抬起手摸上他同样毫无血色的嘴唇:"南希,你感觉怎么样?现在雨不停,我不敢太浪费手电筒和手机的光,等到雨停下来后,我就用手机的电筒闪光和求救光对着上边一直照,到时候一定会有人发现的,你再坚持坚持,如果哪里不舒服就告诉我,你别忘了,我虽然不是医生,但是我好歹在诊所打过工,有一些小伤什么的,我都可以试着处理……"

在说到小伤时,季莘瑶的目光一黯,低头盯着他腿上的伤和肩上的伤,再又看着他苍白的脸,声音里却依旧充满坚定。

第十七章 寻找

顾南希笑笑，轻轻握着她的手："好，我哪里不舒服一定告诉你，你乖乖坐在这里休息，别一直盯着我，你不累吗？"

"不累。"

顾南希又是笑，笑着轻叹："听说女人一旦爱起来，都会变成天底下最笨的傻瓜，看来这话一点也不假。"

季莘瑶没有脸红，没有害羞，只是用力回握着他的手，认真地说："对，所有女人一旦爱起来，都是傻瓜，南希……"

他的目光静静地看着他，柔和，带着点点微笑，如果不是他的脸色苍白，如果不是他的目光时而涣散时而聚焦……

她努力地笑笑："我爱你……南希……我爱你……我爱你……"

顾南希望着她的目光添了许多温暖的东西，他缓缓抬起手，将她脸颊边因为被雨淋而湿湿地黏在皮肤上的头发轻轻拨至她耳后，手指在她脸上温柔地轻抚："这一年，过得幸福吗？"

季莘瑶眼泪落下："绪然和悠然让我很幸福，只是不能闲下来，一旦闲下来，就会想你想到发疯一样，吃不下饭，睡不好觉。"

他的手指勾勒着她脸颊的轮廓，低低地说："我还以为刺猬在扎伤别人之后，会毫无所觉，原来你自己也会痛。"

莘瑶鼻子狠狠地一酸，只是看着他："你不是说过吗，你把我的刺都拔光了，我的刺都在你那里，没有这些，我又该怎么再保护自己，顾南希，你早就已经把我这只习惯只依靠自己的流浪狗宠成了娇贵的小哈巴狗了，你会不会因为她咬了你一口，而将她弃之门外，再也不管她了……"

他笑了一下，一边笑一边咳嗽，季莘瑶忙抬手去扶着他，轻轻拍着他的背，见他嘴里又咳出了血，心下一阵揪痛："不行，我必须想办法，不能等了！"

她忽然放开他，起身便向上看，顾南希转头，抬手要拉住她，她却已经转身走到几米开外，来来回回地走着，找着枝叶不算太过繁茂的地方，希望能看见上边过路的救援队，但是雨下得太大，她抬起头，眼睛几乎睁不开，外边还伴随着阵阵雷声，她深呼吸了两口气，将手放在嘴边，大声地对着上边喊："有人吗？有人吗——"

"莘瑶，咳咳……"见她拼了命地朝着上边不停地喊，顾南希皱起眉，手伸向她的方向，却似乎怎样都无法起来，只好看着她，无奈道："别喊了，雨声太大，雷声也这么大，你这一晚上喊破了嗓子也没有人听得见，想叫人，也只能等雨停……"

"不行！总会有些人耳朵灵敏能听见的，这里距离上边只有四十几米！他们怎么可能听不见！你必须马上被救出去！"季莘瑶完全不理会顾南希眼中的心疼，只是双手圈在嘴边，朝着上边不停地喊："有人吗？我们摔下来了！顾总在这下边！"

"来人啊！有人吗……"

"我和顾南希在下边！快来人救我！救救我们！"

本来莘瑶昨夜就在Z市外的帐篷里一夜没睡，又跟着救援队忙了一整天，没怎么吃东西，自己也摔得不轻，这会儿力气根本没有多少，却还是拼了所有力气在喊着，只喊了十几分钟，嗓子就哑得几乎喊不出话来，却还是努力地朝着上边喊。

"莘瑶！"顾南希看不下去，强撑着扶着山壁要站起来，却是刚站起来一些，便因为腿摔伤得太严重，而险些扑倒。

莘瑶忙快步跑回来，扶住他，哑声道："南希！"

"别喊了！"他反握住她的手腕，借着她的搀扶，一点一点重新坐下去，低头看了一眼自己摔伤的腿，看来是骨折，却没说什么，只是握着她的手，轻声规劝："现在喊哑了嗓子，等到雨停后，真的有人路过，反倒没力气喊，听话。"

"可是你这样……"莘瑶心疼地看着他身上的伤，他刚刚完全站不起来的样子，她也看得出来应该是骨折了，不知道究竟有多严重，她哑着嗓子说："谁能想到你真的掉到这下边了，而且现在所有人大部分的心力都在救被地震砸在下边的存活的人那里，更是抽不出心神注意到这下边，南希，你不能再熬下去了！"

"听话，留点力气，你也知道现在你是唯一能喊来人救命的人，如果你都垮掉了，咱们就真的没什么太大希望了……"他轻轻拍着她的手，面色苍白虚弱，却是冷静地说。

莘瑶看着他嘴边的血迹，不说话，只是点头，抬起手擦去他嘴边的血："好，南希，我等雨停，等到上边路过的人能听见我的声音……我再喊……"

其实他说得没错，现在雨声这么大，雷电交加的，就算是平时正常的行人在这山路上走，都不一定能听见这下边的声音，何况现在这里救援队的人有一部分都是开着轰隆隆路过的小型车或者在高空以直升飞机的方式路过，所有人的注意力都在那些倒塌的房子那里，能注意到这里的人真的不多，她确实需要留着力气等到有最好的机会的时候喊……

顾南希没再说什么，他也没有力气说太多，只是始终握着她的手腕，莘瑶安静地坐在他身边，留着力气，想了想，忙从包里翻出半瓶矿泉水，和两袋饼干："南希，这是我在来的时候在包里放的，本来是想着在忙着救灾的时候，没时间吃东西，饿的时候就吃点饼干先充充饥，你从昨天一直到现在都没喝水没吃东西吧，来，吃点饼干。"

"你自己吃，我没事。"他轻轻转开头，又推了推她的手。

"我不饿！我昨天晚上吃了不少东西，今天也吃过了！"她违心地一边说一边将袋子打开，又怕饼干被雨淋到，便低下头，用半个身子挡住手里的饼干，将手里的饼干分成一点一点的小碎块，然后送到他嘴边："南希，你先吃一点，这里有两袋呢，咱们分着吃，隔一会儿吃两块，总能让咱们多撑两天，快，吃一点……"

顾南希皱了皱眉，似是不想吃，莘瑶红着眼睛看他，忽然想起自己当初为了逼他离婚，绝食的时候，他想方设法地让自己吃东西，他甚至那时候开口求自己。

这种心焦的感觉真的比被刀割着心还疼，她鼻子发酸地看着他："南希，你

第十七章　寻找

不能有事，吃一点，好不好？"

见她眼睛红红肿肿的，满眼的央求，顾南希闭了闭眼，轻叹，终于张开些嘴，将她弄得很小很小的饼干吃了进去，莘瑶笑着，忙递上水瓶："这是我昨天喝的矿泉水，比喝雨水好，来，喝一点……"

就这样，一直熬到了第二天的下午，雨依然下个不停，季莘瑶不敢睡，但人已经到了一种极端的疲惫的情况下，她靠在山壁边，转头看着顾南希，见他为了不让自己担心，始终在撑着，隐隐地将双眼睁开一丝缝隙，因为他每一次闭上眼睛，她都会在他旁边喊他，他不能睡，也不敢睡，两人一直依偎在一起，尽管寒冷，尽管不知道究竟能不能等到活着出去的时候，可好歹他在自己身边，一切的恐惧，绝望，都添了些许满足和温暖。

手电筒里的电量不知道还剩下多少，手机里的电量虽然没怎么使用，但也在渐渐随着待机状态而消耗，但她不敢关机，关机的话就错过所有忽然有信号的时候。

等到天黑，雨下得小一些，因为雨声雷声，她听不见上边有人走过的脚步声，只有车辆经过的时候山壁边发出的巨大响声，才能让她知道有车路过，这时候，她会连忙将手电筒朝上照去，希望有人能发现他们。

但还是没有人注意到这下边，这边的树木枝繁叶茂，大部分光都被挡住，开车路过的人视线也不会注意到这下边。

直到第三天晚上，季莘瑶实在是身心疲惫，不小心就靠在顾南希的肩头睡了过去，等她猛然从小睡中惊醒时，天已经完全黑了下来，她忙打开手电筒，却发现手电筒已经没电了，一点电都没有。

她心下焦急，忙拿着顾南希的手机，借着少量的一点点的屏幕的光芒看向旁边，却惊见这一整天只陪她说了一两句话的顾南希不知何时也闭上了眼睛，且身体冰凉得惊人。

"南希……"莘瑶用残存的力气，忙向旁边闪了一下要转过身去扶他，却在她刚一挪开身子的刹那，本来两个人的身体是靠在一起的，顾南希竟毫无知觉地渐渐倾倒。

"南希！南希！你醒醒！南希！"莘瑶忙去扶他，却见他脸色已经不再仅仅是苍白，他的嘴唇颜色渐渐变青，脸色是死一般的苍白，她轻颤着手，放到他鼻间，目光突然一变，接着又忙将手贴在他脖子边的动脉处，感觉还隐约有些动静，却是虚弱得很可能马上消失，她心下一凉，扶着他的手颤到不能自制。

"南希，不要睡……不要睡啊……"

可他却完全听不见，安静地被她扶着靠在山壁间，季莘瑶深呼吸了一下，一边不停地搓着他的手不想让他的身体持续变凉，一边抬头看着上边。

雨还是没有停，但是下得小了一些，她想了想，就算再不舍得用电，这雨也不知道究竟要几天才能下得完，一会儿下一会儿不下的，虽然没淹死他们，但再这样下去，他们就真的都活不成了。

她转手将顾南希的手机先关了机，保存一点电量，再又将自己还剩一小格电的手机拿了出来，找到手机里的手电筒的软件，现在科技发达，手机里大多数都有手电筒这项功能，且还有一闪一闪的求救闪光功能，她趁着天色全黑，雨下得小了些，便将手机举起来，将不停闪光的手机放到上边的一枝树杈上，将之前喝光了的透明的矿泉水瓶弄开一半，盖在手机上，免得被淋湿短路无法发光。

直到做完这一切，她已经完全不知道该继续怎么办了，如果这里能找到出路，他们早就找了，即便不愿听天由命，她也不得不这样听天由命了。

也许……

很多东西都是命中注定。

如果真的注定要这样死在一起，她倒也很满足，只是对绪然和悠然有太多的愧疚和不舍，可这种时候，容不得她再望洋兴叹，只能小心地抱住顾南希冰凉的身体，紧紧抱着他，用自己的体温包裹着他，低下头贴着他的脸，手不停地搓着他的手。

"南希……你放心，不到最后一刻，我不会放弃，你也不能放弃……我知道你伤得太重，我知道你已经为了我撑了很久，那就让我自私一点，你继续为了我，再多撑一撑，好不好……"

不知过了多久，在上边一直闪烁的手机的光芒也渐渐弱了下来，她抬眼，看向已经停下的雨，可手机的电量却一点点减弱，也许这样暗淡的光芒已经无法再让40米以上的人看见。

她安静地抱着顾南希，低下头，轻轻吻着他的脸，闭上眼，心下已是苍凉一片。

就在她终于坚持不住，渐渐停下一直搓着他手的动作，渐渐地就这样抱着他的身体，静静地垂下头的时候，上边的树枝不知被什么东西拨开，有人在上边举着喇叭朝下边喊："是不是有人在下边！"

仿佛是梦中的声音，季莘瑶突然惊醒，暮地抬起眼看向上边，手机仍在坚持着最后一分电量，以微弱的光在闪烁，好像终于有人看见了光。

她忙小心地将顾南希扶好让他靠在旁边，趔趄了一下站起身，用所有力气朝上边喊："是！有人！我和顾南希在下边！"

"顾总在这里！"上边的人惊道，忙吩咐人马上展开救援。

季莘瑶喊完这一句时，便长长地吐了一口气，转身蹲到顾南希身边道："南希！有人来救我们了！"

救援队的人利用了吊车和缆绳，顺便还有人将旁边的山路挖开了一些，以便有人能顺着渐缓的山坡走下来救人。

直到他们终于被救上去，几位省领导也已经闻讯赶到，一见顾南希深度昏迷呼吸全无，都惊得赶忙叫医护人员，莘瑶在后边无力地喊："他还有脉动！下边太冷了！他伤得太重！头后边的伤最严重！他不会死的！不会！"

季莘瑶脸上不少是之前摔下去时被树枝刮的伤，身上也有不少血迹，没人知道她究竟是靠着什么一直撑到现在，直到被救上来时，她还能趔趄地向前走，让他们先救顾南希。

之前乘直升飞机拉着她过来的人员对着几位省领导说了一下她的身份，当即

第十七章　寻找

255

有人惊愕地看着她，接着便吩咐人："快，把季小姐也送过去！顾总绝对不能出事！一定要保住人命！快！"

直升飞机将他们送往Z市市区的医院，虽然Z市是震区，但是市区有大部分地方只是少量地倒了几个不良建筑，其他建筑百分之八十没有大问题，医院里早已经忙成一片，伤者众多，他们被送过去时，因为身份特殊，被紧急送到了急救室。

季莘瑶自从离开G市后同样失踪了几天，顾南希失踪的消息也已经在新闻上播报，等季莘瑶在半昏迷中被打了针再又因为心慌而本能地醒来后，她赶到急救室的时候，才看见顾远衡跟何婕珍已经在外边守着。

一看见她过来，何婕珍便看向她："莘瑶……"

顾老爷子年纪越来越大，听说这一年来身体状况不太好，恐怕想过来看孙子也有心无力，但单看见顾远衡，让季莘瑶便只是一身狼狈地站在那里，没说什么，拉过一个医生："医生，怎么样了，顾南希怎么样了？他有没有事？他是不是不会死？他一定没事对不对？"

"目前情况非常不好，我们一定会全力救治，但也请伤者的家人们做好心理准备……"那是一位女医生，目光有些无奈，见季莘瑶整个人打过针后就来了，衣服没有换，身上也没有擦洗，一身的狼狈，让人看着也不忍。

季莘瑶顿时便无力地靠在墙边。

"她怎么会在这里？"顾远衡虽满脸担忧，但却仍是抽空回头看了她一眼，眼中带着狐疑，和一种深深的距离感。

"孩子。"何婕珍没理他，红着眼睛，走过来，伸手去扶住靠在墙边几乎站不住，渐渐向下滑倒的季莘瑶："你都这样了，还不去休息？你是不是和南希一起被困住了？你是赶来陪着南希一起救灾的是不是？好孩子，妈就知道你对南希狠不下心，妈知道你是个善良的孩子……"

季莘瑶转眼，静静地看着何婕珍眼中的泪，动了动嘴唇，却叫不出这声妈，只是沉默地看着她。

逼死她妈妈的人是顾远衡和顾占中，何婕珍没有错，她不会迁怒于她，只是真的不知道要说什么。

一如当初她坚持离婚，也并不是迁怒顾南希，只是别无选择罢了。

可直到今天，她真的什么都不求，只求顾南希能活下来……

可是当时那种情况，他的身体冰凉，呼吸全无，只有微弱的脉动，她现在真的已经没有心力去记着其他的事……

只是静静地看着何婕珍，许久，才张了张嘴，哑声说："南希不会死……"

何婕珍含着眼泪点头，伸出手，想要将瘦弱的她抱在怀里："不会死，南希不会死，好孩子，妈知道你心里的苦，现在，让妈抱抱你好不好，你是我儿子用生命爱着的人，妈现在见不到他，只能抱抱你，行吗……"

季莘瑶不动，只是看着她，何婕珍的双手对着她，眼中尽是慈母的眼泪。

"你的身上……有我儿子的味道……"何婕珍用很轻很轻的声音说："莘瑶，

让我抱一下，好吗……"

季莘瑶再也控制不住，向前扑在何婕珍的怀里，哑着嗓子哭了出来。

何婕珍紧紧抱着她，拍着她的背："妈知道，顾家对不起你，妈都知道了，这一年，你死活不肯见我们，妈都理解，我知道你心里的苦你心里的痛，妈也知道你其实并不舍，不然你也不会在南希这边一出事的时候就赶来，不然你也不会陪着他一直到今天，不然你也不会把自己搞成这个样子，妈理解你，但是孩子，季家是你的噩梦，单家你不愿意回，顾家……纵使对不起你，看在南希和孩子的分上，你可以不回顾家，但是，别再离开南希了好不好？老爷子年纪大了，他们那一代的人，在年轻的时候凭着点官权干了不少自私的事儿，但是妈不能说什么，这都是老一辈的事了，孩子，别因为这些折磨自己了，回来吧……"

季莘瑶哭到不能自制，只是用力回抱着何婕珍："南希不会死的……他不会死的……他是顾南希，他不会死……"

何婕珍转头，看向急救室门前的灯，目光沉痛，却是没说什么，只是抱着季莘瑶，轻轻地安慰地抱着她。

那边顾远衡很严肃地在问着几位医生里边的状况，知道顾南希的情况确实很危急，因为头部重创，几天来被雨水淋着，又在那么恶劣的环境，伤口全部感染，目前呼吸屡次中断，能活下来的概率只有百分之二十不到。

但医生都还在全力救治……

时间一分一秒地过去。

两个小时后，急救室里的人还没有出来，季莘瑶木然地坐在何婕珍的身边，始终只是双手交握地放在胸前，一句话都不说。

前边的电梯门开了，现出两个人的身影，修黎推着坐在轮椅上的石芳，赶了过来。

"莘瑶！"

"瑶瑶！"

两道声音传来，季莘瑶缓缓抬起眼，只见这几天在得知自己失踪的消息就赶来了Z市，在刚刚得知医院的消息后，就匆匆赶来的修黎和石芳朝这边走来。

她不发一语，只看了他们一眼，便继续闭上眼，双手紧紧交握。

"你有没有事？"修黎先快步走了过来，俯下身握住她的肩，眉心纠结地看着她憔悴的脸和她一身的狼狈："你怎么会被困下？怎么样？有没有受什么伤？脸上怎么这么多伤？被什么刮的？"

莘瑶没有动，只是抬起头，轻声问："孩子呢？"

修黎顿了顿，才道："你这边失踪，我们联系不上，就和石……我们两人就赶来了Z市，但是震区那边我们没法随便进入，孩子那边我打电话叫琴姐过去帮忙照顾两天，你放心，他们都一岁多了，只要能吃饭能喝水就比你安全，你到底受伤了没有？"

季莘瑶没有什么力气回答，只是听见孩子暂交给琴姐照顾，才放下心。

忽然，旁边的顾远衡站起身，一脸诧异地盯着那边坐在轮椅上正满脸担心地看向季莘瑶的石芳。

顾远衡的举动惹得众人都移过去了目光，而何婕珍更是盯着石芳，不知道在想什么。

季莘瑶心下一僵，石芳是修黎的妈妈，对于何婕珍来说，更是……

而顾远衡的眼神却并不像是这么简单，修黎同时皱起眉，似是没想到顾家人这时候也已经赶到了。

莘瑶正要开口，试着缓解一下局面，而顾远衡出口的称呼却是让她整个人愣在当场。

"你不是石芳！你是单晓欧！"

一刹那，一心只想看看莘瑶状况的"石芳"猛然转过头，面无表情地看着顾远衡。

季莘瑶赫然转过眼，看向冷静得有些可怕的"石芳"。

而"石芳"没有解释，只是淡淡地看着他："石芳又如何，单晓欧又如何？总归是被你逼死了一个，另一个，不过是替她活着的代替品，有什么好惊讶？"

她的这句话，是全然地默认。

季莘瑶整颗早已经揪在一起的心，只在片刻间便被冻成了冰块，脸色僵白地看着眼前的"石芳"。

何婕珍亦是皱起眉道："我说她看起来怎么和我当年见过两次面的石芳有些不同，最不像的就是眼神，原来不是一个人，这到底是怎么回事？"

莘瑶的目光从"石芳"身上转开，看看沉默不语却像是了然一切的修黎，再又看看满脸疑惑又像是明白了什么的何婕珍，之后再又转眸看看面色冰冷满是愤怒的顾远衡。

"她是单晓欧？"她是用几乎让人听不清的哑声问了出来，尽管她在努力压抑着自己，让自己平静，但颤抖的声音还是泄露了她此刻的情绪。

"怪不得当初在美国的疗养院，每每我正要看你时，你都摔东西砸东西地让我无法靠近，原来是不能让我看见你的脸！"顾远衡不可置信地瞪着她："当年死的不是你？那究竟是谁？"

"石芳"冷冷一笑："两个被你们顾家逼到绝路的女人，一个疯，一个死，既然最后变成了我疯，当然就是她死。"

"你……"顾远衡气极："你居然骗了所有人这么多年！"

"没错，本来死的就该是我，我在之前的一年托美国朋友的关系，背着顾占中的眼线，到疗养院去看小芳，她是真的被你们逼到半疯，但她时而还有些清醒，她在里边生不如死，她想自杀，我阻拦着不让她就这样死，但她的心理承受能力和我比起来，真是差了太多，她本来就是一个没有多少心机的善良单纯的女人，被你骗了身心，最后生下的儿子就这样失踪，她恨，她怨最后被逼疯！她想看儿子，而我和小芳有些地方很相像，我告诉她，她的儿子被我收养，生活得很好，她说她要去看看自己的儿子，我就暂时装作她，放她出去，可笑的是，她的离开，却救了

258

我一命，据我所知，那一年里，季家顾家都在逼着她交出季秋杭当年给我的那条项链，小芳知道那条项链是你们的罪证，她和我一样恨你们，当然不会交出来，她在Y市陪了自己的儿子几个月，最后替我死了一遭，而我，被关在美国二十几年，生不如死！"

"怎么？我不能恨吗？修黎是小芳的孩子，莘瑶是我的女儿！我在疗养院里连尿都喝得下去，我还怕什么？只要我能活下来，只要我还能活着离开那个鬼地方，我就要报仇！替自己，替小芳，替我们的儿女报仇！但我没想到，我的女儿竟然嫁到了你们顾家！我恨，我怨，我不想伤害自己的女儿，但我更看不下去你们一家人那虚伪的嘴脸！"

"事到如今，我也不怕告诉你们，这么久以来发生的很多事情，都是我一手策划的！季秋杭那个负心汉已经进去了，何漫妮那个丧心病狂的女人也进去了，季家倒了！单家一辈子找不回自己的女儿和外孙女，一辈子得不到我们的原谅！而你们顾家，该遭报应的时候到了！"

"你竟然是单晓欧……"何婕珍站起身，不敢置信地看着她。

单晓欧冷笑："知道那个温晴是怎么被轮奸的吗？老天从来都不长眼，它当然不会替我的女儿报复那个小贱人！如果不是我在暗中派了人把那个温晴毁了，我又怎么会甘心她当初那么伤害我的女儿？季程程进去了，我没法动她，温晴只好做个替死鬼了"

"够了！"季莘瑶突然站起身，面色灰白地盯着冷笑个不停的单晓欧："你是单晓欧！你居然是单晓欧！"

单晓欧转过眼，目光顿了顿，张了张口："瑶瑶……"

季莘瑶恨恨地看着她："你竟然是我的……"

"莘瑶！"眼见季莘瑶呼吸紊乱，几乎站不稳，在她旁边的修黎忙扶住她："单阿姨虽然隐瞒你，但她怀了二十几年的仇恨，她怕你接受不了，她只是想替自己的好姐妹报仇，她只是想替我妈报仇！她不想伤害你，你别激动！"

"瑶瑶，我知道你也许从现在开始永远都不会原谅我，但是你不是我，你没有经历过二十几年前的那场动乱，你不知道一个活生生的人被逼疯，甚至于被逼死，那些绝路有多可怕！是，我是你妈妈，我还活着，可我已经死过一次！如果不是小芳当年阴差阳错地想要出去看看孩子，死的一样是我！只不过是我命大，我活了下来，我活着看到所有人遭报应的这一天！"

"今天，顾南希就是替他的父亲他的爷爷而遭了报应！他们两个老的活了一辈子没病没灾的，结果把所有的罪孽都加到了自己的子孙身上！我看他们还能笑多久！"

季莘瑶始终不说话，只是一直瞪着单晓欧，不停地说："你居然是……你居然……"

"莘瑶，别激动……"修黎按住她颤抖的身子："莘瑶！"

季莘瑶突然转过眼，死死地瞪着修黎："你早就知道是不是？你和她连手报

第十七章 寻找

复顾家，一起隐瞒我？"

修黎一时语塞，只是皱着眉，以只有她能听见的声音说："所以，我想毁了顾家……"

所以，当初祠堂的事，真的是他做的！

季莘瑶不停地深呼吸。

"瑶瑶……"单晓欧见她这样，忙自己转着轮椅过来。

季莘瑶忽然冷冷一笑，缓缓抬起手，指向急救室的门口："现在，你满意了？"

单晓欧看着她："瑶瑶，我只是……"

"现在躺在里边，生死未卜的，是疼我，爱我，保护我，将我二十几年从来没得到过的温暖和爱一并都给了我的顾南希！他是我的丈夫！是我孩子的爸爸！我怎么会这么傻，以为你真的是石芳！我怎么会这么傻，口口声声地警告你不要把我和修黎试图变成你复仇的工具，可我还是自己走了进去！我怎么就这么傻……"

季莘瑶无力地渐渐缓缓跪了下去，修黎要去扶她，何婕珍也忙要搀住她。

"你们都没错，你怀了二十几年的仇恨，你不甘愿，你恨，你没有错，顾南希也没错，他何其无辜……是啊，你们都没错……"季莘瑶哭着又笑着："错的是我……是我啊……"

"莘瑶，你别这样！"何婕珍心疼地扶住她，"这不是你该承受的事情，好孩子，振作点！"

单晓欧看着季莘瑶几乎要崩溃的表情，一句话不说，只是目光冰冷地看着顾远衡，再又看向急救室门前忽然暗下来的灯，眼神渐渐软了下来。

直到急救室的门打开，走出两个医生，何婕珍和顾远衡连忙走过去问医生怎么样了。

那医生说了两句话，季莘瑶被修黎扶着，却是终于面色白如死灰，眼泪一滴一滴地落下，苦苦地一笑，再又看着皱起眉的单晓欧，对着她苦苦地笑了一下，直到黑暗侵袭而来，她的身体失重地向下倒去。

"莘瑶！"

"瑶瑶——"

结局尾声

八个月后——

Y市，西郊墓园。

一捧白菊被轻轻放在墓碑前，季莘瑶一身黑衣，安静地站在墓碑前，看着碑上被重新改刻的名字。

站在她旁边的，是目色沉沉的修黎。

"石阿姨，我给您扫了这么多年的墓，到今年才知道，原来您才是石芳，修黎这二十几年也和我一起来看你，你一定很欣慰了吧，你在下边睡得好吗？人间这么多的纷乱，这么多的爱恨情仇，或许每个人都一身光鲜，却都没有你自在，你这一去了之，告别了所有的伤痛和仇恨，其实，真正爱一个人，是不愿意去真的恨他的吧？你选择替我妈妈死，是否是受不了在疗养院里日日想着的那个当初对着你浓情蜜意最后却翻脸不认人的男人？你不想恨，所以，宁愿一走了之……"

"我很抱歉，这些年，因为我妈妈的关系，让你的离去也不得安宁，现在，她终于肯放下了，季家被查抄，单和平知道了这些事情，赶回来替他这个几十年未见的女儿讨回公道，把季家的房子转到了单晓欧名下，她终于名正言顺地住进了季家，可是，却终究物是人非了……我始终没想到，一个在我的生命里，在我的认知里，已经去世了二十几年的人，现在会活生生地在我的面前……她是带着与你一样的仇恨，但她的性格比你强势了太多，也许……如果不是绪然和悠然已经学会了叫外婆，将她冷硬的心渐渐叫得软了，或许她还是走不出那场仇恨的阴影……"

"石阿姨，你说，绪然和悠然是不是上天送给我的两个可爱的小精灵？他们安慰了她二十几年冰冷夹着仇恨的心，他们让顾家放下身段前来商求单晓欧的宽恕，顾老爷子不久前也来看过您是不是？我听他们说过，顾家人来看过你，何婕珍也来了，你虽然走了，但终究还是被顾家人承认，何婕珍也对你的这个名分并不排斥，她是个善良的女人，你也是，只是不小心被命运捉弄，被男人欺骗，其实你也不想破坏别人的家庭，是不是？修黎已经这么大了，你很欣慰吧……"

离开墓园的时候，季莘瑶回到酒店，收拾了行李就要回G市。

修黎说："你不留下来多陪陪单晓欧？她一直等着你回来。"

第十七章 寻找

季莘瑶拉着行李的手微微一顿，回头，看着他："我每个月都会带着孩子过来看看她，但我的工作在 G 市，你也知道，我只能偶尔抽时间来看看她，她毕竟是我妈妈，无论如何，我也不会放任她住在季家的老宅里不管。"

"那你为什么不把她接回 G 市？顾南希已经……"修黎顿了顿："日暮里终究是你一个人带着孩子住，有她陪着你们，不是免去了很多孤独吗？"

莘瑶笑了笑："季家是她的心结，让她住在 Y 市对她对孩子都好，而且简老上个月不是听说了消息后，来看过她吗？"

莘瑶的话点到即止，修黎却是叹了口气："你还在等？每天这样撑着笑脸，不累吗？"

季莘瑶微笑："我和南希在上水村的山下被困时，还记得那时他在彻底昏睡之前对我说过的话。"

"他说，我们在结婚之初，我曾在他的办公桌下边，欠了他一件事，他说，要我好好活下去，开心地活下去，为了孩子，为了他……"季莘瑶停了停，之后轻笑着说："这不是在撑着笑脸，绪然和悠然一天天健康地长大，绪然越来越像南希，跟你这个叔叔也有很多相像的地方，你看，我多欣慰？"

"顾家始终在等你回去。"修黎叹了叹："你不在顾家，我对那里也没什么留恋，如果不是顾占中承认了我母亲，也许我对他仍有太多不满，你不回去，我实在不想回。"

季莘瑶看着他："修黎，你单位那个追你的小姑娘人挺不错的，你干吗总冷着人家啊？就看她那执着劲儿，能每天都把你烦到这种地步，也真是够有勇气的了。"

修黎面色一滞，顿时翻了个白眼："不提这个行吗？"

季莘瑶却是继续笑："那是一个没有顾南希的顾家，没有顾南希的顾家，我最多是带着孩子经常去看看他们，让绪然和悠然偶尔在顾宅住几天，我不想睡在那个空荡荡的卧室里……"

"日暮里不也一样空荡荡？"

"那不一样，那里只有我和南希两个人的回忆，就算空荡荡，也全都是他的气味，衣柜里都是他的衣服，当初离婚的时候他就没有拿走的那些衣服……家里都是他用过的，碰过的东西……"

修黎不再说什么，只是深深看着她："还要等吗？你明知道，他已经走了……"

季莘瑶低下头，看着手下的行李箱："我走了，飞机快赶不上了。"

转身离开酒店，初春的天气难得阳光明媚，她抬头望望天空，露出一丝笑。

回到 G 市的时候，正好一辆警车路过，季莘瑶转头望去，看见警车后边坐着的人，正透过后车窗望向自己。

竟然是安越泽。

那身影随着警车，匆匆而去。

旧爱如梦，旧爱成空。

苏小暖恋爱了，又失恋了，再又恋爱了，口口声声地说这个一定会变成她老公，看起来她这次的男朋友似乎真的挺靠谱。

林芊芊结婚了，新郎听说是个不错的中小型家装公司的老板，年收入二三十万，在 F 市那个地方好歹还算不错。

陆寒再婚了，听说新娘子是他手下今年的一批实习生中的一个小姑娘，比他小十岁，在这种社会，十岁也不算大太多，老少配只要能消除代沟，反而会很幸福。

只有她，离婚后，没有再婚，而顾南希已经又在她的生命中消失了八个多月。

当初顾南希能活下来的概率只有百分之二十，好在他最后坚持了过来，但因为头部重创长时间昏迷不醒，腿部骨折严重，以国内的医学手段无法得到最好的医治，他被送去了美国治疗。

到现在为止，已经八个月了。

无意中，她走过 G 市的一条街道，才突然注意到这边是他曾经和他第一次吃四川火锅的地方，那时候只来过一次，之后也没机会再来过，而这条本来很小街道的路标什么时候换成了一尊雕塑，曾经只有一个编号的街道名什么时候变成了远瑶路。

远瑶，瑶。

这是什么时候改的街道名字？

是顾南希在建筑旁边的商业街道时直接叫人重新命名的吗？是什么时候的事，她居然都不知道。

绪然和悠然快两岁了，现在把孩子送到幼儿园似乎过早，但她看见不少父母在孩子快两岁的时候就已经送去了幼儿园小班，虽然现在父母都希望孩子经过早一点的教育能早日成才，但是孩子不是父母实现梦想的工具，两岁未到，送去或许过早，季莘瑶坚持明年再送。

于是她每天下班回来的第一件事，就是陪着两个小淘气包在小区里跑跑跳跳，偶尔还会带他们去海边玩沙子堆城堡。

绪然玩着玩着，就跑到另一边和其他的小朋友堆，不要跟妹妹那个爱哭鬼捣蛋鬼一起玩，季莘瑶抱着满脸不甘心的小悠然，亲了亲她："悠然乖，哥哥是男孩子，不喜欢陪女孩子玩，但是长大后，他还是会疼你宠你的，不许和哥哥生气，知道吗？"

"妈妈，爸爸什么时候回来，爸爸会陪悠然玩吧？"小悠然抬起满是沙子的胖乎乎的小手，去捧住季莘瑶的脸。

季莘瑶温柔地笑笑，用自己也粘满了沙子的手去碰碰悠然的小脸，结果悠然觉得痒，嘻嘻地笑个不停地往她怀里躲着，莘瑶放下手，抱着她，认真地说："爸爸会回来的，一定会回来，悠然乖，再耐心地等一等，好不好？"

"妈妈，你买的好多漂亮好看的亲子装，一定要等爸爸回来才让我和哥哥穿吗？"小悠然虽然才两岁不到，但是说话的时候口齿已经很清楚，只不过有时候逻

辑有些乱,季莘瑶听了一会儿,才把她的意思罗列出一句完整的话。

"悠然要是想穿,下次度假妈妈就给你们穿,但是我们要留一套,等爸爸回来再一起穿,好不好?"

"好呀!等爸爸回来一起穿!"

……

201×年的六月底,这是第十一个月。

季莘瑶去台湾走访,出差回来,正打算先回公司把手里的新闻稿交上去。

在出租车再一次经过远瑶路的时候,她让司机停车,下了车后,她决定还是先去吃一顿火锅再回公司,免得回去后就开始忙起来顾不上吃饭。

一个人,花一个小时的时间,吃了火锅出来后,走到前边车流量很大的主干道打车,前方红灯亮了,一排的车流停下,季莘瑶站在路边,远远地望着路上的车辆。

直到绿灯亮起,她才又看向重新行驶的出租车,走在路边安全的地方,抬手拦车。

就在这时,她突然看见前边一辆深感眼熟的黑色路虎,在车流中缓缓启动,向着人行道的另一方向驶去。

这款路虎车在G市内常有人开,款型不是什么限量版,开这车的人很多,不是每一辆路虎都会让她驻足不前。

而这一刹那,她抬眼,看着那辆黑色路虎渐渐远去,却亦在它远去之前看清了那辆车的车牌号。

熟悉的车牌号震动着她的心,而车中的人因为远去,她看不清。

只是在那车刚刚开过的时候,她便注意到,坐在那辆路虎车驾驶位的人,一身白色的针织衫,依然干净利落的短发,着实气度不凡,卓尔清姿。

只是那车已渐行渐远,想再深看,却已归为模糊一片。

……

很多时候,我们常常在嘴里念叨着爱,深爱,很爱,非常爱,却有太多时候,往往不清楚爱情的真谛,而每一次所谓的铭心刻骨都不过是午夜梦回放不下的一场对于过去,对于某一个人的执念。

而这执念或真或假,或许只是一场放不下的迷惘,仅仅是得不到的东西,便成了世间绝无仅有的美好。

于是这场美好便在人的生命里生根发芽,直到长成心间的一棵砍不断的藤树……缠缠绕绕,藤藤蔓蔓……

终于,他还是回来了。

看来,他们终究还是比一般人有缘,否则怎会在偶然间便在这街头错过,季莘瑶望着已经远去的早已看不见影子的路虎,嘴角勾起一抹浅笑。

他没有回日暮里,没有找自己,当然她不相信这世界上真的有失忆这么一说,就算有,也绝不会次次中奖都落在她的身上。

也许感情真的那样现实,会随着时间而渐渐淡化,也许经过这一场生死危机,八个月的休养和康复期,他重新回到这个国家这个城市,却已经对这个两年前将他亲手推开的前妻没有丝毫的眷恋。

身边停下一辆出租车,季莘瑶只停顿了片刻,便坐进车里,抬眼望着两边的交错不断的车流,拿起电话,往家里打了一通。

家中现在有她新请的保姆,特别擅长照顾孩子,电话是保姆张姐接的:"喂?"

"张姐,绪然和悠然睡了没有?"季莘瑶拨弄着皮包上的拉链,嘴边染着一丝无奈的笑意,此时此刻,只想听听两个宝宝的声音,这能让她相信曾经的那些一往情深是真的存在过的。

尽管,它已经消失了。

"还没睡,绪然和悠然正举着小手要来抓电话呢,你听听!"张姐笑着在那边抱起孩子:"来,乖宝宝们,给妈妈说两句,妈妈出差回来了,晚上就能回来陪你们了哦!"

"妈妈……"

"妈妈!嘻嘻……"

两个小东西像是在互相拼着谁的声音更大,听了张姐的话,对着电话大叫,莘瑶听见了,顿时笑了一下:"我好几天没回来了,他们两个还每天都掐架吗?"

"绪然现在越来越会让着妹妹了,就是悠然整天酸酸的,爱跟他置气,我背着你给这两个小东西起了个外号,哥哥是甜宝,妹妹是酸贝,昨天悠然还把绪然的胳膊咬了一大口,可淘气了。"张姐笑着说。

季莘瑶对着电话笑,没一会儿便转头见公司到了,便说:"我到公司了,先把从台湾弄回来的稿子交上去,下午就回家!"

"好咧,你注意安全。"

挂了电话,莘瑶付了车钱,回到公司后,将稿子交上去,让人整理出来,之后便去开了个小会,公司半年前经过一次制度改革,各个部门之间分了几个大区,她现在是B区三个报道部的主编,现在比过去更忙碌,却又很充实。

直到忙到下午3点,她因为念着孩子,而匆匆地离开公司,走出公司大楼后,便要去路边打车,却是刚一走到路边,便注意到一辆黑色路虎停在那里。

她脚步一停,神色有些许的诧异,却没表露出来,只是瞪着那辆停在路边,与自己相距只有五米的路虎,车窗没有落下,她看不见里边的人,但却清清楚楚地看见了车牌号。

一种激动到难以言语的情绪将她包围,她长长地吐了一口气,也不知道是在期待着什么,只是瞪着那车窗,仿佛能透过车窗看见车里的人,瞪了许久,她愣是没敢向前走一步,生怕错过。

大概就这样看了近两分钟,那辆车才传来引擎发动的声音,接着以缓慢的速度从五米开外开过来,停在她面前。

她盯着紧闭的车窗,左看看,右看看,没有一丝能朝里边看去的缝隙,正急

第十七章 寻找

得要抬手去敲一下，结果眼前的车窗便缓缓落下。

露出顾南希的脸，浓黑的眉毛，深邃而温柔的眼睛，挺直的鼻梁，清俊卓尔亦带着独独属于他的温和，修长的手指搭在方向盘上，另一手臂曲起，手肘轻轻搁在车窗上，好看的眉宇微扬，就这样看着她："莘瑶，我回来了。"

季莘瑶怔怔地望着他的脸，等了十一个月，她这一年来根本不清楚自己要等多久，那时候顾南希头部重创，肩骨和腿骨都受了很重的伤，因为从高处摔下内脏受到轻微损伤，尽管国内很想全力治疗，但也怕医治不好，无奈只好将他送到国外，那时候大夫说，尽管是送到美国去医治，他能活下来，甚至康复如初的几率依旧只有百分之二十。

这一年来她虽然带孩子偶尔回顾家，但是顾家人从来没有提过顾南希的消息，她也不敢问，只是有些自欺欺人地在等。

终于，他现在就在她的面前，依旧云淡风轻地浅笑，他说，莘瑶，我回来了。

"南希……"季莘瑶终于忍不住哽咽了一下，伸出手就想摸摸他，他却是轻笑，推开车门走下车，在她还没反应过来的刹那便将她纳入怀里，紧紧抱住。

熟悉的温度，熟悉的味道，还带着因为长时间在医院休养而沾了满身的淡淡的却很好闻的药味与消毒水味，季莘瑶一句话都没有说，只在刹那间抬起手便紧紧抱住他的脊背，用和他一样的力度拥抱，头深深地埋在他的怀里，却不敢掉眼泪，只是睁着眼，一直睁着眼，任由眼泪在眼眶里打着转转。

现在是值得开心的时候，她不能哭，也不该哭。

"想我么？"他轻拍着她的背，俯首吻着她的发际，温柔，一如当初的深情不悔。

季莘瑶吸了吸鼻子，抬脸瞪他一眼，再又抬起手在他胸前拍了一下："废话！你明知故问！"

顾南希笑得一脸的意味深长，低下头来仔细看了看她的脸："这是什么脸色？谁给你委屈受了？我回来你不高兴？那我可走了啊。"

说着，他便要放开她转身。

"哎！走什么！"季莘瑶忙拉住他，却见他根本没有要走的意思，顺着她轻轻的力道便又将她重新抱在怀里，她抬眼看着他："你什么时候回来的？我怎么一点消息都没听说！回来也不去看看孩子，有你这么当爸爸的么……"

说着说着，她更是恼恨地瞪着他带笑的脸："你还笑！顾南希，你还笑！"

见她像是要发火，顾南希笑着将她搂住，安抚似的拍着她的肩："我今天上午才回来，爸开车去机场接机，所以顺便先回了顾宅。我事先打听过，知道你前几天到台湾出差，今天会回来，中午就开车从顾宅出来，本来想去机场接你，但又怕你这头小刺猬在机场哭得梨花带雨，想想还是来公司等你，就算你哭也只能回家哭给我看，只好顺着国道又回来了。"

怪不得那时候他在那条主干道上往回走，季莘瑶本来还有些悬着的心终于放下，她顿了顿，才说："你在我公司这儿等了多久？"

"没多久。"他笑笑，抬手，以温暖的指腹擦去她脸上终于滑下来的泪水："再哭下去，回头绪然和悠然还以为我怎么欺负你了，不理我这个爸爸怎么办？"

季莘瑶破涕为笑："不会！"说着，她便抬起双手，用力圈住他的脖子，踮起脚，以一辈子也不放手一般的力度抱着他，将脸贴在他的颈侧，却是什么话都再也说不出来。

她不说话，只是用力地抱着他的脖子，身体与他紧紧相贴，顾南希笑了笑，没说什么，他仿佛永远都能看穿她的心事，知道她此刻无声胜有声的喜悦和害怕只是一场梦的恐惧。

"在回家之前，抽出半个小时，陪我去办一件事。"他说。

"什么事？"季莘瑶坐进车里，转头看向他。

顾南希却是笑而不语，修长的手指握着方向盘，轻松地便掉转车头朝主干道而去，看他的动作和气色，该是真的已经完全康复，一点后遗症都没有。

他没答，莘瑶也没有多问，反正他也不能把她拐跑了，就算是拐跑，她也很乐意。

"你说你好歹是个特别有钱的人，怎么都两年了也没换个车？顾总，您老现在的生活有这么寒酸吗？"季莘瑶又瞥了他一眼，觉得他这一会儿安静得有些异常，便干脆没话找话地说。

顾南希淡淡地瞟了她一眼："怎么？在暗示我该连老婆也一起换了？"

季莘瑶脸色一滞，接着嘿嘿一笑，一脸别扭地抬起手摸了一把自己头后的马尾："我哪有。"

是啊，这世上有几个整天那么夸张的人，今天一辆车明天又是另一辆车，整个一暴发户一样，曾经她就说过，顾南希这样的人，身居高处却没有那些诟病，性格淡泊，又完全没有喜新厌旧的怪癖，这种人，才是真正的从容。

见她一脸不自在，俨然是对他重新找老婆这事儿很恼火，却硬憋着一张笑脸，顾南希失笑，将车加快了速度。

"这条路貌似有些眼熟……"快到地方的时候，季莘瑶转头看着车窗外。

顾南希侧头看了她一眼："想不起来？"

季莘瑶愣了愣，怎么会想不起来，只是无法确定他究竟是不是要带她去……那个地方……

而五分钟后，当黑色路虎停在G市民政局门前时，季莘瑶更是愣然，转头看看他："干吗，要复婚啊？"

她问得直接，一点浪漫感都没有，顾南希瞟她一眼："民政局还有十五分钟下班，季小姐，你下不下车？"

哪有这么跟人复婚的！

季莘瑶嘴角狠狠一抽，扭了一下头，看了看民政局，直接推开车门下了车，却斜眼看着他："第一次结婚是被逼无奈，第二次结婚你居然只问我下不下车，顾南希你太没诚心了！"

他却只是轻笑，牵过她的手，紧紧握住："十五分钟，你想我怎么表诚心？"

"比如什么爱啊，喜欢啊，一生一世啊，这种诺言虽然俗气了点，但也该是

第十七章 寻找

267

必须说的吧，好歹我今儿也算是……"

她话还没说完，两人刚走至民政局大门前，顾南希便突然放开她的手，单膝跪地，举起手中一枚戒指，温柔而认真地看着她："虽然现在求婚有些仓促，但你只有最多五分钟时间考虑，嗯？"

季莘瑶瞪着他，本来想说哪有这么逼着人答应的，要不要这么霸道专制，明显是看透了她的心思，嫁也得嫁，不嫁也得嫁！

但一看清他手中的戒指，她骤然抬起手，握住自己空荡荡的无名指，再又盯着他的戒指，一脸的诧异："这戒指怎么会在你手里？"

顾南希却是一脸高深莫测的微笑，并不解释。

她顿了顿："我还以为……戒指被我弄丢了……难道，我生下绪然和悠然的那天，你真的在我身边？那个人，是你？"

也许是疑问句，但她的目光里已带了一片了然，原来如此，原来……在她生下他们孩子的那一刻，他一直都用他的方式陪伴在她的身边。

她怔怔望着他手中的戒指，接着绽开一丝开心的笑，哪有那么多的命中注定，不过是有心人在身边罢了。

她吸了吸鼻子，大大方方地伸出手，含着眼泪大声说："顾南希，我嫁！我要婚礼！我要绪然和悠然做花童！我要全天下的人都知道季莘瑶是你的老婆，哪个女人都不能再跑来跟我抢！"

在这场婚礼里，她是第一次这样有底气且娇气十足地说话，却证明了他对她满满的爱，她已不再忐忑！

"好。"

顾南希笑，将戒指轻轻戴在她的手上，然后握住她的手，牵着她走进民政局。

……

一定是特别的缘分，

才可以一路走来变成了一家人。

他多爱你几分，

你多还他几分，

找幸福的可能。

从此不再是一个人，

要处处时时想着念着z的都是我们，

你付出了几分，

爱就圆满了几分……

……

番　外

　　从民政局出来的时候，季莘瑶还有点不敢相信，才不过半个小时的时间，眨眼顾南希便回到了她的世界里，回到了她的身边，且速战速决地又将她这个老婆弄到了手。

　　出了民政局，她才反应了过来，猛地转头看他："不对，你是故意的。"

　　顾南希似笑非笑，瞥着她："什么故意的？"

　　"好你个顾南希！你居然跟我玩心理战！明知道我这么久以来心里一直觉得不舒服，你就利用我这种心思，居然半个小时就把我泡到手了！"季莘瑶不甘心地用力跺了一下脚，"之前我在路边经过的时候，你哪是看不见我啊！你分明就是看见我了！你故意让我以为我真的失去你了，你故意让我心里害怕！你故意让我自己胡思乱想了一下午，最后你又故意用了半个小时的时间就把我……"

　　顾南希不反驳，只是笑，拉过她的手："想反悔？"

　　季莘瑶嘴角一抽，想要挥开他的手去打他，结果却见他笑得一脸温暖，犹如暖阳春雪般，所有的阴霾，所有的冬雪，都一点一点化开，露出大地最原本的颜色。

　　她鼻子一酸，没舍得打他，只是瞪着他满脸带笑的模样："太卑鄙了你，回头我让绪然和悠然尿你一身，看你还敢欺负他们的妈妈！"

　　顾南希拉过她的手，紧紧握在手心："现在反应过来也晚了，这辈子你都别想我再签什么离婚，季小姐，你生是顾南希的女人，死是顾南希的女鬼，认命吧，嗯？"

　　季莘瑶气得哭笑不得，而就在这一刹那，她的目光陡然瞟见民政局门外的几道身影。

　　笑吟吟的何婕珍，一身严谨板整的顾远衡，拄着拐杖，正站在那里笑得满脸快要开花的顾老爷子。

　　她一愣，迈出去的脚步缓缓顿了一下。

　　"莘瑶，谢谢你肯放下芥蒂，回来我们顾家。"这算是顾远衡在季莘瑶面前说过的最温柔的话，他的目光炯然，看着莘瑶和顾南希相握的手，诚恳地说："二十多年前的事，我做得确实混账了些，虽然离开的不是单晓欧，是小芳，但我知道，

第十七章　寻找

269

她们在你心里都是一样的，这十一个月以来，你是为了让远在美国的南希放心，才会经常带孩子回来看我们，你是孝顺懂事的孩子，爸今天正式请求你的原谅，爸不会说话，当年的事情，莘瑶……"

顾远衡第一个先开口，看着她，刚毅的眼中带着几分柔和，以及因为岁月和悔过而渐渐蒙上的一层慈祥，不再那么让人无法直视。

季莘瑶鼻子一酸，站在他们面前，说不出话，只是缓缓转过头，看着顾南希。

他亦是温柔地微笑，握在她手上的力度只增不减，他的目光在给她重新迎接这一切的勇气。毕竟当时是她狠心离开他，离开顾家，无论谁对谁错，无论这中间掺了多少爱恨纠葛，她始终找不到当初面对顾家时的那种契合感。直到现在，她才发现，家永远都是家，不会因为她某一天的负气离开就远离你的生命，它依然会等着你。

"莘瑶，两年了，妈等这一天已经有两年了，你肯回来，真是太好了。"何婕珍走过来，从顾南希手里拉过她的手，握住，笑着说："妈知道你和南希要回日暮里看孩子，等你们小两口温存几天，一起带着孩子回顾家住几天，好不好？妈现在会做不少菜了，都是跟王妈学的，肯定好吃！"

季莘瑶本来差点哭出来，却被何婕珍的话逗笑，扑哧了一下。

何婕珍亦是一起笑。

顾老爷子始终不说话，他只是挂着拐杖，满脸慈爱地看着她的方向。这几个月以来，莘瑶虽然带着孩子回去，但是从来不叫爸妈，不叫爷爷，只是表面上客气客气，实际却与他们很疏远，如果不是看在孩子的面子上，也许她这几个月仍然不会回顾家。虽然死的不是她妈妈，但道理都相同，如果不是石芳代死，其实还是一样的后果，她没有自私到因为知道死的不是自己妈妈就能放下一切，毕竟，石芳也是修黎的母亲。

但是两年了，连修黎都能因为顾家接受了石芳而不再恨，她又哪有这么多的怨？只是心里一直存着一个疙瘩而已。

此刻，老爷子一直笑看着她，眼中有着期待，又带着几分歉然和忐忑，似是怕她不肯原谅，似是怕她会就这样转身走开。

季莘瑶的眼泪一下子就落了下来，哽咽着却也笑着叫了一声："爷爷……"

"哎！"老爷子顿时激动得泪花都快闪出来了。

"爸。"莘瑶又看了一眼顾远衡，接着一脸激动地看着眼前已经红了眼眶的何婕珍："妈！"

刚叫了这一声"妈"，她便再也忍不住，伸手抱住眼前笑得满脸慈爱的何婕珍，像是在抱着比自己的亲生妈妈还要亲的人一样，将这么久以来忍住的眼泪全都落在了她的肩上，哽咽着轻声又叫了一声："妈……"

"好孩子……"何婕珍眼中是欣喜的眼泪，一边抱着怀里哭着的季莘瑶，一边看向在莘瑶身后笑色淡然从容却亦是动容的顾南希。

顾南希笑笑，对何婕珍点点头，意思是不用她说什么，他都明白。

何婕珍更是欣慰地点点头，用力搂着怀里的莘瑶，笑得很开心。

远处，听闻消息赶过来的修黎，车子停在四十米开外，没有走过来，只是远远看着这边的景象，由衷地弯了弯唇。

"这个，绪然和悠然最喜欢喝我做的鲤鱼汤，今天晚上让张姐早点回去休息，我给他们做汤喝。"在日暮里外的大型超市里，季莘瑶在水产区拎起一条鲤鱼，打量了一下大小，之后回头笑着看向身旁正推着满是东西的购物车的顾南希："你刚从美国回来，在那边也很少喝鱼汤吧，正好我多做一点，让你们一大两小都吃得饱饱的！"

顾南希笑："是你做还是我做？"

季莘瑶嘴角一抽，她差点忘了，自己的厨艺一直以来都很不错，但顾南希的厨艺却向来连她都膜拜。她横了他一眼："回家后，咱们一个看孩子，一个做饭，分工合作！"

顾南希清俊的眉微微一挑："好，我看孩子。"

季莘瑶没吱声，却是露出笑意侧眸看着他。

绪然和悠然那两个小淘气，有时候她都拿那两个小东西没办法，顾南希倒是一副大无畏的就义模样直接说要看孩子，看来还真是不了解他们自家的那两个小鬼有多可怕。

离开超市回家的时候，季莘瑶一边摆弄着购物袋里的东西，一边说："买了这么多，看来都要放冰箱里了，还有这些酸奶，悠然最喜欢喝，绪然也偶尔跟着喝一点，这个牌子的酸奶是悠然最喜欢的。"

她一路说个不停，顾南希虽没有说太多，却是始终淡笑着，一脸的甘之如饴。

车子开进日暮里，停在家门外，就在莘瑶准备下车时，胳膊忽然被握住，她猛地转过头，却见顾南希已俯过身，在她刚一转头的刹那，在她唇角轻轻一吻，她一愣，瞬间僵直了身体，一种久违了的情愫在心头化开，目光瞬间就软了。

见她配合着没有动，顾南希唇角微扬，轻吻了她一下，看着她，凝望着她的目光由墨色转得更深，他抬起手，抚过她的发，将她向怀里轻轻带了带，便直接深吻了下来。

直到那边张姐听见车喇叭响，推开门出来朝这边看，虽然知道从外边看不见车里，莘瑶还是红着脸要推开他："回、回家吧！"

顾南希笑笑，在她唇上一啄，眼神有些意味深长地让她整张脸烧红了一片，放开她："你下车，我将车送到那边的停车场，随后就来。"

莘瑶点点头，脸上的红晕还没有下去，便推开车门，走下车，之后心口仍跳个不停，仿佛刚刚恋爱的少女，竟一时间有些无措。

"不是说下午就回来吗，怎么这么晚？哟，买了这么多东西啊！"张姐笑着迎过来，接过莘瑶手里的东西，再又瞥了一眼那辆开去停车场的路虎，笑眯眯地说："是不是顾总回来了？"

第十七章 寻找

张姐四十多岁的年纪，正是喜欢和别人唠着各种家常里短的时候，对莘瑶的事情也知道几分，所以看看莘瑶这表情，一猜就猜出来了："你可终于等到了呀！"

莘瑶恬然地一笑："张姐，绪然和悠然又睡了没有？"

"没睡，没睡，下午一直醒着呢，也不知道这两个孩子这一天怎么这么精神，今天连午觉都没睡，一直在家里咿咿呀呀吱吱哇哇地闹着。虽然会说话，却总是表达得含含糊糊的，兄妹两个吵吵闹闹的，可乐死我了。"

张姨一提到两个孩子，就笑得几乎合不拢嘴，虽然请她过来是照顾孩子的，但是绪然和悠然俨然成了她的开心果一样。

"看来真是父子和父女连心啊，这一天这么精神，应该是他们两个知道要见到爸爸。"张姨又笑着，见那边顾南希走过来，她便跟季莘瑶笑着对视了一眼，拎着手里刚刚接过去的一堆东西进了屋子。

"你在美国的这段时间，琴姐偶尔也来看看孩子，她有发照片去给你看吗？"莘瑶听见他走过来，便回头问了一句。

顾南希笑笑，揽过她的肩："这近一年的治疗和休养时间，你和孩子们的照片是我唯一的精神慰藉。"

"你去美国多久后醒的？"

他犹豫了一下，才仿佛释然地笑着轻叹："医生说，我昏迷了近一个月，后来虽然醒了，但身体各方面都因住院治疗而受到限制，直到我在那边的第四个月，才能偶尔与国内联系。"

"既然那时候就能与国内联系了，你怎么不联系我？"莘瑶怨怪地看了他一眼。

顾南希却只是笑笑："我现在健健康康地回到你身边，不是更好么？"

不言而喻，那时候也就算他醒了，可他腿骨的骨折很严重，她不是特别懂医，所以不清楚，但猜也猜得到，他那时该是不确定自己究竟还能不能完好如初，一是不想让她心焦，二是如果他无法恢复到从前那样，他便不会回来。

是不是该感谢生命，感谢上天将他还给了自己。

季莘瑶眼睛微微红了红，看着他，手时不时地在身侧握住再又松开，仿佛险些失去了什么一般。

顾南希发现了她的小动作，便笑着摇头，牵住她的手："回家吧。"

莘瑶点头，忍着鼻间的酸涩，手乖乖地缩在他的掌心里，两人走进门口，便只见张姐在里里外外地忙活着，将购物袋里的各种东西分门别类地摆放，又是冰箱又是橱柜。而绪然和悠然两个小东西正在客厅里的儿童彩色泡沫砖上，一个坐着，一个懒洋洋地躺着，绪然正摆弄着不久前修黎给他买来的小车车，悠然扔开手里的娃娃，举着小手要去抢绪然的车车，嘴里哇哇地叫着："我……我……给我玩儿……"

看着两个小东西，莘瑶笑眯眯地转头，看向身旁的顾南希。

两年了，这是自孩子出生后，他第一次看见孩子，而顾南希眼中确是如她所想的那种难掩的激动，但他没有急着走过去，而是叹笑着说："都长这么大了……

第一次抱他们的时候,还小得像是轻轻一碰就会碎的两团小肉球。"

莘瑶不禁侧眸看他:"他们出生后,你是第一个抱他们的?"

"护士把孩子送到我怀里的时候,我还不知道要怎么抱,学了半个小时才学会。"顾南希似是有些不好意思地笑,接着便走进去。

在他朝孩子们走过去的刹那,绪然正摆弄着小车车的手停住,抬起眼一脸奇怪地看着朝他们走过去的人。

悠然更是趁机抓过绪然手里的小车车,接着用胖乎乎的小手撑着屁股下边的地面坐起身,正要把小车车藏起来,结果刚撅着屁股要站起身,就瞪着一双又大又圆的像黑黑的玻璃球一样的眼睛看着眼前突然出现的"人类"。

两个小东西脸色各异,一个惊讶,一个好奇,眼睛都瞪得极大,特别是悠然,看着看着,忽然咯咯一笑,本来还没站起来,瞬间就一屁股又坐到了地上,傻兮兮地笑着看着眼前的"人类",张着嘴,没一会儿口水就流了出来。

看着那没出息的丫头,季莘瑶无奈扶额,而向来天塌下来都镇定如常的顾南希,对一切都从容淡定稳如泰山的顾总,在终于靠近两个小东西时,竟然似是笨拙得不知道要做什么,只是蹲在那几块泡沫砖边,在两个小东西的小天地旁边,看着他们。就在悠然的口水都快流到手中的小车车上的时候,顾南希朝他们伸出手,温柔而带着几分紧张和小心翼翼:"来,让爸爸抱抱。"

季莘瑶站在门口,看不见顾南希此刻面对孩子们的表情。但她想,一定是很开心很幸福吧,就像她每次看着这两个小淘气的时候,不管他们因为年纪小,再怎样淘气,都觉得无比满足。

悠然一直傻乎乎地一边流着口水一边盯着朝自己和哥哥伸出手的顾南希,刚刚还是好奇,这一会儿是像见到外星人侵占了地球一样地更加瞪大了眼睛,嘴里好半天才含糊地冒出一个字:"啥?"

季莘瑶明显看见蹲在那边的顾总身形跟跄了一下,差点跌跪下去,忙抬手捂着嘴忍住笑声。

"妈妈!"绪然却是看了顾南希好半天,接着便自动转移视线,看向那边的季莘瑶,抬起一双白白嫩嫩的小手朝着季莘瑶挥了两下,然后双手撑着地,站起身,光着小脚丫在泡沫砖上走到最边上,很规矩地没有从上边走到地板上。显然是平时大人们都不让他们光着脚丫在地板上走,他自己有了记性。他直接无视旁边那个"不明物体",伸出一双小胳膊对着季莘瑶:"妈妈!"

季莘瑶走过去,俯下身,没有去抱他,而是跪坐在旁边,抬手捏了捏他的小脸:"绪然乖,这是爸爸!"

虽然前尘往事已化为云烟,但使顾南希两年没能在孩子身边亲近,也有她一部分原因。她可不忍心看着自己老公真被两个小淘气欺负到哭,便单手抱过绪然,将绪然的身子转过去,让他看旁边眼中尽是耐心与温和的顾南希:"听话,这是爸爸,叫爸爸。"

绪然转过脑袋看看顾南希,顾南希便朝他轻轻拍了拍手,再展开双手,示意

第十七章 寻找

273

他过来。

绪然不动，盯着他又看了一会儿，再又低下头，见季莘瑶手里还有一袋酸奶，当即抓起袋子里的酸奶，没有先喝，而是在手里摆弄着，那小表情有些丰富，却不知道究竟在想什么，只是看看顾南希，再又看看酸奶，然后转头看向那边因为也发现了酸奶而站起身朝这边扑过来的悠然，也不等悠然伸手来抢，就直接递给她："酸奶给你！车给我！"

悠然瞪着大眼睛，看看绪然手里的酸奶，再又捧着怀里的小车车不肯放手。

顾南希虽然很想抱抱孩子，但显然是因为看见两个孩子的互动，而更显得耐心了起来，只是安静地望着他们，一点也不急，更不想破坏孩子之间交流的气氛。

最后，就在季莘瑶以为像悠然这么没骨气的丫头一定会因为酸奶而妥协的时候，悠然忽然抱着车车，转过身来，一头钻进了顾南希的怀里。怀里瞬间奶香满溢，顾南希面色当即便柔软得仿佛化开了一样，抱着小悠然，眼里是比起平日在政府办成了哪个大项目的喜悦更添了太多无法直言的情绪。

然而悠然却是噘着嘴，一副要跟哥哥势不两立的表情，大声说："爸爸！悠然要喝酸奶！"

季莘瑶嘴角一抽，她还以为悠然刚才没听懂爸爸这两个字呢，原来是听懂了，难道是最近张姐总是带着他们看老动画片《大头儿子小头爸爸》的原因？就算没见过爸爸，也知道爸爸会为自己做主。

她转而更是用同情的目光看着刚刚还满脸欣悦，转眼就哭笑不得的顾南希。

"爸爸这两个字，在悠然的世界里，就值一瓶酸奶……"季莘瑶一脸同情地说。

顾南希却接着便将小悠然抱了起来，本来想哄一个女儿很容易，酸奶、娃娃，她喜欢什么就给她什么。但是问题来了，这边绪然还等着用酸奶换他的小车车，他要是满足了悠然，绪然这边不就会生气得更不理他了么？

而顾南希却是一边抱着悠然，一边弯下眼，神秘兮兮地看着正愤愤地瞪着他的绪然："乖儿子，你把酸奶给妹妹，爸爸带你去看样东西？怎么样？"

绪然将信将疑地瞪着他，再又看看悠然怀里的小车车，显然是在犹豫，在考虑这位"爸爸"是不是在忽悠自己。

而顾南希的眼里始终都是满含耐心的，如沐春风般的笑。

看着他抱着悠然的姿势，虽然似乎对抱孩子并不是很擅长，但终于还是抱得很稳。也许是父子连心的关系，绪然又看了看悠然怀里的小车车，才放下手里的酸奶，伸出手，答应让顾南希抱。

顾南希挑眉，似是对自己儿子这朝自己迈出的勇敢的第一步而十分赞赏，伸出手，在他头上鼓励地拍了一下："乖儿子！"

接着，他将绪然也一并抱起来，一手抱着绪然，另一手抱着正瞪大着眼睛跟绪然大眼瞪小眼的悠然。季莘瑶站起身，看着他这样抱着孩子的动作一点都不吃力，果然是身体已经完全康复了，便也不再担心，伸手将旁边的酸奶放在袋子里："你要带他们去看什么呀？"

"好歹这是自从他们出生后一别，第一次见面，我自己的孩子，我不宠着谁宠着？怎么可能不带礼物回来？"顾南希笑笑，回头瞥了一眼听了这话后便满目了然的季莘瑶："礼物都在车上，刚刚下车时我想先进来看看这两个小东西都喜欢什么，再决定按他们的喜好给他们，看来，现在要让他们自己去选了。"

"你买了多少礼物呀？他们才不到两岁，现在喜欢的东西，也许明年就不喜欢了，买那么多太浪费了！"莘瑶忍不住嗔怪一句，眼里却没有多少怨怪，只是瞪着他。

顾南希笑笑："我先抱他们出去，你也才刚出差回来，去洗个澡，换身衣服休息休息，太累的话晚饭我来做。"

莘瑶笑着摇了一下头："没事，抱他们去吧，悠然不老实，不高兴的时候特别喜欢咬人，你小心被这臭丫头咬到。"

直到顾南希抱着孩子出去了，季莘瑶才将旁边彩色泡沫砖收拾了一下，把两个孩子之前玩过的玩具整理起来，放在旁边的小塑料箱子里，再起身，去换了衣服，之后进了厨房。

张姐正在厨房里清理鱼鳞，季莘瑶走过去，伸手过去："张姐，今天你就别跟着一起忙活了，每天你都帮我照顾孩子到那么晚，这几天我出差，你为了看孩子，又好几天没机会回家了。要不今天你早点回去吧，我明后两天休息，你正好也休息两天，在家陪陪你儿子。"

张姐笑着将鱼递给她，转身去洗手："好啦，我知道是顾总刚回来，你们小两口还没找着机会温存呢，我在这里啊让你们一家怪尴尬的。也行，我正好今天也来了兴致，一会儿也买一条鱼回去，给我儿子做鱼吃，你确定厨房这边不用我先帮帮你？"

"不用啦，我能忙得过来，你早点回去吧，明后天你在家好好休息，你岁数也大了，抽空去医院检查检查身体，别为了赚钱这样拼命熬日子。"莘瑶由衷地笑着说。

张姐将身上的围裙摘下来，转而系到季莘瑶的身上："你这孩子，什么都好，嘴也甜，心也细，就是性子太要强。这两天你妈妈在Y市那边打电话过来，说是想你了，你已经有两个月没有回去看她了。我啊，也不知道你跟自己的妈妈之间究竟有什么隔阂，但是能感觉得出来，你其实是个孝顺的孩子，不然也不会就算不回去看她，也常常寄营养品给她。莘瑶啊，别怪张姐我多嘴，人生在世，如果是能过得去的事，能放下就且放下吧，人生短短数十年，何苦苦了别人，也为难了自己。"

季莘瑶正在收拾鱼的手微微停了停，转头对张姐笑了一下："我明白，最近我会找时间去Y市看她，您就别挂心了。"

"那就好，我先走了，有什么事忙不过来给我打电话。"张姐转身去换了衣服，之后便笑着出了门。

张姐在往门外走，那边顾南希已经抱着从车里挑了各自的礼物回来的孩子向这边走回，见张姐心情很好地要离开。顾南希虽与她是第一次相见，但也知道她这

第十七章 寻找

275

几个月应该是一直在照顾莘瑶和两个孩子,便十分客气地对她点点头。

张姐也笑着跟他摆摆手:"顾总,既然回来了,可一定要多陪陪孩子,以后叫我张姐就行。"

顾南希轻笑着点了一下头,张姐便走了。

季莘瑶正在厨房里把收拾好的鱼放在旁边,又在准备其他的食材,听见开门的声音,便走到厨房门口朝外看了一眼,见顾南希抱着两个喜笑颜开的孩子回来了,便欣慰地笑笑,不再管他们,回身继续去忙自己的。

绪然被放在沙发上,却不老实,直接就抱着手里的新遥控车跳下沙发,开始研究了起来。悠然双手抱着顾南希的脖子不放手,虽然她喜欢这个爸爸拿回来的礼物,但是那一袋子东西她都让爸爸帮她拎着,而她只是双手抱着他的脖子,两只眼睛不停地眨啊眨的,研究着眼前的爸爸。

"爸爸!"悠然又叫了一声。

顾南希坐到沙发上,依然抱着她,任由这胖乎乎的小东西一直贴在他怀里,低头看她:"嗯?"

"张阿姨和琴阿姨说,爸爸是世界上最帅最勇敢的……"悠然靠在他怀里,将小脑袋靠在他肩上,一脸依赖又一脸撒娇地说,"所以你真的是我爸爸哦……"

顾南希笑着抬手,摸了摸她的小脑袋:"那妈妈是怎么形容爸爸的?"

悠然乌溜溜的眼睛直盯着他,一眨都不眨:"妈妈说,爸爸特别好,特别好,特别好……还有,特别想……特别想爸爸……"

只是"特别好"?

顾南希没有问出来,只是满目柔和地看着怀里对自己一点也不抗拒的小丫头。悠然的模样长得很像莘瑶,眼睛大大的,眉形也长得十分可爱,鼻子倒是像他,直挺挺的,习惯噘起的小嘴粉粉嫩嫩。现在是个漂亮又可爱的孩子,长大后,定是个比她妈妈更要清秀漂亮的女孩儿。

而绪然,依照他上午回到顾宅时何婕珍所说的,绪然简直就是他小时候的复刻版,虽然才不到两岁,还不是很懂事,但性格也能多多少少看得出来身为男孩子的稳重,虽然和悠然一样淘气,但是他们很听莘瑶的话。而且听琴姐说,在莘瑶下班后累得趴在床上不想动弹时,绪然和悠然两个都会自觉地爬到床上,用没什么力气的小手去给她锤背,简直就是两个鬼机灵。

而这一句"特别好"和"特别想",没有浮夸的语言,没有过多的赞美,却是朴实到不能再朴实的属于季莘瑶内心深处的最真的心里话。

"爸爸,爸爸,爸爸……"

小悠然像是叫爸爸叫上了瘾,笑嘻嘻地不停地贴在他耳边一直叫着爸爸,叫得顾南希脸上的笑痕都深了几分,双手将她抱起。

那边绪然却是一边摆弄着新型电动车,一边转头看看他们:"吵死了!酸贝你能不能不要一直鬼叫鬼叫的……"

"我不叫酸贝!我叫悠然!"小悠然噘起嘴,顿时一脸愤慨地瞪着那边一个人玩电动车玩得正嗨的绪然:"你都不叫爸爸!你不乖!妈妈说了,要是爸爸回来,我们要乖乖叫爸爸的!"

绪然握着手里的电控摇柄,因为这是四五岁孩子的智商才可以勉强玩明白的东西,但是他喜欢,虽然他很聪明,但还是有点搞不明白,一直在手里摆弄着,听见悠然的话,便将目光转到一直耐心看着他的顾南希身上,然后绪然低下头去嘟囔着说:"为什么要有爸爸?"

顾南希对绪然的疑问来了兴致,起身走过去,抱着悠然一起坐到泡沫砖上,笑看着他,伸手摸了摸他柔软的头发:"怎么?绪然不喜欢爸爸?"

绪然又瞥了那边一点骨气都没有正一脸愤慨地在替爸爸抱不平的悠然一眼,憋了好半天,才看着顾南希,没什么底气地小声说:"有了爸爸,我是不是就不能和妈妈睡在大床上,以后都要和酸贝挤在小床上了?"

那边季莘瑶从厨房里走出来要去拿东西,听见绪然的话,还不等顾南希出声,她就在厨房那边笑得不行。

顾南希亦是笑笑,听见莘瑶的笑声后,便回头看看她,他眼中的笑意,意味深长,清俊的眉微微挑着,默默瞥着她的笑靥。那边莘瑶当即脸一红,清了清嗓子,一脸什么都没发生一样的表情,转身去忙自己的事。

这边小悠然不干时大叫出来:"和我睡小床上有什么不好!妈妈说过,咱们的床不小,你还整天说我喜欢黏人,明明是你喜欢缠着妈妈,非要跟妈妈一起睡!"

绪然一脸嫌弃地看着她,再又转眼看看顾南希:"酸贝睡觉做梦会打人,还不老实,总是趴到我身上,她好胖,会压死我!"

"切!"悠然一脸愤恨地转开脸,用力挤回到顾南希怀里,满脸委屈地说:"爸爸!哥哥在跟你告状!他羞羞!"

顾南希笑着抱起小悠然,温柔地笑看着一脸纠结的绪然:"绪然,过来,爸爸教你怎么才能不被妹妹压。"

绪然到底还是才不到两岁的孩子,见顾南希目光认真,好像真的有治悠然的办法似的,便双手撑着地,一点点站起身,然后踩着泡沫砖小跑着走到顾南希身边,接着便被顾南希抱了个满怀。

"爸爸跟你说……"顾南希低下头,难得一脸孩子气地对着绪然的耳朵在说着什么,绪然听了一会儿,一下子就咯咯地乐了。

悠然噘着嘴,探着脑袋要去听他们的悄悄话,绪然伸手推她,然后学着爸爸的样子,踮起小脚,双手放在嘴边,贴在他耳边小小声地嘀咕几句。

顾南希顿时便险些笑出了声,为孩童的稚嫩与天真,更为这两个可爱机灵的孩子是自己的儿女而十分地欣喜。

莘瑶将鱼炖上,便打算再去做其他的,刚要转身,忽然,身后一暖,接着身体便被人从后边揽进一片温暖而熟悉的怀抱,她心头一颤,没有抗拒,只是为这久别的温度和拥抱而内心起伏不定,低下头,看着他揽住自己的手,再又侧过头,想

第十七章 寻找

277

要看看他。"

顾南希抱着她，俯首怜爱地在她脸颊边轻吻："累不累？我来？"

"不累，再弄两个菜就好了，你才刚回来，难得能陪陪孩子，总要先培养感情。"莘瑶说。

顾南希却是眉宇一挑，笑道："人说父子连心，我是孩子们的爸爸，他们又被你教得这么乖巧听话，两个小鬼机灵转眼就奔入我怀里了，哪需要费心去培养？我的孩子，就是我的孩子，就像……"

他将她的身体转过来，目光深暗地笑看着她，缓缓低下头，在她唇边一吻，低哑着声音道："我的女人，注定就是我的女人……"

季莘瑶的脸忍不住发红，低着头想从他怀里逃开。

顾南希却是笑着搂住她没给她逃开的机会，目光深深地锁着她，看着她红着脸一脸不知所措的模样，更是笑着盯着她："脸红成这样？都已经是两个孩子的妈了，害羞什么？"

季莘瑶顿时抬手在他胸前一拍："我、我去做饭，你别在这边捣乱！"

顾南希却只是笑，他没有笑出声来，只是憋着笑，隐隐的轻笑声发自胸腔，听起来沉闷而好听，更是让她脸上红得快要泛滥了。

就在这时，外边传来孩子们的声音，莘瑶忙又推着他："说好了你去看孩子的，快去！"

顾南希听见孩子的声音，便轻轻拍了拍她的背，之后转身走了出去。

之后季莘瑶一边弄着菜，一边在心里暗暗地想着晚上的事情，他们本来就是夫妻，只不过在她怀孕六个月后他为了她的身体状况和孩子，就一直没有再碰过她，之后这又阔别两年之久，心中一种难掩的羞赧和暗暗的紧张，让她的呼吸都变得小心翼翼，时不时侧耳听听外边的动静，脸上却忍不住升起一丝甜蜜的笑来。

就在这时，顾南希居然一脸窘然地抱着正噘着嘴在他怀里乱扭的悠然走过来："悠然说她要上厕所……"

季莘瑶猛地回头，看见顾南希那难得一脸无措的模样，顿时扑哧笑了出来："那你就带她上厕所啊！"

"我带她？"顾南希诧异地看看她，再又低头看着憋尿憋得正乱扭着身体挣扎着的悠然，看他那表情，似乎是不知道要怎么带女儿上厕所。

莘瑶这才走过去，而这时顾南希因为看悠然憋得难受，便直接抱着她进了浴室，莘瑶便走到浴室门边，看着顾南希竟然在手忙脚乱地给女儿脱裤子，脱了半天才发现女儿还在穿着开裆裤，接着他似乎有点发蒙，好半天才缓过来应该先把女儿放到马桶上，结果小悠然却是一直扭着屁股不干。

"要尿尿！要尿尿！不要这个！"悠然憋得都快哭了，一脸无助地转回头来看着正靠在门口的季莘瑶："妈妈！悠然要尿尿……呜……"

见孩子这是要哭，顾南希终于窘窘地回头，看着正憋着笑的莘瑶，头上显然冒出好几个问号。

"怎么办？"他问。

好吧，顾南希这辈子问她的第一个问题，居然是孩子要尿尿的时候他要怎么办。

季莘瑶捂着因为憋笑而有点疼的肚子，挑着眉，指指马桶边的一只米白色的儿童尿盆："那个，给她穿好裤子，让她自己跨着坐上去，她自己就会尿了。"

顾南希这才注意到马桶边的那个东西居然是孩子专用的尿盆，这才忙抱着悠然坐上去，但是悠然在坐上去之前就已经哇地哭了出来。

顾南希更是同时低下头，瞥见自己裤子上的一块濡湿，接着，竟一脸挫败又一脸歉意地弯下身，把已经尿到裤子上的小悠然抱起来："乖悠然，不哭，不哭啊……"

"妈妈……"悠然一脸委屈地红着眼睛哭，噘着小嘴好不可怜地从他怀里露出脑袋看着那边已经笑得不行了的季莘瑶："妈妈……"

顾南希听见这边季莘瑶的笑声，转头朝她看了过来，眼里是几分挫败感。

一世英明，毁于悠然啊……

季莘瑶又笑了两声，才忙走过去，本来她是看顾南希因为刚接触到孩子，很想亲力亲为，但她显然是高估了顾南希在这方面对孩子的照顾能力，他才刚接触这么小的孩子，哪里知道这么多？她一边想一边笑，再又伸手过去，从顾南希怀里把悠然抱过来："我去给她换裤子，你帮我看着点厨房的锅，还有你这衣服也换掉吧，看你弄得……"

说着，莘瑶便抱着悠然走了出去，走之前还记得顾南希在她抱走悠然时脸上那纠结的表情，那是相当的……纠结……

好像是不甘心自己不会带女儿上厕所，但又不得不把孩子交给她一样。

"呜呜……"悠然一脸被爸爸欺负了的表情，窝在季莘瑶怀里不停地哭。

季莘瑶伸手在她小脑袋一拍："你行了，别哭了，平时就总是尿裤子，现在装什么，看把你爸爸吓的，你爸爸这辈子还真没被什么人吓成这样过，你个臭丫头，真是神了……"

悠然没一会儿就不哭了，抬起脑袋，噘着小嘴说："爸爸好笨呜呜……"

季莘瑶只是笑，抱着孩子回了房间去换衣服，没一会儿，裤子上沾着女儿尿的顾南希便走了过来，清了清嗓子问："用帮忙么？"

季莘瑶侧头看他一眼，见顾总那挫败到灰头土脸的表情，指指旁边的衣柜："你先拿身换洗的衣服，去洗澡吧。悠然和绪然可不是刚出生的孩子了，味道难闻得要死，你居然还满屋子乱走，快去洗洗。"

顾南希却显然没因为这些味道而嫌弃什么，似是觉得这样的体验很新鲜，更对这不到两岁的孩子的新世界很好奇。见莘瑶一个人给孩子换衣服很顺手，便转身去拿柜子里的衣服，打开柜门时，见里边分门别类地依旧摆放着他的衣服，他目光一顿，看了她一眼。

莘瑶知道他在看自己，只低头给女儿换裤子，没去看他，脸上却是悄悄泛起了红晕。

顾南希嘴角染笑，取下一套衣裤，深邃的目光里更又掺了许多绵延的温柔。

第十七章 寻找

279

纵使这两年不曾相聚，纵使当初她狠心离婚，可这些衣服却代表着她这两年从未想要将属于他的一切真正推开，她的心，此刻不需言语却已是道尽了万语千言。

浴室里传来水声，季莘瑶把换好衣服后干干净净的小悠然放在绪然那边，绪然瞥了悠然一眼："尿床精。"

"你才是尿床精，我只尿了裤子！"悠然不服地回他。

绪然不理她，只是一脸不关自己事地挑着可爱的小眉毛，低头专心玩自己的车车。

待到鱼汤做好，她开始端着菜上桌时，浴室的门打开，顾南希走了出来，他穿着刚刚临时拿的浴袍，没有换衣服，随手一边用毛巾擦着湿亮乌黑的头发，一边看着那边忙忙碌碌的莘瑶。

"我来。"他放下毛巾，进了厨房，将满满一大盆鱼汤端了出来，免得她烫手。

莘瑶看着他，咧嘴笑，却不知道是在笑什么，顾南希回头看了她一眼，清俊的眉微挑："还在笑？"

季莘瑶耸肩，谁能想到一世英明的顾总在自己的小女儿手里吃了这么一个大瘪呀。

晚上，两个淘气的小东西终于接连入睡。

季莘瑶这才退回床上，躺了下去，也许是身边躺着顾南希的缘故，纵使房间里开着空调，却仍觉得周身带着一种热度，温暖的，踏实的，厚重的……

但是因为刚刚从台湾出差回来，回来后就没有闲下来，一整天忙碌，到现在，季莘瑶已经困得睁不开眼，顾南希搂过她，她索性钻进他怀里，低下头在他怀里不动了。

而顾南希的轻吻一点一点地落在她额前，落在她眉间，她被他抱着，仿佛是世上最珍贵的最易碎的珍宝，随着他的吻愈加地频繁和热切，季莘瑶下意识地张开唇与他耳鬓厮磨。

她虽然困，但是卧在他怀里，终于还是在这渐渐收不住的热潮间睁开眼，指尖忍不住沿着他身体匀称的线条往上移，贪婪地注视着这张再熟悉不过却已阔别许久的脸。

他握住她在他身上胡乱摸索的手，目光深沉，他的唇随之烫在她的耳垂，一点点向下，在她颈间流连。

独属于他的味道充斥在鼻间。

"想不想我？"他陡然翻过身，将她压在身下，却没有压疼她，只保持着居高临下的姿势，目光温柔而深暗地锁着她的眼。

莘瑶脸一红，却是如实地点点头："想，很想。"

他笑着，温柔地托住她的腰肢，一点点解开她的衣服，她顺势直起上身，抬手搂住他的脖子，起身与他额头相抵，他笑着啄了啄她的唇，在床头灯光的映照下，她看见他深邃墨黑的眼中映出她的容颜。

"南希，老公！"她忽然冲他狡黠一笑，飞快地主动咬住他的唇，再抬首看见他温暖的表情，在他温和暖暖的视线里，渐渐灼热的眸火烫了她的脸颊。

直到他反吻住她，唇渐渐向下。

却是忽然，她敏感地察觉到距离床边不远处的小床上，两双正圆睁着的眼睛，她顿时冷汗涔涔，忙伸手挡住顾南希接下来的动作，一脸尴尬脸红地向那边指了指。

顾南希挑眉，转过头，瞥见本来已经睡下的绪然和悠然不知道怎么又醒了，两个小东西正悄悄地趴在小床里的围栏边，睁着四只大眼睛在盯着他们。

接着，莘瑶便低呼一声，忙推开他，起身便走下床，去到小床边，虽然绪然和悠然还太小，什么都不懂，但她还是有点不好意思，忙抬手把悠然抱出来，再又低头看看还老实地坐在那里的绪然："你们两个怎么不睡觉？什么时候醒的？"

悠然咯咯咯地笑着，伸出一双胖乎乎的小手去抓莘瑶的头发，攥在手里，咯咯笑着说："妈妈，哥哥是在装睡，他说他想和妈妈一起睡，妈妈，悠然也想和爸爸妈妈一起睡，好不好呀？"

季莘瑶这一会儿还有点气喘吁吁，转眼就抱着孩子，一听见悠然这样说，顿时转过身，看向顾南希，只见顾南希半坐在床上，笑得一脸无奈，他抬手揉了揉眉心，似是真的彻底无奈了。

"怎么办……"季莘瑶红着脸看他。

顾南希笑叹着起身，走过来，把小床里的绪然也抱了出来，然后回头，以下巴示意她把两个孩子一起抱到床上去。

"刚刚回来，难得孩子们想跟着一起睡，抱过去吧。"他一边说，一边抚了抚怀中儿子的头，眼中是满满的对孩子的疼爱与耐心。

是啊，他们只是两个还不到两岁的孩子，爸爸才刚刚回来，总不能让他们失望，第一天就伤了两个小东西的心。

何况绪然的占有欲这么强，这一会儿一直盯着季莘瑶，明显是怕妈妈被爸爸抢了去，却不知道，妈妈本来就是爸爸的。

季莘瑶点点头，抱着悠然去床那边，将她放下，转身见顾南希抱着绪然过来，莘瑶眼里有些愧疚，都被放到床上的绪然和悠然却是开心地又十分默契地一起躺到了中间，笑嘻嘻地朝他们伸着小爪子要他们过来一起睡。

"南希，对不起，这两年，孩子们太黏着我了，悠然和绪然两个人平时都跟我一起睡，只有偶尔的时候悠然因为会尿床，才被我送到小床上去，其他时候孩子们都太黏着我，可能，今天他们一时间不太习惯……"

季莘瑶无比愧疚地看着他。

"莘瑶。"

他笑笑，伸手抚过她的头发，又轻轻拍着她的肩："哪有那么多的对不起，你不必对我有这么多的愧疚。当初选择离婚你也是逼不得已，我从不认为这是你的错，任何一个正常人在忽然面对那些所谓的'真相'时都不会平静，你已经做得很好了，别再动不动就自责，嗯？"

第十七章　寻找

接着，他心疼地将她身上的衣服理顺，不再凌乱："今晚也不是你的错，是我，太着急了。"

季莘瑶顿时忍不住笑，脸上红红的一片："那……"

顾南希轻笑："躺下吧，我来关灯。"

直到莘瑶躺下，顾南希走到床边，将床头灯关上了，须臾躺到她身边，就势将她揽在怀里，接着，他俯首，在她唇边近乎缠绵般吻了吻，不知是想要继续，或只是缠绵的晚安吻。

而就在这时，睡在莘瑶旁边的绪然忽然爬起来，瞪着大眼睛，从莘瑶身上爬了过来，十分霸道地钻到了他们两人中间。

悠然也跟着哥哥爬过来，钻到两人中间，然后笑嘻嘻地说："悠然要和爸爸妈妈一起睡，在中间！"

季莘瑶哭笑不得，顾南希更是笑叹着，眼中的无奈与父爱交织，在窗外洒入的月光下格外的温柔，他伸手在两个孩子头上轻轻一拍："好，睡中间，快睡吧，嗯？"

"嗯嗯，爸爸妈妈不许偷偷抱抱哦，我和哥哥会被挤到的！"小悠然鬼机灵地眨巴着眼睛说，这会儿只有霸道地抢妈妈的动作却没有多说什么话的小绪然难得认同地点点头。

季莘瑶抬眼看着顾南希，顾南希亦是看看她，直到季莘瑶忍不住扑哧笑出声来，顾南希才一边笑一边轻叹着伸过长臂，让莘瑶的头凑了过来，将他们母子三人一并揽在怀里。

"睡吧。"

……